MARIE ADAMS

Der kleine Buchladen
der guten Wünsche

Autorin

Marie Adams veröffentlichte unter anderem Namen bereits Romane – in denen es darum geht, die Liebe nach Jahren durch den Alltag zu retten und das Familienchaos zu meistern. Umso mehr Freude hat sie nun daran, ein Liebespaar auf fast märchenhafte Weise erst einmal zusammenzubringen – schließlich weiß sie aus eigener Erfahrung, wie irrational das Glück manchmal arbeitet.

Von Marie Adams ebenfalls bei Blanvalet erschienen:
Das Café der guten Wünsche · Glück schmeckt nach Popcorn

Besuchen Sie uns auch auf www.facebook.com/blanvalet und www.twitter.com/BlanvaletVerlag

MARIE ADAMS

Der kleine Buchladen der guten Wünsche

ROMAN

blanvalet

Sollte diese Publikation Links auf Webseiten Dritter enthalten, so übernehmen wir für deren Inhalte keine Haftung, da wir uns diese nicht zu eigen machen, sondern lediglich auf deren Stand zum Zeitpunkt der Erstveröffentlichung verweisen.

Verlagsgruppe Random House FSC® N001967

2. Auflage
Copyright © 2019 by Blanvalet Verlag,
in der Verlagsgruppe Random House GmbH,
Neumarkter Str. 28, 81673 München
Dieses Buch wurde vermittelt von der Literaturagentur
erzähl:perspektive, München (www.erzaehlperspektive.de).
Redaktion: René Stein
Umschlaggestaltung: www.buerosued.de
Umschlagmotive: mauritius images (Torsten Krüger;
Carlos Sánchez Pereyra; Neville Mountford-Hoare / Alamy);
www.buerosued.de
LH · Herstellung: sam
Satz: GGP Media GmbH, Pößneck
Druck und Bindung: GGP Media GmbH, Pößneck
Printed in Germany
ISBN: 978-3-7341-0792-4

www.blanvalet.de

Für Michael

Prolog

Josefine saß auf dem leicht abgewetzten Samtsessel in der Buchhandlung ihrer Großtante Hilde und klammerte sich an einer Tasse Kakao fest. Sie lauschte der warmen, freundlichen Stimme ihrer Tante, die vor einem deckenhohen Bücherregal stand und einem müde wirkenden Rentner mit traurigen Hundeaugen von einem Roman vorschwärmte. Was genau ihre Tante erzählte, konnte sie nicht verstehen, weil die beiden zu weit entfernt waren. Aber Josefine beobachtete, wie ihre Tante – aus Josefines Sicht einer Zwölfjährigen schon eine uralte Frau – ein dickes Buch aus dem Regal zog und es einen Moment wie einen Schatz an ihre Brust hielt, den sie nicht hergeben wollte.

Dabei lebte ihre Tante doch davon, Bücher zu verkaufen. Und dann sprach sie über das Buch, als wäre sie in die Geschichte verliebt. Zumindest sah ihr Gesicht genauso verzückt aus. Josefine dachte daran, was ihre Mutter einmal gesagt hatte: Tante Hilde habe keinen Mann, weil sie niemanden so Wunderbares gefunden hatte wie die Helden in einem Roman. Dabei sei das doch Mumpitz mit dem verklärten Blick auf die Liebe.

»Ach ja?«, hatte ihr Vater da lachend gesagt und ihre Mutter auf die Stirn geküsst.

Josefine trank einen Schluck, ohne den Blick von ihrer Tante abzuwenden. Mit ihren rotgrauen Locken, die sie hochgebunden hatte, sah Tante Hilde schon ein bisschen aus wie eine Oma. Das weinrote, knielange Wollkleid hielt ein dunkelbrauner Gürtel um die Taille, dazu trug sie dunkelbraune Wildlederpumps. Josefine fand das schick, obwohl ihre Mutter immer meinte, Tante Hilde kleide sich für ihr Alter zu exzentrisch.

Der alte Mann mit den traurigen Hundeaugen hörte Tante Hilde aufmerksam zu, und Josefine meinte, dass sein Blick ein klein wenig wacher wurde. Kauft er eins, oder kauft er keins? Die Frage gehörte zu ihren Lieblingsspielen, wenn sie wie jedes Jahr im Herbst eine Woche bei ihrer Tante verbrachte. Josefine wettete in Gedanken mit sich selbst, und wenn sie fünfmal gewonnen hatte, dann würde irgendwas Gutes passieren. Vielleicht würde Stefan aus der Parallelklasse aufhören, sie auf dem Schulweg zu ärgern. Oder sie würde in der Mathearbeit eine Zwei schreiben. Oder Konstantin aus der Klasse über ihr würde sich in sie verlieben. Obwohl Josefine ihn nur vom Sehen kannte, musste er einfach der netteste Junge der Welt sein.

Heute hatte Josefine schon viermal richtig getippt. Den kleinen Buchladen, der sich in dem malerischen Ort Heufeld in der Rhön befand, hatten heute schon viele Kunden aufgesucht, wahrscheinlich wegen des Markttags auf dem nahen Kirchplatz. Deshalb fuhr vorhin eine Frau, die sich einige Kochbücher ansehen wollte, wohl einen Kürbis unter dem Kinderwagen spazieren. Von ihrem Sessel aus konnte Josefine bis zu dem Elektroladen gegenüber schauen, vor dem ein paar Jugendliche standen und auf die fünf Bildschirme in verschiedenen Größen starrten, auf denen meistens Nachrichten oder Actionfilme flimmerten, je nachdem, wie der Ladenbesitzer gerade aufgelegt war.

Wenn der Mann das Buch kauft, werde ich selbst einmal so einen schönen Buchladen führen, sagte Josefine sich und starrte gebannt zu dem Mann hinüber. Jetzt nahm der Rentner das Buch aus den Händen ihrer Tante. Es kam Josefine so vor, als sacke er durch das Gewicht ein paar Millimeter in sich zusammen. Dafür hoben sich seine Mundwinkel, als er es aufschlug und die ersten Sätze las. Josefine stellte ihre Tasse ab und näherte sich den beiden.

»Ich glaube, das wird mir gefallen«, sagte er nun mit einem fast jungenhaften Lächeln und schritt zur Kasse. Josefine kannte diesen Gesichtsausdruck der Menschen, die einen schönen Roman gekauft hatten. Es war die Vorfreude darauf, bald in eine andere Welt eintauchen zu können. Und sie selbst freute sich, dass sie die Wette mit sich selbst heute schon zum fünften Mal gewonnen hatte. Ihr würde später selbst so ein Buchladen gehören!

Sie folgte Tante Hilde zur Kasse, die sie anlächelte, als sie das Buch abrechnen wollte. Tante Hilde tat sich immer noch schwer damit, dass die Leute ihre Bücher bald nur noch in Euro statt in D-Mark bezahlen würden, was Josefine nicht verstehen konnte. Sie fand es toll, weil alles nur noch die Hälfte kosten würde.

Bevor Tante Hilde den Betrag in die Kasse tippte, klingelte das Telefon. Ein durchdringender Ton, als tripple der Anrufer schon mit den Füßen. Tante Hilde ignorierte das Klingeln.

»Gehen Sie ruhig ran«, sagte der alte Mann.

»Nein, nein, eins nach dem anderen.« Tante Hilde lächelte ihn an.

»Nicht dass Ihnen ein Kunde entgeht«, zwinkerte ihr der Mann zu.

»Ich habe seit Neuestem eine Nummernspeicherung. Ich rufe einfach zurück«, entgegnete Tante Hilde stolz, und zeitgleich verstummte das Klingeln. Josefine schaute zu dem Elektroladen, vor dem sich mittlerweile immer mehr Leute versammelt hatten und nun auf die Bildschirme starrten, als hätten sie noch nie einen Fernseher gesehen. Und wieder klingelte das Telefon.

Der Mann nahm Tante Hilde das Buch aus der Hand.

»Ich habe Zeit. Gehen Sie ruhig ran«, sagte er in ritterlicher Manier.

»Die nächste Anschaffung wird ein Anrufbeantworter sein«, erwiderte Tante Hilde und griff zum Hörer.

»Buchhandlung Gronau. Wie kann ich Ihnen helfen?«

Die Leitung blieb stumm. Tante Hilde nahm den Hörer, der an einer Schnur hing, vom Ohr und schaute auf die Ohrmuschel, die mit den kleinen Löchern an einen Duschkopf erinnerte. Statt Wasser spritzte Tante Hilde auf einmal eine aufgebrachte Stimme ins Gesicht, die so laut war, dass auch Josefine und der alte Mann sie hören konnten.

»Hilde, mach das Radio an! Mach sofort das Radio an!«

Keine zwanzig Jahre später

Josefine sah sich in ihrer Buchhandlung um und musste an ihre kindische Wette mit sich selbst denken. Der alte Mann hatte das Buch dann doch nicht mehr gekauft, nachdem Tante Hilde an ihrem Radio herumgedreht hatte, bis das Rauschen verschwunden war und der Moderator etwas Unglaubliches erzählt hatte. Josefine, Tante Hilde und der alte Mann waren aus dem Buchladen gelaufen und hatten versucht, einen Blick auf die Bildschirme im Schaufenster des Elektroladens zu erhaschen. Josefine kapierte damals erst nach einiger Zeit, dass die Bilder von der Hochhausexplosion zu keinem Actionfilm gehörten, sondern etwas mit dem Anruf zu tun hatten.

Josefine hatte die Wette im letzten Augenblick doch noch verloren und die Welt für Josefine die Unschuld, nachdem sie verstanden hatte, was am 11. September 2001 Schreckliches passiert war. Und dennoch war am Ende für sie alles gut ausgegangen oder zumindest einigermaßen. Die Welt hatte ihre Unschuld zwar nie wieder zurückgewonnen, und wie Josefine später feststellen musste, auch nie eine besessen, aber Josefine hatte ihren Traum von der eigenen Buchhandlung wahr gemacht.

Und als wäre das nicht Glück genug, führte sie ihn sogar mit dem Mann, den sie liebte.

»Josefine, mein Schatz, wir müssen die Bestsellerwand neu bestücken.«

Mark öffnete eine der großen Kisten, die heute Morgen angeliefert worden waren. Ihre Buchhandlung lag mitten in Köln und lief nicht schlecht, seit Josefine und Mark gemeinsam den Laden übernommen hatten. Er war hell, modern und lag nur eine Straße von einer Schule entfernt, sodass sie sich nach den Sommerferien über hundert neu bestellte Diercke-Weltatlanten freuen konnten und mit Papeterie und Non-Books oft mehr verdienten als mit den literarischen Erzeugnissen selbst.

»Ach ja, mein Lieblingsjob jeden Montag«, antwortete Josefine und strich sich ihre langen roten Locken zurück. Und wirklich mochte sie es, die *Spiegel*-Bestsellerwand, in der es für die zwanzig Toptitel einen Regalabschnitt gab, neu zu sortieren. Einige Bücher rückten hoch, andere rutschten ab, manche flogen raus, neue kamen dazu.

Josefine erzählte den Kunden zwar viel lieber etwas über Bücher, die sie ganz unabhängig von dem Platz auf der Sonnenliste begeisterten, aber viele liefen wirklich zielstrebig auf diese Wand zu und griffen nach einem Buch, von dem sie schon etwas im Fernsehen gesehen oder in der Zeitung gelesen hatten. So würde es auch heute wieder sein, wenn sie gleich ihren Laden aufschlossen. Josefine verbrachte gern den ganzen Tag an der Seite ihres Freundes, der auch als Autor tätig war. So gerne, dass sie auch nichts dagegen hätte, nicht nur den Arbeitsalltag, sondern auch den Alltag in einer gemeinsamen Wohnung mit ihm zu verbringen.

Josefine war so groß, dass sie ohne den Tritt sogar an die Nummer eins der Bestsellerliste herankam, auch wenn sie sich so strecken musste, dass ihr weinrotes Wollkleid ziemlich weit hochrutschte. Doch jetzt verlor sie das Gleichgewicht und stolperte nach hinten. Zum Glück reagierte Mark blitzschnell und fing sie auf.

»Sag doch was, dann übernehme ich die Bücher oben. Da möchte ich schließlich mit meinem eigenen auch hin.« Mark drehte sie zu sich.

»Und das wirst du auch schaffen«, antwortete Josefine, gab ihm einen flüchtigen Kuss und befreite sich aus seiner Umarmung. »Das Wichtigste fehlt noch«, sagte sie und lief zu dem Bücherregal, in dem die Belletristikautoren nach Alphabet geordnet waren. Sie zog zielsicher ein dunkelblaues Hardcover heraus und beschaute stolz den Titel: *Sterndeuter* von Mark Mensching.

»Du musst das nicht tun«, sagte Mark und wirkte trotz seiner dreißig Jahre wie ein Schuljunge, als er seine Hände in die Jeanstaschen steckte und grinste. Josefine liebte dieses Grinsen aus seinen braunen Augen. Sie nahm das Buch, das er in einem kleinen Verlag veröffentlicht hatte, und legte es in der Bestsellerwand zwischen die Nummer neun und zehn.

»Voilà, Mark Mensching auf dem Platz neundreiviertel.« Sie machte einen Schritt zurück und lächelte. *Harry Potter* gelangte schließlich durch eine Ziegelwand auf Gleis neundreiviertel und kam so nach Hogwarts. Warum sollte Marks Buch es nicht irgendwann von Bestsellerregalplatz neundreiviertel auch auf die echte Bestsellerliste schaffen? Tatsächlich wurde das Buch spätestens nach zwei Tagen immer wieder aus dem Regal weggekauft.

»Oh, ja, es geht steil bergauf.« Mark entriegelte die Tür, sodass sie von außen aufgeschoben werden konnte. Der Supermarkt gegenüber hatte schon seit einer Stunde auf, die Bäckerei schon seit zwei Stunden. Seit der Bäcker Tageszeitungen anbot, kamen morgens viel weniger Leute in den Buchladen.

»Und wenn ich erst mal einen Bestseller gelandet habe, dann stellen wir Sonja in Vollzeit ein, damit wir auch mal in Urlaub fahren können«, träumte Mark weiter.

Josefine verstaute die leeren Bücherkartons schnell im Nebenzimmer, in dem sich auch ihr Büro befand. Die beiden Schreibtische quollen über, aber sie hatte die letzten Tage einfach keine Kraft mehr für die Buchhaltung gehabt. Und Mark schrieb jeden Abend an seinem neuen Buch, ihn wollte sie also auch nicht damit behelligen. Sein letztes Manuskript lag schon verschiedenen interessierten Verlagen vor, und Mark musste unbedingt ein neues Projekt starten, um nicht zu nervös zu werden. Außerdem gehörte der nüchterne Blick auf die Zahlen nicht zu den Dingen, die Josefine und Mark die beste Laune bereiteten. Der Laden lief nicht schlecht, aber die hohe Ladenmiete und die Konkurrenz durch den Internetbuchhandel machten ihnen zu schaffen. Tante Hilde, mit der sie mindestens einmal die Woche telefonierte, hatte gut reden! Ihr gehörte der Laden, und sie hatte genug ansparen können, als weder das Internet noch die Leseunlust den stationären Buchhändlern das Leben schwer machten.

Die Türglocke riss sie aus ihren Grübeleien, und sie lief wieder in den Laden, bevor Mark sich der Kundin widmen konnte.

Es war Frau Schmitz von gegenüber, die es schaffte, um kurz nach neun schon einen roten Kopf zu haben.

»Guten Morgen, gut, dass Sie schon geöffnet haben.« Damit stürmte die Frau mit den bunten Klamotten und der Kindergartentasche um die Schultern auf Josefine zu. Josefine lächelte. Sie mochte die Frau, auch wenn sie die Schulbücher ihrer Kinder immer auf den letzten Drücker bestellte, obwohl sie die ganzen Sommerferien dafür Zeit hatte.

»Guten Morgen, Frau Schmitz«, begrüßte Josefine sie und warf Mark einen bösen Blick zu, der hinter Frau Schmitz' Rücken die Augen genervt verdrehte. Erst letzte Woche hatte sie mit ihren Kindern hier eine geschlagene Stunde gestöbert, nur um sich dann für ein Pixi-Buch zu entscheiden – im Wert von 99 Cent.

»Können Sie mir für morgen bitte folgendes Schulbuch bestellen?« Sie kramte in ihrer Handtasche nach einem Zettel und reichte ihn Josefine. »Finn hat in der letzten Deutschstunde schon Ärger bekommen, weil wir es vergessen haben. Wenn er es zur nächsten Deutschstunde nicht hat, reißt er mir den Kopf ab.«

»Klar, kein Problem. Und möchten Sie noch einen Kaffee trinken und etwas stöbern?«, fragte Josefine und zeigte auf die Sesselgruppe in der Mitte des Ladens, neben der eine Kaffeemaschine stand. Ihr war es wichtig, dass die Leute sich in ihrem Laden wohlfühlten, auch wenn die wenigsten Zeit für eine Kaffeepause hatten. Da bildete Frau Schmitz keine Ausnahme.

»Das würde ich zu gerne, aber ich muss gleich auf der Arbeit sein.« Sie sah auf ihre Schuhspitzen, wobei ihr Blick an der Kindergartentasche hängen blieb, die ihr über der Schulter hing.

»Mist, die habe ich ganz vergessen, Maja mitzugeben. Sorry, ich muss jetzt schnell noch mal am Kindergarten vorbei«, entschuldigte sie sich und verschwand.

Als sie außer Hörweite war, fing Mark an zu lachen. »Wie alt ist Finn? Mindestens zwölf, glaube ich, dann soll er sich sein Buch doch selbst bestellen! Und ihre Tochter wird auch nicht gleich verhungern, wenn sie das Brot erst heute Nachmittag isst. Wie mir diese Helikoptereltern auf die Nerven gehen!«

»Sei nicht so streng mit ihr. Außerdem sind die besorgten Eltern unsere besten Kunden.«

Das stimmte, und gute Kunden konnte man nie genug haben.

Obwohl New York so weit weg war, war selbst Heufeld innerhalb einer Stunde in Aufruhr, als jeder wusste, dass zwei Flugzeuge in das World Trade Center gekracht waren. Mittlerweile war der Elektroladen proppenvoll, weil es drinnen neben den Bildern auch den dazugehörigen Ton gab. Natürlich hätte sich jeder an diesem Tag schnell auf den Weg nach Hause machen können, um das Geschehen vor dem eigenen Fernseher zu verfolgen, aber vielen war nach Gemeinschaft zumute.

Auch Hilde, Josefine und der alte Mann liefen herüber, nachdem sie im Radio das Unglaubliche gehört hatten. Josefine konnte kaum auf die Bildschirme sehen, da alle um sie herum zwei Köpfe größer waren. Und wenn sie einen Blick erhaschte, dann sah sie immer wieder den Feuerball, als das Flugzeug in den Turm des Wolkenkratzers donnerte.

»Ich habe es gewusst, der Dritte Weltkrieg steht bevor!«, ereiferte sich ein Mann mit wirren grauen Haaren und kantigem Gesicht.

»Es war ja nur eine Frage der Zeit, dass so etwas passiert«, bemerkte ein anderer, während die meisten wie gelähmt auf die Bildschirme starrten.

»Ich bin froh, dass wir in einem kleinen Ort wohnen, da bleiben wir wenigstens von solchen Katastrophen verschont«,

sagte eine schwangere Frau, die sich schützend um den Bauch fasste.

»Tante Hilde, ist Köln eine wirkliche Großstadt?«, fragte Josefine. *Schließlich lebte sie in Köln und verbrachte nur in den Ferien etwas Zeit bei ihrer Tante.*

»Wenn du einen Berliner oder Münchner fragst, dann ist Köln keine richtige Großstadt«, antwortete Tante Hilde und strich ihrer Nichte über den Kopf. »Köln ist eher ein großes Dorf.«

Auf einmal wurden die Moderatoren hektisch. Ein rotes Banner am oberen Rand des Bildschirms kündigte weitere Neuigkeiten an.

»Wie wir soeben erfahren haben, wurde auch Washington Ziel eines Anschlags. Es wird also immer wahrscheinlicher, dass es sich um einen gezielten Angriff handelt«, *sagte eine Nachrichtensprecherin, die um Fassung rang, obwohl sie sonst recht gelassen von den Kriegen der Welt berichtete. Josefine kannte sie aus den Nachrichten, die ihre Eltern immer schauten.*

»Das war doch klar! Ihr könnt uns nicht verarschen und so tun, als wäre das ein Unfall! Bald wird die ganze Welt brennen. Wartet nur ab!«, *schrie der Mann mit der grauen Mähne auf.*

»Nach ersten Einschätzungen gibt es mindestens zweitausend Tote ...« *Die Moderatorin war kaum zu verstehen, was vor allem daran lag, dass verschiedene Sender auf den unzähligen Bildschirmen in dem Elektroladen liefen.*

»Das waren die Russen! Ich sage es euch! Und morgen marschieren sie hier ein!«, *fuhr der Grauhaarige fort.*

»Erstens sind die eingeflogen, und zweitens tippe ich eher auf ...« Aber der Journalist einer regionalen Tageszeitung, der Fuldaer Zeitung, behielt seine Vermutung lieber für sich. Er, um dessen Hals eine riesige Kamera baumelte, hatte eigentlich über den Wochenmarkt berichten wollen und sich schon ein paar O-Töne notiert.

Die schwangere Frau unterdrückte ein Schluchzen und wurde von einer Freundin zu einem freien Stuhl geführt.

»In was für eine Welt soll mein kleines Würmchen denn hineingeboren werden! Wenn ich das gewusst hätte!«

Eine alte Frau mit Kopftuch und Korb über dem Arm reichte ihr ein Pfefferminzbonbon. »Hier, das macht einen klaren Kopf. Ich bin mit drei Kindern aus Schlesien geflohen. Die Zeiten waren immer schlecht. Ihr wisst doch gar nicht, wie gut ihr es habt!«

Die Schwangere steckte das Bonbon tatsächlich in den Mund und schaute etwas betreten zu Boden.

»Ja, aber das wird nicht so bleiben!«, prophezeite der alte Mann, der immer noch nicht von seinen finsteren Botschaften lassen wollte. »Was bin ich froh, dass ich schon so alt bin. Da wird mir einiges erspart bleiben.«

War es zunächst ein völlig absurdes Schauspiel auf unzähligen Fernsehbildschirmen, so kroch langsam die Angst in Josefine hoch. Was war, wenn all diese Leute recht hatten? Was war, wenn bald auch über ihr Zuhause ein Dutzend Flugzeuge bretterten und alles zerstörten? Und was war, wenn es wirklich einen Krieg geben würde? Krieg war so ein Wort wie Pferdekutsche, Leben ohne Telefon oder Sklaverei. Das waren alles Begriffe aus Zeiten, mit denen Josefine nichts anfangen konnte. Obwohl der Raum voller verschwitzter Körper und erhitzter Gemüter war, fröstelte es Josefine.

»Tante Hilde, ich habe Angst«, sie griff nach der Hand ihrer Tante.

»Das brauchst du nicht.« Tante Hilde nahm ihre Hand und zog sie aus dem Gedränge nach draußen. Dankbar sog Josefine die kühle Herbstluft ein und ließ sich von Tante Hilde mitziehen. Doch statt in den Buchladen zurückzukehren, der immer noch offen stand, hielten sie auf die jahrhundertealte Dorfkirche zu und liefen die ausgetretenen Treppenstufen hoch. Auch hier stand das Portal offen, obwohl niemand im Kirchengebäude war. Hier war es noch kühler als draußen, und es roch nach feuchtem Stein und Wachs. Tante Hilde ging beherzt auf den Kerzenstand zu, an dem ein paar Teelichter flackerten und Streichhölzer bereitlagen. Sie kramte nach Kleingeld in ihrer Jackentasche, warf es in die Spendenkassette und nahm zwei Teelichter.

»Hier, das ist das Einzige, was wir tun können. Den Opfern das beste wünschen. Und hoffen, dass es nicht noch mehr werden«, sagte Tante Hilde und hatte doch Tränen in den Augen. Aber Josefine wurde es tatsächlich wärmer, als sie die Kerze anzündete und zu den anderen stellte.

»Josefine, lass dich nie von dem Gerede der Leute verunsichern. Es gibt schlimme Dinge, aber keiner von denen, die ihre wilden Theorien verbreiten, macht diese Dinge besser.«

»Aber ich will irgendwas tun, was die Welt besser macht!«, entgegnete Josefine. Schließlich taten das die Menschen in ihren Lieblingsbüchern auch oft. Und dazu war sie doch schließlich auf der Welt, oder? Tante Hilde dachte nach, und

Josefine fand, dass sie viel hübscher als ihre Mutter aussah, obwohl sie schon so viele Falten hatte und viel älter war. Aber irgendwie hatte ihre Tante etwas von einer Fee. Josefine war sich sicher, dass Tante Hilde die Welt immer wieder in Ordnung bringen konnte. So wie vor einem halben Jahr, als sich der blöde Junge aus der Parallelklasse über ihre roten Haare lustig gemacht hatte. Da hatte Tante Hilde ihr das Buch Anne auf Green Gables geschenkt. Josefine würde ihren Widersacher zwar niemals heiraten, so wie Anne Gilbert, der sie Karotte genannt hatte. Aber nach den Geschichten von Anne mochte sie ihre roten Haare.

In Tante Hilde arbeitete es, als schufteten lauter winzige Bauarbeiter in ihrem Gehirn. Sie hatte ein ernstes Gesicht und grübelte, doch schließlich lächelte sie.

»Ich weiß, wie wir die Welt besser machen können. Wir verkaufen einfach weiter richtig gute Bücher!«, rief sie aus.

Josefine verstand noch nicht ganz, wie das funktionieren sollte, nickte aber erst mal, um ihre Tante nicht zu entmutigen.

Als Josefine nach einem langen Tag im Buchladen, an dessen Ende sie mit Mark noch Hunderte neue Taschenbücher auf dem Tisch mit den Neuerscheinungen drapiert hatte, obwohl die alten noch lange nicht verkauft waren, ihre eigene Wohnung aufschloss, freute sie sich auf ein wenig Ruhe. Einfach mit dem aufgewärmten Kürbiseintopf, den Mark sowieso verabscheute, am Küchentisch sitzen und aus dem Fenster starren. Als Tante Hilde sie hier einmal besucht hatte, war sie entsetzt gewesen und hatte ein Gesicht gemacht, als müsste sie ihre Nichte aus dem Gefängnis befreien. Aber Josefine wohnte gerne hier, an einem der hässlichsten Plätze Kölns. Der Barbarossaplatz war eine einzige Ansammlung von Straßenbahnhaltestellen, Autoverkehr, schäbigen Achtzigerjahrebauten und einer McDonald's-Filiale in Blickweite, aber er lag so wunderbar zentral, dass Josefine überallhin laufen konnte. Der Buchladen lag um die Ecke, Mark wohnte um die Ecke in einer WG, selbst die Südstadt mit dem Volksgarten war um die Ecke, wenn sie mal etwas Natur brauchte. Und in diesen Park hatte sie Tante Hilde auch geführt, aber anscheinend war er nichts gegen das einsame Häuschen am Waldrand, das Tante Hilde bewohnte.

Josefine pfefferte den Eintopf und schaufelte das heiße Gemüse in sich hinein. Sie hatte tagsüber nur die paar Kekse gegessen, die der Verlagsvertreter übrig gelassen hatte.

Diese ganz besondere Spezies von Buchmenschen kam leider auch immer seltener, aber wenn, war Josefine froh. Schließlich konnte sie nicht alle Neuerscheinungen selbst lesen, weshalb sie sich gerne anhörte, welche Bücher der Vertreter ihr empfahl. Und Herr Hanser gehörte tatsächlich zu der Sorte Vertreter, der jedes Buch, das er vorstellte, selbst gelesen hatte. Bei den Titeln, die er den Buchhändlern empfahl, quoll ihm die Begeisterung förmlich aus den Augen. Zweimal im Jahr, einmal im Frühling und einmal im Herbst, kam er vorbei, um Bücher aus »seinen« Verlagen anzupreisen.

Josefine warf zwar selbst einen Blick in die dicken Vorschaukataloge, in denen die Verlage ihre Titel anboten, aber hier wurde jedes Buch erst einmal als grandioses Werk angepriesen.

Als der Teller leer war, hatte Josefine immer noch Hunger und machte sich ein Käsebrot. Der Kühlschrank war wieder fast leer, obwohl der nächste Supermarkt direkt gegenüber lag, genau wie in der Buchhandlung. Und er hatte bis 24 Uhr geöffnet. Sie nahm eine der drei letzten Brotscheiben und schnitt ein paar Scheiben Camembert ab. Auf dem Küchentisch lagen noch ein paar Vorschauen und die Post, die sie auf dem Weg nach oben aus dem Briefkasten mitgenommen hatte. Die grauen Briefumschläge vom Finanzamt würde sie morgen öffnen. Sie und Mark beglichen Außenstände stets pünktlich, aber sie beide hatten unterschätzt, wie viel Papierkram mit dem eigenen Laden auf sie zukommen würde. Den rosafarbenen Brief mit der handgeschriebenen Adresse hingegen öffnete sie sofort. Es war die Einladung zu einer Hochzeit von ihrer Freundin Bea, die ein halbes Klassentreffen werden würde, weil sie beide – genauso wie ihr halber Freundeskreis – ihre Heimatstadt Köln nie verlassen hatten. Josefine freute sich für Bea, beneidete sie aber auch ein ganz winziges bisschen. Sie liebte Mark, aber sie war sich nicht sicher, ob sie aus vollem Herzen für immer Ja sagen könnte. Andererseits stand auch nicht zu befürchten, dass diese Frage so schnell aufkommen würde, schließlich betonte Mark immer wieder, dass die Bindung durch den Laden schon groß genug war.

Warum hatte die Arbeit in Tante Hildes Buchhandlung immer so viel zauberhafter gewirkt? So viel romantischer? Die Buchhandlung Gronau war für Josefine immer ein Ort gewesen, wie er nur im Märchen vorkam. Ja, sie war wirklich zauberhaft in dem alten Fachwerkhaus mit den unverputzten Ziegeln und dem riesigen, meist ungenutzten Hinterhof mitten in der Einkaufsstraße von Heufeld. Dort hatte sie so oft in dem gemütlichen Sessel gesessen und so viele Bücher gelesen, wie in ihre Ferien passten. Eine gute Buchhändlerin musste schließlich informiert sein. Hatte Tante Hilde die ganze Buchhaltung und Organisation nicht auch wahnsinnig gemacht? Wie blauäugig sie gewesen war: Damals hatte Josefine nicht einmal mitbekommen, dass solche Arbeiten überhaupt anfielen.

Nach den Anschlägen vom 11. September 2001 hatte Tante Hilde sich verändert. Sie war stiller geworden. Und gleichzeitig stärker. Und trotziger. Und sie bestellte weniger Bücher und schaffte den Ständer mit den Tageszeitungen ganz ab. Es war ein bisschen so, als ob sie im Buchladen die schlechte Welt aussperren wollte und zugleich die Ärmel hochkrempelte, um dem Schlechten nicht die Bühne zu überlassen. Auch die Kunden hatten sich verändert. Viele waren bedrückter. Und manche kamen nicht mehr, weil Tante Hilde eine türkischstämmige Frau als Aushilfe in ihrem Laden einstellte, nachdem die Übeltäter identifiziert worden waren. Josefine verstand damals beim allerbesten Willen nicht, was ausgerechnet die damit zu tun haben sollte, dass das World Trade Center nicht mehr stand. Aber der grauhaarige Mann aus dem Elektroladen hatte »Wehret den Anfängen!« gerufen, als er noch einmal in den Buchladen kam und einen Stapel Bücher dabeihatte, in denen angeblich ganz genau erklärt wurde, welche Katastrophen der Welt noch bevorstünden.

»Ich habe Sie gewarnt, Frau Gronau. Verschließen Sie nicht die Augen vor der Wahrheit! Und lassen Sie vor allem nicht Ihre Chance ungenutzt, die Menschen aufzuklären!«

Damit war er aus dem Laden gestapft. Mittlerweile ignorierte Josefine solcherart Unkenrufe, aber damals hatte ihr dieser Mann Angst gemacht.

Doch mit jeden neuen Ferien veränderte sich auch die Stimmung in der Buchhandlung Gronau abermals. Die Leute, die hereinkamen, gingen fröhlicher wieder hinaus. Und auch Tante Hilde strahlte wieder. Zudem versuchte Josefine jetzt auch, ihre Tante zwischen den Ferien zu besuchen. Dann setzte sie sich freitagnachmittags in den Zug bis nach Fulda, wo Tante Hilde sie abholte und es noch eine gute halbe Stunde mit dem Auto bis nach Heufeld war, mitten durch eine hügelige Landschaft voller Kuhweiden und Apfelwiesen.

Sie beobachtete ihre Tante, konnte jedoch nicht fassen, was sich verändert hatte. Auch wenn mittlerweile der Laden weihnachtlich dekoriert war, musste der Grund woanders zu finden sein. Ein Gedanke schoss der mittlerweile dreizehnjährigen Josefine damals durch den Kopf. Ob Tante Hilde verliebt war? Ihr Nachbar Achim Eisenbach kam öfter mit seinem Sohn Johannes in den Laden, und Josefine merkte, dass Herr Eisenbach Tante Hilde manchmal ganz verträumt ansah. Der Sohn dagegen starrte oft traurig vor sich hin. Die beiden wohnten gegenüber von Tante Hilde in einem dunkel vertäfelten Bauernhaus, um das mächtige Tannen standen. Da Herr Eisenbach Imker war, rochen die beiden oft süßlich nach Honig, auch wenn die Miene des Vaters meist bitter war.

Als die beiden wieder einmal im Laden vorbeischauten, der Vater aber nur einen schmucklosen Kalender für das nächste Jahr erstand, fasste Josefine sich ein Herz, nachdem sich die Ladentür hinter den beiden geschlossen hatte.

»Tante Hilde, würdest du mir ein Geheimnis verraten?«

Tante Hilde setzte sich zu ihr auf einen Hocker neben dem Sessel. »Na, dann wäre es kein Geheimnis mehr.« Sie lächelte. »Was möchtest du denn wissen? Ich habe so einige Geheimnisse.«

»Bist du verliebt?«, fragte Josefine.

»Verliebt?! In wen sollte ich denn verliebt sein?«, fragte sie lachend.

»Na, zum Beispiel in den Vater von Johannes. Er guckt dich immer so an«, sagte Josefine und kam sich fast albern vor.

»Hast du denn gesehen, dass ich ihn genauso anschaue?« Ein Schatten huschte über Tante Hildes Gesicht.

»Nein, aber du bist in letzter Zeit irgendwie anders.«

Tante Hildes Mundwinkel zuckten, als fühle sie sich ertappt. »Wie denn?«

»Eben als hättest du ein Geheimnis. So wie eine Figur in einem Buch, die eine wichtige Mission erhalten hat, aber niemandem etwas davon verrät. Kannst du nicht wenigstens mir alles verraten?«, hakte Josefine nach und spürte einen wohligen Schauer durch ihren Körper laufen wie beim Lesen eines gruseligen Buches, bei dem man im sicheren Bett liegt.

»Also gut, ich werde dir ein Geheimnis verraten«, antwortete sie, sagte aber erst einmal gar nichts.

Josefine wartete ab und sah ihre Tante gespannt an.

»Also gut! Manche Orte sind wie Türen. Und manche

Menschen auch«, fing sie an und schwieg wieder, als suche sie nach den richtigen Worten. »Jedenfalls hat jeder Raum eine Tür«, Josefine lächelte ihre Tante auffordernd an. Wenn sie nicht gleich weitersprechen würde, kämen noch die nächsten Kunden in den Laden.

Tante Hilde lächelte zurück und erhob sich vom Hocker. »Also, um es kurz zu machen: Ich glaube, dass auch mein Buchladen eine Tür zu einer anderen Welt ist. Ich habe in der Hand, ob die Leute dahinter in den Abgrund stürzen oder ob es ihnen besser geht.«

»Du meinst so wie bei Narnia?« Josefines Herz klopfte.

»Zumindest so ähnlich.«

»Aber jeder wird doch glücklicher, wenn er ein Buch kauft. Selbst wenn er einen schrecklichen Krimi kauft. Das weiß doch jeder, dass das nicht echt ist«, bohrte Josefine nach, die ganz elektrisiert war und mehr erfahren wollte.

»Das stimmt, aber dennoch gibt es Bücher, die einen nicht nur für ein paar Stunden gruseln lassen, sondern die einen selbst danach ratlos zurücklassen.«

»Findest du, dass Bücher immer ein Happy End haben müssen?«

»Nein, aber sie sollen einen nicht in Stücke reißen, ohne dabei zu helfen, die Teile wieder zusammenzufügen«, meinte sie etwas rätselhaft, was Josefine merkwürdig vorkam.

»Weißt du, es gibt gute Gedanken, die Menschen aufbauen, und schlechte, die sie herunterziehen. Und obwohl keiner von uns im Dorf von dem Anschlag direkt betroffen war und es leider nicht die erste und letzte Katastrophe auf der Welt bleiben wird, haben einige Leute es mit ihren

Spekulationen über die Zukunft und dem Misstrauen gegenüber anderen Menschen nur noch schlimmer gemacht.«

»Aber ganz ohne Grund sind die Sorgen ja nicht. Und ganz ehrlich, die Terroristen sind für mich auch keine wertvollen Menschen mehr«, entgegnete Josefine, die nach dem Unglück angefangen hatte, öfter die Nachrichten zu schauen.

»Ja, aber die sind ja auch nicht als Terroristen auf die Welt gekommen. Irgendjemand hat irgendwann einmal angefangen, einen schlechten Gedanken in ihnen zu verpflanzen. Und ich möchte das Gegenteil machen. Ab jetzt darf es nur noch Bücher hier geben, die die Menschen aufbauen. Die ihnen Hoffnung geben.«

»Und wenn einer eins bestellt, dass du schlecht findest?«

»Na ja, wer bin ich denn, dass ich den freien Willen meiner Kunden beschneide? Bestellen werde ich es, aber keins dieser Bücher hier auslegen.«

Josefine wusste schon damals nicht, was sie von der Idee halten sollte, nickte aber.

»Und ich möchte jedem Menschen, der hier rein- und rausgeht, gute Gedanken und Wünsche mitgeben. Ich glaube, unsere Gedanken bewirken etwas. Das glaube ich wirklich.« Den letzten Satz sprach sie mehr zu sich selbst.

»Du meinst also, deine Buchhandlung ist ab heute die Buchhandlung der guten Wünsche?«, fragte Josefine freudestrahlend, und ihre Tante strahlte genauso zurück.

»Genau, die Buchhandlung der guten Wünsche! Aber das bleibt unser Geheimnis, okay? Deine Eltern halten mich eh schon für bekloppt.«

Josefine errötete und versprach, es für sich zu behalten.

Auch wenn sie sich nicht sicher war, dass Tante Hildes wilde Gedankenwelt auch in der tatsächlichen Welt funktionierte, so wusste sie ganz genau, dass ihre Eltern sie tatsächlich merkwürdig fanden. Aber das war Josefine ganz egal. Tante Hilde war einer ihrer absoluten Lieblingsmenschen.

Und auch heute noch hing Josefine sehr an Tante Hilde, auch wenn sie es einfach nicht schaffte, sie länger zu besuchen. Als könnte Tante Hilde Gedanken lesen, klingelte das Telefon. Josefine nahm ab.

»Hallo, Tante Hilde. Wie geht es dir?«

»Gut, meine Liebe, sehr gut! Und bald wird es mir noch viel besser gehen, weil ich ein neues Knie bekomme. Ein paar Wochen Reha, und ich kann wieder die Treppen im Haus laufen und Bücherkisten schleppen.«

Sie hatte sich also endlich zu der Operation durchringen können, die hoffentlich die Zeit in Sachen Fitness zurückdrehen würde.

»Möchtest du dich nicht einfach mal zur Ruhe setzen? Andere in deinem Alter sind schon jahrelang in Rente«, seufzte Josefine, obwohl sie die Antwort zu gut kannte.

»Natürlich nicht. Der Buchladen braucht mich! Wer sonst wäre in der Lage, die geheime Mission der Buchhandlung der guten Wünsche aufrechtzuerhalten?«

Josefine konnte selbst durch das Telefon spüren, wie ihre Tante ihr zuzwinkerte. Und Josefine wusste, dass sie gemeint war. Und einen Moment fühlte sie sich schuldig, dass nicht sie es war, die den Laden eines Tages übernahm. Für einen Moment schwiegen beide.

»Ich habe seit einiger Zeit eine wunderbare junge Mitarbeiterin. Eva wird den Laden allein schmeißen, während ich im Krankenhaus bin«, fuhr Tante Hilde fort.

»Das freut mich. Wirklich.«

»Ich würde dich gerne wieder einmal für eine Woche einladen. Jetzt ist genau die Zeit, in der es bei uns so schön ist. Der ganze Wald leuchtet golden. Die Äpfel warten darauf, gepflückt zu werden. Und der Buchladen würde sich auch freuen, dich wiederzusehen.«

Tante Hilde hatte gut reden! Sie besaß ein eigenes Haus sowie das Ladenlokal und musste nicht zusätzlich auch noch für die Miete rackern. Und Lesungen gab es in ihrem Laden auch nie, während Josefine und Mark fast jeden Monat mindestens zwei Autoren einluden.

»Ich würde wirklich so gerne kommen, aber ich kann im Moment einfach nicht weg. Der eigene Laden macht so viel Arbeit, die ganze Steuer muss ich diesen Monat auch noch durcharbeiten. Ich weiß echt nicht, wo mir der Kopf steht.«

»Ach Josefine, wenn ich dich so reden höre, denke ich manchmal, du bist im Gefängnis und nicht in einer Buchhandlung! Es ist doch dein Laden!«

»Eben drum muss ich ja immer da sein.« Josefine wäre wirklich gerne mal wieder ein paar Tage zu ihrer Tante gefahren, allein um abzuschalten, aber das konnte sie sich einfach nicht leisten. Mal ganz davon abgesehen, dass sie nicht mal ein Auto besaß und der Weg nach Heufeld mit öffentlichen Verkehrsmitteln sehr umständlich war. Ihre Tante fuhr zwar noch Auto, aber leider nicht mehr sehr sicher und immer nur die paar Minuten von ihrem Haus in den Ort, sodass Josefine sie unmöglich bitten konnte, sie von Fulda abzuholen. Und da sie eh jeden Cent umdrehen musste, wollte sie sich lange Taxifahrten für den Notfall aufsparen.

»Und was ist mit deinem Freund? Kann der den Laden nicht mal ein paar Tage ohne dich führen?«, hakte Hilde nach.

Josefine hatte bei ihrem letzten Besuch gespürt, dass Tante Hilde Mark nicht so gut leiden konnte, wie sie sich das gewünscht hatte. Das hatte ihr einen Stich versetzt, schließlich war Mark der wichtigste Mensch in ihrem Leben. Aber sie versuchte, nachsichtig mit Tante Hilde zu sein. Immerhin hatte sie nie Glück in der Liebe gehabt und wäre wahrscheinlich jedem Mann gegenüber skeptisch gewesen.

»Ich frage ihn mal. Aber bald fängt das Vorweihnachtsgeschäft an, da sind wir selbst zu dritt im Laden manchmal überfordert. Aber ich verspreche dir, dass ich dich bald wieder besuchen werde, spätestens nach der Operation im Krankenhaus, okay? Vielleicht kann ich mir dann im Frühling mal ein paar Tage länger freinehmen, aber jetzt geht es wirklich nicht.« Josefine hatte als Kind immer über die Erwachsenen den Kopf geschüttelt, die behaupteten, die Zeit rase immer schneller. Jetzt war sie gerade dreißig und musste schon den Kalender zurate ziehen, um sich mal mit einer Freundin zu einem Kaffee zu verabreden. Wie musste sich erst Tante Hilde mit über siebzig Jahren fühlen?

»Vielleicht sollten wir doch bald zusammenziehen, damit wir nicht die Besenkammer für unsere Rendezvous nutzen müssen«, sagte Mark lachend, als er Josefines Taille umschlang. Okay, in ihrem Büro stand auch das Putzzeug, aber dennoch war es ein nettes Zimmer und keine Besenkammer.

Josefine hatte ihre Arme um seinen Hals geschlungen. »Warum nicht? Wir sehen uns tatsächlich viel zu selten außerhalb der Arbeitszeit.« Ihr Blick blieb an dem Monitor der Überwachungskamera hängen, der den Eingangsbereich kontrollierte. Sie mussten die Kamera gleich noch ausschalten. Manchmal fühlte sich Josefine mulmig angesichts der Überwachung, aber so konnten sie auch mal während der Öffnungszeiten anfallende Arbeiten im Büro erledigen, wenn einer von ihnen allein im Laden war. Tante Hilde ließ ihre Tür selbst dann auf, wenn sie im Lagerraum war. Sie sagte immer, beim Stöbern in den Büchern würde schon keiner so schnell wegrennen.

»Mark, lass uns heute Abend mal wieder was Schönes unternehmen! Vielleicht essen gehen?«

Als um halb sieben der letzte Kunde gegangen war,

hatten sie die Tür verriegelt und sich an die Aufräumarbeiten gemacht.

»Mmmhh, essen ist nicht schlecht, aber ich hätte da auch noch auf was anderes Lust.« Er küsste sie knapp neben den Mund, und ein Schauer lief durch Josefines Körper.

»Da hätte ich auch nichts gegen.« Allerdings müsste sie erst einmal die ganze Arbeit ausblenden, was Josefine zunehmend schwerer fiel. Ihr Blick fiel erneut auf den kleinen Schwarz-Weiß-Bildschirm. Da versuchte doch wirklich jemand vergeblich, die Tür zu öffnen.

»Alles in Ordnung?«, fragte Mark.

»Ja, ja, da ist nur noch jemand an der Tür. Soll er halt morgen wiederkommen«, antwortete sie und küsste ihren Freund flüchtig. In jemandes Arme fallen und alles andere vergessen kam wohl nur in den Büchern vor, die bunte Umschläge voller Muffins, Meeresansichten oder Liebesbriefen aus altmodischem Papier zierten. Aber da erkannte Josefine die Frau, die immer noch an der Tür rüttelte. Es war Frau Schmitz, die gestern noch betont hatte, dass sie das Deutschbuch unbedingt für heute brauchte. Sie ließ von der Türklinke ab und stampfte auf den Boden. Josefine musste keinen Kurs im Lippenlesen besucht haben, um den Fluch zu identifizieren, der aus ihrem Mund kam: »Scheiße!« Ja, selbst in Schwarz-Weiß und Miniaturformat war zu erahnen, dass Frau Schmitz sich am liebsten in Grund und Boden gestampft hätte.

»Mark, ich glaube, ich muss doch noch mal zur Tür.«

»Warum das denn?«

»Na, guck mal auf den Bildschirm. Unsere Stammkundin. Und sie braucht das Buch bis morgen.«

»Ganz ehrlich, sie weiß seit Jahren, dass wir um halb sieben schließen. Nur weil sie nicht organisiert ist, müssen wir doch nicht nach ihrer Pfeife tanzen. Uns in den Feierabend zu grätschen ist so was von rücksichtslos!« Mark rückte etwas von ihr ab.

Josefine musste ihm recht geben. So sehr sie ihren Job liebte, aber es gab wirklich Leute, die sich überhaupt nicht darum scherten, was für Bedürfnisse andere Menschen hatten. Die grundsätzlich zwei Minuten vor Ladenschluss noch eine ellenlange Beratung einforderten, nur um dann doch nichts zu kaufen.

»Aber sie braucht das Buch wirklich!«

»Dann hätte sie früher kommen müssen. Jetzt ist die Kasse schon zu. Und wir sind schon den ganzen Tag auf den Beinen, ich kann einfach nicht mehr.«

Josefine sah auf den Bildschirm statt in die Augen ihres Freundes. Frau Schmitz hatte anscheinend aufgegeben und sich mit hängenden Schultern umgedreht. Es würde zwei Minuten dauern, das Buch aus dem Regal mit den Vorbestellungen herauszusuchen und ihr nachzusetzen.

»Bitte! Wir haben uns den Feierabend wirklich verdient.«

»Ist ja gut!«, antwortete Josefine, und sie küssten sich. Allerdings war Josefine dabei nicht wirklich bei der Sache. Sie nahm sich vor, den Titel später in ihre Tasche zu packen, bei Frau Schmitz in den Briefkasten zu werfen und ihr eine WhatsApp-Nachricht zu schicken, dass sie das Buch nur aus dem Briefkasten fischen müsse. So waren beide glücklich. Mark und Frau Schmitz. Und wenn alle anderen zufrieden waren, war Josefine es auch.

»Es geht nicht anders, ich muss nächste Woche nach Rom.« Mark stellte Josefine einen Kaffee auf den Tisch, auf dem noch das Geschirr vom Abend stand. Wohlgemerkt nicht das von Josefine und Mark, die gestern nach einem köstlichen Curry bei ihrem Lieblingsinder direkt im Bett verschwunden waren, sondern das von seinen beiden Mitbewohnern. Josefine versuchte, die Teller zu ignorieren, schließlich war das nicht ihre WG. Mark schienen sie nicht einmal aufzufallen.

Josefine kam sich trotz Marks Schlafanzugs, den sie sich heute Morgen ausgeliehen hatte, nackt vor. Hoffentlich schliefen die anderen beiden Mitbewohner noch tief und fest oder lauschten wenigstens nicht ihrer Diskussion. Jetzt gönnte sie sich erst einmal einen Schluck Kaffee, weil sie Marks Ankündigung nicht einordnen konnte. Mark pendelte in der Regel nur zwischen Schreibtisch und Buchladen hin und her, Rom entsprach so gar nicht seinem Bewegungsradius.

»Warum das denn?«

»Weil mein Protagonist da unbedingt hinmuss. Ich stecke gerade fest, und gestern habe ich kapiert, warum. Mein Held muss nach Rom.« Mark setzte sich. Seine blonden Haare waren noch ganz verwuschelt von der

Nacht, aber der Blick aus seinen ungewöhnlicherweise braunen Augen war schon sehr wach.

»Aber deswegen musst du ja nicht gleich hinfliegen!«

Von ihnen beiden war sie immer die Stimme der Vernunft, während Mark der Mann für die großen Visionen war. Dabei war sie selbst einmal eine große Träumerin gewesen.

»Ach, Josy, natürlich muss ich das! Oder meinst du allen Ernstes, ich kann über Google Street View eine vernünftige Recherche betreiben?«, fragte er mit einer Stimme, die Josefine einen Hauch zu freundlich vorkam. Ihre Rücklagen waren fast aufgebraucht. Es brauchte nur irgendetwas kaputtzugehen, und sie wären bankrott. Und da wollte er eine teure Recherchereise machen?

»Mark! Du bist der Autor! Lass deinen Helden halt in Köln sein Abenteuer erleben! Und beim Rest hilft dir deine Fantasie!« Sie konnte es selbst kaum ertragen, sich so reden zu hören, aber sie würde es noch weniger ertragen, wenn sie sich irgendwann um nicht vorhandenes Geld streiten müssten.

»Du nimmst meine Arbeit nicht ernst.« Er schob seine Kaffeetasse von sich, als wäre das Gebräu durch Josefines Unverständnis ungenießbar geworden. Josefine griff nach seiner Hand, doch er zog sie zurück.

»Mark, Entschuldigung. Ich sollte mir erst mal anhören, um was es genau geht«, versuchte sie einzulenken.

»Ne, also in dem Ton habe ich schon einmal gar keine Lust zu diskutieren. Es kann doch wohl nicht sein, dass du mir so eine kleine Recherchereise nicht gönnst.« Er zog eine Schnute wie ein verwöhntes Kind.

»Mark, ich gönne dir alles! Aber du weißt doch genauso wie ich, dass wir weder Geld noch Zeit haben. Wenn wir den Gründungskredit abgestottert haben oder du mit deinem Buch richtig Geld verdienst, dann kann jeder von uns wieder machen, was er will! Aber jetzt müssen wir nun mal auf alle Extras verzichten, sonst sind wir bald pleite!«, regte Josefine sich auf, jedoch weniger über Mark als über die harten Zeiten für den stationären Buchhandel. Rund fünf Millionen Leser waren in den letzten Jahren weggebrochen und brachen damit auch manchem Buchladen das Genick. Und viele der übrig gebliebenen Leser ließen sich lieber durch Algorithmen beraten als durch ausgebildete Buchhändler, die eben doch etwas ganz anderes waren als einfache Verkäufer oder Buchhalter. Wobei manche Buchhandelskette schon auf ausgebildete Buchhändler verzichtete und stattdessen Studenten für den Mindestlohn einstellte – ebenfalls aus Kostengründen. Es war ein Teufelskreis, von dem die Autoren nicht verschont blieben, die sich nur noch selten einen teuren Rechercheaufwand leisten konnten.

»Ich hätte dich nicht so überrumpeln dürfen, aber ich würde mir mehr Vertrauen von deiner Seite wünschen.«

»Hast du schon gebucht?«

»Ja, der Flug war ein Schnäppchen, da musste ich sofort zuschlagen. Es sind doch nur ein paar Tage!«

Fünf Sekunden, um mich zu fragen, hättest du bestimmt gehabt, dachte Josefine, sagte aber nur: »Okay, wir werden das schon hinbekommen.«

»Eben, das werden wir. Wie alles bisher.« Mark küsste sie auf die offenen, noch ungekämmten Haare. Dann verschwand er im Badezimmer, schließlich mussten sie gleich den Laden aufschließen.

Josefine seufzte und kippte den restlichen Kaffee in den Ausguss. Sie hatten einen schönen Abend und eine schöne Nacht verbracht, aber Marks Ankündigung hatte ihr den Morgen verdorben. Sie mochte den Teil in ihr nicht, der wütend auf Mark war, weil er sich so eine harmlose, kleine Extravaganz gönnte, während sie nicht einmal wegen ihrer Tante bei ihm angefragt hatte. Sie war davon ausgegangen, dass es nicht funktionierte. Und das tat es ja auch wirklich nicht! Aber Mark machte einfach sein Ding. War sie zu kleingeistig? War die Arbeit nichts als eine dumme Ausrede?

Eine Nachricht blinkte auf.

Vielen Dank für das Buch im Briefkasten. Sie sind einfach die allerbeste Buchhandlung der Welt!!!!

Die Lobeshymne wurde mit hochgereckten Daumen und strahlenden Smileys unterstrichen. Josefine fühlte sich wie eine Hochstaplerin, die hinterrücks anderer Leute Träume bremste, aber ganz sicher nicht wie die beste Buchhandlung der Welt – zumal sie ja auch nur fünfzig Prozent einer ganz gewöhnlichen Buchhandlung ausmachte.

Der Geruch von Winter lag schon in der Luft, obwohl der Tag nicht hätte goldener sein können. Josefine hatte sich auf dem Weg von der Buchhandlung nach Hause eine kleine Pause gegönnt. Die dicken roten Haare hatte sie unter einer Mütze verstaut und um den Hals einen Schal gewickelt, und mit einem Milchkaffee ließ es sich auf dem Rathenauplatz gut aushalten. Durch die Baumkronen mit all den rotbraunen Blättern, die vor dem Winter noch einmal ihre ganze Pracht entfalteten, schien die Abendsonne. Die wunderschönen Stuckfassaden der Altbauten um den Platz erschienen noch prächtiger. Josefine liebte das Leben in der Stadt. Sie liebte es auch, allein inmitten des Gewusels zu sitzen. Kinder turnten auf den Spielgeräten neben dem Biergarten, der bis in den Winter hinein Plätze draußen anbot. Rote Fleecedecken und Heizstrahler trotzten dem eigentlich milden Wetter, das den Kölner aber schon an den nahenden Winter erinnerte. Leute mit ihren Einkaufstüten nahmen die Abkürzung durch den Park, manch einer hetzte zur U-Bahn, als ob die nächste nicht in ein paar Minuten fahren würde. Alles war voll, laut und voller Leben. Niemand schaute sie komisch an, wenn sie ganz allein an einem Tisch saß und nichts machte, als die Blätter in den Baumkronen zu beobachten. Sie musste an Tante Hilde denken, die einmal erzählt hatte, dass es den Menschen in ihrem Dorf verdächtig vorkam, wenn jemand allein in einem Biergarten oder Café saß. Innerhalb starrer, dörflicher Strukturen auch noch unter Beobachtung zu stehen, wäre ein Albtraum für Josefine!

Aber war ihr Leben nicht auch schon ganz schön durchstrukturiert und vor allem verplant?

Vielleicht war es das, aber sie hatte sich schließlich so eingerichtet mit ihrem Traumberuf und ihrem Traummann. Dass sich beides manchmal auch wie harte Arbeit anfühlte, war doch ganz normal. Der Kaffee außer Haus wäre der einzige Luxus für diese Woche, hatte sie sich angesichts ihres Kontostands vorgenommen. Und wirklich jeden Anflug von Neid auf Mark beiseitezuschieben, weil er nun ein paar Tage in der Ewigen Stadt weilte, die für Josefine in erster Linie ewig weit weg war, kam auch harter Arbeit gleich. Vor allem, weil Mark sich das Geld von ihrem Geschäftskonto geliehen hatte. Gut, es war nicht viel, und er hatte versprochen, alles zurückzuzahlen, aber dennoch hatte Josefine dabei kein gutes Gefühl.

Sie umklammerte die Kaffeetasse mit ihren Händen, um ihre Finger zu wärmen, doch der Kaffee war auch nur noch lauwarm. Sie kippte den Rest mit einem Schluck herunter, brachte die Tasse zurück, damit die Kellnerin nicht laufen musste, und spazierte nach Hause. Der Supermarkt auf dem Weg lockte schon mit Spekulatius im Schaufenster, die Bahn bimmelte hektisch, weil mal wieder jemand bei Rot über die Schienen spurtete. Alle hatten es eilig, nur Josefine nicht. An ihrer Wohnung angekommen, schloss sie deshalb auch in aller Ruhe den Briefkasten im Hausflur auf und nahm den dicken Stapel Post heraus. Werbung, ein paar Rechnungen und ein handgeschriebener Brief, der ihr Herzklopfen verursachte. Ein schwarzer Streifen auf dem Umschlag verhieß nichts Gutes. Ein Absender stand nicht darauf. Bitte lass es nicht Tante Hilde sein! Aber das war Unsinn. Sie hatten nach ihrer Operation noch telefoniert, bei der alles gut verlaufen war. Außerdem hätte sie bestimmt jemand angerufen, wenn etwas mit Tante Hilde passiert wäre. Ihre Eltern zum Beispiel, obwohl sie eher unregelmäßigen Kontakt zu ihrer Großtante pflegten. Und obwohl Josefines Eltern im Bergischen Land gar nicht so weit weg wohnten, sahen sie sich auch eher unregelmäßig. Wobei Josefine sich immer sehr freute, wenn ihre Mutter in den Buchladen kam und dann stapelweise Bücher bestellte, auch für ihre Freunde und Nachbarn. Bei den teuren Bildbänden hätte Josefine ihre Mutter manchmal am liebsten zu einer günstigen Alternative überredet. Eine typische Buchhändlermacke, als wäre nicht selbst ein prächtiger Gartenbildband ein bescheidener Luxus, an dem sich der Besitzer jahrelang erfreuen konnte. Wenn ihre Mutter ihr dann erklärte, dass die Freundin, die den einen Bildband für fünfzig Euro bestellt hatte, sich ansonsten auch kein T-Shirt unter fünfzig Euro kaufte, konnte sie den Gedanken an einen Gefälligkeitskauf getrost beiseitewischen. Die Beklommenheit angesichts des Umschlags ließ sich dagegen auch nicht mit dem Gedanken daran beiseitewischen, dass ihre Eltern sie informiert hätten, wenn etwas passiert wäre.

Josefine stand in dem kalten Hausflur, der selbst etwas von einer Grabkammer hatte. Statt den Aufzug zu nehmen, lief sie die drei Stockwerke hoch. In ihrer

Wohnung öffnete sie den Brief jedoch nicht, irgendetwas hielt sie davon ab. Stattdessen wählte sie sofort Tante Hildes Nummer, und der Anrufbeantworter sprang an. »Hallo, Tante Hilde, hier ist Josefine. Ich wollte nur noch mal hören, wie es dir geht! Also wenn es dir passt, komme ich nächste Woche. Mark ist diese Woche weg, da kann ich mir ...«, sie biss sich auf die Lippe. Sie brauchte sich doch nicht zu rechtfertigen. »Also wie auch immer, wir haben uns wirklich viel zu lange nicht gesehen.« Josefine besah ihre rechte Hand, die zitterte, während ihre Fingernägel schon Kerben in das Papier drückten.

Hoffentlich hörte Tante Hilde ihr Gestammel nicht ab. Doch, hoffentlich tat sie es, sonst könnte das bedeuten, dass ... Josefine schwitzte unter ihrem Mantel und dem Schal. Um alles auszuziehen, musste sie den Brief und das Handy beiseitelegen. Auch die Schuhe zog sie noch aus. Langsam. Schließlich ahnte sie, dass in dem Umschlag eine schmerzhafte Wahrheit auf sie wartete. Ob sie ihre Eltern fragen sollte, ob sie auch einen Trauerbrief im Briefkasten vorgefunden hatten? Nein, sie würde den Brief jetzt öffnen. Sie suchte nach einer Schere in der Küchenschublade, obwohl sie solche Briefe normalerweise mit den Fingern öffnete. Als sie keine fand, suchte sie nach einem scharfen Messer. Und sie wusste, dass sie jedes Mal, wenn sie in Zukunft mit diesem Messer Gemüse schnitt, an den Verstorbenen würde denken müssen.

Sie öffnete das Kuvert und holte die Klappkarte heraus. Sie brauchte den Text nicht zu lesen, um zu wissen, wen es erwischt hatte. Tante Hilde grinste ihr von einem Porträtfoto schelmisch entgegen. Josefine hätte beinahe zurückgegrinst, bis ihr bewusst wurde, dass ihre Tante nur noch auf dem Papier lächeln konnte.

Josefine lag auf ihrem Bett und starrte die Decke an. Sie hatte Tränen in den Augen, aber sie weinte nicht. Das konnte doch nicht wahr sein! *Plötzlich und unerwartet!* Wenn sie doch nur die Zeit zurückdrehen könnte, dann hätte sie Tante Hilde besucht. Und wenn sie dafür den Laden hätte schließen müssen!

Josefine drückte ihre Fingernägel in ihre Handfläche, wie sie es schon als Kind beim Zahnarzt gemacht hatte. Schmerz ließ sich am besten mit Schmerz vertreiben, nur dass dieser Schmerz nach ihrem Inneren griff und selbst nicht zu greifen war. Da war Dankbarkeit, diese wunderbare Frau in ihrem Leben gehabt zu haben, Schuld, weil sie sich nicht genug um sie gekümmert hatte. Weil sie die Zeit nicht richtig genutzt hatte.

Als Traueranschrift war tatsächlich die Buchhandlung Gronau angegeben, und statt Blumenschmuck für das Grab wünschte Tante Hilde sich Spenden für Alphabetisierungskurse. Ihr Tod lag erst ein paar Tage zurück. Ob sie für den Fall alles vorbereitet hatte? Als Kontakt war Eva Hartung angegeben. Josefine erinnerte sich. Die Mitarbeiterin. Der Gedanke, dass Tante Hilde kein Familienmitglied um sich gehabt hatte, schmerzte sie. Wäre nicht sie als ihre Großnichte auch infrage gekommen? Oder ihre Mutter? Auch wenn sie ihre Tante immer seltener gesehen hatte, hatte sie eine feste Konstante in ihrem Leben gebildet. Und nun war sie weg. Für immer. Sie hatte so viele Fragen, die sie ihr nie mehr stellen konnte. Doch Josefine ahnte nicht im Geringsten, dass Tante Hilde es sogar jetzt noch schaffen würde, ihr Antworten auf Fragen zu geben, die sie sich selbst noch nicht einmal gestellt hatte.

Josefine, die sich nicht nur dafür schämte, Tante Hilde nicht mehr rechtzeitig besucht zu haben, sondern auch für ihre zwiespältigen Gefühle gegenüber Marks Reise, nahm sich vor, wenigstens ab jetzt alles besser zu machen. Deshalb verschwieg sie Mark Tante Hildes Tod, wenn sie sich über Textnachrichten austauschten. Er sollte die Tage in Rom genießen und kein schlechtes Gewissen ihr gegenüber haben. Tante Hilde würde auch nicht mehr lebendig, wenn er mich jetzt in den Arm nähme, dachte sie und war dankbar für die Arbeit im Buchladen.

Sonja half ihr, die Lieferungen an Glitzerkulis, Schleimknete und Kuscheltieren, die beliebten Kinderbuchfiguren nachempfunden waren, neu zu arrangieren. Mittlerweile machte ihr Umsatz zur Hälfte fast nur noch dieser Schnickschnack aus, der mit Büchern rein gar nichts zu tun hatte. Allein von Büchern konnte kaum noch eine Buchhandlung leben – sie musste schließlich gegen den Internetriesen bestehen, der nicht nur Glitzerkulis, sondern von Armbändern bis Zitronenpressen einfach alles verkaufte.

»Kaffeetassen zu Freundinnenromanen sind doch perfekt!«, meinte Sonja, die zum Glück ein Faible für Deko hatte und sich selbst gerne mit Broschen schmückte. Das passte zu ihren grauen kurzen Locken, die wiederum zu dem fast faltenfreien Gesicht in einem hübschen Kontrast standen.

Josefine nickte.

»Oder lieber Sektgläser? Die lassen sich nur nicht so gut verkaufen«, ergänzte ihre Verkäuferin und drehte die Tassen so, dass jeder den Aufdruck erkennen konnte.

Sich mit Bea, Anna oder Katharina zu treffen, wäre jetzt genau das Richtige, dachte Josefine, doch seit Bea in den Hochzeitsvorbereitungen steckte, hatte sie noch weniger Zeit als früher. Und Katharina war abends meist viel zu müde, seit sie ein Baby hatte. Zum Glück kamen ihre Freundinnen auch mal während der Geschäftszeiten auf einen Plausch vorbei. Da bewährte sich die Sitzgruppe doppelt, und Mark bereitete Josefine und ihren Freundinnen dann auch immer einen Kaffee zu, wenn nicht zu viele Kunden den Laden bevölkerten. *Ach, Tante Hilde*, dachte sie, *ich wünschte, du hättest Mark wirklich kennengelernt, dann wärst du nicht so streng mit ihm gewesen.*

»Alles in Ordnung mit Ihnen?«, fragte Sonja nach.

»Ja, es ist nur so«, antwortete Josefine gefasst, »ich habe gestern erfahren, dass meine Tante gestorben ist.«

Sonja reichte ihr die Hand. »Mein herzliches Beileid. Was ist passiert?«

»Es waren wohl die Folgen einer OP. Eigentlich Routine. Aber ihr Herz hat zwei Tage später gestreikt. Einfach so. Ganz ohne Ankündigung.«

»Das tut mir leid.«

»Könnten Sie in der nächsten Woche etwas mehr arbeiten? Ich möchte zur Beerdigung, und Mark wird hier Unterstützung brauchen.«

»Sie können auch beide fahren. Ich bekomme das für einen Tag bestimmt allein hin.«

»Danke, ich überlege es mir.« Dabei war sich Josefine sicher, dass sie da allein durchmusste. Jetzt spürte sie, wie Sonja etwas sagen wollte, aber zögerte. »Ist noch etwas?« Josefine war glücklich, mit Sonja so eine gute Unterstützung im Buchladen gefunden zu haben.

»Also nur, damit Sie es wissen: Ich hätte grundsätzlich nichts dagegen, mehr zu arbeiten.«

Das wusste Josefine nur zu gut, da Sonja das nicht zum ersten Mal betonte. »Ich würde Sie am liebsten sofort Vollzeit einstellen, aber Sie wissen ja ...« Josefine mochte die Situation selbst nicht. Selbst die Teilzeitstelle war ein hoher Kostenfaktor, obwohl sie gerade in der Vorweihnachtszeit dringend noch mehr Unterstützung gebraucht hätten. Eine gute Buchhandlung bot vor allem ausführliche Beratung. Natürlich standen sie auch mal eine halbe Stunde ohne Kunden im Laden, genauso waren aber auch Kunden wieder verschwunden, weil sie sich alle gleichzeitig im Gespräch befanden.

»Ich weiß, ich wollte es nur noch einmal betonen«, sagte Sonja und hielt auf die Kunden zu, die gerade den Laden betraten.

Wenn ich ihr nicht bald einen besseren Job anbiete, ist sie weg, dachte Josefine. Aber dieses Problem könnte sie heute nicht lösen.

Was in ihrer Kindheit der schönste Ort der Welt gewesen war, kam ihr nun grau und abweisend vor. Auf der Bahnfahrt von Köln nach Fulda erwartete Josefine am Streckenrand kein goldener Herbst. Sie konnte kaum etwas erkennen, so heftig prasselte der Regen gegen die Fensterscheiben. Um nicht zu spät zu kommen, nahm sie statt des Bummelzugs für die gesamte Strecke von Fulda nach Heufeld ein Taxi. Zurück würde sie nur den Teil der Strecke mit dem Taxi überbrücken, auf dem weder Bus noch Bahn verkehrten.

Tante Hilde hatte zwar kaum Familie, aber anscheinend hatte sich das ganze Dorf eingefunden, um sich von ihr zu verabschieden. Die Mauer um den Friedhof, der an einem Hang lag, bot keinen Schutz vor dem Wind, der die Trauergäste die Schirme einklappen ließ, obwohl es regnete. Und wie immer war es hier in der Rhön mindestens fünf Grad kälter als in Köln. Josefine war es egal, dass ihre Füße klamm waren und die Kälte in ihre Knochen kroch wie die Trauer in ihr Herz. Es passte wenigstens zusammen.

Sie war zu spät gekommen. Mal wieder, obwohl sie sich doch vorgenommen hatte, nie mehr denselben Fehler zu begehen. Die Trauerfeier in der kleinen Kapelle war schon vorbei gewesen, als sie den Friedhof betreten hatte. Inmitten der Menschenmenge konnte sie kaum den Wagen erkennen, auf dem der Sarg lag. Aber der Duft von Lilien drang ihr in die Nase, den selbst der Regen nicht wegwischen konnte.

Tante Hilde war einer der wichtigsten Menschen in ihrem Leben gewesen, und doch reihte sie sich hinter Leuten ein, die sie noch nie gesehen hatte. Wer waren sie? Buchliebhaber? Nachbarn? Warum hatten ihre Eltern ihren Urlaub nicht unterbrechen können? Warum hatte sie keine Geschwister, die mit ihr um die Tante trauerten? Sie hörte die Worte des hageren Pfarrers, der am offenen Grab den Segen sprach. Gleich würde sie dort stehen und einen letzten Blick auf den Sarg werfen, ein paar Blumenblätter darauf flattern lassen, genauso tot wie ihre Tante. Dabei hatte sie mit ihr noch so viel unternehmen wollen. Aber sie hatte es immer wieder verschoben, auf irgendwann einmal, wenn sie Zeit haben würde, dachte Josefine bitter.

Sie griff in den Korb mit den Rosenblättern, als sie an der Reihe war, bekreuzigte sich und starrte in das Loch, das mit einem Teppich aus Kunstrasen ausgelegt war, der als Allerletzter verrotten würde. In ihren Augen brannte es, doch die Tränen steckten in ihrer Kehle fest. Niemand stand dort am Grab, den sie kannte, niemand, dem sie ihrerseits ihr Beileid aussprechen konnte.

»Josefine?«

Sie zuckte zusammen, als sie eine männliche Stimme ihren Namen flüstern hörte. Josefine drehte sich um und sah in die dunklen Augen eines großen Mannes, der nicht viel älter war als sie. Oder womöglich doch, dachte sie, als sie die feinen Fältchen um seine Augen und ein paar graue Haare inmitten des dunklen Schopfs bemerkte. Sie passten nicht zu seiner Stimme und seiner Haltung. Aber wer war er, dass er ihren Namen kannte?

Langsam dämmerte es ihr. Johannes. Der Nachbarjunge, mit dem sie damals in den Ferien so oft gespielt hatte.

»Johannes?«, fragte sie dennoch und reichte ihm die Hand.

Das letzte Mal, als Josefine ihn gesehen hatte, war er fast noch ein Junge gewesen.

Er nickte und hielt ihre Hand immer noch fest.

»Josefine, mein herzliches Beileid.«

Er zog sie an sich, und sie hielt ihn einen Moment fest. Sie wollte danke sagen, doch alles, was herauskam, war das Schluchzen, das in ihrer Kehle festgesteckt hatte. Dieser Mann war ein Fremder für sie, und doch fühlte sie sich wieder wie das kleine Mädchen, das mit dem Jungen am Bachlauf hinter Tante Hildes Haus gespielt hatte. Und das fühlte sich gut an, denn so konnte sie sich vorstellen, dass sie gleich mit nassen Füßen und eiskalten Händen in Tante Hildes Haus stapfen würden, wo warme Socken und ein heißer Kakao auf sie warteten. So wie damals. Doch das Einzige, was wie damals war, waren die nassen Füße und kalten Hände. Sie löste sich aus der Umarmung.

»Entschuldigung. Ich bin völlig durcheinander. Und ich habe dich erst überhaupt nicht wiedererkannt.«

»Für Ersteres brauchst du dich nun wirklich nicht zu

entschuldigen«, wehrte er ab und machte einen Schritt zur Seite, um den nachfolgenden Trauergästen Platz zu machen.

Josefine schämte sich dafür, dass sie ihren alten Freund fast vergessen hatte. Würde sie nun ständig daran erinnert, wie blind sie durch das Leben lief? Er hatte ihr früher einmal etwas bedeutet. Nicht so viel wie ihre Tante, aber dennoch!

»Du hast dich überhaupt nicht verändert, Josefine.«

Josefine nickte nur. Er hatte sich verändert. Er war kräftiger geworden, was seine schmächtige Gestalt als Teenager nicht hatte vermuten lassen. Und während früher sowohl sein Haarschnitt als auch seine Klamotten bei Lehrern Mitleid und bei fiesen Mitschülern Spott auslösten, sah er jetzt richtig gut aus. Wobei: Eigentlich hatte er sich schon damals zu einem attraktiven Mann entwickelt, aber da hatte es auch schon angefangen, dass sie sich aus dem Weg gingen. Jetzt wirkte er ein Stück gebrochen, was ihn älter wirken ließ. Oder war es das Wetter hier und ein Job, bei dem er viel an der frischen Luft war? Hatte er etwa den Hof seiner Eltern übernommen?

Josefine wischte sich die Tränen aus den Augen. Vor Mark hatte sie nicht geweint, aber ihm vom Tod ihrer Tante noch am Flughafen berichtet, wo sich die Trauer mit der Wiedersehensfreude vermischt hatte.

»Du bist der erste vertraute Mensch für mich hier.« Die Entschuldigung schluckte sie gerade noch herunter, während sie gegen die Tränen nichts machen konnte. Er zog eine Packung Taschentücher aus seiner Manteltasche und reichte sie ihr. Sie nahm sie an, obwohl sie selbst welche in ihrer Handtasche hatte.

»Na, wirklich vertraut sind wir uns doch schon lange nicht mehr.«

Der Ausdruck in seinen Augen passte so gar nicht zu seiner herzlichen Umarmung gerade. Es hatte wohl etwas damit zu tun, dass sie irgendwann aufgehört hatten, Kinder zu sein. Das war nichts, worüber jemand sauer sein konnte. Sie waren einfach … verwirrt gewesen.

Was auch immer es war, jetzt ging es darum, Abschied von ihrer Tante zu nehmen, und nicht, sich schon wieder zu überlegen, was sie alles hätte besser machen können.

Am liebsten hätte Josefine sich vor dem Essen in dem Gemeindesaal gedrückt, doch sie fühlte sich aus irgendeinem Grund dazu verpflichtet, für die gesamte Familie die Stellung halten. Ob sich das ganze Dorf hier wirklich aus Trauer versammelt hatte, oder lockten die belegten Brötchen und der Apfelkuchen? Oder der heiße Kaffee bei dem schäbigen Wetter? Am Friedhof hatten noch so viele Trauergäste betroffen am Grab gestanden, doch nun erscholl Josefine Gelächter und Geplauder entgegen. Der Regen peitschte immer noch gegen die Fensterscheiben.

Sie stand mit zwei älteren Damen an einem Stehtisch und nippte an dem Kaffee. Obwohl sie nicht richtig gefrühstückt hatte, konnte sie sich nicht einmal überwinden, ein Stück Streuselkuchen zu essen.

»Hilde wuar wunderbar. Sie hott ümmer ä offe Uhr«, sagte die ältere von beiden, vorsichtig, als wollte sie Gevatter Tod nicht daran erinnern, dass sie im selben Alter wie Tante Hilde war. Josefine war der Dialekt nicht gänzlich fremd, den manche Rhöner noch untereinander benutzten.

»Sie wöad ons fäehle«, ergänzte die andere Frau, »ower Eva hott verheiße, däss es dr Buchloode wedder wöad gann.«

Ach, der »Buchloode«, dachte Josefine wehmütig. Den musste sie morgen auch noch besuchen. Sie wollte sich bei dieser Eva bedanken, die sie noch nie persönlich getroffen hatte.

»Ob dos känn Kaampf gäche Windmühle ees?«, fragte die Ältere. »Hilde hott mr ämool ühr Hetz ausgeschütt. Onn ich sönn dr, bänn dr Buchloode erst gstorwe wär, wärs schlömmer für se gewäast.«

Josefine zuckte zusammen. Sie hätte nie vermutet, dass der Buchladen in Schwierigkeiten steckte. Und sie zuckte abermals zusammen, als Johannes sich zu ihnen mit einem Teller Brötchen und einem Kaffee an den Tisch stellte, als habe er nicht vor, gleich wieder zu verschwinden. Nach seiner komischen Bemerkung verunsicherte sie seine Gegenwart.

Hier schienen sich alle zu kennen, und die neugierigen Blicke, die sie trafen, fielen ihr auf. Warum fragten die Leute nicht einfach, wer sie war, statt sie zu mustern? In dem Örtchen Heufeld lebten vielleicht so viele Menschen, wie in zwei, drei Straßen ihres Veedels.

»Onn buhär hossde de Hilde gekaant?«, fragte schließlich eine der beiden Frauen und wiederholte ihre Frage auf Hochdeutsch, als Josefine einen Moment zögerte.

»Sie war meine Großtante. Josefine ist mein Name.«

»Sie senn die Nichte! Ich honn doch gläich gewosst, däss Se mr bekaand für gäkomme senn! Ich konn mich deränner, wie Se ols Kind scho mal im Buchloode soase on die Kunde ogeguckt honn. S'dud mr so läd! Euer Dante wuar n Engel!!«

Noch bevor Josefine sich bedanken konnte, mischte Johannes sich ein: »Kein Mensch ist ein Engel.« So wie er es aussprach, meinte er wohl, dass Tante Hilde am allerwenigsten engelsgleich gewesen war.

Tante Hilde war der liebste Mensch gewesen, den Josefine je gekannt hatte!

»Du also wohl auch nicht«, versetzte sie spitz, ohne Rücksicht auf die beiden Damen am Tisch.

»Nein, aber ich habe das auch nie behauptet.«

Dieser Junge, der ihr einst so vertraut und nun so fremd geworden war, schaute sie vorwurfsvoll an. Hatte sie sich einen Moment an seiner Brust getröstet gefühlt, so fühlte sie sich durch sein Verhalten nun doppelt provoziert. *Lass dich nicht ärgern*, sagte sie sich, *an so einem Tag sind alle aufgewühlt. Nimm nicht ernst, was er sagt, er meint es nicht so.* Aber nachfragen, was genau er damit gemeint hatte, wollte sie auch nicht. Dazu hatte sie einfach keine Kraft mehr.

»Darf ich mit Johannes spielen?«, hatte Josefine gefragt und sich das Eis von den Fingern geleckt, damit die Wespen sie in Ruhe ließen. Es war heiß, und der Bach zwischen Tante Hildes Haus und dem Haus von Johannes' Eltern war in diesem Sommer der Lieblingsspielplatz für die beiden Kinder. Josefine war zehn und versuchte, den Schulwechsel nach den Sommerferien auszublenden. Wenigstens musste sie nicht wie Johannes fast eine Stunde mit dem Schulbus fahren.

»Klar, aber mir ist lieber, wenn ihr auf unserer Seite bleibt«, sagte Tante Hilde und packte den beiden noch eine Flasche Limo und Stullen ein.

»Machen wir«, rief Josefine. Natürlich blieben sie nicht lange auf ihrer Seite des Baches, dafür war es auf dem Hof von Johannes' Eltern viel zu spannend. Josefine mochte seine Eltern, auch wenn der Vater Achim mehr brummte als sprach und die Mutter den ganzen Tag putzte. Ihr stieß es sauer auf, wenn sie mit Schuhen durch das Haus liefen. Tante Hilde war da gelassener.

Außerdem hatte Johannes' Vater Bienen. Johannes traute sich sogar, die Bienen auf seiner Hand krabbeln zu lassen, ohne einen Handschuh anzuziehen. Auf den Schutz über dem Gesicht bestand Achim jedoch.

»Ich habe keine Lust, dass einer von euch erstickt, wenn eine Biene euch in den Hals fliegt«, brummte er, doch Josefine fand das albern. Ihr Mund war schließlich keine Blüte, und die scharfen Fishermen's Friend, die sie sicherheitshalber immer in den Mund schob, wenn sie sich die Bienen mit Johannes anschaute, würden jede Biene abschrecken.

Achim nahm ein Wabenrähmchen aus der obersten Zarge des Bienenstocks vor ihnen. Hunderte Bienen wuselten auf den Waben herum, die in feinster Präzisionsarbeit errichtet worden waren. Am liebsten hätte Josefine das Fell der kleinen Tierchen gestreichelt.

»Seht ihr, jede von ihnen hat eine ganz bestimmte Aufgabe. Diese hier befüllen die Waben mit Honig für den Winter.«

»Also mir wäre das Leben im Bienenstock zu langweilig«, maulte Johannes, der seit den letzten Ferien richtig gewachsen war. Er kam Josefine so vor, als hätte jemand an seinen Beinen und Armen gezogen, so lang und dünn waren sie geworden. Sie musste an Kaugummi denken und grinste.

»Im Gegenteil: Es ist gut zu wissen, wo man im Leben hingehört«, entgegnete Achim und steckte die Wabe wieder in den Stock. Dann drückte er den Deckel obendrauf, als könnte eine der Bienen auf die Idee kommen auszubrechen.

Dabei war am Eingang des Stocks ein buntes Treiben, wobei jede der Bienen reiche Ernte mitbrachte. Wie gelbe Pluderhosen sahen die Blütenpollen aus, die sie an den Beinchen gesammelt hatten.

Als Josefine später wieder zu Hause bei Tante Hilde war, merkte diese sofort, dass Josefine sich nicht an die Abmachung gehalten hatte.

»Ich rieche Bienenwachs«, bemerkte die sonst so gelassene Tante tadelnd.

»Eine Biene ist kein böser Wolf. Es passiert mir nichts, nur weil ich mal einen Umweg mache.« Josefine griff zu einem der Käsebrote, die Tante Hilde auf einem Teller bereitgestellt hatte.

»Es ist nicht eine Biene, es sind Tausende. Du kennst doch den Film My Girl, oder?«

Josefine nickte. Und dachte an den traurigen Moment, in dem Thomas dabei stirbt, als er seine gleichaltrige Freundin rettet. Sie fand das Ende doof und konnte nicht verstehen, warum der Regisseur das so gemacht hatte. Er war doch schließlich der Bestimmer des Films!

»Tante Hilde, das ist nur eine Geschichte.«

»Aber an jeder guten Geschichte ist viel Wahres dran«, entgegnete ihre Tante. Josefine war zwar noch ein Kind, aber sie spürte, dass es ihrer Tante nicht um die Bienen ging. Und da Tante Hilde immer ihr Bestes wollte, versprach sie, sich fortan nur noch auf der richtigen Seite des Baches aufzuhalten.

Josefine dachte an diese Szene, während sie wieder Johannes beobachtete. Wer weiß, ob der Schatten, vor dem Tante Hilde sie damals warnen wollte, auf Johannes' Seele lag?

»Habt ihr noch die Bienen?«, fragte sie versöhnlich.

»Ich habe noch die Bienen. Als mein Vater gestorben ist, habe ich einen Großteil der Stöcke abgegeben, da ich hauptsächlich als Schreiner arbeite.«

»Das tut mir leid.«

»Ist schon okay.«

Sie schwiegen, doch bevor das Schweigen Überhand nehmen konnte, mischten sich die beiden Damen ein.

»Äwer üür Mamme on Babbe wänn stolz off Se, däss Se de Hof gaans alää wedder mache!«

»Joo, so gaanz alää es doss abr ouf Douer nisst. Ees wonnerd mich scho, dess änn schönner Jong wie Se noch Single ees.« Das S sprach sie so weich aus wie Singen, und Josefine musste bei aller Tragik ein Lachen unterdrücken.

»Tja, die tollen Frauen wohnen alle in der Stadt, stimmt's nicht, Josefine?«, wurde nun auch Johannes etwas charmanter. Oder unverschämt. »Außer Eva, aber die ist beneidenswert glücklich verheiratet.« Er zeigte auf die hübsche, dunkelhaarige Frau mit rot geweinten Augen, die jetzt auf sie zukam.

Josefine wurde hellhörig. Ob es sich um *die* Eva handelte?

Eva legte Johannes kurz zur Begrüßung die Hand auf die Schulter und begrüßte dann Josefine.

»Sie sind doch die Nichte von Hilde, oder?«

Josefine nickte.

»Mein herzliches Beileid. Es ist so schlimm, dass sie nicht mehr da ist. Haben Sie heute noch Zeit, dass wir reden können?«

Josefine nahm sich sofort Zeit und setzte sich mit Eva trotz des schäbigen Wetters auf die Bank vor dem Gemeindezentrum, die zum Glück überdacht war. Es handelte sich tatsächlich um die Eva, die dreimal die Woche in Tante Hildes Buchhandlung arbeitete.

Doch statt zu reden, weinte sie in einem fort. Josefine traute sich nicht, sie in den Arm zu nehmen, sondern reichte ihr nur ein Taschentuch. Sie mochte diese Frau schon jetzt, allein weil sie wusste, was sie ihrer Tante bedeutet hatte. Sie standen unter dem Vordach des Gemeindehauses, und passend zu Evas Schluchzen prasselte immer noch der Regen auf das Kopfsteinpflaster vor ihnen.

»Sie hat alles vorbereitet, als hätte sie es geahnt! Sie hätte lieber durch ein langes Leben humpeln sollen, als diese bescheuerte Knie-OP zu machen!«, schluchzte Eva.

»Sie war schon immer so. Nichts dem Zufall überlassen. Und sie glaubte, dass alles einen Sinn hat, auch wenn ich selbst keinen Sinn darin sehe, dass so eine wunderbare Frau einfach aus dem Leben gerissen wird.«

»Du kennst sie ja besser. Ich habe ja nur für sie gearbeitet«, wechselte Eva wie selbstverständlich zum Du.

»Und wie geht es nun weiter?«, fragte Josefine. Sie war schon so lange nicht mehr in der Buchhandlung gewesen, um sie zu besuchen. Tante Hilde dort nicht mehr vorzufinden würde schlimm werden.

»Ich weiß es nicht. Sie hatte mich gebeten, dort zu arbeiten, bis sie wieder fit ist. Aber ich kann beim besten

Willen nicht auf Dauer Vollzeit arbeiten. Meine Eltern passen schon ständig auf meine beiden Kinder auf.« Eva lächelte, als sie ihre Kinder erwähnte. »Aber leider sind die Zwillinge mit fünf in dem Alter, in dem sie keine fünf Minuten stillsitzen. Ich kann sie also auch nicht mit in den Laden nehmen. Vielleicht erbst du ja die Buchhandlung. Hilde hat ein Testament vorbereitet, also falls du sie erbst, ich bin gerne weiter dabei! Wir müssen alles tun, damit der Buchladen nicht schließt!« Sie sah Josefine erwartungsvoll an, die von dem Gedanken, überhaupt Verantwortung für den Buchladen ihrer Tante zu übernehmen, völlig überrumpelt war.

Selbst wenn Josefine die Buchhandlung erben würde, sie könnte niemals aus Köln wegziehen!

»Was auch immer Tante Hilde vorbereitet hat, wir werden eine Lösung finden«, sagte Josefine mit einem Seufzer.

»Das heißt, du könntest dir vorstellen, sie weiterzuführen?«

»Nein, auf gar keinen Fall«, schoss es aus Josefine heraus, als müsste sie von Anfang an verhindern, dass sich dieser Gedanke in ihr Herz einnistete.

Eva kramte in ihrer Handtasche und zog einen Schlüssel heraus. »Apropos nichts dem Zufall überlassen: Hier sind die Schlüssel von Hilde. Sie hat sie mir vor der Operation gegeben, damit ich ihre Blumen gießen und im Notfall Sachen holen kann. Könnte sein, dass ein paar der Zimmerpflanzen schon die Köpfe hängen lassen. Und der mit dem Bernstein dran ist der Autoschlüssel. Der Wagen steht neben dem Haus, falls du ihn brauchst.« Eva sah Josefine traurig an. »Deine Tante hatte noch so ein klassisches Adressbuch, das sie in der Buchhandlung liegen hatte. Wenn ich mal sterbe, wüsste mein Mann gar nicht, wen er alles benachrichtigen soll.«

Mark würde wahrscheinlich den Newsletter-Verteiler des Buchladens nutzen, dachte Josefine. Schließlich hatten den auch all ihre Freunde abonniert.

»Danke, dass du dich um alles gekümmert hast. Wäre ja eigentlich der Job der Familie gewesen.«

»Sie hat ja nicht damit gerechnet, dass es wirklich so weit kommt.«

Der Schlüsselbund lag schwer in Josefines Hand. An das Haus hatte sie noch gar nicht gedacht. Auch wenn sie vorsorglich einen Koffer gepackt hatte, war Josefine davon ausgegangen, heute wieder nach Hause zu fahren.

Nun war sie froh, dass sie einfach Tante Hildes Haus aufschließen konnte und mit keinem mehr sprechen musste, um sich eine heiße Dusche und ein warmes Bett zu gönnen. Eva war so lieb gewesen, sie mitzunehmen und hier abzusetzen. Tante Hildes Haus lag außerhalb von Heufeld an einem Berghang. Die Aussicht auf die gegenüberliegende Berglandlandschaft mit all den Wiesen und Wäldern war für einen Tag wie heute geradezu schmerzhaft schön. Wie konnte diese Landschaft ohne ihre Tante weiterexistieren? Wie konnten die Schafe grasen, als wäre nichts passiert? Das düstere Bauernhaus mit der fast schwarzen, verwitterten Holzfassade und einem klapprigen Landrover vor der Tür passte zu ihrer Stimmung.

Josefine wandte den Blick von der Natur und dem Nachbarhof ab und blickte auf das kleine Fachwerkhaus ihrer Tante. Vor dem Haus stand die Holzbank, auf der sie schon so manchen Tee getrunken und die Bäume beobachtet hatte. Im Winter kam man mit dem Auto kaum die Einfahrt hoch, nicht auszudenken, hier eingeschneit zu sein. Sie schloss die Haustür auf und hätte am liebsten nach ihrer Tante gerufen. Bevor sie das Haus betrat, drehte sie sich doch noch einmal um und blickte auf den Bach, der sich durch die Senke zwischen den zwei Hängen schlängelte. Als sich in dem Haus von Johannes' Familie in der Dämmerung ein Fenster erhellte, drehte sie sich schnell wieder zur Tür und betrat das Haus.

Kalt war es hier drinnen. Bevor Josefine die Heizungen hochdrehte, riss sie alle Fenster im Erdgeschoss auf. Ihre Jacke hängte sie über den Pfosten der Holztreppe, die nach oben führte. Sie brachte es nicht übers Herz, den Bauernschrank im Flur zu öffnen. Tante Hildes Kleidung auszuräumen musste jemand anders übernehmen. Nach dem Flur kam das Esszimmer, das durch die Deckenbalken etwas gedrungen wirkte. Der große Holztisch in der Mitte stand seit ihrer Kindheit hier. Vor dem Kamin lag ein Stapel Holz. Zwei Wände bestanden aus Bücherregalen. Hier hatte sie schon als Kind immer das passende Buch gefunden, wenn ihr langweilig war.

Der Zugang zur Küche war ebenfalls offen. Die Fünfzigerjahreausstattung in Braun und Orange war gut erhalten. Tante Hilde war keine allzu leidenschaftliche Köchin gewesen, daher hatte sie sich meistens mit Käsebroten begnügt – wenn auch immer mit frischen Kräutern aus dem Garten garniert. Josefine lehnte sich aus dem Küchenfenster, um zu schauen, was hinter dem Haus noch an Kräutern wuchs. Um diese Jahreszeit nicht mehr allzu viel, aber der krumme Apfelbaum vor dem Fenster hing noch voller Früchte. Ob sie in der Saftkelterei nachfragen sollte, ob jemand vorbeikam, um die Äpfel zu pflücken? Sie würde das nicht schaffen, auch wenn die Vorstellung, die Äpfel am Baum einfach verfaulen zu lassen, sie an das Märchen von Frau Holle denken ließ. Sie wollte eine Goldmarie und keine Pechmarie sein, allerdings befand sich ihr Platz als Goldmarie an Marks Seite in ihrer gemeinsamen Buchhandlung.

Auf einmal sehnte sie sich nach Mark und wählte seine Nummer.

»Hi, Süße, bist du schon auf dem Rückweg?« Der Klang seiner Stimme wärmte sie augenblicklich.

»Schön wäre es. Ganz im Gegenteil. Ich werde bis morgen bleiben, weil es noch etwas zu regeln gibt. Es gibt noch ein Testament, und Hilde hat darauf bestanden, dass ich bei der Eröffnung dabei bin.«

»Vielleicht erbst du ja eine Million, und alle unsere Probleme sind gelöst«, witzelte er.

»Brauchen wir dafür wirklich eine Million?«, versuchte sie selbst zu witzeln, obwohl sie lieber gefragt worden wäre, wie es ihr jetzt ging. Aber vielleicht wollte Mark sie nicht noch mehr aufwühlen. Wie sollte es ihr schon gehen, nachdem ihre geliebte Großtante beerdigt worden war?

»Nein, aber im Ernst: Du weißt doch selbst, wie die Lage ist. Aber das ist jetzt egal. Wie geht es dir?«

»Tante Hilde würde wollen, dass ich nach vorne schaue. Und ich habe Hunger.« Kein Wunder: Beim Leichenschmaus hatte Josefine ja außer drei Tassen Kaffee nichts heruntergekommen. Im Kühlschrank befand sich ein Schraubglas mit gemahlenem Kaffee, verschiedene Sorten abgepackter Käse und Brot, das jedoch einen grünen Pelz hatte. Josefine schloss die Tür und riss eine Schublade auf. Ah, da war eine Packung Knäckebrot. Das würde mit dem Käse zusammen reichen.

»Dann hole dir was!«

»Ich habe keine Energie mehr, einen Supermarkt zu suchen. Und zum nächsten Imbiss müsste ich auch fahren.«

»Ich vermisse dich. Ich würde dir sofort ein Drei-Gänge-Menü kochen«, sagte Mark.

»Da freue ich mich auch drauf, wenn ich nach Hause komme. Kommst du im Buchladen klar?«

»Ja, es läuft nicht schlecht, dafür habe ich keine Seite mehr geschrieben. Was echt ärgerlich ist. Die Eindrücke aus Rom verblassen sonst noch.«

»Sonja hat angeboten, mehr Stunden zu übernehmen. Nutze das ruhig.«

»Übermorgen bist du aber wieder hier, oder?«

»Ganz sicher bin ich mir nicht, je nachdem wie der Tag morgen läuft. Tante Hildes Mitarbeiterin wollte morgen den Buchladen wenigstens stundenweise öffnen. Dabei möchte ich sie unterstützen. Das ist ja schließlich nicht selbstverständlich, dass sie sich so um alles kümmert.«

»Das stimmt wohl. Aber du fehlst hier noch mehr. Was heißt hier? Du fehlst mir!« Ob sie ihn im Stich ließ? Selbst wenn, es war jetzt nicht zu ändern. Als Josefine aufgelegt hatte, lief sie trotz der Kälte zum Fenster und lehnte sich hinaus, um die eisig feuchte Luft einzuatmen, die nach Waldboden und nicht nach Abgasen roch. In der Stadt störten sie der Lärm und Gestank schon lange nicht mehr, aber sie musste sich an irgendetwas erinnern, was hier besser war als zu Hause, um sich nicht sofort in Tante Hildes Auto zu setzen. Und zu Hause wollte sie sich nicht nur um den Laden, sondern auch wieder mehr um Mark kümmern. Ihre Beziehung wurde immer mehr zur Geschäftsbeziehung. War es nicht absurd, den Leuten unter anderem romantische Liebesgeschichten zu verkaufen, während sie selbst überlegen musste, wann sie ihren Freund das letzte Mal geküsst hatte?

Als Josefine am nächsten Morgen in dem großen hölzernen Bett aufwachte, dessen Kopfteil mit floralen Schnitzereien verziert war, rechnete sie einen Moment damit, dass Tante Hilde sie zum Frühstück rufen würde. In dem Gästezimmer verschwand der Dielenboden unter einem abgewetzten bunten Teppich, und die Fenster wurden von roten Vorhängen eingerahmt. Tante Hildes Schlafzimmer hatte sie dagegen nur kurz betreten, ohne sich genauer umzusehen.

Stattdessen sagte der Blick auf die Uhr, dass sie verschlafen und deshalb nicht einmal Zeit für ein Frühstück hatte. Egal, bei dem Termin in der Anwaltskanzlei würde es bestimmt einen Kaffee geben.

Nach einer Blitzdusche streifte sie das schwarze Kleid von gestern über und fuhr in den nächsten größeren Ort Tann. Er bestand zum Teil aus einem uralten historischen Kern, der Besucher in eine andere Zeit reisen ließ. In eine, in der es nicht selbstverständlich war, genauso gut vor einer Anwältin wie vor einem Anwalt zu sitzen. Dankbar für den Kaffee und den Keks und auch über die Tatsache, in der heutigen Zeit geboren worden zu sein, saß Josefine schließlich der Anwältin Annegret Hammerschmidt gegenüber.

»Mein herzliches Beileid. Ihre Großtante war ein ganz besonderer Mensch. Ich habe sie seit zehn Jahren in allen juristischen Angelegenheiten unterstützt. Und natürlich alle meine Bücher bei ihr bestellt«, begann die große grauhaarige Frau mit dem karierten Kostüm. Ihr Gesicht sah viel jünger aus, als die Haarfarbe und das Outfit vermuten ließen.

»Und danke, dass Sie spontan einen Termin heute Morgen frei hatten. Ich muss so schnell wie möglich wieder nach Hause.« Josefine bediente sich von dem Wasser auf dem Tisch und schenkte sich ein Glas ein, weil ihre Kehle noch ganz trocken war. Aber der verwunderte Ausdruck im Gesicht der Anwältin entging Josefine dennoch nicht.

»Bevor Sie eine Entscheidung treffen, sollten Sie ein paar Tage nachdenken. Ich muss schon sagen, ein so spannendes Testament wie das Ihrer Großtante hatte ich schon lange nicht mehr auf dem Schreibtisch.«

Josefine biss sich auf die Unterlippe, bis es schmerzte. Die Beerdigung hatte ihren Zeitplan schon umgestürzt. Weitere Überraschungen konnte sie nicht mehr verkraften! Sie musste nach Hause und einfach weitermachen wie bisher.

»Das ist nicht Ihr Ernst?« Josefine konnte nicht einmal mehr den frischen Kaffee anrühren, den die Sekretärin gebracht hatte.

»Ich bin nur die Überbringerin des letzten Wunsches Ihrer Großtante. Was Sie daraus machen, liegt letztendlich bei Ihnen. Sie können das Erbe auch ausschlagen.«

Genau das wollte Josefine tun! Was bildete ihre Tante sich ein? Ja, sie hatte Tante Hilde immer geliebt und bewundert, aber das gab ihr kein Recht, sie so unter Druck zu setzen! Am liebsten hätte Josefine in Richtung Himmel gerufen, dass ihre Tante gefälligst wieder runterkommen und ihre Angelegenheiten selbst regeln sollte! Das war ja wie eins dieser Abenteuerbücher, die eine Zeit lang der Renner im Buchladen gewesen waren. »Wenn Du den Drachen im Schloss persönlich kennenlernen willst, dann lies weiter auf Seite 62.« »Wenn Dir das zu gefährlich ist, schlage Seite 105 auf.« Und auf Seite 105 stand dann: »Tja, Pech gehabt. Wenn Du so feige bist, ist das Abenteuer für Dich jetzt zu Ende.«

Aber das war immer noch besser, als wenn der blöde Drache das eigene Leben in Flammen aufgehen ließ!

»Ich werde ...«, begann Josefine mit brüchiger Stimme, obwohl sie ganz stark sein wollte.

»Halt! Heute entscheiden Sie gar nichts mehr! Schlafen Sie ein paar Nächte darüber und melden sich dann bei mir. Sagen wir in einer Woche.« Hammerschmidt stand auf und reichte Josefine die Hand. »Der nächste Termin steht vor der Tür, ich muss an dieser Stelle leider abbrechen. Kommen Sie nächste Woche um dieselbe Zeit wieder, dann kümmern wir uns um alles. Ach, übrigens: Ihre Tante hat alle Anwaltskosten schon im Vorhinein beglichen.«

Wenigstens darüber brauchte Josefine sich nicht den Kopf zerbrechen.

War das überhaupt legal, ein Erbe an Bedingungen zu knüpfen? Gab es so was nicht nur in amerikanischen Hollywoodschnulzen? Da Johannes nicht in der natürlichen Erbfolge stand, sollte er auch nicht erfahren, dass er im Falle ihres Scheiterns reich werden würde. Und Rechtsanwältin Hammerschmidt hatte Josefine eindringlich gewarnt, die Sache überhaupt weiterzuerzählen. Mark musste es natürlich wissen, schließlich konnte sie ohne ihn nicht ihre Zukunft planen.

Josefine parkte ihr Auto am Marktplatz von Heufeld,

auf dem heute kein Markt stattfand, und schaute sich in dem Zentrum des Dorfes um. Ein Bäcker lockte mit drei Weckchen zum Preis von einem. Das Ladenlokal daneben war leer. Mollys Modeboutique stand in Buchstaben darüber, die wahrscheinlich noch aus den Neunzigern stammten. Restaurants gab es zwei, aber die hatten noch geschlossen. In der Mitte des Marktplatzes plätscherte ein Brunnen. Die Bänke drum herum waren verwaist, aber immerhin blühten die orangen und gelben Astern in den Kübeln. Jemand kümmerte sich also um das Dorf. Ein paar Putzleute schlossen das Gemeindezentrum neben der Dorfkirche ab. Um die Zeit noch hinauszuzögern, las sie sich den Aushang durch. Krabbelgruppe montags von 10 bis 12 Uhr, Jugendzentrum bis auf Weiteres geschlossen. Vorbereitungstreffen für den Adventsbasar ... jeden zweiten Sonntag Gottesdienst, Seniorencafé jeden Mittwoch von 15 bis 17 Uhr.

Keine zehn Minuten in diesem Ort hatten bestätigt, was sie längst befürchtet hatte. Heufeld als zentraler Einkaufsort für die Einwohner und die umliegende Gegend verkümmerte und war vielleicht sogar vom Aussterben bedroht, selbst wenn die malerischen Touristenunterkünfte meist ausgebucht waren. In den Ferienzeiten und bei schönem Wetter waren die Cafés, Restaurants und Wanderwege gut besucht. Aber wer machte auf einer Wanderung Halt, um ein Buch zu kaufen, das den Rucksack noch schwerer machen würde? Nach einem längeren Fußmarsch würde selbst sie das Geld lieber in Waffeln mit heißen Kirschen investieren.

Sie hätte jetzt auch auf Marks Frage per WhatsApp, wie es mit der Anwältin gelaufen war und ob sie mal wieder einen gemütlichen Abend bei ihm verbringen wolle, antworten können. So könnte sie noch etwas Zeit totschlagen. Aber tatsächlich würde es zu viel Zeit kosten, ihm genau zu erklären, was Tante Hilde sich da ausgedacht hatte. Und die Definition von gemütlich war in ihrem Schriftverkehr eher leidenschaftlich. Und dafür hatte Josefine jetzt nun wirklich keinen Kopf.

Also lief sie die Straße vom Marktplatz hoch, vorbei an weiteren kleinen Geschäften, von denen wiederum einige leer standen, und blieb schließlich vor dem Buchladen stehen. Der Elektroladen gegenüber war einer Pizzeria gewichen, die gleichzeitig indische und mexikanische Speisen anbot. Der Buchladen dagegen sah fast aus wie früher, obwohl Josefine Jahre nicht mehr in Heufeld gewesen war. Drei ausgetretene Steinstufen führten zur grün lackierten Ladentür aus Holz. Rechts gab es auf Hüfthöhe ein Schaufenster, das in das Fachwerkhaus eingelassen war. Selbst vor der Tür lagen auf einer Bank Bücher aus, als wäre der Gedanke an Diebe völlig absurd. Der Klingelton der Glocke über der Tür war immer noch derselbe. Die Decken in dem Laden hingen nur halb so hoch wie die in ihrem Geschäft in Köln. Josefine blickte sich um. Ihr alter Samtsessel stand immer noch in der Ecke. Mit dem abgewetzten Perserteppich auf dem Boden wirkte das Ladenlokal eher wie ein Wohnzimmer. Es fehlte nur noch der prasselnde Kamin zwischen den deckenhohen Bücherregalen, dann wäre sie sich endgültig wie in der Kulisse einer Jane-Austen-Verfilmung vorgekommen. Ein Postkartenständer blockierte den Weg zur Kasse. Schnickschnack wie in ihrem Laden entdeckte sie kaum, obwohl Geschenkartikel in einem Touristenort bestimmt gut liefen.

Ohne Tante Hilde hatte dieser Raum etwas von einem Museum. Und immer noch roch es wie früher. Nach Papier, getrockneten Lavendelsträußen, die Tante Hilde in versteckten Ecken aufgehangen hatte, Filterkaffee und Staub, der eben überall da war, wo auch alte Möbel standen.

»Eva?« Josefine sah weder die Mitarbeiterin noch Kunden, hörte aber schließlich Schritte.

»Guten Morgen! Schön, dass du da bist. Ich habe gerade eine Kanne Kaffee gekocht für den Fall, dass ein durstiger Kunde kommen sollte. Deine Tante hat sich ja immer geweigert, sich so eine Kapselmaschine zuzulegen. Die Umwelt.« Sie zuckte mit den Schultern.

Josefine lächelte. Ihre Tante war immer eine Weltverbesserin gewesen. »Ich nehme sehr gerne einen Kaffee. Mit Milch.«

Sie folgte Eva in die Teeküche, die den Blick auf den Innenhof freigab, in dem zwei Blumenkübel und ein Fahrrad standen.

»Du hättest auch in der Garage parken können. Ich wohne ja hier um die Ecke und komme zu Fuß.«

Und Tante Hilde kam gar nicht mehr, dachte Josefine und nickte. Das Holztor neben dem Buchladen verbarg eine große Garage, in der sie schon mal ein Fest gefeiert hatten.

Eva reichte ihr einen großen Becher, auf dem Rhönhilde, das Rhönschaf, sie anlächelte. Das Vorbild der Comic Heldin war als Lamm von seiner Mutter ausgerechnet an Weihnachten verstoßen worden, weshalb der Schäfer Dietmar Weckbach es mit der Flasche aufzog. Rhönhilde begleitete ihren Retter jahrelang treu zu Veranstaltungen durch ganz Deutschland, um für ihre Heimat und ihre besondere Schafsrasse zu werben. Dass der Comiczeichner Rhönhilde nicht nur mit dem so charakteristischen schwarzen Kopf, sondern fälschlicherweise auch mit schwarzen Beinen verewigt hatte, verhalf ihr erst recht zur Berühmtheit.

»Josefine, bitte spanne mich nicht auf die Folter. Was hat sich Tante Hilde für die Zukunft des Buchladens ausgedacht?«

Josefine überlegte, ob sie Eva die volle Wahrheit sagen sollte. Immerhin war sie der Mensch, für den der Laden nun die größte Bedeutung hatte.

»Ich weiß, dass du den Laden im Moment nicht übernehmen kannst, aber möchtest du dir die Möglichkeit nicht wenigstens offenhalten? Vielleicht ist es ja später möglich?«

Eva setzte sich auf den Hocker in der Teeküche, und Josefine nahm den Stuhl, der in dem kleinen Raum stand. Die Türglocke würde sie schon darauf hinweisen, wenn ein Kunde kam.

»Ganz ehrlich: Ich liebe diesen Buchladen und kann

mir keinen besseren Job vorstellen, aber mehr als vier halbe Tage schaffe ich nicht.«

Josefine seufzte. »Versprichst du mir, niemandem etwas von Tante Hildes Bedingungen zu erzählen?«

»Bedingungen?«, fragte Eva, nickte aber sofort hinterher. »Das klingt nach Hilde. War ja klar, dass sie es irgendwie spannend machen würde. Sie hat mir vor der Operation mehr im Scherz gesagt, dass sie sich für den Fall der Fälle einen guten Plan für den Laden ausgedacht hätte und hoffe, dass alles weiterginge wie bisher.«

»Ja, in ihrem Testament steht auch, dass ich dich beschäftigen soll, solange du willst. Tante Hilde mochte dich sehr«, ergänzte Josefine, die Eva selbst direkt ins Herz geschlossen hatte. Sie musste ihr vertrauen. Und sie tat es auch.

Ein Lächeln huschte über Evas Gesicht. »Ich mochte sie auch. Die Arbeit hier bedeutet mir so viel. Tante Hilde hat mir die Stelle angeboten, als ich das Gefühl hatte, als Mutter nie wieder beruflich Fuß zu fassen. Vorher hatte ich in der Filiale einer großen Buchhandelskette in Fulda gearbeitet, aber sie hatten nach der Elternzeit keine passende Stelle mehr für mich.«

»Eva, ich würde am liebsten alles tun, damit du hier weiterarbeiten kannst, aber ich weiß beim allerbesten Willen nicht, ob ich das schaffe«, brach es aus Josefine heraus. Sie hoffte, Eva würde die Tränen nicht bemerken, die sie sich aus den Augenwinkeln wischte. Warum verwechselte Tante Hilde das Leben mit einem Roman, in dem der Autor den Figuren mal eben ein paar aberwitzige Prüfungen auferlegte? Warum schob sie ihrer Großnichte eine Verantwortung zu, der sie gar nicht gerecht werden konnte?

Eva legte ihre Hand auf Josefines: »Jetzt erzähl schon! So schlimm kann es doch gar nicht sein!«

»Doch! Sie verlangt, dass ich die Buchhandlung ein halbes Jahr lang führe. Wenn ich das nicht durchhalte, dann geht das Erbe an jemand anderen. Leider nicht an dich, sonst hätte ich es dir am liebsten gleich überlassen!«

Während Josefine Eva die Details des Testamentes erklärte, wurde ihr erst wirklich bewusst, was ihre Tante da von ihr verlangte. Sie sollte wirklich ein gutes halbes Jahr lang in Tante Hildes Haus wohnen und den Laden führen und auf einen guten Weg in die Zukunft bringen. Tante Hilde, die immer gut, aber bescheiden gelebt hatte, hatte ein kleines Vermögen angespart und davon ein Budget für Josefine bereitgestellt, mit dem sie auch Extraausgaben für den Laden finanzieren konnte, um das Geschäft anzukurbeln. Wenn es ihr gelang, dürfte sie den Buchladen am Ende auch in andere Hände übergeben – natürlich nur mit Eva. Und sie würde Tante Hildes Haus, den Buchladen und eine hübsche Summe Geld erben.

»Aber das ist doch wunderbar!«, entgegnete Eva, »die Zeit ist doch schnell rum.«

»Nein, ist sie eben nicht! Ich habe es die letzten Jahre nicht einmal geschafft, eine Woche Urlaub zu machen! Wie soll ich dann bitte meinen eigenen Buchladen in

Köln für mehr als ein ganzes halbes Jahr aufgeben? Und meinen Freund! Ich müsste eigentlich heute schon zurückfahren!«

Eva zuckte zusammen, als gleichzeitig noch die Türglocke bimmelte. Eva händigte einer Kundin das vorbestellte Buch aus, und Josefine konnte sich in der Teeküche sammeln. Sie betrat die Verkaufsfläche, als die Kundin das Geschäft verließ.

»Entschuldige, dass ich so laut geworden bin.«

»Ach, was. Entschuldige, dass ich nur an mich denke. Du kannst machen, was du willst. Es ist dein Buchladen«, bemühte sich Eva um einen gelassenen Ton, was ihr jedoch nicht ganz gelang.

»Nein, das ist er eben nicht, wenn ich das halbe Jahr nicht durchhalte. Ich kann jeden Tag aufgeben, aber dann bekommt Johannes alles.«

»Johannes? *Der* Johannes? Langsam frage ich mich, ob deine Tante doch verrückt geworden ist.«

»Du hast also auch keine Ahnung, warum ausgerechnet er? Ich meine, er hat meine Tante noch nicht mal gemocht!«

»Absolut keine Ahnung. Aber er lässt doch bestimmt mit sich reden. Vielleicht könnt ihr euch alles teilen?«

Eva rückte die Bestellungen im Regal hinter ihnen zurecht. Es waren nur drei Bücher.

Rund dreißig Prozent des Preises wanderte in die Tasche des Buchhändlers. In Köln einen Buchladen zu eröffnen war schon verrückt genug. Aber hier in diesem Kaff, nachdem die goldenen Zeiten des Buchhandels längst vorbei waren, käme es beruflichem Selbstmord gleich.

»Nein, er wird von der Klausel nie etwas erfahren, wenn ich durchhalte. Sollte ich aufgeben, wird Tante Hildes Anwältin ihn informieren. Sie überwacht die ganze Sache auch.«

»Mist. Da steckst du wirklich in einer Zwickmühle.«

Ja, das tat Josefine. Zum Glück hatte sie noch ein paar Tage, um sich zu entscheiden, wobei eigentlich klar war, dass sie das Erbe unter diesen Umständen niemals antreten konnte.

Um die Angelegenheit zu durchdenken, brauchte Josefine mehr Informationen. Der Tag im Buchladen mit Eva war zwar schön, aber sie hätten auch gemeinsam Kaffee trinken gehen können, während sie sich über Bücher und Leser unterhielten. Die meisten ihrer ehemaligen Kunden saßen mittlerweile vor Netflix oder lagen auf dem Friedhof. Ja, die Generation, die sich viele gute Bücher ins Regal stellte (und sie vorher auch gelesen hatte), starb immer mehr aus. Die Lehrer mit der Hausbibliothek waren Pädagogen mit WLAN gewichen, die jederzeit einen Dr. Allwissend namens Google fragen konnten. Wobei Josefine sich selbst gerade wissenschaftliche Bücher lieber in der Bibliothek auslieh, da ihr Bücherregal schon jetzt ihre Miniwohnung dominierte. Zehn Kunden hatten etwas gekauft – fünfzig hätten es schon sein müssen, damit der Laden rundlief.

»Die Weihnachtszeit wird es hoffentlich richten«, hatte Eva bemerkt, »wir müssten halt nur noch jemanden hier einstellen, wenn du wieder weg bist.«

Josefine stöhnte bei dem Gedanken. Zumindest zu Hause lief es wohl besser, wenn Josefine von Marks Enttäuschung absah, wenn sie noch ein paar Tage dranhängte. Er vermisste sie, und ausgerechnet während ihrer Abwesenheit brummte der Laden. Eben auch dank Netflix, Amazon Prime und Co., weil sich herumgesprochen hatte, dass sie ein großes Regal mit Begleitartikeln bereithielten. Nicht nur Fanartikel, sondern auch die Bücher zu den Filmen. Das Buch *Call the midwife* hatte Josefine daran erinnert, dass sie selbst einen latenten Babywunsch mit sich herumtrug, und die Neuverfilmung von *Anne of Green Gables*, das Lieblingsbuch ihrer Kindheit, beamte sie sofort in diese Zeit zurück.

Marks Meinung zu Tante Hildes Erbe wollte sie noch nicht hören. Sie glaubte, seine Antwort zu kennen, und er würde wohl sofort das Erbe ausschlagen. Davon ging sie jedenfalls aus, während sie am Abend nach einem Vorwand suchte, Johannes aufzusuchen.

Der Hof lag keine fünfzig Meter entfernt, erschien aber durch die Dunkelheit kilometerweit weg zu sein. Einige Fenster waren erleuchtet, und auch die Laterne vor Tante Hildes Haus brannte, aber dazwischen war es stockduster. Als träte man ins Nichts, aber wahrscheinlicher war ein Maulwurfshügel oder ein fauler Apfel. Außer ihren Wildlederstiefeln und einem zweiten Kleid hatte sie nichts eingepackt und kam sich overdressed vor, aber das konnte sie jetzt auch nicht ändern. Tante Hildes Wanderschuhe, die noch im Flur standen, waren ihr viel zu klein, sonst hätte sie sich die ausgeborgt. Das erleuchtete Fenster fest im Blick, tat sie einen Schritt vor den anderen und nahm schließlich die Taschenlampe ihres Handys zu Hilfe, um den Weg bis zu dem Nachbarhaus zu finden.

Ohne eine Vorstellung davon zu haben, was sie mit Johannes besprechen sollte, hoffte sie, dass ihr dieser Besuch eine Antwort bringen würde. Kurz vor der Haustür reagierte ein Bewegungsmelder, und das Licht an der Wand schaltete sich ein. Ihr Blick fiel auf die Fußmatte, auf der zwei Paar Gummistiefel standen, ein großes und ein Paar kleinere. Sie wusste ja wirklich nichts mehr über den Freund aus ihrer Kindheit. Eine grau getigerte Katze sprang ihr wie aus dem Nichts vor die Füße, schaute sie misstrauisch an und zischte davon. Ansonsten war es ungewöhnlich ruhig. Hatte hier früher nicht immer ein Hund gebellt, sobald man sich dem Hof nur näherte?

Die Tür öffnete sich, und Johannes stand im Türrahmen. Er lächelte sie an, wobei Josefine das Gefühl hatte, ihn gestört zu haben.

»Josefine! Wie kann ich dir helfen?« Er war trotz der Kälte barfuß, trug Jeans und T-Shirt und sah dabei deutlich besser aus als in dem Anzug, den er zur Beerdigung getragen hatte. Tja, er konnte ihr helfen, wenn er ihr einen plausiblen Grund liefern würde, warum es besser wäre, ihm das Erbe zu überlassen. Am liebsten würde sie ihm einfach die Wahrheit sagen. Vielleicht könnten sie dann verhandeln.

»Wie es aussieht, liegt die Zukunft des Buchladens in meiner Hand. Sollte ich die Buchhandlung meiner Tante weiterführen, wäre ich öfter hier und könnte gute nachbarschaftliche Beziehungen gut gebrauchen. Und du bist mein einziger Nachbar.« Der Blick in seinem Gesicht bestätigte sie in dem Wunsch, sich auf die Zunge zu beißen.

»Ach, so. Genauso wie ich früher das einzige Kind in der Nachbarschaft war, mit dem du spielen konntest.«

Josefine schluckte. Johannes hatte ihr damals wahnsinnig viel bedeutet, und er war es doch gewesen, der sie am Ende abgewiesen hatte. Verbarg sich hinter diesem hübschen, erwachsenen Mann etwa ein kleiner, zickiger Junge, der beleidigt war, weil sie ihm nicht hinterhergelaufen war?

Tja, wenn er so weitermachte, würde sie ihm das Erbe schon aus Prinzip nicht gönnen! Er hatte es ja schon mit dem Hof seiner Eltern geschafft, ihn herunterkommen zu lassen. Wo früher selbst um diese Jahreszeit noch Astern und Dahlien geblüht hatten, wucherte nun Unkraut. Und unter der fast schwarzen Holzfassade blätterte hier und da der Putz von dem Sockel, und das ehemals fuchsbraune Dach war mittlerweile mausgrau. Josefine konnte es gar nicht genau beschreiben, aber der Hof wirkte noch trauriger als Johannes' Augen. Und sie wollte Johannes nicht noch trauriger werden lassen.

»Ehrlich gesagt, würde ich dich hier auch als Ersten besuchen, wenn du einer von hundert Nachbarn wärst.«

»Wow, so ein Kompliment von einer Frau habe ich seit Jahren nicht mehr bekommen.«

Josefine war froh, vor der Tür zu stehen, so wurde die Röte, die ihr ins Gesicht schoss, vom Halbdunkel verschluckt.

»Johannes, wenn du keine Zeit hast, komme ich gerne ein anderes Mal wieder.«

»Nein, komm ruhig rein.«

Sie folgte ihm durch den Flur in die Wohnküche, die nichts mehr mit der Landhausküche zu tun hatte, in der sie als Kind einst gesessen hatte. Immer noch war der Tisch in der Mitte so groß, dass eine Familie mit fünf Kindern dort auch noch nebst einigen Gästen sitzen konnte, aber der neue Tisch war schlicht und aus massivem Holz. Auch bei der Küchenzeile fehlten jede Rundung und jeder Schnörkel. Josefine war es fast zu spartanisch, auch wenn es hier drinnen im Gegensatz zu draußen sehr modern wirkte. Etwas mehr Licht würde dem Raum guttun, dachte sie, während sie sich umsah. So eine Küche vermutete man eher auf der Möbelmesse in Köln, nur dass sich dort die Innenarchitekten wahrscheinlich die Mühe gemacht hätten, ein, zwei Bilder aufzuhängen oder eine Vase mit Blumen aufzustellen. Oder taten sie nur bei Ikea so, als würde in den Räumen schon gelebt?

»Gefällt es dir? Habe ich alles selbst gezimmert.« Der Stolz in seiner Stimme war unüberhörbar.

»Ja, sehr!« Das stimmte auch, obwohl es Josefine in den Fingern juckte, auf die Lichtschalter zu drücken, die noch nicht umgelegt waren. Aber sie war hier schließlich nicht zu Hause. »Du hast es echt drauf!«

»Ich habe schon als Kind gern meinem Vater in der Werkstatt geholfen und mir bei der Ausbildung noch den Feinschliff geholt.« Der Schatten, der dabei über sein Gesicht lief, passte gar nicht zu dem Stolz in seiner Stimme.

»Sag mal, kann ich dir was zu trinken anbieten? Dann kannst du mir erzählen, wie ich dir helfen kann«, wechselte er das Thema.

»Gerne, am liebsten irgendwas mit Umdrehung, also falls du noch eine Flasche Wein offen hast, ich fühle mich ziemlich durcheinander und brauche was zum Runterkommen«, hörte Josefine sich selbst sagen. Auch wenn Johannes im Grunde ein fremder Mann war, fühlte sie sich wieder wie seine Freundin aus Kindertagen – bevor sich ihre Wege getrennt hatten.

»Also, falls du durcheinander bist, solltest du lieber einen klaren Kopf bewahren!«

Auch wenn Josefine immer gerne einen großen Bruder gehabt hätte, brauchte sie keinen, der so tat, als wäre er ihr großer Bruder.

»Davon abgesehen, habe ich weder einen offenen noch geschlossenen Wein zu Hause«, schob er aber gleich hinterher.

In Köln hätte Josefine beim Kiosk einfach einen Müller-Thurgau zum Preis eines Weins mit Biosiegel kaufen können. Dazu noch eine Tüte geröstete Erdnüsse. Und der Kioskbesitzer an ihrem Haus hakte nicht einmal bei Minderjährigen nach, ob ihr Einkauf klug wäre. Sie hätte Johannes nun lieber die Meinung gegeigt, dass er ihr keine Tipps zur Lebensführung zu geben brauche, doch da sie gerade einen Teil seines Lebens unfreiwillig in der Hand hatte, hielt sie lieber den Mund.

»Ich könnte dir einen Zitronenmelissetee aus eigenem Anbau anbieten. Der beruhigt, ganz ohne Nebenwirkungen.« Johannes öffnete einen Schrank, hinter dem unzählige handbeschriftete Schraubgläser standen, deren Inhalt für Josefine immer gleich aussah. Dann kippte er getrocknete Kräuter in eine Teekanne und setzte heißes Wasser auf.

Der Tee war köstlich, vor allem mit dem Honig, den Johannes zu den zwei Tassen auf den Tisch stellte. Das warme Gold ließ gleich den ganzen Raum wärmer wirken. Gemeinsam mit dem Teelicht in dem Stövchen, auf dem die Kanne stand, wirkte es im Gegensatz zu vorher fast schon heimelig.

»Der ist übrigens auch selbst gemacht.« Johannes setzte sich ihr gegenüber.

»Wie schön. Ich war immer gerne dabei, wenn du und dein Vater die Bienen versorgt haben.«

»Wie lange ist es her, dass du hier im Haus warst? Fünfzehn Jahre?«

»Bestimmt. Da habe ich ja mindestens fünf Generationen von Bienenköniginnen verpasst.« Und wahrscheinlich noch vieles andere, fügte sie in Gedanken hinzu.

»Weißt du noch, wie ich dich vorgeschickt habe, neuen Nagellack zu kaufen, um die Königin zu markieren?«

»Na klar weiß ich das noch. Es war gar nicht so einfach, ihr einen roten Punkt auf den Rücken zu pinseln.«

Wie hatte sich Johannes' Stimme doch seit damals verändert. Sie war tief. Und voll. Hätte er als Autor auf einer ihrer Lesungen in der Kölner Buchhandlung gelesen, die weiblichen Gäste hätten ihn angehimmelt.

»Johannes, ich weiß nicht, was ich machen soll. Mit Tante Hildes Buchladen. Es besteht die Möglichkeit für mich, ihn weiterzuführen.« Bevor Josefine mehr erzählen konnte, hörte sie Schritte. Im Türrahmen stand ein Junge im Schlafanzug, der Johannes so ähnlich sah, als hätte er ihn ebenfalls selbst geschnitzt.

»Wer ist das, Papa?«, fragte er ohne Umschweife. »Hier klingelt sonst niemand um diese Zeit, und ich dachte schon, das wäre ein Einbrecher.« Er verschränkte die Arme vor der Brust, und Josefine betrachtete den Comic Helden auf dem Stoff, der schon seit einigen Jahren wieder out war. Der Junge war hübsch. Sehr hübsch sogar, er hatte die gleichen Augen wie sein Vater. Ungefähr in seinem Alter hatten Johannes und sie sich kennengelernt.

»Leo, Josefine ist die Nichte von Hilde und war zu ihrer Beerdigung da«, erklärte Johannes. »Wir kennen uns noch von früher, und sie hat jetzt eine Frage wegen des Buchladens. Und jetzt geh bitte wieder ins Bett, morgen ist Schule.«

Josefine stand auf und reichte dem Jungen die Hand: »Ich bin Josefine und habe auf keinen Fall vor, hier irgendwas zu klauen.« Und ganz bestimmt nicht deinen Papa, fügte sie in Gedanken hinzu.

Der Junge schenkte ihr kurz einen skeptischen Blick, bevor er seinen Vater noch mal anschaute. Erstaunlicherweise trollte sich Leo anschließend. Bis auf die Gummistiefel hatte sie keine Spuren wahrgenommen, dass hier ein Kind lebte, allerdings stand auch nichts Persönliches von Johannes herum. Ob sein Sohn nur hin und wieder hier war? Was war mit der Mutter? Sie war doch hoffentlich nicht gestorben? Das würde erklären, warum Johannes hin und wieder so verschlossen und abweisend war, als müsse er sich vor hereinbrechenden Gefühlen schützen.

»Dann lass uns jetzt mal zum Punkt kommen. Du überlegst, den Buchladen weiterzuführen?«, machte Johannes unmissverständlich klar, dass er keine Nachfragen zu seinem Privatleben wünschte.

Eigentlich überlegte Josefine nicht wirklich, sondern wollte nur eine Bestätigung, dass es unmöglich war.

»So ungefähr.« Der Tee wirkte tatsächlich beruhigend, und Johannes' Antwort versprach fast einen friedlichen Schlaf in ihrer letzten Nacht, die sie in Tante Hildes Gästezimmer zubringen würde.

»Also: Um in einem Dorf, in dem schon ein Kindergarten, der Spielzeugladen, das Damenoberbekleidungsgeschäft und der Schuster in den letzten zwei Jahren dichtgemacht haben und in dem fast jeder nach dem

Schulabschluss das Weite sucht, freiwillig eine Buchhandlung zu führen, muss man schon mehr als verrückt sein.«

Statt in Tante Hildes Haus schnell ins Bett zu kriechen, wälzte Josefine in Tante Hildes Arbeitszimmer Ordner. Drei lagen auf dem ausladenden Eichenschreibtisch, der doch kaum Raum für Josefines lange Beine ließ, da unter ihm ein bauchiger Bildschirm stand, gegen den sie immer wieder mit den Füßen stieß. Josefine wusste ja selbst, wie viel Arbeit die Buchhaltung ausmachte, und war froh, dass Tante Josefine sorgfältig gearbeitet hatte. Im Grunde war in den letzten zehn Jahren aus einem solide laufenden Geschäft ein teures Hobby geworden, das sie sich nur deshalb leisten konnte, weil ihr sowohl Laden als auch Wohnhaus gehörten. Auf den ersten Blick war die Summe auf dem Girokonto zwar recht hoch, aber realistisch gesehen konnte sie nicht allzu viele Umsatzeinbrüche mehr ausgleichen. Tante Hildes Stammkundschaft war zwar treu, aber eben auch überaltert. Und genau wie in der Kölner Buchhandlung gab es Vielleser, die sich ein Buch nach dem anderen auf ihren E-Reader luden, statt jede Woche ein neues zu kaufen. Einen Onlineshop hatte Tante Hilde noch nicht, und wahrscheinlich war ihr selbst nicht mal bewusst gewesen, dass Buchhändler auch an E-Books mitverdienten.

Josefine dachte an Eva, die aber gleich klargestellt hatte, dass sie nicht Vollzeit arbeiten konnte. Und ihr den Laden zum Kauf anbieten? Damit würde sie die Frau nur ins Unglück stürzen.

Auf dem Schreibtisch stand noch ein verwelkter Strauß Blumen in einer Vase. Josefine klappte den letzten Ordner zu. Ihre Tante hatte an vieles vorher gedacht, aber dieser Strauß wäre auch hinüber gewesen, wäre sie planmäßig aus dem Krankenhaus entlassen worden. Sie nahm die Vase mit in die Küche, um die Blumen in den Müll zu werfen. Waren die Blüten nur vertrocknet, waren die Stiele schon verfault. Die braune Brühe stank entsetzlich, und sie musste würgen, als sie sie in den Ausguss kippte.

Warum hatte Tante Hilde sie nur vor so eine Aufgabe gestellt? Sie hätte doch gleich alles Johannes vererben können! Oder Eva! Josefine hätte sich auch gefreut, wenn Hilde ihr nur einige Andenken aus dem Haus überlassen hätte.

»Tante Hilde, willst du mich einfach nur ärgern, damit ich darüber meine Trauer vergesse? Wenn du mich hörst, dann hilf mir wenigstens dabei!«, sagte sie laut und schüttelte den Kopf über sich selbst.

Am nächsten Morgen brachte sie den Müll raus, verschloss alle Fenster, packte ihren kleinen Koffer in Tante Hildes weinroten Fiat, kontrollierte zweimal, ob sie abgeschlossen hatte, und warf einen Zettel in Johannes' Briefkasten:

Danke für Deinen Rat gestern. Ich fahre jetzt wieder nach Hause. Alles Gute für Dich.

Die rostbraunen Blätter an den Bäumen raschelten zum Abschied, und auch die Sonne sorgte für malerische Erinnerungsbilder. Dabei hätten ihr die schönen Erinnerungen aus der Kindheit gereicht, weil diese hier einen bitteren Beigeschmack hatten.

Statt in Köln erst zu ihrer Wohnung zu fahren, steuerte sie direkt den Buchladen an und suchte erst einmal eine Viertelstunde nach einem Parkplatz. Wie viel einfacher war es doch immer, zu Fuß von ihrer Wohnung zum Buchladen zu laufen, wie sie es sonst immer tat. In der Stadt war ein Auto meist unnötig. Ungeachtet der Kunden in ihrem Buchladen steuerte sie direkt auf Mark zu und fiel ihm in die Arme. Er erwiderte die Umarmung kurz: »Schön, dass du endlich wieder da bist. Die drei Tage kamen mir vor wie eine Ewigkeit.«

Wie konnte sie nur daran denken, bis zum nächsten Sommer fortzubleiben!

»Josefine, das wäre unsere Rettung!«

Mark und Josefine gönnten sich, nachdem sie die Buchhandlung abgeschlossen hatten, ein Abendessen im *Café Elefant* – inklusive Alkohol, den Johannes ihr gestern nicht bieten konnte.

»Ich wusste gar nicht, dass wir Rettung nötig haben«, entgegnete Josefine.

Mark legte seine Hand auf ihre. »Jetzt sei doch mal realistisch. Wir kommen nie wirklich aus dem Dispo raus, hangeln uns von Monat zu Monat. Wenn es gut läuft, können wir kaum etwas für uns behalten, sondern stopfen nur irgendwelche Löcher. Schon die nächste Mieterhöhung bricht uns vielleicht das Genick!«

»Aber das sind alles ganz normale Startschwierigkeiten. So geht es doch den meisten Buchhändlern gerade.«

»Ja, und du weißt doch selbst, wie viele aufgeben!«

Josefine zog ihre Hand unter Marks weg und griff sich das Weinglas. »Wir können ja gemeinsam in die Rhön ziehen und den Laden dort zusammen führen. Ruhe zum Schreiben hättest du in Tante Hildes Haus auch. Sogar ein eigenes Arbeitszimmer, wenn du möchtest«, kam Josefine ein ganz neuer Gedanke.

»Liebste! Das ist doch jetzt nicht dein Ernst! Hier alles aufgeben, um dann zu merken, dass das Landleben uns verrückt macht? Und dass in der Pampa noch weniger Menschen Bücher kaufen als hier?«

Marks blassem Teint würde etwas Landleben guttun, dachte Josefine. Oder sollte er nicht ständig diese schwarzen Rollis tragen? »Aber mich würdest du ein halbes Jahr in die Pampa schicken, nur um an die Kohle zu kommen? Vielleicht kannst du mich ja gleich bei eBay an den höchsten Bieter verkaufen?« Sie trank den restlichen Wein in einem Zug leer und knallte das Glas auf den Tisch, sodass das Pärchen vom Nachbartisch herüberschaute.

»Schatz, es ist ganz normal, dass die Ereignisse der letzten Woche dich durcheinandergebracht haben, aber bitte werde nicht ungerecht.«

Tränen schossen in Josefines Augen, die sie mit aller Macht zurückzuhalten versuchte.

Mark sah sie bestürzt an und kam ungeachtet der Blicke, die sie auf sich zogen, zu ihr. Er nahm seinen Stuhl mit und setzte sich direkt neben sie, schob ihre roten Locken beiseite und flüsterte ihr zärtlich ins Ohr: »Du bist doch unbezahlbar. Ich würde dich gegen keinen Schatz der Welt eintauschen. Nicht einmal gegen einen internationalen Bestseller.« Bei diesen Worten musste sie kurz lächeln.

»Und wir könnten versuchen, uns möglichst oft zu sehen, wenn diese Eva dort oder Sonja hier samstags den Laden schmeißen. Es wäre ein großes Opfer, aber wenn wir es schaffen, würde alles für uns besser werden. Keine Sorgen mehr mit unserem Buchladen. Wir könnten es uns leisten, mehr Zeit für uns zu haben. Vielleicht mal zu reisen oder endlich zusammenzuziehen.«

Diese Aussicht erschien Josefine verlockend.

»Bitte, mein Schatz, lass uns diese Chance nutzen. Für uns. Für mich wird es auch schrecklich sein, dich so selten zu sehen, aber wenn es uns das ganze restliche gemeinsame Leben erleichtert? Dann ist es dieses Opfer doch wert, oder?«

»Das ganze Leben. Das klingt gerade verdammt lang«, brachte Josefine hervor und bereute es gleich wieder, als sie Marks erschrockenes Gesicht sah.

»Entschuldigung. Ich wollte dich nicht unter Druck setzen. Entscheide dich in aller Ruhe. Du sollst nur wissen, dass ich dich liebe.«

Sie küssten sich, wobei Josefine nicht ganz bei der Sache war. Alle Ruhe würde sie nicht haben, da die

Anwältin bereits nächste Woche eine verbindliche Entscheidung erwartete. Und sie hatte gehofft, dass Mark sie um keinen Preis in der Welt loslassen würde, aber war das nicht eine sehr engstirnige Anschauung von der Liebe?

Als Kind hatte Josefine genau wie Tante Hilde immer die Welt verbessern wollen. Und Weltverbesserinnen mussten immer Opfer bringen. Wenn sie daran dachte, dass manche Menschen mit ihrem Leben bezahlt hatten, um für eine bessere Welt zu kämpfen, erschien es doch geradezu lächerlich einfach, die Heimatstadt für ein gutes halbes Jahr zurückzulassen. Vor allem mit der Option, sich dauernd besuchen und das Experiment jederzeit abbrechen zu können. Und sie hauste nicht in einem Elendsviertel, sondern verbrachte die Zeit in einer wunderschönen, wenn auch einsamen Gegend. Wenn sie es wie durch ein Wunder schaffte, die Buchhandlung ihrer Tante nicht nur für eine Zeit lang zu führen, sondern sogar wieder ans Laufen zu bringen und damit gleichzeitig ihre eigene Buchhandlung zu retten, dann hätte sie zwar niemandem vor dem Verhungern bewahrt, aber den Menschen hier und dort eine Anlaufstelle für Seelennahrung gegeben. Das Buch *Hühnersuppe für die Seele* kam ihr in den Sinn. Und die Hühner, die auf Johannes' Grundstück herumliefen, wenn die Sonne noch am Himmel stand.

Und vielleicht rettete sie doch jemanden. Vielleicht nicht vor dem Verhungern, aber doch vor der Pleite: Mark und sich selbst.

Josefine griff nach Marks Hand. »Okay, ich versuche es.«

Mark hielt ihre Hand fest und schaute sie so zärtlich an, dass Josefine sich für ihren vorherigen Gedanken schämte, dass es ihm mehr um das Geld als um sie ginge. Als die Cafébesitzerin vorbeikam, hielt er zwar weiterhin ihre Hand, wandte aber seinen Blick ab.

»Könnten Sie uns bitte zwei Gläser Champagner bringen? Wir haben etwas zu feiern!«

Josefine verkniff sich die Bemerkung, dass sie das Feiern lieber auf den Moment verschieben würde, wenn sie das halbe Jahr tatsächlich durchgehalten hatte. Nachdem die zwei Gläser edlen Schaumweins gebracht worden waren, stieß sie mit Mark an. Gegenüber brachte jemand eine Sternenlichterkette an der Hauswand an. Es schneite zwar nicht, aber der Regen draußen war schon eiskalt. Nun war es November, bereits nächsten Sommer wäre es geschafft. Sie verdrängte, dass es in der Rhön viel kälter war als in Köln. Und dass die Dunkelheit dieser Jahreshälfte ihr nach Ladenschluss kaum Zeit lassen würde, die Landschaft zu genießen.

»Auf uns«, versuchte sie, sich selbst und Mark aufzumuntern.

Josefine fühlte sich ein winziges bisschen wie eine Polarforscherin, die für Jahre zu einer Antarktisexpedition mit ungewissem Ausgang aufbrechen würde, als sie sich in einem Laden, den sie noch nie betreten hatte, mit Outdoorklamotten eindeckte. Die Rhön wurde nicht umsonst oft das Sibirien Deutschlands genannt. Die letzten Jahre hatte sie in Köln die Finger an ihren Handschuhen abzählen können, an denen sie so etwas wie funktionale Winterkleidung überhaupt gebraucht hätte. Selbst wenn es kalt war, waren die Wege so kurz, dass sie eine Mütze höchstens dann trug, weil sie morgens nicht mehr zum Föhnen gekommen war.

Zum Glück würden die Wollmütze und Handschuhe in Schwarz auch zu ihrem Wintermantel passen. Und die graublaue Outdoorjacke war so geschnitten, dass sie ihr sogar noch zu einem Kleid stehen würde. Josefine trug fast ausschließlich Kleider. Es war ihr liebstes Kleidungsstück, weil es nur ein Teil brauchte, um gut angezogen auszusehen.

Zu Wanderschuhen konnte sie sich nicht durchringen, weil sie schon als Kind in solchen Knobelbechern schnell Blasen bekommen hatte. Stattdessen deckte sie sich mit dicken Wollsocken ein, die sie auch in ihren Turnschuhen tragen konnte.

Die mürrische Verkäuferin scannte die Kleidungsstücke in die Kasse ein, während sich hinter Josefine schon eine Schlange gebildet hatte.

»Mit Karte oder bar?«

»Mit Karte.« Josefine hatte vorher extra ihren Kontostand gecheckt.

»Können Sie nicht eine zweite Kasse aufmachen?«, fragte ein Mann mit einem Tennisschläger in der Hand.

Als Antwort drückte die Kassiererin auf eine Klingel, die wohl eine zweite Verkäuferin herbeilocken sollte.

»Mit der Karte stimmt was nicht«, rief sie so laut, dass der Mann mit dem Tennisschläger noch ungeduldiger wurde.

Josefine dachte, dass sie auf eine warme Jacke getrost verzichten konnte, wenn sie den Schweißausbruch, der sie gerade überkam, auf Kommando erzeugen könnte.

Um die Situation schnell hinter sich zu bringen, tat sie etwas, was sie noch nie getan hatte. Sie zückte die Geschäftskarte, um ihren privaten Einkauf zu begleichen. Im Grunde war es ja auch eine berufliche Investition, redete sie sich ein, während sie die Geheimzahl eintippte.

»In Köln bin ich ab nächster Woche obdachlos, wenn du mich nicht aufnimmst!« Josefine umarmte Mark inmitten all der Bücher im Laden. Auf ihre Anzeige hatten sich sofort zweihundert Leute gemeldet, die ein halbes Jahr zur Untermiete in ihrer Wohnung leben wollten.

»Na, klar kannst du jederzeit zu mir kommen, aber nur, wenn du durchhältst!« Er küsste sie ungeachtet der Kunden im Laden, die sich schon die Adventskalender anschauten, die zwar keine Bücher, dafür aber Lego- oder Playmobilfiguren beherbergten.

Ein Mädchen, das einen Prinzessinenadventskalender in der Hand hielt, schaute sie neugierig an. »Seid ihr verheiratet und verliebt? Ich dachte immer, ihr arbeitet nur hier.«

»Verliebt arbeitet es sich halt noch besser«, Mark kniete sich so hin, dass er mit dem Mädchen auf Augenhöhe war, »und wer weiß? Vielleicht heiraten wir wirklich bald!«

»Aber dann darfst du es deiner Freundin nicht vorher verraten«, sagte sie leise, was Josefine natürlich trotzdem mitbekam.

»Du musst ihr so einen richtigen, tollen Heiratsantrag als Überraschung machen! So wie der Verlobte meiner Cousine. Der hat den Heiratsantrag auf einem weißen Pferd gemacht. Also, die hatten dann beide eins und ...«

»Matilda, lass doch die Leute mit deinen Geschichten in Frieden«, mischte sich die Mutter ein. »Seit sie letztens Blumenmädchen auf einer Hochzeit war, möchte sie am liebsten alle verkuppeln.« Sie zuckte entschuldigend mit den Schultern.

»Macht doch gar nichts, ich höre gerne Geschichten mit Happy End«, bemerkte Josefine, obwohl so ein aufmerksamkeitsheischender Antrag für sie eher abschreckend wäre. Eine Freundin von ihr hatte einen Antrag bekommen, den ihr Freund ihr *gemeinsam* mit zwanzig gemeinsamen Freunden gemacht hatte. So viele Leute brauchte es, um die fünf aneinandergenähten Bettlaken zu halten, deren Beschriftung auch noch aus hundert Metern Entfernung lesbar war. Der ganze Volksgarten hatte geklatscht, als sie »Ja« gesagt hatte. Wie hätten die Leute wohl reagiert, wenn sie abgelehnt hätte? Und was würde sie sagen, wenn Mark sie fragen würde?

»Na, dann ist ja gut. Aber wir müssen uns beeilen, Ballett fängt gleich an. Wir nehmen den«, die Mutter des Mädchens nahm den Adventskalender und legte auch noch zwei Pferdebleistifte dazu, als müsste sie ihr unfreundliches Verhalten gegenüber der eigenen Tochter wiedergutmachen.

Matilda war davon jedoch unbeeindruckt, wahrscheinlich, weil sie sich auf Knopfdruck in eine Märchenwelt beamen und die Realität ausblenden konnte. Sie lächelte charmant und trottete mit ihrer Mutter zur Kasse. Bis zum ersten Dezember dauerte es noch eine Weile, und dennoch konnten sie ständig neue Kalender bestellen.

»Und falls du doch länger wegbleibst, bleibe ich hier gerne wohnen.« Die junge Studentin sah sich in Josefines Wohnung um, nachdem sie die Schlüssel in die Hand genommen hatte. »Ich kaufe dir auch gerne die Möbel ab. Es war so schwer, überhaupt etwas zu finden. Endlich nicht mehr pendeln!«

So erleichtert Josefine war, die passende Untermieterin gefunden zu haben, so sehr schmerzte sie der Abschied aus ihrer Wohnung. Hier hatte sie schon gewohnt, bevor es Mark oder den Buchladen gegeben hatte. Und obwohl von Anfang an klar war, dass das keine Bleibe für immer war, war diese Wohnung ihr ans Herz gewachsen.

»Bisher ist der Plan, dass ich allerspätestens in einem Jahr wieder hier einziehe.« Sie wollte falsche Hoffnungen direkt im Keim ersticken. »Aber sollte sich was an meinen Plänen ändern, sage ich dir sofort Bescheid.«

Was Josefine die nächsten Wochen nicht brauchen würde, stellte sie in ihrem Kellerverschlag unter. Die Tage vor dem Abschied hatten alles, was ein gutes Buch für Josefine haben musste. Sie brannte darauf zu wissen, wie es weiterging; sie heulte, lachte und fühlte so viel wie lange nicht mehr. Vielleicht war es gut, den schönen, aber eben auch sehr geregelten Alltag mal hinter sich zu lassen.

»Wir sehen uns doch schon bald wieder!« Mark drückte Josefine fest an sich. Warum musste sie sich ihm ausgerechnet heute so nahe fühlen wie lange nicht mehr? So nahe, dass sie sofort hiergeblieben wäre, wenn er sie nur darum gebeten hätte. Und warum musste die Straße heute aussehen wie auf einer Postkarte? Waren die Altbauten mit den Stuckfassaden über Nacht frisch gestrichen worden? Hatte jemand die Wintersonne poliert? Statt des üblichen Staus nur ein paar friedliche Autofahrer auf die Straße geschickt? Wie sollte sie es nur ein halbes Jahr fernab der Zivilisation und vor allem fernab von Mark aushalten?

»Mark, versprich mir, dass du nicht enttäuscht bist, wenn ich es nicht durchhalte.« Sie löste sich aus seiner Umarmung.

»Du schaffst das! Und ich schaffe es hier mit Sonjas Hilfe auch.« Die eingesparte Miete steckten sie direkt in Sonjas Gehalt, die sich freute, mehr arbeiten zu können.

Vor Tante Hildes Tod hatte es diese verrückte Option überhaupt nicht gegeben. Warum konnte nicht alles so sein wie vorher? Wenn sie die Zeit zurückdrehen könnte, würde sie Tante Hilde jedes Jahr mindestens eine Woche besuchen. Sie hätte es tun können, jetzt ging es schließlich auch. Und jetzt fuhr sie dorthin, lebte sogar in ihrem Haus und musste doch ohne sie auskommen! Josefine kämpfte gegen den Kloß in ihrem Hals an.

»Fahr vorsichtig. Und jetzt fahr schon los!« Mark küsste sie noch einmal, und Sonja winkte ihr durch die Ladentür zu.

Sie konnte ihrem gemeinsamen Buchladen wohl mehr helfen, wenn sie ihn nun zurückließ.

Nach drei Stunden Autofahrt bog sie schließlich auf die kleine Straße ein, die zwischen Feldern und Hügeln zu Tante Hildes Haus führte. Das Land der offenen Fernen hieß es so oft, und es stimmte. Hier in der Rhön besaßen Wald und Wiesen etwas so Freundliches und Helles. Josefine hatte sich früher jedes Mal gefühlt, als liefe sie auf Wolken, wenn sie durch die Rhön wanderte. Weniger im Sinne von leicht, als dem Himmel so nah. Aber dem weltlichen, fügte sie in Gedanken hinzu. Das Paradies war für sie immer noch ihre Heimatstadt.

Bevor sie Tante Hildes Haus erreichte, passierte sie Johannes' Hof. Er würde sie für verrückt halten, wenn er davon erfuhr, dass sie den Buchladen weiterführen würde. Wenn er nur ahnen könnte, was er für ein Glück hatte, wenn sie es nicht schaffte! Vor seinem Hof parkte eine Citroën DS. Das schönste Auto, das es auf der Welt gab, ein elegantes Schiff aus einem Fünfzigerjahrestreifen. Wer so ein Auto fuhr, hatte genug Geld. Vor allem, wenn daneben noch ein ebenso betagter Porsche stand. Nur der alte Landrover passte nicht ganz in das Bild.

Josefine konnte durch das Autofenster gar nicht erkennen, ob die Spuren auf der mintgrünen Karosserie Schlamm oder Rost waren. Die beiden schicken Oldtimer glotzten jedoch fast hämisch auf ihren Fiat. Sie brauchte also kein schlechtes Gewissen zu haben, wenn sie um das Erbe kämpfte! An Johannes' Stelle hätte sie jedoch lieber etwas mehr in das Haus als in Autos investiert. In seiner Küche war es gemütlich, aber kalt gewesen, und Josefine wusste als Fan von Altbauten, dass die Fenster zwar schön aussahen, aber die Wärme nicht so gut speicherten. Oder gehörten die Luxuskarossen gar nicht Johannes, sondern seinen Gläubigern, die ihm gerade die Pistole auf die Brust setzten? Josefine wischte den Gedanken beiseite. Sie kannte sich gut genug, um zu wissen, dass sie nur einen fadenscheinigen Grund suchte, um ihm beim Erbe den Vortritt zu lassen.

Sie fuhr so langsam, wie man überhaupt fahren konnte, um einen Blick auf die Tür zu erhaschen, doch hier in der Abgeschiedenheit blieb wohl nichts unbemerkt. Johannes öffnete die Haustür und lief skeptisch auf ihren Wagen zu, lächelte aber, als er sie erkannte. Sie hätte jetzt grüßen und die letzten paar Meter einfach davonfahren können, aber da er nun mal ihr nächster Nachbar war, blieb sie stehen und kurbelte das Fenster herunter.

»Ach, du bist wieder hier. Habe mich schon gewundert, wer sich in unsere Sackgasse verirrt.«

Nun stand er so dicht vor ihrem Wagen, dass er sich runterbeugen musste, damit sie nicht nur seinen Bauch vor Augen hatte.

»Darf ich ab heute nichts mehr unbeobachtet machen?«

»Willkommen im Landleben.« Johannes, der nur Jeans und Pullover trug, schien sich an das Wetter gewöhnt zu haben. »Aber warum bist du schon wieder hier? Du übernimmst doch nicht wirklich den Buchladen, oder?«

»Doch, genau das tue ich!« Auch wenn er die Idee für aussichtslos hielt, konnte er ihr doch Mut machen!

»Na, dann viel Glück.«

»Du wirst sehen, in einem halben Jahr brummt der Laden, und ich eröffne einen zweiten im nächsten Dorf.«

Gerade in dem Moment, in dem Josefine weiterfahren wollte, kamen fünf braune Hühner um die Ecke gerannt. Wahrscheinlich bekamen sie auch nicht so oft fremde Leute zu Gesicht. Eins der aufgeplusterten Federviecher hackte mit seinem Schnabel auf einen Reifen ein, als wollte es Josefine an der Weiterfahrt hindern.

»Fahr einfach langsam weiter, die wissen schon, wann es brenzlig wird«, riet ihr Johannes. Natürlich fuhr sie nicht einfach weiter, sondern hupte, was die Hühner zwar einen Satz rückwärts machen ließ, aber nur so lange, dass sie einen Moment später noch näher kamen.

Johannes drehte sich noch einmal um. »Ich meine es ernst. Fahr einfach. Und wenn du mal Hilfe brauchst, melde dich.«

Anscheinend schien er seinen Hühnern mehr zu vertrauen, auf sich aufzupassen, als ihr, einen Laden im beschaulichen Heufeld zu führen. Und tatsächlich trollten sich die Hühner, als sie den Wagen wieder anrollen ließ.

Auch wenn Josefine keine Bedenken hatte, ganz allein in Tante Hildes Haus zu leben, fühlte es sich gut an, Johannes in der Nähe zu wissen. Irgendwie musste die alte Vertrautheit tief in ihr geschlummert haben, auch wenn sie sich so lange nicht mehr gesehen hatten.

Noch hatte Josefine keinen Nachsendeauftrag bei der Post beantragt, ihre Untermieterin sammelte die Briefe, und Mark holte sie regelmäßig ab. Dafür musste sie Tante Hildes Post erledigen. Josefine hatte den Kamin in der Wohnküche angezündet, sich einen Tee gemacht und arbeitete nun den Stapel an Post ab. Wer schickte denn Trauerkarten an die Verstorbene, die zudem noch allein lebte? Auch diese Karten würde Josefine natürlich beantworten, um Eva nicht noch mehr zu belasten. Die Werbung flog direkt ins Feuer. Bei einem Brief zögerte sie einen Moment.

Er war unfrankiert und an die neuen Eigentümer des Hauses adressiert. In der Stadt war es manchmal so, dass Nachbarn für ihre wohnungssuchenden Freunde sofort eine Anfrage in den Briefkasten der frisch verwaisten Wohnung warfen, wenn der Leichenwagen vor der Tür gestanden hatte. Irgendwann musste der Vermieter oder Hausmeister ja nachschauen, und so waren sie die Ersten auf der langen Liste an Bewerbern. War diese Unsitte auch schon hierher übergeschwappt?

Sehr geehrter Hausbesitzer,

ich bedauere den Verlust Ihrer Angehörigen und biete Ihnen sehr gerne meine Unterstützung an, indem ich Ihnen ein Angebot für Ihre Immobilie, das Ladenlokal in Heufeld, mache. Bitte kontaktieren Sie mich jederzeit.

Dietrich Heck
Bürgermeister in Ihrer Gemeinde

Bevor Josefine auch diesen Brief ins Feuer warf, zerknüllte sie ihn.

Genau wie damals in der Vorweihnachtszeit stand an der Kasse in Tante Hildes Buchladen eine Schüssel mit Spekulatius und Mandarinen. Eva schälte gerade eine der Früchte, sodass der Duft des ätherischen Öls Josefine in die Nase stieg, als sie die Ladentür öffnete. Eva sprang auf und lief auf Josefine zu. Mit der Mandarine in der Hand umarmte sie Josefine.

»Ich bin so glücklich, dass du dem Laden eine Chance gibst! Schön, dich zu sehen, Chefin!«

»Ich freue mich auch, dich zu sehen! Und ehrlich gesagt hoffe ich immer noch, dass du am Ende die Chefin wirst.«

Josefine sah sich in dem Laden um, der viel behaglicher war als ihr Buchladen in Köln, was auch durch den bunt gemusterten Perserteppich herrührte, dem man die

Spuren unzähliger Kunden schon ansah. Die Decke war zwar nicht hoch, dennoch brauchte man einen Tritt, um an die oberste Regalreihe zu kommen. In der Mitte stand ein weiterer Büchertisch. Stapel von Klassikern wie Charles Dickens' Weihnachtsmärchen, aber auch ein paar aktuelle Bildbände und Romane rund um Weihnachten stapelten sich auf einer grünen Decke mit gestickter Borte. Goldlackierte Walnüsse und Tannenzweige, die bis Weihnachten wahrscheinlich eine braune Färbung angenommen haben würden, lagen zwischen den Büchern. Im Postkartenständer mussten die Karten von der Hohen Rhön oder der Wasserkuppe Weihnachtsmotiven Platz machen. Aber es gab keinen einzigen Adventskalender mit Spielzeug oder Süßigkeiten und schon gar keinen Nippes. Nur an dem Kalenderstand lagen ein paar Kulis, Notizblöcke und Stiftbecher.

»Hilde hatte alles schon bestellt. Als die Wannen mit den Büchern geliefert wurden, dachte ich, sie würde gleich selbst um die Ecke kommen.« Eva schaute traurig auf die Auswahl ihrer ehemaligen Chefin.

»Ja, das denke ich auch immer noch.« Josefine strich zärtlich über die Decke, die sie von früher kannte. Tante Hilde hatte den Rand während jener Herbstferien gestickt, in denen Josefine Liebeskummer wegen eines Typen gehabt hatte. An Tante Hildes flinke Finger und ihr geduldiges Ohr konnte sie sich bis heute noch bestens erinnern, während sie den Kerl völlig vergessen hatte.

»Ich weiß, dass für Hilde in einen Buchladen nur Bücher gehörten, aber hättest du was dagegen, wenn wir unser Sortiment erweitern? Bei uns laufen Spielzeugadventskalender sehr gut. Und fast jeder nimmt dann doch noch ein Buch mit.«

»Wie gesagt, du bist die Chefin. Und ich bin für alles, was dabei hilft, dass wir nicht pleite machen. Ich habe gestern erst fünf Pakete von unserer Nachbarin von Amazon angenommen. Sie hat mir stolz erzählt, dass sie schon alle Geschenke bestellt hat, ohne dafür auch nur einmal vor die Tür zu gehen. Wenn sie nicht humpeln würde, hätte ich ihr die Meinung gegeigt, dass sie mit dafür verantwortlich ist, wenn es hier bald nur noch Ein-Euro-Shops und den Supermarkt gibt. Und die Spielhalle.«

Hier auf dem Land konnte Josefine das nachvollziehen, auch mal etwas online zu bestellen, aber selbst in Köln fuhren unzählige Transporter von DHL, Hermes und wie sie alle hießen herum, obwohl es wirklich alles vor Ort zu kaufen gab.

Josefine setzte sich in den Samtsessel, in dem sie schon als Kind so oft gesessen hatte, und wünschte sich, es wäre der *Wunschstuhl*, der die Kinder in Enid Blytons gleichnamigem Roman an jeden Ort, den sie sich nur vorstellen konnten, bringen konnte. Dann könnte sie sich zwischen der Rhön und Köln hin- und herbeamen. Das vermochte dieser Sessel zwar nicht, aber in Gedanken ging es schon. Und da versetzte er sie einfach in eine andere Zeit. Sie sah Eva an und sah doch ihre Tante, wie sie die Buchhandlung in die Buchhandlung der guten Wünsche verwandelt hatte. Die Menschen würden nur in den Laden kommen, wenn sie hier mehr bekamen als bedrucktes Papier. Vielleicht würde es funktionieren, wenn sie in Tante Hildes Fußstapfen trat. Wirklich in ihre Fußstapfen, indem sie den Menschen genauso gute Wünsche hinterherschickte, wie ihre Tante es immer getan hatte. Und als ob sie den neuen Vorsatz gleich in die Tat umsetzen wollte, öffnete sich die Tür, und ein Mann trat ein. Josefine sprang aus dem Sessel. »Ein Kunde! Ich werde mein Glück versuchen.«

»Na, das wäre aber das erste Mal, dass Herr Heck ein Buch kauft«, murmelte Eva.

Josefine ignorierte den Kommentar, schließlich hatten sie in ihrer Kölner Buchhandlung auch ihre Pappenheimer, die sich einmal die Woche Bücher anschauten, aber nur einmal im Jahr eins kauften. Für viele waren sie auch einfach das gemütlichere Wartehäuschen als der zugige Unterstand an der Bushaltestelle. Aber was sollte es: Solange Bücher im Kopf solcher Gäste mit Wohlbefinden verknüpft wurden, war das auf jeden Fall für etwas gut. Herr Heck, ein Mann Mitte fünfzig in Anzug und mit fein gestutztem Bart, der sie an Christoph Waltz erinnerte, als dieser sich mit der Gesichtsbehaarung geschmückt hatte, schaute sich herablassend um, als zähle er die Bücher und kalkuliere den Wert der bestückten Regale.

»Guten Tag, willkommen in unserer Buchhandlung. Kann ich Ihnen weiterhelfen?«

Der Mann musterte sie erst genauso abschätzig, wie er die Buchrücken gemustert hatte. Dann streckte er seine Hand aus.

»Na, ich glaube eher, dass ich Ihnen helfen könnte. Dass Sie die neue Besitzerin des Laden sind, hat sich ja schnell herumgesprochen.« Er grinste sie an. »Ich habe sie schon auf der Beerdigung gesehen, wollte sie dort in ihrer Trauer aber nicht ansprechen.«

Rein sachlich gesehen kamen Josefine seine Worte rücksichtsvoll vor, aber ein Blick zu Eva bestätigte sie darin, dass sie vorsichtig sein musste. Auch wenn der Gedanke an die guten Wünsche ihrer Tante sie ermahnte, nicht gleich etwas Schlechtes von ihm zu denken.

»Dann klären Sie mich auf, in welchem Punkt Sie mir helfen könnten.«

»Kommen Sie, ich weiß, dass Sie eine intelligente, geschäftstüchtige Frau sind und keine Tagträumerin! Eine sehr schicke Buchhandlung haben Sie da, in bester Lage in Köln!«

Josefine fragte sich, ob das normaler Dorftratsch war, oder ob Herr Heck sie stalkte. Einfach zuhören war wohl die beste Strategie, sagte sie sich, und schaute ihn weiter erwartungsvoll an.

»Sich diesen Klotz ans Bein zu binden macht nicht mal aus Sentimentalität Sinn. Ich würde Ihnen gerne ein Angebot für diesen Laden machen. Ein gutes Angebot.«

Natürlich. Dietrich Heck. Der ihr auch schon den Brief in den Postkasten geworfen hatte. »Ach, und Sie möchten mir den Klotz am Bein netterweise abnehmen?«

»Natürlich mit Gewinn auf beiden Seiten.« Er senkte den Blick für einen Moment, bevor er sie wieder angrinste.

Josefine hätte am liebsten gefragt, was er für den Laden zahlen würde, aber sie verkniff sich die Frage, um keine Hoffnungen zu wecken. Weder bei ihm noch bei sich selbst – zumal sie den Laden ja erst besaß, wenn sie das halbe Jahr hier durchhielt.

»Lieber Herr Heck, ich möchte nicht verkaufen. Ich finde, dass dieser Ort perfekt ist, um eine zweite Filiale zu führen, bevor ich in Hamburg und Berlin weitermache. Aber sehr gerne helfe ich Ihnen. Mit einem guten Buch.«

»Danke, aber ich brauche keine Ablenkung von der Realität«, erwiderte er süffisant.

»Wir führen auch Sachbücher«, konterte sie und suchte Evas Blick, die ihr auswich, um nicht laut loszulachen.

»Nein, danke, es gibt nichts, was ich nicht googeln könnte, ohne die Umwelt durch Papierverschwendung zu belasten. Bücher sind nicht mehr zeitgemäß.«

Sollte Josefine ihn jetzt in eine Diskussion über den Energieverbrauch von Internetsuchen verwickeln? Sie konnte die Fakten über den Stromverbrauch der großen Server, über die jede Suchanfrage lief, selbst kaum glauben, auch wenn sie merkte, dass das Internet schon von ihr persönlich jede Menge Energie fraß. Seelische Energie, wenn sie sich zu lange auf Facebook oder Instagram verlor. Die Ökobilanz war messbarer, aber den wenigsten bewusst: Für jede Suchanfrage im Netz konnte man eine Energiesparlampe eine Stunde brennen lassen. Außerdem wollte sie Herrn Heck schnell loswerden.

»Tja, das tut mir leid, dann möchte ich auch Ihre Ressourcen nicht weiter verschwenden und wünsche Ihnen noch einen schönen Tag.« Sie gab sich alle Mühe, die letzten Worte nicht wie eine Lüge klingen zu lassen.

»Einen Kalender könnte ich brauchen. Haben Sie einen hochwertigen Taschenkalender, der übersichtlich gestaltet ist? Ganz ohne Firlefanz? Das nächste Jahr steht schließlich vor der Tür, und auch wenn meine Sekretärin alle Termine verwaltet, habe ich lieber selbst noch etwas in der Hand.«

Josefine holte einen in dunkelblaues Leder gebundenen Taschenkalender für das neue Jahr hervor, und Herr Heck zückte seine Geldbörse, ohne sich einen zweiten zeigen zu lassen.

»Ganz ausgezeichnet. Sie haben Geschmack.« Er zog nicht nur einen Schein, sondern auch noch seine Visitenkarte aus der Börse. »Und Sie wissen ja, ich warte gerne auf Ihren Anruf. Uns beiden ist doch klar, dass ein Buchladen hier keine Goldgrube, sondern ein Groschengrab ist. Also warten Sie nicht zu lange.«

Statt zu antworten, griff Josefine zu einer der Plastiktüten, auf denen das Logo des Ladens aufgedruckt war. Davon hatte Tante Hilde noch mehrere Kisten im Lagerraum stehen.

»Nein, danke, ich schone lieber die Umwelt«, entgegnete er mit einem Ton, als würde Josefine Atommüll im Bach verklappen.

Es fiel Josefine schwer, ihm zu sagen, dass sie seine Haltung in Sachen Umweltbewusstsein begrüßte. Aber sie tat es trotzdem, obwohl ihr klar war, dass es für ihn nur Mittel zum Zweck war.

»Du bist Tante Hilde echt ähnlich. Aber selbst sie hat es nie geschafft, Herrn Heck ein Buch anzudrehen.« Eva lachte.

»Es war kein Buch. Nur ein Kalender. Und ich habe ihm ganz sicher nichts angedreht. Er wollte es!« Josefine spürte, wie dieser Typ ihrem Hochgefühl einen Dämpfer verpasst hatte. »Und vielleicht sollten wir lieber gemeinsam überlegen, wie wir mehr Umsatz machen«, fuhr sie schärfer fort, als es normalerweise ihre Art war. Meine Güte, was nahm sie sich vor, um nicht zuletzt Evas Arbeitsplatz zu erhalten!

»Entschuldigung.« Eva sortierte die Weihnachtsdeko auf dem Tisch neu, ohne dass sich an dem Stimmungsbild auf dem Tisch oder in ihren beiden Gesichtern etwas verbesserte.

»Wir schaffen das schon irgendwie.« Josefine dachte an Mark, der auf ihr Durchhaltevermögen vertraute. Sie vermisste ihn schon jetzt. Wie sollte sie es nur bis zum Wochenende ohne ihn aushalten?

»Und ich hätte auch eine Idee.« Eva strich sich die dunklen Haare hinter das Ohr. »Was gerade vielen Eltern fehlt, ist Zeit. Was hältst du davon, wenn wir am ersten Adventssamstag eine Vorlesestunde für Kinder anbieten, in der die Eltern sich in Ruhe hier umschauen können? Seit meine Kleinen da sind, genieße ich selbst eine Dusche ganz anders. Wenn wir einer gestressten

Mutter eine halbe Stunde schenken, in der sie in den Bücherregalen stöbern kann, sind wir echte Heldinnen!«

»Mhm, das könnte funktionieren. Wir könnten die Garage ausräumen und weihnachtlich schmücken. Wir setzen die Kinder auf Schlitten, und eine von uns liest vor. Vielleicht können wir einen Heizstrahler bekommen, damit sie mit ihren kleinen Füßchen nicht festfrieren.« Josefine stellte sich gerade vor, was man aus der Garage Zauberhaftes machen könnte.

»Was hältst du von Engelskostümen für uns?« Eva strahlte. Auch wenn Josefine selbst an Karneval keine Freundin der Verkleidung war, versuchte sie, sich auf die Idee einzulassen. Flügel wären immer noch besser als eine Weihnachtsmannmütze.

»Warum nicht? Aber keine Plastikflügel aus dem Discounter. Ich leihe uns etwas aus einem Kostümfundus, warte mal ab, das wird wunderbar!« Wozu gab es schließlich den Kostümfundus am Friesenplatz, bei dem sie sich zum dreißigsten Geburtstag ihrer Freundin Katharina ein Kleid aus den Zwanzigern für die Mottoparty ausgeliehen hatte. Auch wenn sie ihre Freundinnen nicht jede Woche treffen konnte, schmerzte es sie etwas, dass es bei der Entfernung von Köln bis ins tiefste Hessen noch schwieriger werden würde.

Wenn sie sich hier mit dem Kostüm lächerlich machen würden, wäre es egal, sie hatten nichts zu verlieren. Josefine fühlte sich fast so wie in den Anfangstagen mit Mark, als sie bis tief in die Nacht neue Ideen ausspannen.

»Lass uns Flyer in dem Kindergarten und den Schulen verteilen. Mir fallen jetzt schon jede Menge Leute ein, die ich ansprechen kann«, schwärmte Eva. Und als übertrage sich die Zuversicht gleich auf die Realität, kamen an diesem Tag noch so viele Kunden rein, dass Josefine nach Abzug aller Kosten sogar noch einen kleinen Gewinn verbuchen konnte.

»Wie lief es bei dir?« Josefine saß an Tante Hildes Schreibtisch und schaute in die Dunkelheit. Wenn sie sich nach links bewegte, konnte sie zumindest das Licht in Johannes' Haus erkennen.

»Gar nicht mal so schlecht. Sonja macht sich gut, und auch wenn ich den Politthriller, der gestern bei Dennis Scheck diskutiert wurde, ziemlich dämlich finde, verkauft er sich bombastisch. Ich habe heute noch mal einen Stapel nachgeordert. Zum Glück lagen im Bestsellerregal jede Menge, sonst wären die Leute wohl noch zur Konkurrenz gegangen. Oder besser, sie hätten die Konkurrenz an die Haustür gebeten.« Marks Stimme wärmte Josefine ein wenig, erreichte aber leider nicht die Füße, die nur in Wollsocken steckten, weil sie so etwas wie Hausschuhe nicht besaß. Und die Pantoffeln von Tante Hilde waren ihr zu klein.

Drei Kisten mit alten Zeitschriften und eine Tüte mit Schuhen standen schon im Flur bereit. Egal, wie die Zukunft aussah, sie konnte nicht alles behalten, was Tante Hilde angehäuft hatte.

»Ach, Mark, manchmal wünschte ich, wir könnten

die Zeit zurückdrehen. Früher haben die Leute viel mehr Bücher gekauft, statt nur Serien zu gucken oder Blogs über Bücher statt der Bücher selbst zu lesen.«

»Aber damals hätten wir uns nicht den Tag über so nette WhatsApp-Nachrichten schreiben können. Und außerdem gibt es dafür viel mehr extreme Leser. Und Literaturfestivals. Wenn ich nur an die Lit.Cologne denke, die ist mittlerweile innerhalb einer Woche ausverkauft, und die Leute stehen Schlange wie bei Robbie Williams. Ich habe heute zufällig jemanden aus dem Orgateam getroffen und Kontaktdaten ausgetauscht. Schließlich will ich in den nächsten Jahren auch in einer der ausgebuchten Hallen sitzen! Einen Vorteil hat es, dass du so weit weg bist: Ich komme mit dem Schreiben viel schneller voran.«

Josefine redete sich ein, dass er sich nun mal über ihre Abwesenheit hinwegtrösten musste. Und es stimmte ja, dass er die Zeit besser für seinen Roman nutzen konnte.

»Das klingt doch gut! Ich glaube an dich!«

»Aber du hast doch noch keine Zeile von dem neuen Buch gelesen!«

»Aber nur, weil du mir bisher jede Zeile verweigerst!« Sie zog die Füße nach oben, sodass sie im Schneidersitz auf dem Bürostuhl ihrer Tante saß. Der Boden war einfach zu kalt.

»Da bin ich abergläubisch. Und was mache ich, wenn du alles blöd findest?«

»Überarbeiten?«

»Aber es könnte ja sein, dass du mich mit deiner Kritik zu Unrecht verunsichern würdest!«

»Ach, Mark, wie müssen sich denn die Autoren fühlen, die im Internet öffentlich verrissen werden?«

»Das ist wieder was ganz anderes. Schau dir doch mal die Ein-Sterne-Rezensionen von Benedict Wells an. Das können doch nur Neider oder Deppen sein.«

»Viel wichtiger ist mir jetzt, wann ich dich wiedersehe! Kommst du am Wochenende zu mir?«

»Mhm, wenn ich mir das Auto von meinem Bruder leihen kann, dann versuche ich es.«

»Oder soll ich kommen?«

»Nein, nein, ich komme! Es wird schon klappen!«

Ein Dialog in einem Liebesroman klang anders, dachte Josefine, nachdem sie aufgelegt hatte, und widmete sich wieder der Buchhaltung. Zu Hause hatte es sich so ergeben, dass Mark nach und nach den Großteil der Buchhaltung übernommen hatte; Josefine nahm sich zwar immer wieder vor, sich da auch wieder mehr einzuarbeiten, aber da sie sich dafür stärker darum bemühte, möglichst in alle wichtigen Neuerscheinungen reinzulesen und auch Indie-Autoren zu entdecken, hätte sie gerade sowieso keine Kapazitäten frei. Und da sie jetzt genug mit Tante Hildes Buchhaltung zu tun hatte, war es praktisch, Mark jetzt alles zu überlassen. Wenn Mark am Wochenende hier wäre, würde sie mit ihm wandern gehen. Danach vielleicht in ein schönes Restaurant einkehren und sich zu Hause in das warme Bett kuscheln. An der Wand hing ihr ganz persönlicher

Adventskalender, der jedoch nicht nur vierundzwanzig, sondern rund zweihundert Kästchen hatte, von denen nicht einmal zwanzig angekreuzt waren.

Gerade als sie das Kästchen von heute durchstreichen wollte, klingelte ihr Handy erneut.

»Josefine, ich wollte dir nur sagen, wenn wir das alles geschafft haben, dann fahren wir beide mal zwei Wochen weg. So richtig weg. Irgendwo in die Sonne. Oder in eine tolle Stadt. Nur wir beide. Ich vermisse dich so sehr.«

Josefine nickte, obwohl Mark das nicht hören konnte. Ein gemeinsamer Urlaub wäre so schön. Daran wollte sie sich festhalten. Schließlich war ihre Einsamkeit hier nur eine Phase in einem zweisamen Leben, das nicht besser sein konnte.

Gut, es war stockfinster in der Nacht, aber Geister würde es hier wohl keine geben, sagte sich Josefine. Sie umrundete noch einmal das Haus, bevor sie von innen abschließen würde. Ein einsames Haus war ihr einfach nicht geheuer. Genauso wenig wie die Stille, die jetzt jedoch durch einen Klagelaut unterbrochen wurde.

»Hallo? Braucht da jemand Hilfe?« Ihre Stimme war stärker als ihre Nerven. Als sie an dem Gartenschuppen vorbeikam, hörte sie das Jaulen noch lauter und seufzte erleichtert.

Das konnte nur eine Katze sein. Sie entriegelte die Tür und tastete nach dem Lichtschalter. Dabei blieb etwas Weiches an ihren Fingern hängen. Spinnweben.

Sie schüttelte sie ab. Wenigstens hing keine Spinne dran. Ganz oben bei den Gartenwerkzeugen saß eine getigerte Katze. Auch wenn wahrscheinlich Hunderte getigerte Katzen in der Rhön herumliefen, war das bestimmt die, die ihr schon vor Johannes' Haustür vor die Füße gesprungen war.

»Miauauaua!«

»Ist ja gut, die Tür ist auf, du kannst raus!« *Und ich wieder ins Warme*, fügte sie in Gedanken hinzu. Aber die Katze verkroch sich noch weiter in das Regal und blinzelte Josefine ängstlich an. Sollte sie einfach die Tür offen lassen? Das lockte jedoch vielleicht noch mehr ungebetene Gäste an, aber die Katze sah nicht so aus, als würde sie es allein rausschaffen. Sonst wäre sie durch das kleine offene Fenster wieder herausgeklettert.

»Also, meine Liebe. Ich hatte einen langen Tag und muss ins Bett. Deshalb schnappe ich dich jetzt einfach und bringe dich zu deinem Herrchen. Also keine Widerrede!«

Natürlich gab die Katze Widerworte, indem sie maunzte und sich in Josefines Armen festkrallte. Josefine vergewisserte sich, dass der Schlüssel in ihrer Jeanstasche steckte, presste das Tier beherzt an die Brust und lief in ihren Turnschuhen, aber ohne Jacke über dem dünnen Pulli durch die Dunkelheit zu Johannes' Haus.

Einfacher wäre es natürlich gewesen, die Katze laufen zu lassen, aber wer wusste schon, ob Johannes oder sein Sohn sie nicht schon vermissten? Und vielleicht hatte die Katze einen Unterschlupf gesucht, weil ihr kalt war?

Sie drückte mit dem Ellbogen auf die Klingel, damit die Katze sich ihrem Griff nicht entziehen konnte.

Als die Tür sich öffnete, ließ sie los, und die Katze flitzte ins Haus, als wäre Josefine die böse Waldhexe, die sie entführen wollte.

»Josefine? Alles in Ordnung?« Johannes blickte sie besorgt an. Vielleicht suchte er selbst schon seit einer halben Stunde nach dem Tier und hatte sie schon vor seinem inneren Auge gesehen – überfahren und tot am Wegesrand.

»Mit mir schon.« Es hörte sich unfreiwillig komisch an, weil ihre Zähne klapperten. Sie spürte erst jetzt, dass sie fror. »Aber deine Katze hatte sich bei mir im Gartenschuppen eingesperrt. Und ich dachte, ich bringe sie sicherheitshalber zurück, ehe sie überfahren wird.«

»Im Gartenschuppen?«

Josefine wurde trotz der Kälte rot. Glaubte er etwa, sie habe nur einen Vorwand gesucht, um bei ihm zu klingeln? »Hätte ich deine Handynummer, dann hätte ich dich einfach angerufen, damit du deine Katze selbst abholst!«

Immerhin lächelte er jetzt sogar mit den Augen. »Bobby hätte irgendwann schon allein nach Hause gefunden.«

»Aber ich hätte die ganze Nacht kein Auge zugetan, wenn ich nicht wüsste, ob sie in Sicherheit ist. Und das kann ich gerade echt nicht gebrauchen, weil ich sowieso kaum schlafen kann!«

»Na, prima, dann haben wir ja was gemeinsam.«

Josefine hielt die Arme vor der Brust verschränkt, so kalt war ihr. Sollte sie wirklich fragen, was los war? Ging sie das etwas an? Hielt er sie mit seiner mürrischen Laune nicht bewusst auf Abstand? Und wie passte es dazu, dass er nun auf sie zukam und sie in den Arm nahm? Ihre Wange spürte den weichen Stoff seiner Fleecejacke, die nach Bienenwachs und Kamin roch.

»Du kannst immer vorbeikommen und brauchst dafür nicht so tun, als hättest du meine Katze gerettet. Wir sind doch schließlich Freunde. Meinst du, ich hätte das vergessen?«

Und ja, in seinen Armen fühlte es sich so an wie früher, wenn sie gemeinsam an dem Bach gespielt hatten oder bei Tante Hilde am Küchentisch Kakao tranken. Körperlich so nahe waren sie sich dabei jedoch nie gekommen, bis auf ein einziges Mal ...

Sie löste sich aus seiner Umarmung, und er fasste sie sanft am Arm und zog sie mit rein.

»Wenn ich jetzt nicht die Tür zumache, kommen noch ein paar Mäuse oder Ratten rein. Und es wird kalt.«

Gemeinsam zu reden, statt allein wach zu liegen, tat gut. Genauso gut wie der heiße Melissentee mit Honig, den sie wie beim letzten Mal zusammen an Johannes' großem Küchentisch tranken.

»Deine Tante ist echt verrückt, dass sie solche Bedingungen stellt!« Es klang aus seinem Mund nicht liebevoll, sondern wütend.

»Sie mochte dich immer sehr.« Josefine konnte ihm nicht in die Augen sehen. Von seinem Part in der Geschichte hatte sie ihm natürlich nichts erzählt – nur, dass es jemand anderen gab, der an ihre Stelle treten würde, wenn sie aufgab. Wer das sein würde, hatte sie auch Mark nicht verraten. Beide wären befangen, und so hielt sie beide besser heraus. Der heiße Dampf des Tees wärmte ihr Gesicht.

»Mag sein«, erwiderte er, und Josefine brauchte gar nicht in sein Gesicht sehen, um zu wissen, dass das Lächeln aus seinen Augen verschwunden war.

»Du musst deinen Freund ja sehr lieben, wenn du seinetwegen einen so aussichtslosen Kampf führst«, wechselte er das Thema. »Ich hoffe, er weiß es zu schätzen.«

Sie hob ihren Blick und meinte, einen leichten Spott in seinen Augen zu sehen. »Ich tue es nicht nur für ihn, sondern für unsere gemeinsame Zukunft! Und ja, er weiß es zu schätzen! Meinst du, für ihn ist es leicht, so ganz allein den Laden zu schmeißen?«

Johannes' Worte schmerzten sie, sie wollte nicht, dass irgendjemand schlecht über ihren Freund redete.

»Also, wenn du meine Freundin wärst, würde ich dich nicht so lange in der Nachbarschaft eines attraktiven Singles lassen«, lächelte er sie an und betonte Single dabei so falsch wie die alte Dame auf der Beerdigung. Josefine konnte nicht anders, als zu lachen.

»Ach, ich glaube nicht, dass er sich Sorgen machen muss, ich weiß doch, was ich an ihm habe. Aber jetzt habe ich die ganze Zeit nur von mir geredet. Nun sag du mir doch, warum du nicht schlafen kannst?« Wäre es wirklich so schwer gewesen, all die Jahre noch Kontakt zu halten? Johannes war für sie einfach zu einer schönen Kindheitserinnerung geworden. So wie das Christkind, von dem sie bis zur dritten Klasse wirklich geglaubt hatte, dass es jedes Geschenk persönlich überbrachte. Sie hatte sich nicht einmal geniert, diese Meinung vor ihren Freundinnen zu vertreten, die sie als total naiv bezeichneten – obwohl sie noch nicht mal wussten, wie das Wort geschrieben wurde.

»Ach, eigentlich tut es mir gerade richtig gut, mal nicht an alle meine Sorgen zu denken.«

Sie schwiegen beide einen Moment.

Josefine griff nach seiner Hand. »Kann ich dir helfen?«

»Nein.« Er schüttelte den Kopf. »Es sei denn, du bringst meinen Sohn dazu, mal Bücher zu lesen, statt in der Schule nur Mist zu bauen. Oder du hinderst meine Ex daran zu heiraten oder verrätst mir die Lottozahlen.«

»Du hast also Geldsorgen?« Josefines Magen zog sich zusammen. Sie kannte zwar nicht die Lottozahlen, aber hatte sein finanzielles Glück in der Hand, das leider mit ihrem eigenen konkurrierte.

»Ja, kann man so sagen. Einen Haufen Schulden, die ich noch nicht einmal selbst gemacht habe und gegen die ich seit Jahren ankämpfe. Aber das wird schon! Ich stottere sie nach und nach ab und hatte in letzter Zeit ein paar richtig gute Aufträge nebenbei. Erinnerst du dich noch an die DS bei deinem letzten Besuch? Der elegante, schwarze Oldtimer, der aussieht, als entspringe er direkt einem französischen Kinoklassiker? Der Besitzer hat mir das Doppelte geboten, wenn ich den Wagen vor Weihnachten fertig mache. Und ich habe es geschafft!«

Dann war das also wirklich nicht seiner gewesen. »Ich dachte, du bist hauptberuflich Schreiner?«

»Ja, bin ich auch. Aber ich kann alles. Na, fast alles. Zumindest alles, was man sich irgendwie selbst beibringen kann und wofür man geschickte Hände braucht.«

»Also bist du Superman persönlich, Herr der Bienen, Autos und des Waldes.« Sie lächelte ihn an.

»Die Kräuter hast du vergessen.«

»Aber könntest du nicht all diese Fähigkeiten vergolden? Die Welt sucht Leute wie dich!«

»Vielleicht. Aber ich will mein eigener Herr bleiben und nie wieder von irgendjemandem abhängig sein.« Er erzählte ihr von seiner ersten und letzten Anstellung nach seiner Meisterprüfung, bei der ihn der Chef auch noch um sein Gehalt betrogen hatte. »Seitdem arbeite ich lieber selbstständig.«

Johannes sah sie so vertrauensvoll an, dass sie seinem Blick lieber auswich. Hatte Tante Hilde von seinen Sorgen gewusst und ihn deshalb im Testament bedacht? Aber warum hatte sie ihm dann nicht einfach die Hälfte vermacht? Ob sie Johannes alles erzählen sollte? Nein, dafür war noch nicht der richtige Zeitpunkt gekommen.

»Und warum soll ich die Hochzeit deiner Ex verhindern? Liebst du sie noch?«

»Nein, aber sie ist die Mutter von Leo. Sie war völlig geschockt, als sie damals erst im fünften Monat merkte, dass sie schwanger war. Sie steckte mitten in ihrem Studium in Berlin und konnte sich einfach nicht vorstellen, Mutter zu werden. Wir haben es dann ein Jahr hier zusammen versucht, aber sie war todunglücklich. Am Ende war es das Beste, dass sie wieder wegzog. Sie hat mir das Sorgerecht überlassen, und Leo ist jedes dritte Wochenende und in den Ferien öfter bei ihr.«

»Das stelle ich mir für alle schwierig vor.«

»Wenn ich noch mal wählen dürfte, hätte ich das mit dem Sex ohne Liebe auch lieber gelassen.«

Josefine atmete tief durch und erinnerte sich daran, dass es zwischen ihnen doch wieder so vertraulich wie früher zuging und nur die Themen in der Zwischenzeit erwachsener geworden waren. Vertiefen wollte sie das trotzdem nicht.

»Aber wenn es für dich eh nicht die große Liebe war, dann freu dich doch einfach, dass sie jemanden gefunden hat.« Der Tee war mittlerweile lauwarm, und die Küchenuhr zeigte schon kurz vor Mitternacht an.

»Theoretisch hast du recht, aber praktisch könnte es sein, dass sie dann Leo zurückmöchte. Mit ihrem Zukünftigen wünscht sie sich Kinder. Und seit das so ist, hat sie ein paarmal geäußert, dass Leo dann auch zu ihr könnte.«

»Was ist, wenn es bei den beiden nicht klappt mit dem Nachwuchs? Was ist, wenn sie Leo ganz für sich haben möchte?«, rutschte es Josefine heraus, die sich niemals vorstellen konnte, auf Dauer getrennt von ihrem Kind zu leben – wenn sie denn mal eins hätte.

Johannes sprang auf. »Das wäre es nicht! Er gehört hierhin! Ist hier glücklich! Wenn sie ihn öfter sehen will, soll sie doch hierhinziehen!«

Josefine stand ebenfalls auf. »Entschuldigung. Es geht mich nichts an. Ich muss nach Hause. Morgen liegt ein anstrengender Tag vor mir.«

»Soll ich dich eben nach Hause bringen?«

»Die paar Meter? Auf keinen Fall.« Unschlüssig standen sie voreinander. »Aber könntest du mir vielleicht noch eine Jacke leihen?« Auch wenn der Weg kurz war, war es schrecklich kalt. Und das Letzte, was Josefine nun gebrauchen konnte, war eine Erkältung.

»Gerne.« Johannes zog seine Fleecejacke aus und reichte sie Josefine.

Die Jacke war so kuschelig warm, dass Josefine sie auch in der Nacht über ihrem Schlafanzug trug. Und obwohl sie sich zunächst unruhig hin und her wälzte, weil zu der grundsätzlichen Sorge, ob sie das halbe Jahr in dem Buchladen durchhalten würde, ohne vor Sehnsucht nach Mark zu vergehen, auch noch das schlechte Gewissen gegenüber Johannes kam. Ausgerechnet sein Geruch, der immer noch in der Jacke hing, beruhigte sie. Alles würde gut werden. Vielleicht würde sie ihm am Ende einfach einen Teil des Erbes schenken. Er brauchte ja niemals zu erfahren, dass er das Ganze hätte haben können.

Die Zeit bis zum Wochenende verging schneller als erwartet, vielleicht auch deshalb, weil Josefine einige Tage alleine den Buchladen führte. Ganz wie sie gehofft hatte, fanden die Adventskalender und Spielwaren, die sie per Express nachgeordert hatte, jede Menge Zustimmung bei den Kunden. Vor allem Mütter, die es nicht geschafft hatten, noch selbst einen Kalender zu basteln, freuten sich über das Angebot. Und für die, die Säckchen selbst befüllen wollten, gab es noch altmodische Glanzbilder, Stifte, Aufkleber, Flummis und Radiergummis in allen erdenklichen Formen. Und nach drei Tagen waren schon viele der Flyer vergriffen, die auf die Vorlesestunde am Adventssamstag hinwiesen.

Heute war endlich Freitag, und Mark käme zu Besuch. Josefine war fast so aufgeregt wie vor ihrem ersten Treffen. Vielleicht tat etwas Abstand der Liebe ja wirklich gut. Da seit Tagen der Schnee in dicken Wolken über Heufeld hing, der Boden aber gerade so noch nicht gefroren war, hatte Josefine sich die Kiste mit Blumenzwiebeln geschnappt, die sie bei der Katzenrettungsaktion im Gartenschuppen gefunden hatte, und sie noch eingepflanzt, bevor sie zum Buchladen musste.

Tante Hilde hatte sich die Blumenzwiebeln schicken lassen, und wenn sie sie schon nicht mehr selbst einpflanzen konnte, dann würde Josefine sie eben selbst zum Blühen bringen. Einige Zwiebeln waren schon angeschimmelt, und da wochenlang tiefer Frost angesagt war, konnte sie nicht warten.

Die harte Erde aufzuhacken und dunkle Bettchen für

die Tulpen, Krokusse, den Rittersporn und die Narzissen zu bereiten, beruhigte Josefine. Tante Hildes Gartenhandschuhe passten gerade so über ihre Finger, lieber hätte sie mit bloßen Händen in der Erde gewühlt, aber dafür war es zu kalt und die Zeit, die Fingernägel perfekt zu säubern, zu kurz.

»Miau!« Da war sie wieder, Johannes' Katze, diesmal allerdings in freier Wildbahn.

»Hey, du, diesmal versteckst du dich bitte nicht in meinem Gartenschuppen, sonst muss ich dich ...« Sie hielt inne. So schlimm wäre es doch gar nicht, Johannes wieder zu besuchen. Sie hatte die Jacke am Morgen danach vor seine Tür gelegt, nachdem er auf ihr Klingeln hin nicht geöffnet hatte. Kontakt hatten sie keinen mehr gehabt. So nah sie Johannes an dem Abend auf der einen Seite auch gewesen war, ganz böse war sie nicht, ihm nicht mehr in die Augen sehen zu müssen. Vor allem in den Momenten, in denen sie sich vorstellte, wie der Gerichtsvollzieher sein Haus pfändete, das Jugendamt sein Kind mitnahm und er mit verschränkten Armen vor dem Hof stand und an der Behauptung festhielt, niemanden zu brauchen. Bobby stupste sie an, während sie winzige Blumenzwiebeln in die Erde legte.

Warum bin ich nicht direkt darauf gekommen? Ich kann ihm doch noch ganz anders helfen! Und zwar so, dass wir beide etwas davon haben! Am liebsten wäre sie gleich rübergelaufen, aber sie zwang sich, erst die Blumenzwiebeln mit Erde zu bedecken und ein wenig zu gießen, bevor sie losstürmte.

»Johannes, hast du in den nächsten Wochen Zeit?« Diesmal stand sie warm eingepackt vor der Tür, fröstelte aber dennoch nach der morgendlichen Gartenarbeit.

»Kommt drauf an, für was.« Er hielt eine Kaffeetasse in der Hand. »Komm ruhig rein, Kaffee ist auch noch da.«

Er öffnete die Tür weiter und trat einen Schritt zurück.

»Ein anderes Mal, ich muss gleich in den Buchladen. Aber genau da bräuchte ich deine Hilfe. Niemand von uns nutzt die Garage dort.« Dabei war sie aus Josefines Sicht viel zu schade, nur um Autos unterzustellen. Parkplätze gab es in Heufeld auf der Straße schon genug. Und das Holztor mit zwei Flügeln sah eher aus, als führte es zu einer heimeligen Scheune. »Und mir kam die Idee, dort eine Lesung für die Kinder zu veranstalten.«

»Du erwartest aber nicht, dass ich im Nikolauskostüm dort sitze?«

»Nein, ich dachte eher daran, dir den Auftrag zu geben, einen richtigen Raum zu gestalten. Einen, in dem wir öfter Veranstaltungen machen oder vielleicht sogar die Verkaufsfläche erweitern können. Ein barrierefreier Zugang wäre auch hilfreich.« Josefine strahlte bei dem Gedanken daran, obwohl sie doch nicht vorhatte, hier auf Dauer zu bleiben.

»Du möchtest einen Laden erweitern, der es eh schon schwer hat? Und billig wird das auch nicht, wenn man es vernünftig macht.«

Josefine sah auf seine Füße, die in Wollsocken steckten. Wenn er jede Möglichkeit, einen Auftrag zu ergattern, so skeptisch anging, war er doch selbst schuld, wenn er Geldprobleme hatte!

»Möchtest du mir jemand anders empfehlen?«

»Nein. Ich schaue es mir an, okay? Noch weiß ich ja gar nicht, was du willst!«

»Das werden wir schon zusammen rausfinden.«

Josefine fühlte sich eigenartig ertappt, ohne zu wissen, warum genau sie ein mulmiges Gefühl im Magen hatte. Tante Hilde hatte zusätzlich ein Budget für den Laden hinterlassen. Wenn sie das in den Umbau steckte, könnte sie den Laden nachher noch besser verkaufen. Mark hatte ihr geraten, möglichst sparsam damit umzugehen, da sie von Investitionen ja nichts mehr haben würde. Aber Josefine wollte den Laden auf Vordermann bringen, auch oder gerade, wenn sie ihn in andere Hände übergeben würde.

»Und ich habe noch eine Idee. Wir könnten deinen Honig im Laden verkaufen. Ich bin eh gerade dabei, unser Sortiment zu erweitern.«

»Josefine, du musst das nicht tun. Ich brauche keine Almosen.« Einen Moment wollte er die Arme vor der Brust verschränken. Als dabei aber der Kaffee in seiner Tasse überschwappte, ließ er es.

»Aber ich brauche dringend neuen Schwung für den Buchladen! Ich mache das für mich und für sonst niemanden, okay?«

Dennoch wurde sie rot, weil es eben nicht ganz der Wahrheit entsprach. Oder weil sie zwei Fliegen mit einer Klappe schlagen wollte.

»Ich schaue es mir an. Am Wochenende?«

Am Wochenende wollte sie eigentlich jede freie Minute mit Mark nutzen. Aber er konnte ja dabei sein, wenn sie sich die Garage anschauten.

»In eine gute Zukunft« stand auf dem Flyer, den Eva auf dem Tresen neben der Einladung zu der Adventsveranstaltung an der Kasse ausgelegt hatte.

»Meine Mutter ist im Gemeinderat aktiv und meinte, wir sollen unbedingt kommen. Es gibt wohl einige, die aus Heufeld gerne ein Disneyland machen würden.«

»Wenn die dann alle Bücher kaufen, warum nicht? Klar gehen wir hin! Schon allein um Werbung für unseren Laden zu machen!«

Zwei Mittfünfziger in Trekkingkleidung kauften drei Postkarten und passende Briefmarken dazu. Als Josefine ihnen die Papiertüte reichte, sah sie dem Paar nacheinander in die Augen. Sie wünschte ihnen im Stillen, dass sie noch viele gemeinsame Wanderungen erleben durften. Als genau in diesem Moment der Mann nach der Hand der Frau griff, fühlte sie sich ihrer verstorbenen Tante und ihrem Anliegen so nahe, dass sie sich schnell bückte, um einen imaginären Kuli hinter der Kasse aufzuheben. Ihre Tante Hilde hatte keinen Hinweis darauf hinterlassen, ob sie Eva in ihr Geheimnis eingeweiht hatte. Allerdings konnte sich Josefine nicht vorstellen, dass jemand wie Eva jemandem je etwas anderes als das Beste wünschen konnte.

»Einen wunderschönen Tag noch. Dieser Buchladen

hat wirklich eine ganz besondere Atmosphäre«, hörte sie die Kundin sagen, als sie sich wieder gefangen hatte.

Der nächste Kunde fragte nach einer Tageszeitung. Josefine verneinte, ohne zu bedauern. Sie waren kein Kiosk. Und sie wünschte ihm eine Lektüre, bei der seine Seele wirklich auftanken könnte. Dieser Wunsch ging zwar nicht augenblicklich in Erfüllung, da der Kunde direkt nach der nächsten Tankstelle fragte, statt in den Regalen nach Büchern zu stöbern, aber sein Blick blieb noch länger am Schaufenster hängen, wie Josefine durch die Scheibe beobachten konnte.

»Eva?« Josefine hielt die Tür im Blick, als könne ein neuer Kunde ihr den Mut rauben.

»Ja?«

»Hat Hilde eigentlich mit dir auch über ...«

»... ihre Geschäftsphilosophie gesprochen?«, vollendete Eva Josefines Frage mit fester Stimme.

Josefine nickte. Sie setzte sich in den Samtsessel, weil ihr etwas schwindlig wurde, während Eva so gerade hinter der Kasse stand wie eine durchtrainierte Balletttänzerin.

»Natürlich hat sie das. Und ich wünsche nicht nur jedem, der unseren Laden betritt, etwas Gutes, sondern auch dir und mir. Und dem Buchladen. Er wird weiter bestehen. In Ordnung?«

»Ich wünsche mir das auch. Ich wünsche mir das wirklich«, entgegnete Josefine, wobei ihre Zweifel daran, dass dieser gute Wunsch in Erfüllung gehen würde, für beide spürbar in der Luft hingen. Eva wandte ihren

Blick ab, als wolle sie sich mit diesen Zweifeln nicht abgeben.

Und als würde eine geheimnisvolle Macht Evas Zuversicht belohnen, hatten sie den restlichen gemeinsamen Tag keine Zeit mehr zu grübeln, da viele der Wochenmarktbesucher bei ihnen noch ein Buch erstanden hatten. Wenn es immer so lief, könnte es vielleicht funktionieren, dachte Josefine, während sie den Tisch in Tante Hildes Esszimmer mit dem Goldrandgeschirr aus dem Küchenbuffet deckte. Sogar gebügelte Servietten fand sie in dem alten Schrank. Zwei Kerzen zündete sie außerdem an, eine auf dem Tisch und eine vor Tante Hildes Foto, das mit ein paar Blumen und acht verschiedenen Teekannen auf dem Buffet stand.

Schon jetzt dachte Josefine daran, wie es sein würde, Mark Sonntagabend wieder zu verabschieden. Ob das Wochenende so schön werden würde, dass sie die nächste Woche davon zehren konnte? Das Fenster war gekippt, damit sie jedes nahende Auto sofort mitbekam. Und da hörte sie auch schon, wie Mark vor dem Haus vorfuhr. Das Licht der Scheinwerfer blendete sie, als sie vor die Tür rannte.

»Endlich!«

Sie fielen sich in die Arme.

»Ja, endlich!«

»Ich halte das nicht ein halbes Jahr aus!«

»Doch, das schaffst du!« Mark löste sich aus der Umarmung und küsste sie. »Ich wusste gar nicht, dass das

Haus so schön ist!« Mark stand vor dem Fachwerkhaus. »Wie in einem Märchenwald. Nicht dass du mich verzauberst und ich hier nie wieder wegkomme.«

Sie zog ihn an der Hand mit rein. »Och, so schlimm wäre das doch gar nicht.«

Mark stellte seinen Rucksack im Flur ab und steuerte den Kamin in dem Esszimmer an, um seine Hände zu wärmen.

»Ich hatte schon Sorge, dass ein Schneesturm mich davon abhalten würde, dich heute noch zu sehen. In Köln war es schon richtig schäbig. Schneeregen, richtiges Matschwetter halt, da dachte ich, hier wäre es erst recht übel.« Durch die Hitze des Feuers röteten sich Marks Wangen. Sein schwarzer Rollkragenpulli musste ihm hier doch viel zu warm werden.

»Hey Josefine, du schaust mich so durchdringend an.«

»Weil ich dich gerne noch von Nahem anschauen würde.«

»Dann komm her.« Er breitete seine Arme aus und lief einen Schritt auf sie zu.

Statt sich genauer anzuschauen, schlossen sie die Augen und küssten sich.

Josefine griff neben sich und drehte sich um, als sie nichts als die Decke tastete. Ein Klappern kam aus der Küche. Vielleicht machte Mark schon einen Kaffee? Sie sprang aus dem Bett, schlüpfte in die warmen Wollsocken und lief in die Küche, doch was dort so klapperte, war die Tastatur unter Marks Fingern.

»Hey, wir haben doch Wochenende?!«

»Guten Morgen, meine Süße, ich dachte, du musst auch gleich arbeiten? Ich habe gerade so einen guten Lauf mit dem neuen Roman. Das ist das Einzige, was mich von der Warterei auf die Antworten der Verlage ablenken kann. Außerdem möchte ich mich für das Stipendium bewerben, von dem ich dir letztens erzählt habe. Wenn das klappt, dann ...« Er stand auf. »Soll ich uns mal einen Kaffee machen?«

»Ich mache schon.« Josefine nahm die Kanne aus der Filterkaffeemaschine und füllte sie mit Wasser. Der Blick aus dem Fenster über die Landschaft war grandios, so wie jeden Morgen. Als bestünde die Welt nur aus Wiesen und Bäumen. Und selbst jetzt grasten noch schwarze und braune Rinder auf der Weide hinter ihrem Haus, die sich viel harmonischer in die Landschaft einfügten als die gefleckten Milchkühe. Ab und zu sah und hörte sie den Bauern mit dem Traktor kommen und beobachtete dann, wie er die gusseiserne Wanne, die als Tränke diente, kontrollierte oder nach den Kälbchen sah, die im späten Herbst zur Welt kamen. Sie dachte an Johannes, der mittlerweile die Weide neben seinem Hof an einen Schäfer verpachtet hatte.

»Ich dachte, wir arbeiten zusammen. Eva ist heute nicht da, und samstags ist immer der vollste Tag. Ich würde mich echt freuen, wenn wir das zusammen stemmen.«

»In Ordnung, dann schreibe ich eben heute Abend noch etwas weiter«, antwortete er, als würde er ihr einen großen Gefallen tun.

Josefine freute sich schon die ganze Woche darauf, endlich wieder an Marks Seite zu arbeiten, auch wenn es nicht ihre gemeinsame Buchhandlung war. Aber wer weiß, vielleicht würde es eines Tages ihre gemeinsame werden? Sie mussten sie ja nicht selbst führen!

Und tatsächlich fühlte es sich fast wie zu Hause an, als sie Seite an Seite im Buchladen standen.

»Hübsch sieht es hier aus! Wobei die Buchauswahl ruhig moderner sein dürfte. Und ist es Zufall, dass es kein *Spiegel*-Bestsellerregal gibt, oder ein Statement?«

»Definitiv ein Statement, Tante Hilde wollte sich nicht von Verkaufszahlen blenden lassen, sondern legte fast nur Bücher aus, die sie selbst gelesen und für gut befunden hatte.«

»Eine schöne Vorstellung, aber ziemlich weit weg von der Realität.« Mark fuhr mit dem Finger die Regalreihe entlang, in der Jane Austen neben Elizabeth Gilbert und Kathrin Stockett stand. Die Auswahl hatte etwas von einer guten Leihbücherei, die ihr Sortiment jedoch selten erweiterte, als müsste jedes neue Buch erst eine Prüfung bestehen, um in den Kanon der Würdigen aufgenommen zu werden.

»Tja, das wäre schon ein Wunder, wenn der Laden sich auf Dauer halten könnte. Viel Laufkundschaft gibt es ja auch nicht.« Josefine ärgerte Marks Blick auf Tante Hildes geliebten Laden, auch wenn Mark aus der Sicht eines Geschäftsmannes recht hatte. Sie wünschte sich einen Ansturm von Kunden herbei und musste an die unüberlegten Wünsche des Kinderbuchklassikers *Das Sams* von Paul Maar denken, als sich die Tür öffnete und zwei Männer hereinkamen. Wenn sie Leo mitzählte, waren es sogar drei.

Bürgermeister Heck hatte als Erster die Kasse erreicht, hinter der Mark und Josefine standen.

»Einen schönen guten Morgen!« Heck reichte Mark die Hand, als wären sie alte Bekannte. »Welch seltener Anblick, ein Mann hinter der Kasse eines Buchladens. Dabei steht dieser Laden doch nicht gerade für Innovation.« Diesmal kam der Bürgermeister des Ortes nicht im Anzug, sondern in legerer Freizeitkleidung, die jedoch keinen Zweifel daran ließ, dass er sich teuer kleiden konnte.

Josefine beobachtete, wie Johannes ein Grinsen unterdrückte, das jedoch seine Augen erreichte, obwohl er sich darum bemühte, die Mundwinkel gerade zu lassen. Sein Sohn dagegen starrte missmutig auf den Boden.

Mark sah sie an, als wollte er fragen, ob alle Rhöner so komisch seien, deshalb schüttelte Josefine kaum merklich den Kopf.

»Herr Heck, wie kann ich Ihnen helfen?«, fragte sie bestimmt.

»Tja, natürlich können Sie mir helfen. Und sich selbst noch viel mehr, Sie wissen schon womit.« Er zwinkerte Josefine zu.

»Na, das würde mich jetzt aber auch brennend interessieren«, mischte sich Mark ein und legte den Arm um Josefine.

Heck zückte eine Visitenkarte, die er anscheinend auch in seiner Freizeitjacke ständig mit sich herumtrug, und reichte sie Mark.

»Ich interessiere mich für diese Immobilie. Aber heute bin ich nur hier, um sie zu einer Infoveranstaltung einzuladen. Gemeinsam mit allen Geschäftsleuten vor Ort überlegen wir, unseren Standort attraktiver zu machen.« Heck schaute Mark an, als wäre er hier der Chef.

»Ein Angebot für diese Immobilie? Das klingt doch interessant. Wir besprechen das miteinander«, antwortete Mark, und Josefine war sich nicht sicher, ob seine Worte reine Höflichkeit waren oder ob er wirklich mit ihr besprechen wollte, diesen Laden zu verkaufen.

Josefine wandte sich Johannes und Leo zu, die vor dem Kinderregal standen.

»Kann ich euch helfen?« Da Josefine Heck weder rausschmeißen noch im Laden Mark von Hecks Anfrage erzählen wollte, widmete sie sich lieber Johannes und Leo.

»Ja«, gab Johannes freundlich lächelnd zurück, während Leo die Arme vor der Brust verschränkt hatte. Die Jacke war an den Ellbogen genauso abgewetzt wie der Samtsessel. »Falls es passt, wollte ich mir die Garage wegen des Umbaus anschauen. Aber erst mal darf Leo sich ein Buch aussuchen. Seine Lehrerin meinte, wenn er nicht endlich mehr liest, muss er das Jahr wiederholen. Finde ich zwar schwachsinnig, aber ...«, Josefine unterbrach ihre Kunden sonst nie, aber sie konnte Johannes unmöglich weitermachen lassen, wie er die letzte Lesefreude seines Sohnes im Keim erstickte.

»Hast du denn irgendwelche Lieblingsbücher? Damit ich deinen Geschmack kennenlerne?«

»Nein, habe ich nicht und will auch nicht, dass Papa mich dazu zwingt, noch mehr für die Schule zu tun.«

Irgendjemand hatte bei Leo Lektüre mit Schulfrust verknüpft. Wie bei so vielen Jungs heutzutage. Oder war es auch hier das Angebot an Medien, die einfacher zu konsumieren waren und es den Büchern schwer machten?

Heck nickte Josefine noch einmal zu und verschwand dann aus dem Laden.

»Leo, ich zwinge dich nicht, sondern deine Lehrerin! Und sie tut nur ihre Pflicht, damit du später mal kein Analphabet wirst!«

Josefine atmete tief durch, der Kunde war König, auch wenn er der Nachbar war und offensichtlich keine Ahnung von Pädagogik hatte. Oder zumindest nicht davon, wie man einem Kind die Freude am Lesen vermittelte. Wie war das früher gewesen? Hatte sie Johannes jemals lesen sehen? Hatten sie sich über ihre Lieblingsbücher unterhalten? Sie hatte dunkel in Erinnerung, dass sie Geschichten aus ihren gemeinsamen Lieblingsbüchern nachgespielt hatten.

»Mmh, ich will dir nur ein Buch verkaufen, dass dir Spaß macht. Gibt es denn etwas, das dich ganz toll interessiert?«

»Krasse Sachen auf YouTube«, rief er und grinste sie an. Immerhin versuchte Johannes nicht, ihn zum

Schweigen zu bringen, sondern zuckte nur entschuldigend mit den Schultern.

»Jungs halt, danke für deine Geduld«, antwortete er und musterte daraufhin Mark, der die ganze Szene verfolgte.

»Dann habe ich was Großartiges für dich, Leo!« Josefine griff in das Regalbrett mit den Kindersachbüchern und zog das Guinnessbuch der Rekorde sowie eines über die misslungensten Versuche und ein Buch über die spektakulärsten und gefährlichsten Tiere hervor.

»Möchtest du mal reinschauen? Vielleicht passt da ja eins für dich? Setz dich ruhig in den Sessel und guck in Ruhe.«

Obwohl fast alle Jungs in Leos Alter diese Bücher gut fanden, wunderte sich Josefine fast, als er tatsächlich darin blätterte.

»Mark, das ist übrigens mein Nachbar Johannes, und Johannes, das ist mein Freund Mark«, stellte Josefine die beiden Männer einander vor, die sich noch argwöhnischer betrachteten als Leo vorhin im ersten Moment die Buchhandlung.

»Mark, Johannes wird mir wahrscheinlich bei dem Umbau der Garage helfen, daher würde ich ihm den Raum gerne zeigen. Hältst du hier so lange die Stellung?«, beeilte sich Josefine zu sagen, bevor Leo ein Buch ausgesucht hatte.

»Klar, kein Problem.« Josefine war dankbar, dass Mark sich seine Fragen aufsparte, bis sie unter vier Augen waren.

Leo hatte sich schließlich für die gefährlichsten Tiere der Welt entschieden. Mark schien es kaum abwarten zu können, bis Johannes und Leo den Laden verlassen hatten. Und Josefine hatte ausgerechnet bei den beiden völlig vergessen, ihnen einen guten Wunsch hinterherzuschicken. Ihr Wohlwollen dagegen hatte Leo längst. Sie mochte ihn. Es war offensichtlich, dass er sich fühlte wie ein kleiner Junge, der gegen die große, böse Welt kämpfen musste.

»Das Abendland geht wirklich unter. In dem Alter habe ich Mark Twain und Jules Verne gelesen. So ein Kind können wir später mit Hartz 4 durchfüttern. Noch kein Buch freiwillig gelesen! Sind die Leute hier alle so?«

»Nein, das sind sie nicht! Und außerdem gibt es noch etwas anderes auf der Welt als Bücher!« Eine bessere Antwort fiel Josefine nicht ein, obwohl sie Leo und Johannes einfach nur in Schutz nehmen wollte. »Die beiden haben es gerade nicht einfach. Johannes ist alleinerziehend und ...«

»Aber er hat sich noch nicht bei *Bauer sucht Frau* angemeldet?«, fragte Mark lachend über seinen eigenen Witz. »Oder muss ich mir Sorgen machen? Der einzige Nachbar, ein Single? Er sieht ja nicht schlecht aus, solange er den Mund hält.«

Josefine runzelte die Stirn. Mit seiner abfälligen Bemerkung rückte Mark sich nur selbst in ein schlechtes Licht. Wie konnte er nur so anmaßend sein? Was wusste er schon wirklich von den beiden? Weder wusste er, dass

Leo sich mit großem Ernst und viel Liebe um die Hühner kümmerte, dass er alles über die Bienenzucht wusste, weil er sich ständig Filme darüber ansah und seinem Vater half, sich um die Bienen zu kümmern. Und er wusste auch nicht, dass Johannes ein wunderbarer Zuhörer sein konnte.

Allerdings hatte er auch keinen Schimmer, dass Johannes alles erben würde, wenn sie aufgäbe. Er hatte sich zum Glück damit begnügt zu wissen, dass es eine Person aus Tante Hildes Umfeld war. Und Josefine konnte sich schon denken, dass es Marks Missgunst weiter befeuern würde, wenn er von Johannes als Konkurrenten um das Erbe wusste.

»Wie auch immer, Mark, die beiden sind nett, und Johannes ist ein begnadeter Handwerker.«

»Aber du willst doch nicht allen Ernstes hier noch groß investieren, oder? Ich meine, du bist doch hoffentlich nach dem halben Jahr wieder zu Hause? Oder hast du vor, den Laden doch selbst weiterzuführen? Ich vermisse dich!«

Josefine nahm sich vor, seine Bemerkungen über Johannes zu vergessen, und umarmte ihn.

»Nein, ich möchte auch wieder nach Hause.«

Das stimmte einerseits, andererseits wuchsen ihr Tante Hildes Buchladen, aber auch die friedliche und ruhige Umgebung immer mehr ans Herz. Wenn sie sich von einem zum anderen Ort beamen könnte, würde sie mit Evas Hilfe beide Läden behalten.

»Es ist wirklich schön hier.«

Josefine freute sich, dass Mark der Wanderweg, den sie für ihre erste gemeinsame Tour in der Rhön ausgesucht hatte, ebenso gut gefiel wie ihr. Es war kalt, aber sonnig, und der Boden zum Glück so trocken, dass sie nicht durch den Matsch waten mussten. Der steile Aufstieg zum Heidelstein verlief vorbei an Heidelbeerbüschen und Heidekraut, die mit einer Reifschicht bedeckt waren. Schwabenhimmel, wie manche diesen bayrischen Teil der Rhön auch nannten, passte irgendwie, dachte Josefine. Die kleinen Bäume am Wegesrand hatten dem Wind getrotzt und sahen aus, als klammerten sie sich verbissen an der Erde fest. Am Ende gelangten sie an die Gedenkstätte für die Gefallenen des Rhönklubs, die der sogenannte Rhönvater Karl Straub initiiert hatte. Als Kind hatte Josefine beim Anblick der wuchtigen Findlinge mit den Aufschriften und den vertrockneten Sträußen und Kränzen, die manchmal dort lagen, immer geglaubt, hier wäre tatsächlich das Grab des Rhönvaters. Dabei lag er hier nicht begraben, sondern hatte nach seinem Tod im Jahre 1949 an dieser Stelle einen Gedenkstein bekommen. »Zieh an die Wanderschuh und nimm den Rucksack auf!«, hatte der Schriftsteller einst gefordert, hatte zudem als einer der Ersten die Schönheit dieser kargen Gegend entdeckt und sich für ihren Schutz eingesetzt.

Josefine atmete tief durch, als sie den Gipfel erreicht hatten, und schaute über das Land. Sie war die körperliche Anstrengung nicht so sehr gewohnt, obwohl sie das Wandern liebte. Als Mark sich neben sie stellte, spürte sie, dass auch sein Atem schneller ging. Die Straße, die sich am Fuße des Berges durch das Tal schlängelte, war alles, was an Zivilisation in Sichtweite lag.

Die Sonne kitzelte Josefines Haut, und sie nahm ihre rechte Hand über die Augen, um nicht so blinzeln zu müssen, während sie sich an der Schönheit der Landschaft kaum sattsehen konnte. Den Geschmack der Luft hätte sie am liebsten in einem Bonbon konserviert, das sie jeder Zeit lutschen konnte. Sie schmeckte so kalt und frisch und vor allem so sauber. Nach Schnee und Erde. Nach Wind und Winterbeeren.

»Wir sollten viel öfter einmal aus unserem Laden herauskommen. Es kann nicht gut sein, fast das ganze Leben nur innerhalb derselben vier Wände zu verbringen«, brach Josefine das Schweigen.

»Ja, das sollten wir. Allerdings sind die Bücher Tore zu Welten, die wir in der Wirklichkeit niemals erreichen. Ganz egal wie viel wir durch die Welt reisen. Ich habe mich noch keinen Tag in unserer Buchhandlung eingesperrt gefühlt«, entgegnete Mark.

»Ich auch nicht«, antwortete Josefine. Und dennoch spürte sie immer deutlicher, dass die Zeit in der Rhön sie verändern würde.

»Wenn du aus dieser Quelle trinkst, wirst du immer wieder hierhinkommen.« Einen Becher hatten weder Johannes noch Josefine in ihren Rucksack gesteckt, der nun am Rand der Ulsterquelle lag. Nicht mal ein Pausenbrot war darin, son-

dern nur Steine, die sie auf dem Weg gesammelt hatten. Steine, mit denen sie den Staudamm im Bach ausbauen wollten. Ein viel zu kindliches Vergnügen in ihrem Alter, das sie sich zu Hause schon lange nicht mehr leisten würde. Dicke bemooste Steine versammelten sich um das kleine Rohr, aus dem das Wasser heraussprudelte und sich in der Mulde vor ihren Füßen sammelte. Um diese Quelle, die dem Berghang entsprang und in der Fulda mündete, dem größten Fluss der Rhön, rankte sich so manche Geschichte, der Josefine aus Tante Hildes Mund immer gern lauschte. Einmal soll der an sich so friedliche Fluss sogar ausgerastet und über die Ufer getreten sein. Aber das war schon Jahrhunderte her. Hartnäckig hielt sich auch der Aberglaube, dass jeder, der aus dieser Quelle trank, wieder an diesen Ort in der Nähe des Heidelsteins zurückkommen würde.

»Ich komme doch sowieso jedes Jahr hierher«, hatte Josefine geantwortet und doch aus der Hand getrunken, die Johannes ihr wie eine Schöpfkelle hinhielt.

Und da war etwas passiert, das ihr Angst machte. Seine Hand, die sie schon hundertmal berührt hatte, brannte an ihren Lippen, obwohl das Wasser eiskalt war.

Ob er es bemerkt hatte? Er sah sie so merkwürdig an. Sein Gesicht war so nah an ihrem, als er seine Hände sinken ließ. Das Wasser plätscherte unbeteiligt weiter, aber ihr Herz klopfte, als Josefine Johannes ganz sanft auf die Lippen küsste. Nur eine Sekunde lang. Oder war es nur das, was sie sich wünschte? Was ihr Herz sich wünschte? Ihr Verstand ließ sie einen Schritt zurücktreten. Und abrutschen. Johannes fing sie auf. Dennoch landete sie mit dem rechten Fuß im

Wasser. Sie konnte ihn nicht ansehen. Sie hatte noch nie jemanden geküsst. Nicht einmal daran gedacht, es zu tun, auch wenn manche der Mädchen in ihrer siebten Klasse so taten, als wäre das ganz normal.

Ob Johannes sauer war? Er sah eher traurig aus. Kein Junge sah traurig aus, wenn ein Mädchen ihn geküsst hatte, das er mochte. Am liebsten wäre Josefine in den Wald zu ihrer Linken gerannt. Den Weg in dem dunklen, steilen Hang durch dichte Tannen und über Baumwurzeln vorwärtsgestolpert, aber sie fand sich auch nach Jahren nicht ganz allein in diesem Wald zurecht. Sie hatte noch mehr Angst davor, sich zu verlaufen, als vor Johannes' traurigen Augen.

»Ich wünschte, du wärst immer hier. Nicht nur in den Ferien.«

»Josefine, ich habe Angst, dass wir es nicht schaffen.« Die Traurigkeit in Marks Augen machte Josefine Angst. Meinte er, dass sie beide es als Paar nicht schaffen konnten? Gut, den Buchladen am Laufen zu halten war schwer, aber nie standen die Zeichen günstiger als jetzt, da sie das Erbe in Aussicht hatte.

Sie saßen auf einer Holzbank, die einen fantastischen Blick über das Tal gewährte. Die Sonne ließ den Reif fast silbern glitzern. Die Schokolade war durch die Kälte fast so hart wie ein Karamellbonbon geworden, und der Kaffee in der Thermoskanne nur noch lauwarm. Und doch schmeckte nach der langen Wanderung beides wahrhaft köstlich.

»Ich würde lieber auf den eigenen Buchladen verzichten, als dass wir beide es nicht schaffen. Ich kann sofort wieder nach Köln kommen.« Sie lehnte sich an ihn.

»Ohne unseren Laden wären wir nicht mehr wir. Meinst du, es würde uns glücklich machen, als Angestellte woanders zu arbeiten und mit jedem Cent, der übrig bleibt, unsere Schulden zu bezahlen? Geldsorgen sind das Unromantischste, was es gibt.« Er nahm ihre Hand in seine. »Es steht schlechter um unsere Finanzen, als ich dachte. Wenn das hier nicht funktioniert, sind wir bald pleite. Ich wollte dir nicht die Kraft rauben und habe dir noch nichts erzählt, aber wir müssten unseren Kredit erhöhen, um die Steuernachzahlung berappen zu können.«

Josefine durchfuhr ein Kälteschauer. Seit der Gründung hatten sie viel zu oft mit dem Umsatz, den sie gemacht hatten, die laufenden Kosten beglichen, statt wirklich nur den Gewinn zu investieren. Sie wussten, dass das gefährlich war, hatten aber manchmal keine andere Möglichkeit gesehen. Und immer wieder hatten sie mit Rückschlägen zu kämpfen gehabt, etwa dass sie auf Stapeln an vermeintlichen Bestsellern sitzen blieben, die sie erst nach einem halben Jahr remittieren konnten.

»Josefine, du könntest uns da ganz schnell raushelfen, wenn du alles verkaufst, sobald das halbe Jahr rum ist. Ich habe auch schon mit der Bank gesprochen. Mit deinem Erbe im Nacken würden wir problemlos Kredit bekommen.«

»Ach Mark, du hast ganz vergessen, dass mir nichts wirklich gehört, solange die Zeit nicht vorbei ist«, gab Josefine seufzend zurück. Wie konnte Mark im Gespräch mit der Bank ihr mögliches Erbe anführen, ohne sie vorher einzubinden? Trotz ihres Unmutes darüber konnte sie die Sorge in Marks Stimme nicht ertragen. Sie wollte ihn beruhigen, obwohl sie eigentlich sich selbst beruhigen musste. Sie rückte ein Stück ab, was ihr jedoch keinen Zentimeter Abstand zu ihrem Problem brachte.

»Ich werde es schaffen, okay? Ich ziehe das hier durch, und danach haben wir alle Freiheit! Aber ich schaffe das nur, wenn ich mich darauf verlassen kann, dass du nicht Entscheidungen hinter meinem Rücken triffst! Und ich brauche deinen Rückhalt dafür. Ich muss jeden Tag wissen, wofür ich es tue, damit ich nicht morgen alles hinschmeiße.«

Mark wollte, dass sie hier in der Rhön blieb. Und sie wollte es auch, allerdings nicht mehr nur, um die Bedingungen für das Erbe zu erfüllen. Josefine nahm die Flasche aus dem Rucksack, um einen Schluck des eiskalten Wassers zu trinken. Obwohl ihre Lippen nur den Flaschenhals und nicht Johannes' Haut berührten, traf sie die Erinnerung an den Jungen, der damals auch gewollt hatte, dass sie hierblieb. Allerdings hatte er diesen Wunsch nur ein einziges Mal geäußert.

Nach diesem Kuss an der Ulsterquelle hatte Josefine sich gefühlt wie eine Diebin. Als hätte sie ihrer Freundschaft zu Johannes die Leichtigkeit geraubt. Es war damals der letzte Ferientag gewesen, und sie waren schweigend und nebeneinander durch den dichten Fichtenwald nach Hause gelaufen, soweit der schmale Weg an dem Berghang es zuließ. Als sie stolperte, griff er nach ihrer Hand, doch als sie sich gefangen hatte, ließ er sofort los. Und Josefine wusste selbst nicht, was sie wollte. Es fühlte sich anders an als die anderen Male, in denen sie in einen Jungen verliebt gewesen war.

Als sie auf dem Weg zwischen ihren Häusern angekommen waren, blickte sie zu Tante Hildes Haus hinüber, ob sie am Fenster stehen und sie beobachten würde. Johannes blickte nicht auf sein Elternhaus, sondern sah ihr in die Augen.

»Josefine, können wir für immer Freunde bleiben?«

Sie nickte. Und glaubte verstanden zu haben. »Es tut mir leid, was gerade passiert ist.«

»Das ist doch kein Problem.« Damals hatte sie die Zärtlichkeit in seiner Stimme nicht wahrgenommen. Sie war ein Mädchen, das sich an die Bedeutung der Worte selbst klammerte und noch nicht zwischen den Zeilen lesen konnte, auch

nicht in Büchern. Sie nahm alles wörtlich. *Lass uns Freunde bleiben* hieß für sie, dass sie nie mehr sein konnten als Freunde. Hätte sie ihm in die Augen geschaut, dann hätte sie dort mehr gesehen als Freundschaft. Aber sie hatte ihren Blick auf den Boden gerichtet, gemurmelt, dass sie nach Hause müsse, um ihren Koffer zu packen. Damit war sie zu Tante Hildes Haus gelaufen.

Nach diesen Ferien war seine Mutter gestorben. Und in den nächsten Ferien wollte er sich nicht mehr mit ihr treffen, um durch die Wiesen und den Wald zu stromern. Sie hatte sich lange den Kopf zermartert, ob es daran lag, dass sie ihn nicht angerufen hatte, sondern nur – mit ihrer Mutter zusammen – eine Beileidskarte geschickt hatte. Doch je mehr Zeit verstrich, desto weniger konnte sie sich überwinden, ihn noch anzurufen. Als sie im nächsten Jahr bei ihrer Tante war, malte sie sich immer wieder ihr Wiedersehen aus. Wollte ihn um Verzeihung bitten, wieder mit ihm zusammen sein, auch wenn es sie kaum noch reizte, einen Staudamm am Bach zu bauen. Von Tante Hildes Garten aus konnte sie sehen, wann er aus der Schule kam, schließlich wichen seine Ferienzeiten von denen in Nordrhein-Westfalen ab. Jeden Mittag spuckte ihn der Schulbus an der Wegkreuzung zu der Straße aus, die zu ihren Häusern führte. Manchmal konnte sie den Bus hören und wusste, dass er ein paar Minuten später mit seinem Rucksack auf den Schultern die Straße heraufkam. So war es zumindest bisher immer gewesen. Bei seinem Vater zu klingeln, traute sie sich nicht. Also saß sie auf einem abgesägtem Holzstamm am Rand von Tante Hildes Grundstück und schaute die Straße hinunter. Und da kam er. Auf einem Moped. Sie wusste gar nicht, dass er einen Führerschein gemacht hatte. Ob er sie auch einmal mitnehmen würde? Ob er ihr einen Helm leihen und sie ihre Arme um seine Taille schlingen würde?

Sie winkte ihm zu, doch er bemerkte sie nicht. Dafür bemerkte Josefine das Mädchen auf dem Sozius. Als sie abstiegen und ihre Helme abnahmen, kam es Josefine so vor, als geschähe es aus einem einzigen Grund: um sich zu küssen. Und dieser Kuss dauerte keine Sekunde. Er dauerte ewig.

Josefine war aufgesprungen und ins Haus gerannt. Und sie hatte nie wieder im Leben einen Jungen zuerst geküsst. Auch Mark nicht.

Zwei Tage später hatte Johannes an Tante Hildes Haus geklopft. Er habe sie gesehen und wollte fragen, ob sie Lust hätte, mit ihm einen Ausflug zu machen. Vielleicht würden auch ein paar Freunde aus dem Dorf mitkommen.

Josefine hatte bereut, dass sie überhaupt zur Tür gekommen war. Johannes sah überhaupt nicht mehr so ernst aus, sondern cooler aus als früher. Und erwachsener. Bestimmt würde dieses Mädchen, das er geküsst hatte, auch mitkommen. Sollte sie hinter ihnen herlaufen und sehen, wie sie die ganze Zeit Händchen hielten?

»Nein, danke. Ich werde dieses Jahr in der Buchhandlung arbeiten und keine Zeit für Freizeit haben!«, antwortete sie mit einer so viel erwachseneren Stimme, als ihr zumute war. Dass sie Liebeskummer hatte, wollte sie sich nicht eingestehen. Das wäre auch lächerlich! Tante Hilde bemerkte es trotzdem und ließ sie in der Buchhandlung das Regal mit den Klassikern neu sortieren, die selten mit einem Happy End *aufwarten konnten. Und irgendwie war das ein Trost für Josefine gewesen.*

Den Sonntagabend nach Marks Abreise verbrachte Josefine damit, an Tante Hildes Schreibtisch nach einer Antwort zu suchen. Das Arbeitszimmer glich selbst einer Buchhandlung. An dem Schreibtisch stand ihr Bild, davor brannte ein Teelicht.

»Ich würde nicht in deiner Schublade wühlen, wenn du mich nicht so im Unklaren zurückgelassen hättest!«, sagte sie mehr zu sich selbst als zu ihrer Tante. Aus den Geschäftsunterlagen ging nicht hervor, ob Tante Hilde auf irgendeine Art mit Johannes' Familie verstrickt war.

»Warum hast du ihm nicht gleich alles vermacht? Ich hätte mich zwar gewundert, aber mehr auch nicht!«

Das Teelicht flackerte auf und erlosch, draußen war es stockdunkel. Wenn Josefine sich vorbeugte, konnte sie an Johannes' Haus ein erleuchtetes Fenster sehen. Aber nicht mal die Sterne waren zu erkennen, die sonst so viel näher waren als zu Hause.

Ein Frösteln ging durch Josefine, und sie zündete das Teelicht erneut an. Es kam ihr vor wie eine Grenzüberschreitung, die Schublade an dem wuchtigen Eichenschreibtisch zu öffnen, die erst nach heftigem Ziehen nachgab und ihr fast in den Schoß fiel. In der Lade sah es aus, als hätte der Postbote einen Tag vor Weihnachten all seine Briefe hier abgekippt. Überall glitzernde, handgeschriebene Briefe. Josefine nahm sich eine

Handvoll und überflog sie: Es war nicht ausschließlich Weihnachtspost, aber fast alles waren Karten voller guter Wünsche zu den Feiertagen. Wie schön, dass Tante Hilde alle aufgehoben hatte. Josefine erschrak fast, als sie ihre eigenen unter ihnen erkannte. Die Stimme ihres alten Ichs zu lesen, dazu hatte sie jedoch keine Kraft. Das würde ihr nur noch schmerzhafter vor Augen führen, dass die Adressatin für immer aus ihrem Leben verschwunden war.

Wann hatte sie selbst den letzten handgeschriebenen Brief bekommen? Wann den letzten Liebesbrief? Sie konnte sich kaum noch an den Inhalt des Briefes erinnern, den Mark ihr einst aus einem Urlaub geschrieben hatte. Zu dem Zeitpunkt waren sie erst eine Woche zusammen gewesen, und er wäre fast zu Hause geblieben, weil er es nicht ohne sie auszuhalten glaubte. Sie hatten sich bei einem Praktikum bei einer Buchhandelskette kennengelernt, und nach einem langen Samstag in der Vorweihnachtszeit hatte Mark sie zu einer Schlittschuhpartie auf dem Heumarkt eingeladen. Josefine hatte damals so viel gelacht wie selten, und das lag nicht nur daran, dass sie beide auf dem Eis rumgeeiert waren wie zwei Enten auf einem zugefrorenen See. *Ach, Mark,* dachte sie, *wie können wir auch wieder mehr Liebespaar als nur Geschäftspartner werden?*

Neben den Karten lagen auch ein paar Stifte, Steine, Notizbücher und ein altes, in Leinen gebundenes Buch in der Schublade. *Auch Du kannst glücklich sein* von Marcelle Auclair. Sie erinnerte sich an das Buch, von dem

Tante Hilde immer wieder erzählt hatte. Es ging um die Macht der Gedanken, die die Wirklichkeit formten. Ob das Leben, das Tante Hilde gehabt hatte, das Leben war, das sie sich gewünscht hatte? Sie hatte ihre Berufung gefunden. Aber sie war immer allein geblieben. Oder wusste Josefine nur nichts von einem Partner? Oder einer Partnerin?

Sie legte das alte Buch beiseite, um es später zu lesen, und ging die Briefe und Karten weiter durch. Und da tauchte der Name von Johannes' Familie das erste Mal auf:

Liebe Freunde und Familie,

wir danken für die schönen Geschenke und Glückwünsche zu unserer Hochzeit am 7.5.1986.

Gertrud und Achim Eisenbach

Auf der Innenseite der Klappkarte klebte ein Foto eines Brautpaares, das nicht so aussah, als habe es den schönsten Tag seines Lebens verbracht. Beide lächelten gezwungen, als hätte der Fotograf sie dazu gedrängt. Josefine hatte Johannes' Eltern ganz anders in Erinnerung. Seine Mutter war auf dem Bild richtig schlank und nicht das füllige, gemütliche Muttertier, als das Josefine sie kennengelernt hatte. Sie sah Johannes ähnlich. Und vor allem fiel hier auf, wie viel jünger sie sein musste als ihr Mann. Vielleicht Anfang zwanzig? Johannes' Vater hatte für Josefine immer ausgesehen wie ein Großvater, und doch hatte er seine Frau um viele Jahre überlebt. Die Mutter musste damals schwanger mit Johannes gewesen sein. Ob sie deshalb so angestrengt guckten? Weil sie heiraten mussten? Aber musste man das in den Achtzigern noch, nur weil man schwanger war? Josefine griff sich instinktiv an den Bauch. Was würde sie machen, wenn sie schwanger wäre?

Ob sie Johannes auf die Karte ansprechen sollte? Welche Schuld stand hinter Tante Hildes Entschluss? Oder grübelte sie ganz umsonst?

Sie legte die Karte beiseite, nahm noch einen Schluck von dem Tee, der mittlerweile kalt war. Auf der Karte war keine persönliche Nachricht vermerkt, aber dennoch hatte Tante Hilde sie aufgehoben. Und dann war da eine Karte, die so ganz anders war als alle anderen. Die Rückseite zeigte die Wartburg, die nicht so weit entfernt in Thüringen nahe der Rhön lag. Auch von dieser Stätte hatte Tante Hilde viel erzählt, hatte sie doch immer die heilige Elisabeth bewundert, die für jeden Hungernden ein Almosen hatte.

Auf der Rückseite stand kein Datum, kein Absender, nichts. Die Karte trug lediglich den Poststempel aus dem Jahr nach dem Tod von Johannes' Mutter, dazu ein einziger Satz: *Warum hast du mir das angetan?*

Josefines Herz schlug schneller. Ihre Tante hatte nie jemandem was angetan! Sie war der liebste Mensch gewesen, den sie sich vorstellen konnte. Es wäre ein Leichtes, Johannes zu fragen, ob er die Schrift erkannte. Aber wer wusste schon, in welches Wespennest sie damit stechen würde.

Der Gemeindesaal war fast so voll wie zu Tante Hildes Beerdigung, nur standen dieses Mal die Stühle in acht Reihen, die schon bis auf den letzten Platz besetzt waren.

Josefine und Eva hatten sich ganz vorne hingesetzt, weil es dort noch einige freie Plätze gegeben hatte. Ein paar junge Kellner und Kellnerinnen liefen an den Seiten mit Tabletts herum, sodass die Leute, die in der Mitte saßen, schon lange Hälse machten.

»Na, wenn so viele an der Zukunft unseres Dorfes interessiert sind, dann kann es ja nur besser werden«, flüsterte Josefine Eva zu. Hatte sie gerade wirklich unser Dorf gesagt? Ja, das hatte sie, obwohl sie selbst doch nur Gast war.

»Ich fürchte, das wird eine reine Werbeveranstaltung für Bürgermeister Hecks Vorhaben. Umsonst werden wohl kaum so köstliche Häppchen verteilt. Und außerdem sind wir eine Kleinstadt und kein Dorf.« Für Josefine würde Heufeld immer ein Dorf bleiben. Keine dreitausend Menschen lebten hier, und auch eine Einkaufsstraße, ein Kirchturm, ein Kindergarten und eine Schule würden für sie keine Stadt daraus machen.

Eva nahm sich noch eins der Kanapees, die von Kellnern gereicht wurden: Rhöner Krustenbrot mit geräucherter Bachforelle auf Meerrettichcreme und Dill. Dazu gab es Apfelsaft in Sektgläsern, der aus der dorfeigenen Saftkellerei stammte.

Die Häppchen aus Schafskäse und Schwarzbrot mit frischem Thymian waren auch köstlich, doch die Aufregung ließ Josefine nur mit halbem Herzen genießen.

Heck hatte ihr ein Angebot in den Briefkasten geworfen und sie noch mehrmals angerufen, ob sie sich schon entschieden hätte. Beim letzten Mal war sie nicht mehr ans Telefon gegangen. 250 000 Euro hatte er ihr für das Ladenlokal mitsamt Grundstück geboten. Das könnte sie im allerschlimmsten Fall immer noch annehmen, aber wirklich nur, wenn der Buchladen nicht mehr zu retten war.

Josefine drehte sich um. Mittlerweile waren ihr einige Gesichter bekannt. Viele hatten schon ein Buch bei ihr gekauft. Und es waren eben auch andere Ladenbesitzer, etwa das Ehepaar, das Rhöner Delikatessen verkaufte, oder die ältere Dame, in deren Konditorei es die köstlichsten Torten gab. Auch den Pfarrer erkannte sie wieder. Er war mindestens sechzig Jahre alt, vielleicht wusste er etwas über die Hochzeit von Johannes' Eltern oder hatte sie gar selbst geschlossen. Johannes sah sie nirgendwo. Dabei lebte er doch auch davon, dass die Einwohner seine selbst geschreinerten Möbel kauften oder ihre Autos bei ihm reparieren ließen. Vielleicht hatte er aber auch niemanden, der auf Leo aufpasste, schoss es ihr durch den Kopf.

Die Kellner verließen mit den mittlerweile leeren Tabletts den Raum, und jemand dimmte das Licht. Der Vorhang auf der kleinen Bühne, die so typisch für die alten Gemeindesäle war, in denen auch die Ballettaufführungen von Kindern präsentiert wurden, öffnete sich. Bürgermeister Heck stand dahinter, und der Lichttechniker brauchte einen Moment, bis er den ersten Mann im Ort mit dem Scheinwerferlicht eingefangen hatte.

Ein Lachen ging durch die Versammlung.

»Herzlich willkommen bei unserem Infoabend. Gemeinsam mit Ihnen möchte ich unser Heufeld in eine strahlende Zukunft führen! Schön, dass Ihnen das auch am Herzen liegt! Sonst wären die meisten von Ihnen bestimmt lieber auf dem warmen Sofa sitzen geblieben!«

Josefine klatschte halbherzig mit, schließlich wollte sie genauso eine gute Zukunft für diesen Ort, auch wenn sie vielleicht eine andere Vorstellung davon hatte. Aber sie wollte dem Mann eine Chance geben. Die Dame neben ihr, die ein feines Kostüm trug, schaute sie misstrauisch an, worauf Josefine ihre Hände in den Schoß legte. Daraufhin richtete die Dame ihren Blick demonstrativ nach vorn.

»Das ist seine Frau«, flüsterte Eva, die ihre Augen wohl überall hatte. Josefine nickte und starrte geradeaus. Es war ihr unangenehm, über jemanden im Raum zu flüstern, obwohl sie gerne mehr über Hecks Frau erfahren hätte.

»Die Verpflegung ist übrigens von mir gestiftet, also keine Sorge, die Steuerkasse wird nicht belastet!« Er wartete einen erneuten Applaus ab, bevor er weiterfuhr. »Ich brauche nichts zu beschönigen, die Gemeinde hat leider nichts zu verschenken, genauso wie die meisten Geschäftsleute von Ihnen. Dabei haben Sie alle so viel zu bieten! Nur was nützt es, wenn es außerhalb der Hochsaison kaum Kunden dafür gibt? Mit wie vielen von Ihnen habe ich die letzten Wochen gesprochen. Die Pensionen sind nur halb ausgebucht, die Restaurants halb leer«, fuhr der Bürgermeister fort.

»Das stimmt überhaupt nicht«, flüsterte Eva, »gerade die guten Unterkünfte und Lokale laufen richtig gut!«

»Wie viele ziehen von hier weg, sobald sie mit der Schule fertig sind! Ein Teufelskreis, wir vereinsamen, wir vergreisen!«

»Er vielleicht, aber mal ganz ehrlich, die Hälfte meiner Schulfreunde ist spätestens wieder hierhergezogen, als sie Nachwuchs planten.« Josefine nickte und fragte sich, warum Eva ihre Wortbeiträge nicht laut vortrug.

»Dabei haben wir – ich wiederhole mich – so viel zu bieten! Eine einzigartige Landschaft! Eine ganz besondere Küche!«

Wieder brandeten Applaus und zustimmendes Gemurmel auf.

»Aber, und da müssen wir ehrlich mit uns sein, so ergeht es fast allen kleinen Gemeinden in dieser Gegend! Wir brauchen also etwas Besonderes! Einen Magneten! Und da kommt das Angebot von HeavenOnEarth genau im richtigen Moment! Ich möchte den Heufeldern den Himmel auf Erden bescheren!« Er breitete seine Arme aus, wobei seine Hände im Dunkeln verschwanden.

»Lassen Sie mich Ihnen ein wunderbares Konzept vorstellen, das unseren ganzen Ort weiterbringen könnte: Die Mitarbeiter von HeavenOnEarth suchen auf der ganzen Welt nach zauberhaften Orten, an denen sie ihr Konzept eines zeitgemäßen Kraftortes für die Seele verwirklichen können. Ich fühle mich geehrt, dass wir genauso ein Ort werden könnten. Um Ihnen eine Vorstellung davon geben zu können, schauen wir uns einen kurzen Film an, der zeigt, was ich nicht in Worte fassen könnte.«

Und dann rollte er eine Leinwand herunter, auf die ein Film projiziert wurde.

Sphärische Klänge untermalten Szenen aus einem Spa und einem Meditationsraum. Ein smarter Herr schrieb in der nächsten Szene etwas auf einen Flipchart, ein verliebtes Paar prostete sich in einem schicken, aber urigen Restaurant zu, jemand bekam eine Massage, Menschen lächelten glücklich. Dann erschien so etwas wie eine Computersimulation, die einen Gebäudekomplex zeigte, der in eine wunderschöne Landschaft eingebettet war. Josefine stutzte. Das sah alles wunderschön aus, aber sie erkannte den Straßenzug wieder. Es war der, in dem eben auch ihr Geschäft stand! Das Fachwerkhaus, die Garage daneben, all das war noch zu erkennen, auch wenn es in der Simulation moderner wirkte. Mehr Glas, mehr Licht. Das hinter dem Ladenlokal war wohl der Innenhof, der komplett überbaut war. Die Häuser dahinter waren durch einen neuen Gebäudekomplex ersetzt worden.

Und als der Film zu Ende war, leuchtete auch das Licht im ganzen Raum wieder auf. Die Menschen blickten jedoch eher skeptisch drein. Erst als die Frau des

Bürgermeisters neben Josefine entzückt ausrief, dass sie dort am liebsten jeden Tag verbringen würde, gab es ein paar vereinzelte Klatscher.

»Und was soll uns das bringen?«, kam es aus der Mitte des Saals.

Heck freute sich fast über die kritische Stimme, konnte er jetzt doch all die Vorteile nennen: »Arbeitsplätze, Touristen, Tagesgäste, es wird ein Magnet werden! Glauben Sie mir! Und natürlich trägt der Betreiber alle Kosten. Die Gemeindekasse wird auf keinen Fall belastet werden.«

»Und wer entschädigt die Geschäftsleute für die Einbußen durch eine jahrelange Baustelle? Lärm und Dreck vertreiben doch erst einmal die Touristen!«

»Natürlich. Wo gehobelt wird, da fallen Späne, aber ohne Einsatz ist noch nie auf der Welt etwas Innovatives entstanden. Sie werden alles wieder reinholen. Versprochen!«, beruhigte Heck.

Josefine fragte sich, warum er die Frechheit besaß, aus Schillers *Wilhelm Tell* zu zitieren, wo er doch den Buchladen vernichten wollte. Aber wahrscheinlich wusste er noch nicht einmal, woher dieser Ausspruch kam. Ganz sicher war sie sich selbst auch nur bei dem Spruch *Die Axt im Hause ersetzt den Zimmermann*, der sie an Johannes denken ließ.

»Da hat er recht! Wie groß war damals der Widerstand gegen die Bauten auf der Wasserkuppe! Und jetzt ist es zu jeder Jahreszeit ein Touristenmagnet.« Heck bekam Unterstützung aus den ersten Reihen.

»Bekommen die Anwohner auch vergünstigte Eintrittskarten?«, fragte eine ältere Frau.

»Natürlich werden wir das aushandeln.«

»Den Himmel auf Erden gibt es nicht. Sie sollten den Menschen keine falschen Versprechungen machen«, mischte sich der Pfarrer ein.

»Herr Pfarrer Brecht, ich halte keinen hier für so dumm, den Firmennamen wörtlich zu nehmen. Ihre Kirche arbeitet doch auch immer mit Metaphern.«

Ein Lachen ging durch die Reihen.

»Die Kaufkraft heilt dennoch nicht alles«, entgegnete der Pfarrer, dessen Eltern ihm auch noch den Vornamen Bert gegeben hatten.

»Aber ohne sie ist alles nichts. Wir haben die Wahl: entweder nach vorne preschen oder untergehen. Es wäre nicht der erste Ort, der ausstirbt«, konterte Heck.

»Habe ich das gerade richtig gesehen«, meldete sich Josefine zu Wort, »dass die einzelnen Einrichtungen alle in bestehenden Gebäuden untergebracht werden sollen?«

Heck hielt ihrem Blick stand. »Das haben Sie genau richtig erkannt. Das Besondere an HeavenOnEarth ist eben ihr innovatives Konzept, die Wellnesscenter in alte Gebäudestrukturen zu integrieren. Das ist nachhaltig und wertet die existierende Bausubstanz auf. Alter Charme trifft juveniles Interieur. Dürfte ich mal ein Stimmungsbild aufnehmen? Wer kann sich vorstellen, dass dieses Konzept uns endlich voranbringt? Dass mehr Touristen hierherkommen, die mehr Geld bringen und Heufeld neues Leben einhauchen?«

Zustimmendes Gemurmel überdeckte die Einwände.

Josefine nahm allen Mut zusammen. »Und was ist, wenn manche Eigentümer nicht verkaufen möchten? Sie wissen selbst, dass ein Teil der Häuser aus Ihrem Video nicht zum Verkauf steht.«

»Ja, Ihres zum Beispiel! Aber ich bin mir sicher, dass wir uns mit allen einigen können! Allerdings haben wir dafür nicht ewig Zeit. HeavenOnEarth möchte bald beginnen. Und es wäre doch schade, wenn wir nicht alle an einem Strang ziehen. Die Einwohner von Heufeld haben diese Chance verdient!«

Josefine erschauerte nicht nur, weil es kalt in diesem Raum war. Nein, nun stand nicht nur Marks Glück und ihres gegen das von Johannes auf dem Spiel, jetzt stand sie auch noch ganz Heufeld im Weg!

Wie Johannes wohl entscheiden würde?

»Ich traue diesem Mann nicht!« Josefine zog die Mütze tief über ihre Locken und streifte die Handschuhe über, als sie an Evas Seite aus dem Gemeindesaal lief. Draußen hatte es zu schneien begonnen.

»Andererseits könnte so ein Wellnesstempel tatsächlich einen Aufschwung bedeuten. Wenn er wirklich Arbeitsplätze schafft?« Eva hatte keine Handschuhe dabei und steckte ihre Hände in die Manteltaschen. »Josefine, du bist vielleicht bald weg, aber der Rest des Dorfes könnte einen Aufschwung wirklich gebrauchen. Und der Buchladen könnte auch umziehen. Es stehen genug Ladenlokale leer.«

»Du weißt, dass ich frühestens nächsten Sommer verkaufen könnte. Außerdem sind das doch nur leere Versprechungen. Gesucht werden doch vor allem Billigkräfte für den Service. Und die Gäste werden nach der Beautybehandlung kaum zum Shoppen durch den Ort ziehen und in unserem Buchladen fünf Bücher für die nächste Session auf der Liege kaufen.« Sie waren an Josefines Auto angekommen.

»Vermisst du ihn nicht sehr?«

Josefine sah ihre Mitarbeiterin fragend an. »Ehrlich gesagt, hätte ich nicht gedacht, dass ich in dem Buchladen meiner Tante fast genauso gerne wie in unserem Laden in Köln arbeite«, sprudelte es aus ihr heraus.

»Du vermisst ihn also nicht. Deinen Freund.« In Evas Stimme lag der Hauch eines Vorwurfes, als wäre Josefines Herz noch kälter als das Winterwetter. »Ich weiß nicht, ob ich es schaffen würde, meinen Mann so selten zu sehen.«

»Ich bin hier so eingespannt, dass ich gar keine Zeit habe, ihn so sehr zu vermissen. Außerdem war er gerade erst hier!«, redete sich Josefine vor allem selbst ein, dass es gar nicht so schlimm sei, obwohl sie die Erkenntnis wie ein Schlag traf: Sie vermisste Mark mit jedem Tag ein bisschen weniger schmerzlich. War sie dabei, die Liebe dem Geschäft zu opfern? Das durfte nicht sein! Bei all der Leidenschaft für die Buchhandlung, ihre Beziehung zu Mark ging vor.

»Entschuldigung, Josefine. Es geht mich ja nichts an.« Eva umarmte sie flüchtig. »Ich muss jetzt nach Hause.

Bestimmt werden gleich die Kleinen wach, und dann wollen sie doch immer zur Mama.«

Josefine hatte den Sessel vor den Kamin geschoben und schaute auf die Flammen, während sie mit Mark telefonierte. Und nicht nur ihre Füße fühlten sich wärmer an, ihr wurde auch wärmer ums Herz.

»Es tut mir leid, dass ich mich immer nur so knapp gemeldet habe. Aber tagsüber habe ich im Laden kaum eine ruhige Minute, und abends macht mich die frische Luft so müde, dass ich mit den Hühnern ins Bett gehe.« Sie musste schmunzeln. Die Hühner gingen schon viel früher ins Bett, und zwar wenn sich die Sonne verabschiedete. Und das war jetzt schon am späten Nachmittag der Fall.

»Ist schon okay, es ist ja nicht so, als hätte ich hier Langeweile. Und der Montag ist immer der schlimmste Tag. Ich habe heute wieder so ein paar Therapiestunden hinter mir. Trotzdem werden die Ratgeber selbst von unseren Stammkunden wohl lieber heimlich online bestellt, weil sie ihre Probleme nicht outen wollen.«

Mark fand den Montag sehr anstrengend, weil die Menschen an diesem Tag den höchsten Redebedarf hatten – besonders die, die am Wochenende einsam waren. Dann baten Josefine und Mark zur »Therapiestunde«, allerdings war Josefine davon nur selten genervt.

»Mark, ich will nicht nur arbeiten an deiner Seite. Wenn es immer nur um den Laden geht, leidet unsere Beziehung.«

»Mir fallen da noch ein paar andere Sachen ein, die wir gemeinsam tun. Viel zu selten zwar, aber immerhin.«

Sie konnte ahnen, wie sein Lächeln aussah. »Ich meine, wir sollten noch andere Pläne für unser Leben haben.« Sie zog den Fuß etwas von dem Kamin zurück, weil es ihr doch zu heiß wurde.

»Haben wir auch! Wenn du wieder hier bist, fahren wir in den Urlaub! Ich habe schon ein paar Ziele rausgesucht.«

»Ich meinte große Pläne! So wie ...« Sie zögerte. »Familie. Kinder.«

»Hey, Josefine, der Laden ist unser Baby! Ein zweites können wir uns gerade echt nicht leisten!«

»Und wenn ich hier durchhalte?«

»Dann sieht vielleicht alles anders aus.«

Vielleicht. Würde er es denn wollen, wenn die Umstände keine Rolle spielen würden? Sie traute sich nicht zu fragen.

»Josefine, mach dich bitte nicht verrückt! Ich habe letztens einen Artikel in der *Zeit* gelesen. Darin stand, dass viele junge und erfolgreiche Frauen irgendwann in Versuchung geraten würden, in den unmöglichsten Situationen ein Baby zu bekommen, um dem Stress bei der Arbeit zu entkommen. In der jetzigen Situation würde ich deshalb nicht darüber nachdenken. Wir haben doch echt andere Sorgen!«

Objektiv gesehen hatte Mark recht, dennoch störte seine Antwort Josefine. Sie traute sich nicht zu fragen, was geschähe, wenn es ungeplant passieren würde, so sehr fürchtete sie sich vor seiner Antwort. Vor ihrem inneren Auge tauchte Johannes mit Leo auf. Einfach hatten die beiden es nicht.

Josefine hatte Marks Nummer gewählt, um sich ihm näher zu fühlen, dabei fühlte sie sich so weit weg wie selten zuvor, nachdem sie das Gespräch beendet hatten.

Arbeit war die beste Ablenkung. Josefine nutzte in den nächsten Tagen jede Gelegenheit, in Aktion zu sein. Jetzt lief sie mit Johannes durch seine Werkstatt, die in zwei Räume unterteilt war. In dem ersten Raum, der direkt in das Wohngebäude abging, stand die Honigschleuder. Sie reichte Josefine fast bis an die Brust und war so groß, dass sie sie mit den Armen nicht ganz umfassen konnte.

»Weißt du noch, wie du selbst mal an der Kurbel gedreht hast?« Sie spiegelten sich beide in dem Edelstahl der Schleuder.

»Ja, ich war völlig fasziniert, als ein dicker Strahl Honig aus dem Hahn floss.«

Hinter der Schleuder stand ein Schrank, der vor Plastikeimern, Gläsern und mehreren Trichtern überquoll. Neben dem Imkeranzug in Erwachsenengröße hing auch einer in Kindergröße, den passenderweise die Biene Maja zierte. Als müsste man ein Kind daran erinnern, dass es nur ein Kind war, wenn es etwas tun durfte, das sonst Erwachsenen vorbehalten war. Auch die Handschuhe hingen ordentlich an einem Haken, während hier früher Chaos geherrscht hatte.

Im nächsten Raum roch es nach frisch gesägtem Holz und Leim, aber auch nach Hühnerfutter. Zwei Säcke standen an der Wand, einer war offen. An der Wand hingen unzählige Werkzeuge, mehr, als Josefine überhaupt zu benennen wusste. Alles hatte seinen Platz, und Josefine hätte es nie gewagt, den Hammer mit der Zange zu vertauschen. Johannes' Vater hatte einmal eine halbe Stunde den Hammer gesucht und dabei so laut geflucht, dass Johannes und sie direkt wieder nach draußen geflohen waren, obwohl sie sich in der Werkstatt alte Bretter für eine kleine Hütte im Wald zusammensuchen wollten.

Die drei neu gezimmerten Bänke aus Fichtenholz standen hintereinander aufgereiht wie in einer Kirche. Sie würden sich wunderbar in der Garage machen, auch wenn der komplette Ausbau bis zum Advent nicht zu schaffen wäre.

»Sie sehen wunderbar aus.« Das taten die schlichten Holzbänke ohne Lehne tatsächlich. Aber um das festzustellen, hätte sich Josefine nicht den Vormittag frei halten und Eva bitten müssen, ein paar Stunden allein zu übernehmen.

»Danke.« Johannes setzte sich auf die Bank in der letzten Reihe und bot Josefine den Platz neben sich an. Es fühlte sich eigenartig intim an, so nah neben ihm zu sitzen, während rechts und links so viel Platz war.

»Weißt du von diesem Treffen gestern im Gemeindesaal?«

»Ach, du meinst die Heck-Performance? Ja, ein Bekannter hat mir davon erzählt. Albern das Ganze. Und der Gewinn kommt mit Sicherheit nicht bei den Leuten hier im Ort an. Meine Ex ist in der Wellnessbranche tätig. Die meisten krebsen am Mindestlohn rum, auch wenn so ein Besuch im Spa teuer ist.«

»Du meinst also nicht, dass ich mit daran schuld bin, wenn Heufeld ein wirtschaftlicher Aufschwung verwehrt bleibt?«

»Ach was! Und wenn er unbedingt seinen Wellnesstempel bauen will, findet er schon ein anderes Grundstück.«

»Ich habe absolut nichts gegen Wellness, aber bitte nicht in unserer Buchhandlung!«

»Ich dachte, dort gäbe es Wellness für die Seele?« Mit der Frage traf Johannes in Schwarze, sie entsprach fast Tante Hildes Geheimnis.

»Könnte ich noch etwas von deinem Melissentee haben?«, ging sie nicht weiter auf das Thema ein.

»So schlimm?« Er berührte ihren Arm. Mit Absicht. Und Josefine erschauerte, weil in seinem Blick so viel Mitgefühl lag, obwohl er selbst genug eigene Sorgen hatte.

»Schlimmer noch.« *Wenn ich ihm doch nur sagen könnte, was mich alles wirklich bewegt!*, dachte sie, fragte aber stattdessen: »Wie halten die Bienen eigentlich den Winter durch?«

Sie standen vor einem der sechs Bienenstöcke, die auf der Wiese hinter dem Haus aufgebaut waren. Weitere Stöcke standen im Wald, sodass es auf zwei verschiedene

Honigsorten hinauslief. Johannes wischte den Schnee vor jedem Eingang zu den Stöcken ab, damit die Bienen im Inneren nicht erstickten.

»Nicht alle überstehen den Winter« Er bückte sich und hob eine tote Biene auf, die vor dem Stock im Schnee lag. »Aber das ist nicht weiter tragisch für sie, solange sie ihre Aufgabe erfüllt haben.«

»Und wie lautet die?« Josefine zitterte vor Kälte und fragte sich, ob so ein kleines Tier mit winzigem Fellchen nicht sofort erfrieren musste. Vorsichtig berührte sie die Biene in Johannes Hand.

»Die Königin warm zu halten. All die Arbeiterbienen bilden eine Traube um die Königin. Sie schwirren an einer Stelle und erzeugen durch ihre Bewegung Wärme. Und dann wechseln sie nach und nach die Plätze, sodass jede mal außen oder ganz nah dran an der Königin ist.«

»Und das halten sie den ganzen Winter durch? Da sollte ich mich mal nicht beschweren mit dem halben Jahr im gemütlichen Haus und der schönen Buchhandlung!«

»Möchtest du mal schauen?« Vorsichtig hob Johannes den Deckel ab und gab Josefine die Sicht auf Tausende Bienen frei. Auch wenn die Fütterung und Aufzucht von Larven im Winter Pause hatte, die Bienen mussten sich natürlich auch selbst an den Honigvorräten bedienen.

»Die Königin ist nicht allein. Tausende Gefährtinnen helfen ihr. Manchmal würde mir schon eine reichen«, rutschte es ihm heraus. Hastig legte er den Deckel wieder auf. Josefine wollte schon nachfragen, doch er kam ihr zuvor. »Was hilft dir, es durchzuhalten?«

»Die Hoffnung. Die Hoffnung darauf, dass das alle Probleme löst, wenn ich durchhalte.«

»Die Hoffnung ist oft nichts als ein Hirngespinst. Sollte es nicht dein Freund sein, der dir zur Seite steht?«

»Das tut er doch auch. Was ist mit dir? Wirst du nicht auch so umschwärmt wie die Bienenkönigin? Warum bist du hier so allein?«

»Ich habe Leo.« Mit der bloßen Hand wischte er den Schnee von dem Stock. »Lass uns reingehen, du bekommst noch deinen Tee.«

Josefine hätte ihn am liebsten in den Arm genommen. Als Freundin. Als ganz alte Freundin. Als die Art von Freundin, die er damals wirklich gebraucht hätte.

»Es tut mir leid, dass ich damals nicht für dich da war, als deine Mutter gestorben ist. Ich hätte mich melden sollen, aber ich wusste einfach nicht wie.« Josefine umklammerte die heiße Teetasse. Wie anders sah es doch in seiner kargen Küche aus als in Tante Hildes gemütlicher Wohnküche. Als würde er die ganze Zeit auf gepackten Koffern sitzen und hier verschwinden können, ohne Spuren zu hinterlassen.

»Wir waren Kinder! Wir hatten beide keine Ahnung, wie wir damit umgehen sollten. Außerdem hast du mir damals geholfen.« Er saß ihr gegenüber, und der Tisch war so breit, dass er nicht mal nach ihrer Hand hätte greifen können.

»Wirklich? Womit habe ich dir geholfen? Doch wohl nicht mit der verspäteten Karte?«

»Nein. Mit deinem Kuss.« Er streckte die Hand auf dem Tisch nach ihr aus, während sie ihre Tasse zum Mund führte.

»Mit dem Kuss? Da erinnerst du dich noch dran?«

»Ja, immer wenn es besonders schlimm wurde, habe ich daran gedacht, wie du mich geküsst hast. Bis dahin dachte ich, mich würde nie ein Mädchen küssen. Und dann hat das schönste Mädchen der Welt mich geküsst!« Er lächelte sie an, und sie hoffte sehr, dass er nicht sah, wie sie rot wurde.

»Es ging also gar nicht um mich, sondern nur darum, dass dich überhaupt ein Mädchen geküsst hat, oder? Ich kann mich erinnern, dass danach noch jede Menge andere kamen«, bemühte sie sich um ein Lachen.

»Weißt du noch, was ich damals zu dir gesagt habe?«

»Dass du dir wünschst, dass ich für immer bleibe. Nicht nur für die Zeit der Ferien«, antwortete Josefine und stand auf. Sie musste los, es gab noch so viel zu tun, und Eva wartete auch auf Ablösung. Sie trank den letzten Schluck des Tees, der seine beruhigende Wirkung heute nicht entfaltete.

»Und jetzt bist du da.« Johannes stand ebenfalls auf.

»Tja, vielleicht stimmt das mit dem Zauber der Ulsterquelle wirklich. Obwohl der Tee noch verlockender ist als das kalte Wasser.«

»Gerne jederzeit wieder.«

Josefine musste raus. Ihr Leben war gerade kompliziert

genug, sodass sie den Gefühlen, die ihr Herz in Beschlag nehmen wollten, gleich eine Abfuhr erteilte.

»Ja, vielleicht, aber jetzt muss ich los. Die Arbeit wartet. Danke für alles. Wir sehen uns dann bei der Lieferung der Bänke. Schick mir die Rechnung.«

Hastig zog sie ihre warme Jacke über und sah, was sie mit den Schuhen auf dem Boden für Matschspuren hinterlassen hatte.

»Mache ich«, sagte Johannes nur beiläufig, doch als sie gerade aus der Tür war, rief er ihr noch etwas hinterher. Oder hatte sie sich das nur eingebildet? Oder falsch verstanden, weil ihr die Hühner vor der Tür gackernd entgegenkamen, als hofften sie auf ein paar Brotkrumen aus ihrer Tasche?

»Ich wünsche es mir immer noch«, hallte es in ihren Ohren nach. Doch sie sagte sich, dass sie sich das nur eingebildet hatte.

Lächelten Engel immer, oder schauten sie besorgt, weil ihre Schützlinge sich ständig in Gefahr brachten? Josefine konnte in dem Waschraum nur seitlich vor dem Spiegel stehen, da sie ansonsten mit den Engelsflügeln aus Schwanenfedern gegen die Wände stieß. Was sie im Spiegel sah, war ein verwirrter Engel in einem Kostüm, das wahrscheinlich schon Hunderte Male auf einer Opernbühne getragen worden war. Wie hatten sich die Darsteller vor einem kritischen Publikum erst gefühlt? Warum hatte sie Herzklopfen, obwohl sie nur einem guten Dutzend Kindern in der Buchhandlung etwas vorlesen sollte? Oder klopfte ihr Herz aus ganz anderen Gründen? Johannes hatte sich beiläufig zu der Lesung angekündigt, als sie ihn im Supermarkt getroffen hatte. Dabei ging sie ihm seit dem letzten Besuch aus dem Weg oder sorgte dafür, dass sie wenigstens nicht mit ihm allein war.

Ihn schien das nicht weiter zu stören, und dass Josefine sein Verhalten ärgerte, gestand sie sich kaum selbst ein. Schließlich durfte sie das eigentlich nicht weiter wurmen. Sie hatte einen Freund, mit dem sie sich so viel aufgebaut hatte. Sie brauchte keine Bücher zurate zu ziehen, um zu wissen, dass es nur Ärger bringen würde, die aufflammenden Gefühle für Johannes nicht im Keim zu ersticken.

Anders als in Köln war der ganze Ort pünktlich zur Adventszeit mit Schnee überzogen. Die leer stehenden Geschäfte unterbrachen zwar die Perlenkette weihnachtlicher Schaufenster, aber die Geschäftsinhaber hatten sich zusammengetan und einen weihnachtlich geschmückten Christbaum am Marktplatz gestiftet. Immerhin darin herrschte Einigkeit, während die Pläne von HeavenOnEarth immer noch heiß diskutiert wurden.

Aber an all das wollte Josefine jetzt nicht denken, sondern ihren Kunden einfach eine wundervolle Zeit in ihrem Laden schenken. Wer wusste schon, ob es nicht das letzte Weihnachten sein würde, das Tante Hildes Buchladen erleben durfte?

Sie war froh, dass Mark sie an diesem Samstag unterstützte, auch wenn es bedeutete, dass sich in Köln die

Personalkosten verdoppelten. Immer öfter musste eine weitere Aushilfe einspringen.

»Das sind ja wirklich viele Kinder! Wahrscheinlich, weil es nicht so viel Konkurrenz gibt wie bei uns«, raunte ihr Mark zu, während die letzten Kinder in der zum Lesesaal umfunktionierten Garage einen Platz suchten.

»Du siehst übrigens bezaubernd aus als Engel.« Er küsste sie flüchtig auf den Mund, worauf die Mädchen in der ersten Reihe kicherten.

Josefine fand den Raum mit den neuen Bänken und den Lichterketten bezaubernd. Eva hatte noch tannengrüne Vorhänge ihrer Oma mitgebracht, mit denen sie die Steinwände verhangen hatten. Mit dem Heizstrahler war es sogar richtig gemütlich, obwohl der Raum so groß war.

Sie klingelte mit dem goldenen Glöckchen, und tatsächlich verstummten die Kinder. Zwei Mütter quatschten einfach weiter, doch als sie die andächtige Stille bemerkten, schlichen sie sich wie die meisten anderen Eltern, die an der Seite standen, aus dem Raum.

»In einer Stunde können Sie die Kinder wieder hier abholen, genießen Sie die freie Zeit und stöbern Sie gerne auch in unserer Buchhandlung.« Josefine kostete der letzte Satz einige Überwindung, weil es ihr immer noch komisch vorkam, Werbung für ihren Laden zu machen. Am liebsten wäre es ihr gewesen, wenn die Menschen von allein in die Buchhandlung strömten und sich dort mit vielen wunderbaren Büchern versorgen ließen.

Doch dann kam der Teil, der sie wieder spüren ließ, warum sie diesen Job machte. Sie las aus Sven Nordqvists *Pettersson kriegt Weihnachtsbesuch* und Luise Rinsers *Drei Kinder und ein Stern* vor, und die Kinder lauschten tatsächlich mit offenen Mündern. Alle bis auf eines, das gerade noch in den Raum geschoben wurde. Von einer Hand, bei der Josefine gar nicht lange überlegen musste, zu wem sie gehörte.

Leo setzte sich ebenfalls, aber sein Gesicht sah auch nicht viel anders aus als das eines missmutigen Schülers im Deutschunterricht.

Dich knacke ich auch noch, sagte sich Josefine. Ihre Stimme wurde noch wärmer, und die Gesichter der Kinder noch weicher. Auch bei Leo ließ die Anspannung in der Miene nach, und er hörte andächtig zu. Als Josefine klar wurde, dass Mark und Johannes sich gerade gemeinsam in der Buchhandlung befinden könnten, wurde sie jedoch wieder nervös.

Aber Mark würde genug damit zu tun haben, die Eltern zu beraten. Und Johannes? Was sollte er schon machen? Mark stecken, dass seine Freundin ihn bei ihrem letzten Besuch angesehen hatte, als wollte sie ihn küssen?

»Und wenn ihr weiterlesen möchtet, könnt ihr euren Eltern ja einen Tipp für den Wunschzettel geben ...«, beendete sie schließlich die Vorlesezeit.

»Warum den Eltern? Ich dachte, der Wunschzettel geht direkt ans Christkind?«, fragte ein Mädchen mit einem Grinsen, als würde sie die Antwort selbst kennen.

So offen Josefine für nicht greifbare Dinge war, sie selbst würde ihre Kinder nicht anlügen wollen. Andererseits wollte sie sich natürlich nicht in die Erziehung potenzieller Kunden einmischen.

»Und auch wenn sie die Antwort weiß, dürfte sie sie keinem verraten.« Josefine sah überrascht zu Leo, der ihr unerwartet zu Hilfe gekommen war. Sie lächelte ihn an, und er lächelte zurück.

»Genauso ist es. Bitte wartet jetzt alle auf euren Plätzen, bis eure Eltern euch abholen. Ich möchte ja nicht, dass einer von euch verloren geht.«

»Kannst du nicht weiterlesen?«, fragte ein Mädchen mit Hasenpulli und Hasenzähnchen.

»Vielleicht ein anderes Mal. Möchtet ihr öfter so eine Vorlesestunde haben?«

»Jaaaaa!«, riefen ganz viele Kinder, sodass es Josefine ganz warm ums Herz wurde.

»Du liest viel besser als meine Mama, die schläft bei der Gutenachtgeschichte immer selbst ein«, rief das Mädchen mit dem Hasenpulli.

Als deren Mutter kurz darauf mit Baby im Tragetuch reinkam, konnte Josefine sich denken, warum ihr die Augen beim Lesen zufielen.

Die Kinder sahen zufrieden aus, und auch viele Eltern bedankten sich dafür, dass sie mal eine Stunde Ruhe genießen durften.

»Es ist echt schön, dass Sie den Laden Ihrer Tante weiterführen.« Eine der Stammkundinnen reichte ihr die Hand und hielt eine Tüte mit Büchern hoch. »So lange habe ich seit Jahren nicht mehr in Ruhe in einer Buchhandlung gestöbert. Das hat wirklich gutgetan.«

Josefine hatte diese Stunde auch mehr als gutgetan. Sie freute sich besonders, dass Leo während des Vorlesens mit in eine Fantasiewelt abgetaucht und ihr danach noch die Hand gereicht hatte. Aber jetzt saß er erneut mit verschränkten Armen auf seinem Platz und starrte immer wieder zur Tür. Eine Frau kam in den Raum, die unter den anderen Müttern auffiel. Sie sah sich um, als müsse sie überlegen, welches der übrigen Kinder ihres war. Beim Hinbringen hatte Josefine sie nicht bemerkt, aber sie wäre ihr aufgefallen. Die Frau war so ganz anders als die anderen Mütter. Sie hätte mit den langen schwarzen Haaren, dem überlegenen Blick und dem schicken, aber schlichten Kleid, das perfekte und wahnsinnig lange Beine freigab, eher in eine Anwaltsserie gepasst als in das beschauliche Heufeld. Und sie schaute sich um, als wäre sie hier eben nicht zu Hause. Eine Ahnung beschlich Josefine.

Während sich Josefine noch mit einem Vater unterhielt, beobachtete sie, wie die wunderschöne Frau auf Leo zuging und sich zu ihm hinkniete, was das ohnehin schon kurze Kleid noch weiter hochrutschen ließ. Dennoch sah sie dabei kein bisschen ordinär aus.

»Hallo, mein Schatz«, klang es nicht ganz so vertraut.

»Hallo, Mama.« Leo stand auf, die Arme immer noch verschränkt, und Leos Mutter ließ ihre Arme fallen. Aber obwohl sich Leo offensichtlich nicht umarmen lassen wollte, folgte er ihr.

»Ist das nicht der bildungsferne Bengel von deinem Nachbarn?«, fragte Mark etwas später, als Leo mit seiner Mutter den Laden verließ. Mark stand mit verschränkten Armen hinter der Kasse, während Josefine die Engelsflügel wieder geraderückte. Das Kostüm, das Mark in ihrem Auftrag aus dem Fundus in Köln mitgebracht hatte, würde sie bis zum Ladenschluss tragen.

»Ja, es ist der Sohn von Johannes. Und er hat einen Namen. Leo.«

»Jetzt sag nicht, dass diese Frau seine Mutter ist!« Mark sah ihr bewundernd hinterher, und Josefine wusste nicht, auf wen sie eifersüchtiger war.

»Doch, das ist sie!«

»Wie kam so ein Dorftrottel zu so einer Frau?«

»Kannst du bitte aufhören, so abfällig über Johannes zu reden?« Am liebsten hätte sich Josefine das Kostüm vom Leibe gerissen, aber da sie darunter nur Unterwäsche trug, war das keine Option.

»Ist ja gut, ich wusste nicht, dass dir der Typ so wichtig ist.« Mark lächelte eine Mutter an, die ihm ein Pappbilderbuch hinhielt, als wäre nichts gewesen. Er rechnete es wie selbstverständlich ab, und Josefine war froh, dass er abgelenkt war. Sonst hätte er gesehen, dass sie so rot wie eine der Weihnachtskugeln geworden war, die im Schaufenster hingen.

Sie fühlte sich ertappt. Und entschuldigte seinen blöden Kommentar mit seiner Eifersucht. Zu der er eben doch Grund hatte.

»Wie ist es denn gelaufen?«, fragte Josefine ihn, als es im Laden gerade ruhig war. »Die Vorlesestunde war jedenfalls ein großer Erfolg. Könnte man wiederholen.«

»Wir waren uns doch einig, dass das in Köln sinnlos ist. Die Kinder sind doch eh immer alle verplant. Hier mag das funktionieren, aber bei uns? Vergiss es!«

Mark hatte recht. Die Eltern in der Stadt waren meist froh, wenn ein Wochenende mal nichts los war.

»Mir hat es Spaß gemacht.«

»Die Kinder kamen auch glücklich aus dem Raum. Aber gelohnt hat sich die Aktion nicht. Von dem guten Dutzend Eltern haben nur drei etwas gekauft, die anderen haben den Laden schnell verlassen. Wahrscheinlich um mal in Ruhe einen Kaffee trinken zu gehen. Das habe ich jedenfalls aus den Gesprächen rausgehört.«

Josefine schluckte eine Bemerkung herunter, dass es sich für sie hundertmal gelohnt hatte – weil sie wieder gespürt hatte, warum sie Buchhändlerin geworden war: um den Menschen mit schönen Geschichten eine Freude zu machen.

Wenn Josefine in der Vorweihnachtszeit überhaupt einmal in Ruhe nachdenken konnte, kam ihr in den Sinn, wie viel das Führen einer Buchhandlung mit dem Führen einer Beziehung gemeinsam hatte. Es gab zwar nicht so viele romantische Geschichten über Buchhandlungen wie über die Liebe an sich, aber in fast allen dieser Bücher wurde der Laden – trotz aller Kämpfe und Widrigkeiten – idealisiert. Josefine konnte sich nicht erinnern, in Titeln wie *Liebe zwischen den Zeilen* oder *Die Buchhandlung der Träume* und dem wundervollen *Lavendelzimmer* irgendwas davon gelesen zu haben, wie vertrackt sich die monatliche Umsatzsteuererklärung ausmachte. Das einzige Buch, in dem die Arbeit im Buchhandel wirklich realistisch beschrieben wurde, war Petra Hartliebs *Meine wundervolle Buchhandlung*. Aber das war streng genommen ein Sachbuch. Und wäre es ein Roman, dann hätte es jeder für übertrieben gehalten. Immer waren es Sehnsuchtsorte voller Zauber, Orte der Erleuchtung, der Erkenntnis und der Liebe. Die deckenhohen Regale wurden zur Himmelsleiter, die Bücher das Portal zu anderen Welten, die Buchhändlerinnen und Händler zu Mentoren all der Menschen, die etwas suchen, was ihnen die raue Welt dort draußen allein nicht geben konnte.

Und wenn in einem dieser Bücher der Laden vor der Pleite stand, dann gab es immer wunderbare Fügungen, die am Ende alles zum Guten wendeten.

Aber die romantischen Liebesgeschichten ließen die zermürbenden Alltagssorgen nach dem Happy End auch offen, genau wie diese Bücher dem Leser verschwiegen, dass ein Buchhändler sich um die Steuererklärung, die Buchhaltung, die Organisation, ja auch ums Putzen kümmern musste. Dass es Tage gab, an denen er lieber Brötchen verkaufen würde als Bücher, weil es einfacher war, fünfzehn Brotsorten anzubieten, als von der ständigen Flut an Neuerscheinungen nicht überrollt zu werden. An denen er schlicht und einfach Angst hatte, dass er nicht nur mit seiner Buchhandlung scheiterte, sondern die ganze Branche zusammenbricht.

Die Banalitäten und Sorgen des Buchladens mit ihrer Liebe zu Mark zu vergleichen, beruhigte sie etwas. Es war eben ganz normal, dass der Glanz der ersten Verliebtheit längst verblasst war und ihre Gefühle manchmal genauso von Zweifeln durchzogen waren wie ihr Verhältnis zu dem Buchladen. Sie musste sich eingestehen, dass sie den Laden in Köln gar nicht so vermisste.

Sie hatte einfach nicht die Kraft, sich um beide Läden zu kümmern. Selbst die Besuche an den Wochenenden wurden seltener, von beiden Seiten. Mark betonte immer wieder, dass er an seinem Roman arbeiten müsste. Und Josefine fehlte oft die Kraft, nach Hause zu fahren. Zum Glück planten Bea und Katharina schon einen Besuch in der Rhön, und ihre Eltern hatten einen Sonntag hier verbracht, eine willkommene Abwechslung zum Alltag. Von Montag bis Samstag sah fast jeder Tag gleich aus: früh aufstehen, den Laden aufschließen, Lieferungen einräumen, Bestellungen erledigen, Kunden beraten, Buchhaltung machen und den Laden für den nächsten Tag vorbereiten; daneben galt es, so viel wie möglich zu lesen, um die Kunden wirklich beraten zu können, die Vorschauen durchzublättern, zu entscheiden, welche Bücher auslegen sollen, zu dekorieren und so weiter. Werbeanzeigen mussten geschaltet werden, Newsletter verschickt, Extraaktionen wie die Kinderlesung organisiert werden – nein, als Buchhändlerin war sie nicht nur die gütige Märchentante zwischen den Regalen.

Abends fiel sie todmüde ins Bett und schlief nicht nur wegen der unvergleichlichen Stille und Dunkelheit, sondern auch wegen der frischen Luft so unendlich gut.

Und jeden Tag konnte sie ein weiteres Kreuz an ihrem Kalender machen. Jeden Tag kam sie ihrem Ziel näher, und alles würde so sein wie früher – nur besser.

»Es kann nicht sein, dass du so viel allein rumhängst! Du wirst noch genauso wie deine Tante!« Eva kam mit zwei Kaffeebechern aus der Teeküche des Buchladens und reichte einen Josefine.

»Meine Tante war eine der tollsten Frauen, die ich kannte! Und außerdem bekomme ich bald wieder Besuch. Und viel Zeit für noch mehr Freizeit hätte ich ohnehin nicht.« Josefine trank dankbar einen Schluck.

»Das ist schade. Und ja, deine Tante war toll, aber du bist viel zu jung, um ein Leben nur für den Buchladen zu führen. Und glaubst du nicht, sie war manchmal viel zu einsam? Sie hatte ein paar Freundinnen im Ort, aber nie hat sie von jemandem erzählt, der so wirklich zu ihr gehörte.«

Josefine entdeckte einen Fleck auf Evas Bluse, wie fast jeden Tag. Fast immer waren es Spuren von dem Frühstück mit ihren Kindern. Sie sagte nichts, weil er eh nicht zu beseitigen war, außer in der Waschmaschine. Sie musste an die Postkarte in Tante Hildes Schreibtischschublade denken: *Warum hast du mir das angetan?*

Solche Worte wurden nur zwischen Menschen gesprochen, zwischen denen starke Gefühle herrschten. Die sich vielleicht sogar geliebt hatten?

»Ach, Eva, wie soll ich mir denn hier etwas aufbauen, wenn ich doch eh bald wieder abreise! Ich habe meinen Buchladen und vor allem meinen Freund doch in Köln!«

»Du hast doch noch keine endgültige Entscheidung getroffen, oder?«

»Auch wenn ich nicht hierbleiben kann, werde ich versuchen, eine Lösung für den Buchladen zu finden. Es würde mir auch das Herz brechen, wenn er schließen müsste.«

»Mir auch. Aber was auch immer in vier Monaten ist, du musst mehr unter die Leute. Sonst wirst du nie heimisch. Was hältst du davon, wenn du nächstes Mal mit zum Frauenstammtisch kommst?«

Josefine dachte an Bea, die sie die letzten Wochen nur ein Mal zum Kaffee in Köln getroffen hatte. Wie immer war die Zeit viel zu kurz gewesen, um wirklich in das Leben der anderen eintauchen zu können.

»Ist das nicht nur was für alte Damen?«

»Nee, ist es nicht. Ist wie Facebook in echt.«

»Sag ich doch. Für alte Damen.«

»Du wirst Spaß haben!«

»Und das genau ist dein Plan, dass ich hier so viel Spaß habe, dass ich nie wieder nach Köln möchte?«

»So ist es.«

»Da wirst du es schwer haben. Köln ist berühmt für seine Feierlaune.«

»Oh, du machst mir nicht gerade den Eindruck, als hätte Feiern die oberste Priorität in deinem Leben«, zwinkerte Eva ihr zu.

Josefine musste ihr zähneknirschend zustimmen. Die letzte wirkliche Party hatte sie zur Eröffnung ihres Buchladens gefeiert.

Als Josefine in dem urigen Wirtshaus bei einer Flasche Apfelbier saß, fühlte sie sich fast so, als befände sie sich in einem heimeligen Kreis unter Freundinnen.

Als sie jedoch sah, wer gegenüber am Tisch saß, hatte sie das Gefühl, kein Apfelbier, sondern Apfelschnaps getrunken zu haben. Dort saß Johannes, zusammen mit einem Mann, vor ihnen auf dem Tisch einen Plan ausgebreitet. Sie nickte ihm nur kurz zu, und doch blieb ihre Geste bei den anderen Frauen nicht unbemerkt.

»Ist das nicht dein Nachbar?«, fragte Erika, die einen Biobauernhof führte.

»Ja, das ist er.«

»Über dem Hof liegt ein Fluch!«, raunte Corinna, die sich im Buchladen immer mystisch-romantische Geschichten bestellte.

»Hör auf«, wies Eva sie scharf zurecht, wobei Josefine gerne mehr erfahren hätte.

»Ist doch so. Der Hof ist vom Unglück verfolgt«, machte Corinna weiter.

»Nicht vom Unglück, sondern vom menschlichen Versagen. Und ich glaube, davon hat jede Familie genug vorzuweisen, also hör auf, irgendwelche Gerüchte zu verbreiten!«

Josefine wunderte sich, warum Eva das Thema so abwehrte, also hakte sie nach. »Wenn es ein dunkles Geheimnis gibt, sollte ich es wohl wissen, oder? Ich glaube zwar kaum, dass ich neben einem Serienkiller wohne, aber ihr könnt nicht einfach ein Kopfkino lostreten und mich damit dann allein lassen!« Josefine hatte leise gesprochen, dass bloß nichts am Tisch von Johannes zu hören wäre. »Und wenn es keins gibt, dann lasst uns das Thema wechseln«, schwenkte sie um, als sie einmal mehr Johannes' Blick traf.

»Es gibt keins«, behauptete Eva resolut. »Was macht ihr an Weihnachten?«

Tatsächlich begann jeder, von seinen Plänen für die Feiertage zu erzählen. Da Josefine noch keine Pläne hatte, schlich sie zur Toilette. Sie folgte dem Schild durch einen langen schmalen Flur im Keller, an dessen Wänden ausgestopfte Marder, Eulen und Eichhörnchen prangten. Fast war es ihr, als wären die schwarzen Knopfaugen der Tiere lebendig. Wer konnte es schon sagen, vielleicht gab es hier noch so etwas wie Flüche?

»Huhu!«

Josefine zuckte zusammen. Begann sie zu halluzinieren? Oder gab es hier Geister? Instinktiv bekreuzigte sie sich, obwohl ihr Verstand ihr sagte, dass sich wohl eher ein Kneipengast mit voller Blase und losem Mundwerk in den Keller verirrt hatte. Sie drehte sich um und erschrak noch mehr.

»Meine Güte, Josefine, du fliehst vor mir wie der Teufel vor dem Weihwasser. Und du schaust mich an, als wäre ich einer. Was habe ich dir eigentlich getan?« Johannes blieb mit einem übertriebenen Abstand vor ihr stehen.

Warum hast du mir das angetan?, hallten die Worte von der Postkarte in ihrem Kopf wider.

»Nichts.«

»Das glaube ich dir nicht!«

»Johannes, alles ist gut. Ich habe einfach so viel Stress, dass ich kaum dazu komme, mich überhaupt mit jemandem zu unterhalten. Selbst mein Freund kommt zu kurz.«

»Eure Runde sieht aber nicht danach aus, als hättet ihr alle keine Zeit«, erwiderte er lächelnd.

»Ganz ehrlich, ich hätte mich heute Abend lieber mit einem Buch vor den Kamin gesetzt, aber Eva hat mich überredet. Und im Grunde hat sie recht. Ich kann mich ja nach Ladenschluss nicht nur in Tante Hildes Haus verbarrikadieren.«

Auch wenn Johannes' Anblick ihr in mehrfacher Hinsicht ein schlechtes Gewissen bereitete, wurde die Rhön in seiner Gegenwart viel stärker zu einer Heimat. Aber das war ja völlig normal. Schließlich war er der einzige Mensch hier, den sie wirklich kannte, auch wenn die gemeinsame Zeit schon so lange zurücklag.

»Stimmt, statt dich einzuigeln, könntest du einfach mal wieder deinen Nachbarn besuchen.«

Sie sah ihn unsicher an.

»Ich tue dir auch nichts.«

Aber ich dir vielleicht, dachte Josefine.

»Du hattest es gestern aber auf einmal eilig.« Eva kam mit einem Paket Bücher auf Josefine zu, das der Postbote ihr gerade gebracht hatte.

»Ich kam mir vor wie ein Eindringling in einem verwunschenen Dorf.« Josefine hatte die halbe Nacht kein Auge zugetan und bekam sie jetzt kaum auf.

»Ach, komm, wir leben auch hier im einundzwanzigsten Jahrhundert«, lachte Eva, aber Josefine lachte nicht mit.

»Ich meine es ernst. Was ist mit Johannes los? Es reicht doch, wenn Tante Hilde mir die Wahrheit verschwiegen hat, aber mich durch dieses Erbe damit reinzieht!«

Eva wurde blass. Sie setzte sich auf den Tritt, der ihnen normalerweise erlaubte, die obersten Bücherregale zu erreichen.

»Und wenn es Johannes wirklich so schlecht geht, weiß ich gar nicht, ob ich das hier«, Josefine hob die Arme zu einer ausladenden, aber erschöpften Geste, »überhaupt will! Klar kann ich das Erbe selbst gut gebrauchen, aber davon hängt nun wirklich nicht meine Existenz ab! Und ich muss wissen, aus welchem Grund Tante Hilde Johannes als Nachrücker in der Erbfolge ausgesucht hat! Wenn ich den Grund kennen würde, könnte ich mich viel besser entscheiden.«

»Johannes würde den Laden sofort verkaufen.«

»Was macht dich da so sicher?«

»Weil er Geld braucht. Das bleibt jetzt unter uns, aber eine Freundin von mir ist die Lehrerin von Leo. Er hat in der Schule letztens angefangen zu weinen, als es um das Thema Umzug ging. Er hat Angst, dass er wegmuss, weil sein Vater das Haus verkauft. Johannes hat im Elterngespräch wohl alles abgestritten, aber ich glaube, er ist wirklich ziemlich verschuldet.«

»Aber es läuft doch gut mit seinen Aufträgen!«

»Ja, aber er macht wohl nichts anderes, als Löcher zu stopfen. Wenn er Insolvenz anmelden würde, dann müsste er den ganzen Hof verkaufen. Und da der wohl beliehen ist, würde er da auch nichts rausbekommen.«

»Aber so eine Pleite liegt selten an einem Fluch, sondern einfach an falschen Entscheidungen!« Josefine fröstelte, als sie daran dachte, dass sie und Mark auch ganz schön kämpfen mussten. Was war das hier? Hatte Tante Hilde sie zu den Hungerspielen in einer Arena auflaufen lassen?

»Das stimmt, aber es waren nicht seine Entscheidungen. Jedenfalls nicht alle. Und es gibt Gerüchte, dass seine Mutter damals nicht verunglückt ist. Sie hat sich ...« Eva hielt inne.

»Das wusste ich nicht.« Jetzt war es nicht nur ein Frösteln, sondern ein eiskalter Schauer, der Josefine umgab.

»Und sein Vater hat sich zu Tode gesoffen.«

»Ich glaube, dann würde ich an seiner Stelle sofort von dem Hof verschwinden.« Mangelte es dem Bauernhaus deshalb an persönlicher Einrichtung? Aber warum war er dann nicht schon lange fort? Kümmerte sich um die Bienen und Hühner? Baute tolle Möbel für seine Küche? Die Weide hatte er doch auch schon seit längerer Zeit verpachtet, und die Landwirtschaft lag brach.

»Ich weiß auch nicht, was ihn hält.«

»Weißt du, ob Tante Hilde genau im Bilde war? Gab es da was zwischen den beiden?« Oder war Johannes einfach »der Nächste« für Tante Hilde gewesen? Der Nachbar, dessen Leid sie nicht mit ansehen konnte, wenn sie morgens und abends an seinem Haus vorbeimusste?

Zwei ältere Damen kamen herein, und Josefine hoffte, dass sie schwerhörig waren, als Eva viel zu laut antwortete:

»Ich habe wirklich keine Ahnung! Aber wenn du und Johannes euch zusammentun würdet, dann wäre das Problem gelöst!«

Auch wenn die beiden Damen – nach einem halbstündigen Beratungsgespräch – schließlich jede ein Taschenbuch kauften, war der Umsatz an diesem Tag insgesamt mau. Damit konnte sie kaum mehr als die laufenden Kosten begleichen. Vielleicht hatte Mark recht mit seiner Behauptung, für Tante Hilde wäre der Buchladen im Grunde nur ein teures Hobby gewesen. Josefine hatte einen Großteil des Sortiments einfach so gelassen, wie Tante Hilde es bestückt hatte. Normalerweise wurden die Bücher nach ein paar Monaten alle zurück an den Verlag geschickt, um neuen Platz zu machen. Aber das brachte Josefine nicht übers Herz. Jedes einzelne Buch war liebevoll von Tante Hilde ausgesucht worden. Und jedes Buch sollte seine Chance bekommen. Wenn sie hier dichtmachte, konnte sie immer noch alle Bücher remittieren.

In ihrem Laden in Köln war Wirtschaftlichkeit das Wichtigste, damit sie überhaupt Bücher anbieten konnten. Aber hier konnte sie sich noch den Luxus erlauben, den Büchern ein längeres Leben in der Warteschleife zu erlauben. Die meisten von ihnen würden ansonsten mit dem »Mängelexemplar«-Stempel auf irgendeinem Ramschtisch landen. Oder sogar eingestampft werden.

Ihre Mission lautete zum Glück nur, den Laden zu führen. Vom Erreichen der Gewinnzone hatte Tante Hilde erst gar nicht gesprochen.

Und als ob jemand sie ärgern wollte, fuhr mindestens dreimal täglich der Paketdienst an ihrem Schaufenster vorbei. Vielleicht sollte sie beide Läden schließen und stattdessen eine Internetbuchhandlung eröffnen. Oder vielleicht sollte sie ihre Buchhandlung doch an HeavenOnEarth verkaufen? Den Preis in die Höhe treiben und einen Teil des Erlöses in einem Säckchen vor Johannes' Tür legen?

Was genauso leer war wie die meisten Läden – in manchen fehlten ja nicht nur die Kunden, sondern gleich das Geschäft –, war die Kirche auf dem Marktplatz. Josefine fand Trost darin, sonntags in die Messe zu gehen und zu wissen, dass Tante Hilde es auch stets so gehalten hatte. Als Kind war sie oft dabei gewesen. Damals war es auch nicht viel voller, aber heute hatte jeder Besucher eine Bank für sich und war dem Ende des Lebens wahrscheinlich näher, als ihm lieb war.

Josefine wollte heute Bert Brecht, den Pfarrer, nach der Messe auf ihre Tante ansprechen. Schließlich hatte Eva ihr den Tipp gegeben, dass Tante Hilde und der Pfarrer immer ziemlich viel geplaudert hätten, wenn er die Gesangsbücher oder Geschenke für Brautpaare oder Kommunionskinder bei ihr bestellte. Dabei war es bestimmt nicht nur um das Wetter gegangen.

»Hatte meine Tante Feinde?«, versuchte sie es geradeheraus.

»Und wenn ich irgendwas wüsste, dürfte ich Ihnen nichts erzählen. Aber Ihre Tante war ein so lieber Mensch, wir vermissen sie alle hier. Sie hat im Altenheim immer ehrenamtlich vorgelesen und hat doch die ganzen Gebrechlichen auf dem Weg ins Jenseits überholt.«

Die Antwort brachte Josefine eher mehr ins Grübeln. Sie warf einen Blick auf die brennenden Kerzen an dem Seitenaltar, an dem sie damals eine Kerze mit Tante Hilde angesteckt hatte.

»Und haben Sie sich schon entschieden, ob Sie Ihren Laden dem Wellnessmogul überlassen?«, fragte er im Gegenzug.

»Wünschen tue ich mir das nicht.« Einen Moment überlegte sie, ob sie den Pfarrer zu Johannes' Mutter befragen durfte, aber auch hier würde er nichts verraten dürfen.

»Das finde ich gut! Uns geht es wahrscheinlich ähnlich. Den Buchläden laufen die Leser weg und meiner Kirche die Gläubigen. Ich kann es ja verstehen, wenn es nur noch schlechte Bücher oder miese Pfarrer gäbe, und klar gibt es beides. Aber die Sache dahinter ist doch echt was, für das es sich zu kämpfen lohnt! Dafür habe ich Ihre Tante immer bewundert. Wir haben natürlich auch immer alle Bücher über sie bestellt. Und machen das auch gerne weiter bei Ihnen.«

Der Vergleich wühlte Josefine auf. Vor Jahren war sie mit ihrem Buchladen tatsächlich mit der Mission angetreten, den Menschen Leseschätze zu schenken. Jetzt hatte der Buchladen in Köln vor allem eine Aufgabe: sie finanziell über Wasser zu halten. Eine Funktion, die ein anderer Job mit Sicherheit besser erledigen würde.

Es gab nur einen Weg, um den ständigen Grübeleien entgegenzutreten. Sie musste mit Johannes sprechen. In Ruhe.

Also hatte sie ihn gefragt, ob er Lust hätte, sie auf einer Wanderung zu begleiten. Er hatte Lust, und Josefine war froh, dass Leo bei seiner Mutter war, weil sie vor dem Kind nichts Beunruhigendes besprechen wollte. So befanden sie sich jetzt auf dem Wanderweg durch die Lange Rhön, der vorbei an Bischofsheim zum Holzberghof führte, einem Ausflugslokal, das zwar von außen und innen etwas finster und verwunschen wirkte, aber das

Josefine schon als Kind magisch angezogen hatte. Von vorn sah das Gebäude aus wie eine Ritterburg, zwei Türme mit spitzem Schieferdach rahmten eine uralt wirkende Fassade ein. Als Kind hatte Josefine sich vorgestellt, wie Ritter und Burgfräulein an einer langen Tafel saßen, und war etwas enttäuscht gewesen, als Tante Hilde ihr gezeigt hatte, dass die Schlossfassade erst vor guten hundert Jahren an das jahrhundertealte Forsthaus angebaut worden war. Und trotz der Autos vor der Tür wirkte der Holzberghof immer noch wie aus der Zeit gefallen und unwirklich so mitten im Tal. Drinnen hätte es Josefine nicht gewundert, wenn in der Ritterrüstung, die die Gäste im Flur begrüßte, noch ein Mensch aus Fleisch und Blut gesteckt hätte. Tante Hilde hatte immer behauptet, dass die Menschen hier selbst zu Beginn des 21. Jahrhunderts noch mit Petroleumlampen gesessen hätten, weil der Holzberghof durch seine Lage selbst dann noch vom Stromnetz abgeschnitten war. »Ich verhungere schon! Das letzte Mal war ich mit meiner Tante hier, allerdings musste sie sich alle drei Treppenstufen ausruhen, weil sie ihre gesamte Kraft auf der Wanderung aufgezehrt hat.« Hintereinander liefen sie die mit Teppich ausgelegte Treppe hoch.

Josefines und Johannes' Wangen waren gerötet. Sie legten Handschuhe und Mützen ab, als sie endlich im Speisezimmer waren. Draußen war es klirrend kalt, aber immerhin trocken. Sie hatten noch einen Platz in dem Erker ergattert, sodass sie geschützt in einem der Türme saßen.

»Du bist gewandert, als würdest du nie etwas anderes machen.«

»Danke. Schön wäre es, aber dass ich mir heute die Zeit nehme, ist absoluter Luxus.«

»Soso. Hast du ein bestimmtes Anliegen auf dem Herzen?«

Josefine erschrak. War es so offensichtlich? »Och, erst möchte ich mich dafür entschuldigen, dass ich so unhöflich zu dir war. Du hast recht, ich sollte dir nicht aus dem Weg gehen. Das ist doch albern, wir waren schließlich früher ziemliche gute Freunde.«

Sie klappte die Karte auf, nur um sich dann doch aus dem Erkerfenster die wunderschöne Schneelandschaft statt der Auswahl an heimischen Gerichten anzusehen. Ihre Hand lag auf der laminierten Speisekarte, und auf einmal lag Johannes' Hand auf ihrer. Sie zuckte zusammen.

»Hey, ich freue mich sehr, dass du deinen einzigen freien Tag in der Woche mit mir verbringst. Auch wenn du die ganze Zeit ein Gesicht machst, als wolltest du mir was Schlimmes sagen.«

»Will ich auch.«

Er sah sie überrascht an.

»Besser gesagt, ich möchte dich was Schlimmes fragen. Oder fragen, ob es da was Schlimmes gab, zwischen meiner Tante und dir.«

Er zog seine Hand weg. Und selbst wenn Johannes nicht lächelte, sah er von der einen auf die andere Sekunde älter aus, als er war.

Einen Moment erschien es ihr, als wollte er aufspringen und nach Hause laufen, doch dann entspannte er sich wieder etwas. »Selbst wenn, sollte das nichts mit uns zu tun haben. Ohne deine Tante hätte ich dich nie kennengelernt. Und ich möchte unsere gemeinsamen Stunden als Kind nicht missen.«

»Es hat sehr wohl etwas mit uns zu tun!« Natürlich konnte sie ihn noch nicht in die letzten Details von Tante Hildes Erbe einweihen. Oder doch?

»Ich weiß viel zu wenig aus dem Leben meiner Tante, und wenn ich mehr wüsste, würde es mir leichter fallen, eine Entscheidung zu treffen! Meinst du nicht, ich wäre nicht täglich kurz davor, alles hinzuschmeißen? Du weißt, dass meine Tante mir den Laden nur vererbt, wenn ich das halbe Jahr durchhalte. Ich weiß gar nicht, ob ich das überhaupt will! Vielleicht bin ich ja froh, wenn du mir etwas erzählst, dass ich noch heute meine Koffer packe und der Rhön für immer den Rücken kehre!«

Erschrocken sah er sie an. »Ich fände es schade, wenn du gehst.«

»Irgendwann werde ich gehen. Es ist nur die Frage, wann genau.«

»Also gut. Was willst du wissen?«

Sie kramte in ihrem Rucksack und fragte sich, ob das so klug war, ihm jetzt die Karte zu zeigen. »Kennst du diese Schrift?«

Sein Gesichtsausdruck war Antwort genug.

»Wunn die Leut äbbes beställ?«

Wie ein Geist erschien auf einmal der Kellner neben ihnen und sprach sie im Dialekt an, als wären sie als alteingesessene Einheimische zu erkennen. Da der Laden voll war, wollte Josefine den Mann nicht wieder wegschicken und entschied sich gegen ihre sonstige Art ganz spontan. Spinatknödel in Käsesoße. Johannes bestellte das Dämpfkraut, einen deftigen Sauerkrauteintopf, der als typisch einheimisches Gericht angepriesen wurde.

»Also du kennst sie?«

»Ja, das ist die Schrift meines Vaters.«

»Aber was sollte meine Tante ihm angetan haben?«

»Sie hat ihn zerstört.«

»Niemals!« Josefine bereute, gefragt zu haben, auch wenn sie fest davon überzeugt war, dass jede Geschichte, die nun folgte, ein Irrtum sein musste.

»Als meine Mutter verunglückt ist, war mein Vater zuerst mit allem überfordert. Deine Tante hat uns geholfen. Ich durfte nach der Schule immer bei ihr essen, früher machte der Laden ja noch Mittagspause. Und mein Vater war dann auch öfter dabei. Und auch wenn meine Mutter niemals zu ersetzen war und mir deine Tante im Verhältnis zu ihr wie eine Oma vorkam, freute ich mich, dass sich mein Vater offensichtlich in sie verliebte.«

Josefine musste an die blutjunge Braut neben dem gestandenen Mann auf der Dankeskarte denken. Die Braut, die genauso bedröppelt dreinschaute wie der Bräutigam.

»Ja, ihm ging es besser, und er fragte mich sogar, ob

ich was dagegen hätte, wenn sie meine Stiefmutter würde. Aber dann schlug es um. Sie wollte ihn nicht. Und mein Vater fing an zu trinken. Er hatte immer schon Phasen, in denen er es übertrieb, aber dann wurde es richtig schlimm. Am Ende ist er daran gestorben.«

»Das tut mir leid. Mit deinem Vater.« Weiter nachzufragen kam Josefine übergriffig vor, obwohl sie in ihren Erinnerungen suchte, wann sich das zugetragen haben könnte. Johannes war auf jeden Fall schon erwachsen gewesen. Und sie musste es auch gewesen sein und hatte sich dennoch nicht gefragt, wie es Johannes so früh ganz ohne Eltern ging. Wenn sie die Zeit zurückdrehen könnte, hätte sie ihn angerufen, ganz egal, wie viele Jahre sie sich nicht mehr gesehen hatten. Für manche Gelegenheit war es für immer zu spät. Aber das war noch lange kein Grund, das Versagen seines Vaters ihrer Tante zuzuschreiben.

»Es tut mir wirklich sehr leid, Johannes, aber meine Tante war nicht verpflichtet, sich in ihn zu verlieben. Sie hätten einfach gute Freunde sein können!«

»So wie wir?«

Sie wusste nicht, was sie darauf antworten sollte, nach allem, was sie nicht für ihn getan hatte. Sie konnte aber immer stärker nachvollziehen, warum er so barsch reagiert hatte, als sie sich in seiner Küche ein Glas Wein gewünscht hatte. In diesem Moment war sie froh, sich nur eine Johannisbeerschorle bestellt zu haben, obwohl sie schon zur Mittagszeit große Lust auf ein Glas Wein gehabt hätte. Immerhin waren sie zu Fuß und sie in der ganzen Woche schon nüchtern und ernüchtert genug gewesen.

»Nein, natürlich kann man niemanden zwingen, einen zu lieben. Aber eines Tages hörte ich ein Streitgespräch zwischen den beiden mit. Und ich erfuhr, dass sie schon eine Affäre hatten, als meine Mutter noch lebte!«

Josefine verschluckte sich fast an der Schorle. »Meine Tante? Sie war immer Single. Es gab nur eine Liebesgeschichte, die unglücklich geendet ist, seitdem hat sie einen Bogen um die Männer gemacht.«

»Tja, vielleicht hat sie das gar nicht. Vielleicht hat sie nur keinem etwas davon erzählt. Hier auf dem Land hätte es sie wohlmöglich den Laden gekostet, wenn die Leute gewusst hätten, dass sie eine Affäre mit einem verheirateten Familienvater gehabt hätte!«

»Bist du dir sicher?«

Josefine konnte es sich beim besten Willen nicht vorstellen, dass ihre Tante dazu in der Lage gewesen wäre. Wenn sie Johannes' Vater wirklich geliebt hätte, dann hätte sie nach einer angemessenen Zeit bestimmt mit ihm offiziell zusammen sein wollen. Und sie hatte zeitlebens vor halbherzigen Liebesgeschichten gewarnt.

»Ich weiß zwar nichts Genaues, aber dass da mal was lief, ist eindeutig!« Johannes ordnete das Besteck auf dem Tisch neu an, so musste er Josefine nicht in die Augen sehen.

Der Kellner kam mit zwei Tellern, auf denen das köstliche Essen dampfte. Trotz des Schlages in die Magengrube knurrte ihr Magen. Johannes dagegen starrte auf den Teller mit dem dampfenden Sauerkraut und blutroter Wurst, als wäre er Luft.

»Und weißt du was? Ich glaube, meine Mutter wusste es. Und ich habe immer geglaubt, dass ihr Unfall damals wirklich nur ein Unfall war, aber das Gerede der Leute hat mich auf eine Idee gebracht. Sie hat sich selbst umgebracht. Meine Mutter war eine gute Fahrerin. Keine, die wegen ein bisschen Regen gleich gegen einen Baum fährt. Vor allem, wenn sonst keiner an dem Unfall beteiligt war. Wenn deine Tante nicht dazwischengefunkt hätte, hätten wir eine glückliche Familie sein können.«

Eine Träne sammelte sich in Johannes' Augenwinkeln. Josefine dachte wieder an das traurige Brautpaar, wusste aber ganz genau, dass es für Johannes kein Trost wäre, dass seine Eltern von Anfang an wohl nicht so glücklich miteinander waren.

»Johannes, das tut mir alles so leid.« Sie nahm seine Hand in ihre, ihre Gesichter waren ganz nah, und der Dampf des heißen Essens, über das sie gebeugt waren, wärmte ihre Haut.

»Du kannst ja nichts dafür.«

Josefine zog ihr Gesicht eine Handbreit zurück. Sie fühlte sich, als ob es ihre eigene Schuld wäre. Und sie verstand: Tante Hildes Testament war ein Schuldeingeständnis.

»Es tut mir leid«, sagte sie noch einmal, und als würde das nicht alles noch schlimmer machen, küsste sie ihn ganz kurz und ganz sanft auf die Lippen.

Sie wich erschrocken zurück und griff nach Messer und Gabel, als würde die Beiläufigkeit den Kuss ungeschehen machen.

»Ich hoffe, das hat dir jetzt nicht leidgetan.« Er lächelte, griff dann aber auch zum Besteck, als sei nichts passiert.

»Nein, oder doch, aber nicht deinetwegen.« Ihre Wangen glühten nicht nur von dem heißen Essen nach dem kalten Spaziergang.

»Sondern?«

»Du weißt es doch. Ich habe einen Freund!«

»Das habe *ich* nicht vergessen.«

Josefine biss sich auf ihre Lippe, als müsste sie ihren Mund vor weiterem Unsinn bewahren. Und wenn es nur unüberlegte Worte waren. Bei allen Fragen, die ihr im Kopf herumschwirrten, war ihr gerade eine Erkenntnis gekommen, um die sie gar nicht gebeten hatte. Sie war dabei, sich in Johannes zu verlieben, wenn sie das nicht mit aller Macht verhinderte. Aber würde das nicht jede Frau tun, wenn er der einzige spannende Mann in einem verschlafenen Ort wäre, mit dem sie auch noch allein Zeit verbrachte? Verknallt sein war keine Liebe, und sie wollte es auch nicht verliebt nennen. Sie wollte einfach, dass es vorbeiging, damit nicht alles noch komplizierter würde.

Der Kellner stellte die Nachtischplatte für zwei Personen auf den Tisch, die entscheidungsschwache Süßschnäbel einfach von allem etwas anbot. Und auch wenn sie mit Johannes niemals Tisch und Bett teilen würde, teilten sie Köstlichkeiten wie Mousse au Chocolat oder einen Minikäsekuchen.

Aber auch die köstlichste rote Grütze mit Vanilleeis konnte Josefine nicht davon ablenken, dass sie eine Grenze überschritten hatte. Eine Grenze, die nicht nur ihre gerade wieder aufkeimende Freundschaft mit Johannes zerstören konnte, sondern auch ihre Beziehung zu Mark und damit auch ihren Buchladen gefährden könnte. Natürlich konnte sie sich einreden, dass das nur eine harmlose Geste gewesen war, aber sie wusste es besser.

»Vielleicht sollte ich nicht so hart über die Geschichte zwischen deiner Tante und meinem Vater urteilen«, unterbrach Johannes das Schweigen. »Gefühle sind manchmal unberechenbar.«

»Josefine, du musst es einfach schaffen, sonst sind wir am Ende!«

Sie hörte Marks Stimme und starrte aus dem Fenster in die bodenlose Dunkelheit. Gegenüber brannte kein Licht. »Mhm.« Der Rückweg vom Holzberghof bis nach Hause war eher ein Schweigemarsch gewesen, zuvor hatten sie sich gegenseitig versichert, den Kuss zu vergessen, um ihre Freundschaft nicht zu gefährden.

»Ich meine das ernst. Das ist weder eine Hyperbel noch eine Metapher noch sonst irgendein Stilmittel, es ist die Wahrheit! Wir sind am Arsch! Unser Vermieter hat uns heute angekündigt, dass die Miete um zehn Prozent steigt. Wenn du nicht durchhältst, haben wir nachher mehr Schulden als vorher! Allein Sonjas Gehalt frisst doch schon den halben Gewinn!«

»Ich halte durch und tue alles, damit es wieder gut wird.«

Schweigen. Auf was Mark wohl starrte? Auf das Gewürzregal in seiner WG-Küche? Dem Klappern nach zu urteilen kochte jemand im Hintergrund.

»Josefine, ich weiß wirklich nicht, wie wir das alles schaffen sollen. Und einer der Verlage, die mein Manuskript angefordert haben, hat heute auch abgesagt.« Vielleicht belastete Mark das Alleinsein doch mehr, als er zugeben wollte. Normalerweise gab er sich nicht so pessimistisch.

»Jetzt warte doch erst mal ab, es stehen ja noch die Antworten von zwei Verlagen aus. Das wird schon. Und was das Geld angeht, im schlimmsten Fall gehen wir eben an unsere Rücklagen, wir müssen doch nur noch ein paar Monate aushalten, dann können wir alles bezahlen und haben noch ganz viel übrig. Wenn ich beide Gebäude verkaufe, dann ist so viel Geld übrig, dass wir nicht nur sorgenfrei sind, sondern dass du überallhin auf Recherchereise fahren kannst.« Sie wippte auf dem Schreibtischstuhl mit den Füßen und stieß gegen den Krempel unter Tante Hildes Schreibtisch. Solange das Licht aus war, konnte sie sich einbilden, sie säße zu Hause.

»Du redest wie eine Mutter mit ihrem schwachsinnigen Sohn. Was ist wirklich los?«

»Nichts.«

»Glaube ich nicht.«

»Ich bin einfach verwirrt. Über die ganze Situation.«

Das war die Wahrheit, verriet aber nichts über die Wahrheit.

»Dann sieh zu, dass du es nicht noch schlimmer machst! Ich rackere mich hier echt ab, dass ich alles allein hinbekomme, und arbeite in meiner Freizeit noch an meinem nächsten Roman!« Nun klang er wie ein tadelnder Vater.

»Vielleicht wäre es besser gewesen, ich hätte das Erbe von Anfang an abgelehnt. Es tut uns beiden nicht gut, dass ich hier bin!«

Meine Güte, er war nicht nur Buchhändler, sondern auch noch Autor! Wie viel Text brauchte er denn noch, um zwischen den Zeilen lesen zu können? Josefine konnte nicht einfach so tun, als wäre nichts. Wenn ihre Beziehung mit Mark eine Chance haben sollte, dann musste sie ihre Gefühle mit ihm teilen. Das war die einzige Möglichkeit, nicht noch weiter auseinanderzudriften.

»Mark, ich ... ich bin mir gerade über meine Gefühle nicht sicher, also ... in Bezug auf uns ...«, tastete sie sich weiter vor.

»Ich wusste es doch. Jetzt sag nicht, es ist der ...« Um einer Schimpftirade von Mark zuvorzukommen, preschte sie nach vorne. »Ja, es ist Johannes! Aber es ist nichts passiert, außer dass wir etwas Zeit miteinander verbracht haben. Es kam zu einem Kuss. Aber nur einem flüchtigen.«

Es kam zu einem Kuss! Was war das denn für eine Beschönigung! Sie allein war es gewesen, so wie damals. Sie hörte nichts. Nicht mal Marks Atem. Wie konnte er ihr noch vertrauen?

»Aber es wird nicht mehr passieren. Es ist einfach während eines Gesprächs über meine Tante passiert, das mich total aufgewühlt hat.«

Marks Schweigen brachte Josefine dazu, noch mehr zu reden.

»Mark, ich musste einfach mit ihm sprechen! Er ist es, an den alles geht, wenn ich es nicht schaffe.«

Sie hörte ein Schnauben. »Das ist nicht dein Ernst? An ihn! Noch ein Grund mehr, dass du durchhältst. Er hat doch überhaupt kein Anrecht auf das Erbe! Das würde ich anfechten! Wahrscheinlich würde ich dieses ganze dämliche Testament anfechten!«

Die Erbregelung schien ihm wichtiger zu sein als der Kuss. »Es tut mir leid.«

»Ja. Ist in Ordnung. Ich bin froh, dass du es mir erzählt hast«, sagte er in einem Ton, als hätte sie ihm gestanden, dass sie vergessen hatte, die Milch einzukaufen.

»Du kennst mich. Früher oder später wäre es herausgeplatzt.« Wovon das Herz voll ist, läuft der Mund über, kam ihr ein Zitat in den Sinn. Ihr Herz durfte nicht voll von Johannes sein.

Es war bitterkalt, als Josefine mit Tante Hilde einen neuen Wanderweg ausprobierte, der zu dem bevorstehenden Osterfest passte. Es war der »Hilderser«, der nahe dem Ort Hilders über einen steilen Hang zum Buchschirmberg verlief. Über die in den Hang gebaute Steintreppe liefen sie den Kreuzweg entlang, der in kleinen Steinhäuschen die Leidensgeschichte Christi zeigte. Am Ende des Kreuzweges standen sie vor einer Kapelle. Josefine schaute durch das Fenster, und der barocke Altar lenkte sie von den düsteren Kreuzigungsszenen ab.

»Weißt du, dass diese Kapelle vor über dreihundert Jahren während eines Krieges gebaut wurde, der sieben Jahre dauerte?« Tante Hilde war schon etwas außer Atem. Josefine schüttelte den Kopf.

»Die Menschen hier hatten ein ganz schön hartes Leben. Und wenn ihnen nicht gerade idiotische Herrscher das Leben schwer machten, mussten sie schauen, dass sie in dem kargen Land überhaupt genug zu essen anbauen konnten. Touristen haben sich früher wohl kaum hierhin verirrt.«

Josefine war in einem Alter, in dem das eigene Leid als Nabel der Welt erschien – und auch die Erinnerung daran, wie viel Leid es in der Welt gab, relativierte nicht den eigenen

Kummer. Sie hatte Liebeskummer. Nicht wegen Johannes. Dieser Kuss lag schon fast zwei Jahre zurück und war zwar nicht vergessen, aber er brannte weder auf Herz noch Lippen. Im Gegensatz zu dem Liebeskummer mit Paul aus der Parallelklasse, der ihr das Herz zerschnitt.

Sie setzten sich auf einen Felsblock nahe der Battensteinkapelle, wie die kleine Wallfahrtskapelle auch genannt wurde. Die Oberfläche war so kalt und scharfkantig, dass Tante Hilde die Picknickdecke aus ihrem Rucksack holte und mit ihr den Stein abdeckte.

»Tante Hilde, was war der schlimmste Liebeskummer, den du erlebt hast?«, fragte Josefine, obwohl sie sich immer noch nicht vorstellen konnte, dass ihre Tante so etwas wie Verliebtheit kannte. Zumal sie mit Ende fünfzig aus Josefines Sicht längst geschlechtslos wirkte.

»Willst du das wirklich wissen?« Ein wenig erinnerte ihre Tante sie an Susan Sarandon, nur dass die Haare langsam mehr grau als rot waren.

»Ja«, antwortete Josefine, obwohl sie ahnte, dass es nach dem Liebeskummer nie ein Happy End gegeben hatte, eine Vorstellung, die sie in ihrem eigenen Leben niemals zulassen würde.

»Es ist schon ziemlich lange her, aber da gab es jemanden, in den ich sehr verliebt war. Und ich dachte, er liebt mich auch. Aber ich war mir nicht sicher. Wegen Kleinigkeiten. Er wand sich einmal zu oft, wenn es darum ging, eindeutig zu sein. Er rannte vor seinen eigenen Problemen davon. Und immer, wirklich immer hatte ich das unbestimmte Gefühl, mehr zu geben als er. Eines Tages sagte ich ihm, dass ich eine

Auszeit brauchte. Ich schloss sogar meinen Laden und fuhr für einen Monat nach Frankreich.«

Josefine sah auf die Fußspitzen ihrer lila Turnschuhe und dachte, wie schön es wäre, einen Monat zu verschwinden. Von der Schule, von zu Hause, von allem. Erwachsen zu sein musste großartig sein, selbst mit Liebeskummer.

»Und dann?«

»Kam ich wieder, und er hatte sich entschieden. Für eine andere.«

»Und warum konnte er sich diesmal so schnell entscheiden?«

»Weil er ...«, ihre Tante schaute peinlich berührt auf den Boden. »Ach, was soll's, du bist alt genug, um über solche Themen zu reden. Weil er sich über mich hinwegtrösten wollte und mit einer Frau, die wir beide über den Wanderverein kannten, ein Baby gezeugt hat.«

Wenn Josefine damals gewusst hätte, wer dieser Schuft gewesen war, der ihre Tante betrogen hatte, hätte sie ihm am liebsten die Meinung gesagt!

»Aber heutzutage wird man doch nicht einfach so schwanger, oder?«

»Einfach so nicht. Man muss schon miteinander schlafen«, sprach ihre Tante die Worte so unerotisch aus, wie es nur ging.

Josefine wurde trotzdem rot. Normalerweise sprachen sie nicht über solche Themen. »Nein, so meinte ich das nicht, sondern ... äh ...«

»Du meinst Verhütung? Tja, ich war nicht dabei. Aber vielleicht wollte jemand Tatsachen schaffen. Er. Sie. Das Baby. Das Schicksal? Keine Ahnung. Irgendeinen Sinn wird das schon gehabt haben.« Ein Lächeln huschte über das hübsche, von feinen Fältchen übersäte Gesicht.

»Warst du nicht wütend?«

Eine Gruppe Wanderer in Farben, mit denen sie sich wohl dem Wald angleichen wollten, beäugte Hilde und sie neugierig. Wahrscheinlich auch, weil sie sich sehr ähnlich sahen, wobei niemand sagen konnte, ob eine oder zwei Generationen zwischen ihnen beiden lagen.

»Doch, war ich! Aber als meine Wut verraucht war, habe ich gemerkt, dass ich mit diesem Mann nie glücklich geworden wäre. Ich war komplett entliebt. Statt Zweifel hatte ich Gewissheit!«

Josefine sah in den Himmel, wo sich jetzt dicke Wolken vor die Sonne schoben und die Frühlingsluft noch stärker abkühlten. Von hier aus hatten sie einen wahnsinnigen Blick über das Ulstertal, aber die Details der unglücklichen Liebesgeschichte waren für Josefine spannender als das satte Grün der Wiesen, das sich mit dichten Wäldern auf den Hängen und Bergen ringsherum abwechselte.

»Und wer war das?« Auch wenn sie nur wenige Menschen aus Tante Hildes Leben persönlich kannte, wollte sie mehr Einzelheiten wissen. Und sie fragte sich, was passieren musste, damit sie sich entliebte. Wenn es doch nur eine Medizin gegen Liebeskummer geben würde!

»Wer es war, bleibt mein Geheimnis. Und jetzt lass uns weitergehen, wir verkühlen uns noch!«

So wie sie aufsprang, um die letzten Schritte zum Gipfel zu erklimmen, war Josefine klar, dass sie ihrer Tante den Namen niemals entlocken würde.

Josefine beendete das Telefongespräch mit Mark und beneidete ihre Tante fast um die damalige Gewissheit. In ihr nisteten sich immer mehr Zweifel ein.

Würde es ihr wirklich gelingen, auch ihre Beziehung mit Mark zu retten, wenn sie den Laden rettete? Waren die leisen Zweifel, die innere Distanz und die fehlende Leidenschaft einfach den Umständen geschuldet? Schließlich kosteten sie allesamt Kraft, die ihnen für ihre Beziehung fehlte.

Josefine war niemand, der schnell aufgab, und das galt auch für Mark! Sie verließ das Arbeitszimmer und tigerte durch die untere Etage, als sitze in irgendeiner Ecke die Antwort.

Sie schaute sich in dem Wohnzimmer um, das an die offene Küche angrenzte und vor allem aus Bücherregalen bestand. Tante Hilde hatte es geliebt, hier in dem Sessel zu sitzen und zu lesen. Ein zweiter Sessel stand in der anderen Ecke, ein Sofa gab es nicht. Dafür hatte sie wohl genauso wenig Platz gehabt wie für einen Mann, mit dem sie dort hätte gemeinsam sitzen wollen. Jahrelang hatte Josefine nicht mehr an das Gespräch mit Tante Hilde gedacht, das eher ihre Fantasie angestachelt als Antworten geliefert hatte.

Nur mit einem Satz war Tante Hilde damals noch einmal darauf zurückgekommen, während sie vergeblich versuchten, die Klinke an der Tür zu der kleinen Kapelle am Ende des Wanderweges aufzudrücken.

»Josefine, ich rate dir, nie im Leben eine halbherzige Beziehung einzugehen. Dann lasse es lieber ganz!«

Josefine hatte zwar genickt, fand Tante Hildes Rat aber grundfalsch. Immerhin hatte dieser Leitsatz dazu geführt, dass Tante Hilde Single geblieben war. Und jetzt? Jetzt sickerte etwas in ihr Bewusstsein. Es war so naheliegend, dass sie nie darauf gekommen war: Der Mann, von dem ihre Tante gesprochen hatte, war Johannes' Vater! Es konnte doch gar nicht anders sein! Und anscheinend hatte er sich nicht entliebt, anscheinend hatte ein Teil seines Herzens sein ganzes Leben an Tante Hilde gehangen. Trotz Kind und Frau.

Und er war so blind gewesen zu glauben, es gäbe erneute Hoffnung für sie beide, als er wieder frei war.

Josefine ließ sich in den einen der beiden Lesesessel sinken. Sie hatte Mitleid mit Johannes, diesem armen Jungen, ihrem ehemals besten Urlaubsfreund. Der aber nicht nur für sie nicht an erster Stelle gestanden hatte, sondern nicht einmal für seine Eltern. Vielleicht hatte es ja auch glückliche Zeiten gegeben, aber das Herz seines Vaters gehörte nicht zu einhundert Prozent Johannes' Mutter. Und wer weiß, wie viel Groll er trotz aller Vaterliebe gegenüber seinem Sohn hegte? Schließlich wäre es ohne ihn nie zum endgültigen Bruch mit Tante Hilde gekommen! Oder hatte der Vater sich da nur selbst belogen und deshalb einen zweiten Versuch gestartet?

Sowohl in der Rhön als auch zu Hause in Köln kamen weder Josephine noch Mark dazu, allzu viel nachzudenken, da das Weihnachtsgeschäft sie ordentlich auf Trab hielt.

»Was machst du Weihnachten eigentlich?«, fragte Eva sie. Sie war damit beschäftigt, ein Buch in Geschenkpapier einzuwickeln.

»Keine Ahnung. Normalerweise fahre ich zu meinen Eltern, aber die haben dieses Jahr das erste Mal eine Reise über Weihnachten gebucht, weil sie dachten, es macht mir nichts aus, da Mark und ich wahrscheinlich zusammen feiern.«

»Und, feiert ihr zusammen?«

»Ich weiß es noch nicht. Vielleicht kommt er ja hierhin?«

Obwohl Josefines Herz alles andere als ruhig war, versuchte sie, im Sinne ihrer Tante jedem Menschen, der ihren Buchladen betrat, die besten Wünsche ganz still und heimlich mitzugeben. Sie hoffte stets, dass jeder Gast in ihrem Laden genau das Buch finden würde, das er genau in seiner Situation brauchte. Und auch, wenn Josefine nicht mit ganzem Herzen dabei war, ging es für die Weihnachtszeit relativ gelassen zu. Ja manch einer plauderte noch mit alten Bekannten, die er sonst nie traf, auch wenn sie im selben Ort wohnten.

Die Buchhandlung als Begegnungsstätte hatte dem Onlinehandel etwas entgegenzusetzen, dachte Josefine seufzend, weshalb sie einen verdatterten Blick von Eva auffing.

»Es wird Zeit, dass du Urlaub machst! Wenigstens zwischen Weihnachten und Neujahr!«

Nein, Urlaub war das Allerletzte, was sie gebrauchen konnte.

Unter der Weihnachtspost – neben hübschen Weihnachtskarten ihrer Freundinnen und einem Päckchen mit mittlerweile trockenen Keksen von ihren Eltern – hatte sie erneut ein Angebot von Heck entdeckt, natürlich im Auftrag von HeavenOnEarth. Er war noch einmal fünftausend Euro höher gegangen. Wenn sie durchhielt, durfte sie den Buchladen verkaufen, auch wenn es sein Ende bedeutete. Eva würde schon etwas anderes finden. Und sie hatte ja ihren Platz in Köln. Aber bevor es so weit kam, würde sie nichts unversucht lassen, einen Käufer zu finden, der die Buchhandlung weiterführen würde.

Oder würde sie dem ganzen Ort damit die Chance vermasseln, einen neuen Aufschwung zu erleben? Vielleicht sollte sie selbst einmal über HeavenOnEarth recherchieren. Vielleicht taugten sie ja wirklich dazu, den Ort in ein Paradies zu verwandeln.

Josefine starrte auf die dicken Flocken, die vor dem Fenster tanzten, während sie erschöpft im Sessel saß.

Heute war Weihnachten, und es kam wie jedes Jahr so plötzlich, dass sie erst nachmittags schließen konnte. Eigentlich hatten sie um zwei schließen wollen, aber tatsächlich standen um die Uhrzeit noch so viele Leute im Laden, die Beratung und verpackte Päckchen wünschten, dass sie erst abschlossen, als alle versorgt waren. Das dunkelblaue Wollkleid konnte sie anlassen, es war schick genug für ihr ganz persönliches Weihnachtsfest, das sie für Mark und sich vorbereitet hatte.

Regionale Köstlichkeiten standen im Kühlschrank bereit, und genügend Holz war vor dem Kamin gescheitet. Der Weißwein stand kalt und die Kerzen auf dem Tisch. Das Haus war aufgeräumt und geputzt – fast so, als wollte sie Mark für immer in diese Gegend locken.

Jetzt stand ihr der Sinn danach, einfach nur eine halbe Stunde an die Wand zu starren und neue Kraft zu sammeln. Und dabei trank sie auch noch trotzig einen Glühwein mit Amaretto. Trotzig, weil sie dabei zu ihrem Unmut an Johannes denken musste. Sie stellte sich Johannes' Gesicht vor, der anscheinend in jedem Tropfen Alkohol gleich den Untergang sah.

Die Vorfreude auf das Fest machte leider nicht all die Strapazen der letzten Zeit wett. Jetzt wollte sie einfach drei freie Tage am Stück genießen. Mit Mark! Alles wieder so schön werden lassen wie früher! Wenn nicht gar schöner. Endlich wollte sie sich wieder wirklich Zeit für ihn nehmen. Ohne an das Geschäft zu denken.

Als das Handy klingelte, streckte sie ihren Arm so weit sie konnte, zum Aufstehen war sie einfach zu erschöpft. Beinahe fiel ihr das vibrierende Ding aus der Hand, aber sie schaffte es noch, den Button mit dem grünen Hörer zu drücken.

»Na, endlich!«, hörte sie Marks Stimme. Gleich wurde es wärmer um ihr Herz.

»Hey, ich kann es auch nicht erwarten, dich endlich zu sehen! Aber schön, deine Stimme schon etwas früher zu hören!« Sie ließ sich wieder in den Sessel fallen.

»Ich freue mich auch, dich zu hören.«

»Wie weit bist du? Hier schneit es, aber laut Radiomeldung sind die Straßen frei. Fahr aber bitte trotzdem vorsichtig, ich hoffe, du benutzt die Freisprechanlage.«

»Josefine, es tut mir wirklich leid, aber ich schaffe es heute einfach nicht. Ich bin gerade erst aus dem Laden nach Hause gekommen, mir tut alles weh, mein Kopf brummt. Ich müsste erst auch noch zu meinem Bruder, das Auto abholen. Wir würden keine schöne Feier mehr zusammen haben. Ich würde eh nur todmüde ins Bett fallen, sobald ich angekommen wäre.«

Auf einmal fiel die Ermattung noch stärker über Josefine herein, als saugte die Absage den letzten Rest Energie aus ihr heraus.

Ob sie sich selbst ins Auto setzen sollte? Allerdings spürte sie den Alkohol bereits. Und jetzt war es reichlich spät, um noch nach Köln zu fahren.

»Aber ist das nicht furchtbar traurig, wenn du Weihnachten allein bist?«, fragte sie, weil sie es mehr als traurig fand, dass sie nun allein war.

»Ach, was! So viel bedeutet mir diese Feierei eh nicht. Im Grunde ist es ein Tag wie jeder andere, nur mit mehr Lametta drauf.«

Josefine schluckte. Ihr bedeutete Weihnachten etwas, und zwar nicht nur, weil das die umsatzstärkste Zeit im Buchhandel war. »Ich habe mich echt auf unseren ersten gemeinsamen Heiligabend gefreut.«

»Jetzt mach mir bitte kein schlechtes Gewissen. Ich kann einfach nicht mehr. Was ist mit dir?«

»Ich habe zwei Gläser Glühwein intus. Mit Amaretto. Es wäre auch nicht klug, wenn ich jetzt noch bis nach Köln fahre«, brachte sie noch gerade so hervor, ohne dass ihre Stimme brach.

»Dann lass uns doch einfach keinen Stress machen. Komm du doch morgen einfach nach Köln. Ein paar alte Ausbildungskollegen sind auch noch hier und haben mich gefragt, ob wir zusammen essen gehen. Ich würde sie dir gerne vorstellen. Sie sind echt neugierig, nachdem ich ihnen so von dir vorgeschwärmt habe.«

Wenn Josefine sich jetzt aufregen würde, würden sie auch morgen keinen schönen Tag miteinander verbringen. »Ich möchte, dass du hierhin kommst. Hier haben wir Ruhe für uns.«

Und genau diese Ruhe vermisste Josefine viel mehr, als dass sie Lust darauf gehabt hätte, Rücksicht auf die WG-Mitbewohner nehmen zu müssen und dann noch irgendwelchen alten Freunden vorgestellt zu werden.

»Mein Schatz, ist ja in Ordnung. Ich komme morgen zu dir. Und vielleicht sollten wir nach dem ganzen Stress doch endlich zusammenziehen. Ich glaube, wenn deine Zeit in der Rhön vorbei ist, haben wir einiges nachzuholen.«

Normalerweise zögerte Mark ihr Vorhaben doch immer hinaus – auch mit dem Argument, dass das Zusammenleben der Romantikkiller schlechthin sei. Dreimal die Woche ein Date wäre prickelnder als schnödes Nebeneinanderherleben, behauptete er immer. Aber der Romantikkiller Geldsorgen und Fernbeziehung war schon schlimm genug. Vielleicht vermisste er sie so sehr, dass er endlich zur Einsicht gekommen war?

»Ja, vielleicht.«

»Bist du sehr enttäuscht?«

»Ist schon okay, lass uns einfach morgen alles wiedergutmachen.«

»Ja, das machen wir! Und frohe Weihnachten, mein Schatz. Ich habe auch ein schönes Geschenk für dich hier.«

Josefine verkniff sich zu sagen, dass sie es lieber schon heute ausgepackt hätte. Sie war ja kein kleines Kind mehr.

Sie hatte keine Lust, den ganzen Abend allein zu Hause vor dem Weihnachtsgesteck zu sitzen, das mit drei Kugeln geschmückt war. Also machte sie sich zu Fuß auf den Weg zur Kirche. Sie lief die Straße entlang den Berg hinunter und brauchte nur eine gute Viertelstunde bis zur Ortsmitte. Als sie am Kirchplatz ankam, war sie so gut wie nüchtern, auch wenn ihre Grübeleien dadurch nicht verschwanden.

Auf dem Kirchplatz standen schon mehrere Kleinbusse, der Gemeindesaal war hell erleuchtet. Sie spingste durch die offenen Fenster und entdeckte eine gedeckte Tafel und zwei Köche, die Warmhaltegefäße auf einem Büfett aufbauten.

Wahrscheinlich eine Feier für die übrig gebliebenen Seelen, dachte Josefine, so wie mich. Sie sagte sich sogleich, dass sie keinen Grund zu klagen hatte: Es verzögerte sich halt alles ein wenig.

Für die Christmette war sie viel zu früh, vor allem deshalb, weil sie keine Lust hatte, nach dem vielen Gestehe in den letzten Tagen auch während des Gottesdienstes mit einem Stehplatz vorliebnehmen zu müssen.

Vor der Kirche erstrahlte der Tannenbaum, der mit Tausenden Lichtern behängt war. Die Glocken läuteten bereits. Wenn es nicht so dunkel gewesen wäre, wären die Wälder um Heufeld herum zu sehen gewesen.

Sie schritt die Stufen zum Eingang hoch und starrte auf den Boden. Sie hatte keine Lust, mit jemandem zu plaudern. Eva hätte sie gerne gesehen, aber sie hatte mit den Kindern nachmittags die Kinderweihnachtsmesse besucht.

»Sie haben Glück, Sie haben die letzte Karte ergattert.«

Josefine nahm die Karte, blickte hoch und schaute in das Gesicht des Pfarrers, der weniger andächtig als einen Hauch verschlagen guckte.

Da sie keine Lust auf ein Gespräch hatte – obwohl Josefine keinen Schimmer hatte, was es mit der Karte auf sich hatte –, nickte sie nur dankend, um sich im Kirchenschiff schnell einen Platz zu suchen. Sie ließ ihren Blick über die Bänke schweifen und erspähte, obwohl sie so früh dran war, nur in den letzten drei Reihen noch freie Plätze. Sonst war schon alles voll besetzt! Und roch es zu Weihnachten oft nach Unmengen Parfüm, kaltem Zigarettenrauch oder Pullis, die zu lange den Geruch des Weihnachtsbratens eingeatmet hatten, roch es hier eher wie in einer vollgequetschten U-Bahn im Feierabendverkehr, in der sich verschwitzte Teenager, Junkies, Leute mit Shoppingtüten und Aktenkoffern den Platz teilten. Und schick ausstaffiert waren hier die wenigsten. Ganz im Gegenteil, ein Haufen Männer sah aus, als hätten sie nur mal eben ihren Schlafplatz unter der Brücke verlassen. Die durchschnittliche Schäfchenherde, die zum Gottesdienst pilgerte, war zwar überall überaltert, aber diese hier war geradezu vergreist! Eine Gruppe sah aus wie eine Delegation aus dem Altersheim, von denen die Hälfte gleich ihren eigenen Sitzplatz in Form eines Rollstuhls mitgebracht hatte. Der Organist an der Orgel spielte Adventslieder, die Kerzen am Altar brannten schon, das Licht war gedimmt.

Josefine setzte sich und schaute sich den Zettel genauer an:

Herzliche Einladung zum Festessen im Gemeindesaal nach der Christmette. Da die Plätze begrenzt sind, bitte diese Einladung vorzeigen. Wir freuen uns auf Sie und wünschen Ihnen frohe Weihnachten!

Tja, das wäre vielleicht wirklich eine Alternative! Und mit Sicherheit wäre es dort nicht überlaufen, weil die meisten Menschen zu Hause im Kreis ihrer Liebsten feierten. Aber was wusste sie schon von den Menschen hier? Nach und nach wurde es hinter ihr immer unruhiger. Immer mehr Leute drängten herein. Viele murrten, weil es keine Plätze mehr gab. Die Küsterin wies einige Besucher an, ihr beim Verteilen der Klappstühle zu helfen, die an der Wand in einer Ecke gestapelt waren.

Eine Gruppe von Leuten tuschelte, eine andere sprach von Unverschämtheit, dass schon alle Plätze besetzt seien und dann auch noch mit so komischen Leuten!

Einer der Angesprochenen drehte sich um und schaute mit seinem wirren Bart so streng, dass Josefine schmunzeln musste. So ein Publikum hätte sie eher auf der Kölner Domplatte erwartet als in einer ländlichen Kleinstadt. Jeder, der neu hereinkam, war schick gekleidet, und die allermeisten trugen es auch mit Gelassenheit, dass sie sich auf die Klappstühle setzen oder stehen mussten. Nur manche hörten nicht auf zu schimpfen.

Einem schien gar nichts aufzufallen, weil er mit traurigem Blick ins Leere schaute. Josefine erschrak, als sie Johannes sah. Allein. Mittlerweile war sie in der Bank eingekesselt, sonst wäre sie aufgesprungen, um ihn herzuholen, doch so winkte sie nur ins Leere.

Als die Christmette begann, wurden Gesang und Orgelspiel so laut, dass die unruhigen Stimmen nach und nach verstummten, doch bei der Predigt hätte nicht viel gefehlt, und die Leute hätten gepfiffen.

»Die Welt ist voller Schätze, und ja, auch unsere Kirche ist voller Schätze, aber wenn sich keiner mehr darum bemüht, sie auszugraben, dann sind sie vergebens«, begann der Pfarrer mit seiner Predigt. »Nehmt das hier nicht alles als selbstverständlich hin. Es ist wie mit dem Buchladen: Kaum einer geht noch hin und kauft dort seine Bücher, aber wenn er schließt, dann beginnt der

Katzenjammer. Viel zu viele denken, sie könnten jederzeit nach den wahren Schätzen suchen, aber irgendwann ist die Gelegenheit vorbei. Für immer. Und ich bin übrigens auch gefragt worden, ob ich dieses wunderschöne Gebäude nicht HeavenOnEarth überlassen möchte. Ganz ehrlich: Es gab Momente, in denen ich Lust dazu gehabt hätte! Lohnt es sich, eine Kirche vor allem aufrechtzuerhalten, um an Feiertagen, für Hochzeiten und Beerdigungen eine stilvolle Kulisse zu bieten? Und ja, es gibt genug Stimmen auch innerhalb der Kirche, die den Taschenrechner zücken und fragen, ob sich der Aufwand für die Handvoll Leute lohnt, die zwischen den Feiertagen kommen! Und wenn ich nicht glauben würde, dass es sich für jeden Einzelnen lohnt und viele Christmettenbesucher eben doch wegen der Sache und nicht nur wegen des Eventcharakters kommen, dann würde ich am liebsten alles hinschmeißen!«

Josefine war hellwach. In diesem beschaulichen Flecken Erde brodelte es anscheinend in mancherlei Hinsicht. Ja, und hinschmeißen würde sie nämlich auch manchmal gerne – immer dann, wenn es nur um Buchhaltung und Verwaltung ging, oder wenn der Funken der Bücherliebe nicht übersprang.

Die letzten Worte der Predigt wurden wieder versöhnlicher und der Gesang danach wieder so friedlich, wie es an Weihnachten sein sollte. Aber Josefine blieb aufgewühlt.

Langsam hatte sie immer mehr das Gefühl, dass das ominöse Testament ihrer Tante ihr nicht die Rettung brachte, sondern das Genick brach. Für ihre Beziehung war dieses Opfer eindeutig sehr hoch, und ein leiser Groll auf Mark rührte sich in ihr, weil er sie dazu überredet hatte, für das halbe Jahr aufs Land zu ziehen. Aber im Grunde war das ungerecht! Erstens: Es war letztendlich ihre Entscheidung gewesen, und zweitens gefiel es ihr hier viel besser als erwartet.

Bei den Fürbitten musste Josefine schlucken.

»Bitte für alle Menschen, die Heiligabend in Einsamkeit verbringen müssen«, war eine davon. Aber sie war heute nicht einsam. Sondern nur allein. Und zufällig war es Heiligabend.

Zum Ende der Messe erklang *Stille Nacht, heilige Nacht*, das so bekannte Weihnachtslied. Was Mark wohl gerade machte? Wahrscheinlich in geselliger Runde mit seinen Freunden auf den Heiligabend anstoßen. »Einsam wacht ...« Nach und nach leerte sich die Kirche. Josefine steckte noch eine Kerze an dem Marienaltar, ohne recht zu wissen, wofür sie bitten sollte. Sie wollte noch nicht an morgen denken. Dem Blick des Bürgermeisters wich sie aus, der die Leute fröhlich vor der Kirche begrüßte, als hätte er den Affront gegen seine Pläne gar nicht verstanden. Und all die, die so gar nicht nach feiner Weihnachtsgesellschaft aussahen, versammelten sich tatsächlich in dem Saal. Josefine tastete nach der Karte in ihrer Manteltasche. Ob sie auch reingehen sollte? Sich zwischen die Obdachlosen und Altenheimbewohner setzen, die heute die besten Plätze in den Bänken belegt hatten? Sich dabei bewusst werden, wie gut es ihr ging? Was trug sie im Vergleich zu jenen schon für Sorgen mit sich herum? Wenn die Karten begrenzt waren, würde sie diese lieber jemand anderem in die Hand drücken. Schließlich standen für sie selbst noch all die Leckereien bereit, die sie für das Essen mit Mark vorbereitet hatte.

Bevor sie noch jemand aufhalten konnte, ließ sie die Dorfkirche mit der geschmückten Tanne im Hof hinter sich und versuchte, das mulmige Gefühl zu verdrängen. Für den Heimweg würde sie eine knappe Stunde brauchen, da es die meiste Zeit bergauf ging.

»Frohe Weihnachten, Josefine«, erklang es da. Sie sah auf und blickte in das Gesicht von Johannes, den sie im Tumult aus den Augen verloren hatte.

Sie standen voreinander, und Josefine fröstelte augenblicklich, als sie sich nicht mehr bewegte.

»Frohe Weihnachten, Johannes«, antwortete sie. Sie standen fast so steif wie die geschmückten Tannenbäume im Kirchhof voreinander.

Am liebsten wäre Josefine davongerannt, weil sie die Schönheit in Johannes' Gesicht nicht ertrug, die ihr all die Jahre nie aufgefallen war. Weil sie sich bei dem Gedanken an den Kuss schämte und daran, dass sie gerne noch viel weiter gegangen wäre, gäbe es Mark nicht. Und diese ganze Geschichte um das blöde Erbe, um die Schuld und Verstrickung seines Vaters mit ihrer Tante. Aber weglaufen hätte keinen Sinn gehabt, schließlich hatte er denselben Weg und würde sie mit dem Auto in jedem Fall überholen. Oder gar umfahren in der Dunkelheit. Nein, sie würde ihm ohnehin nicht entkommen.

»Bist du heute Abend auch allein?« Josefine vergrub die Hände in ihrer Manteltasche, die Handschuhe hatte sie zu Hause vergessen.

»Ja, Leo feiert bei meiner Ex. Er packt bestimmt gerade die Geschenke aus, die sie mit ihrem neuen Mann gekauft hat.« In Johannes' Stimme schwang Bitterkeit mit, aber auch der Versuch, seinen Sohn loszulassen.

»Er wird dich bestimmt vermissen.«

»Und ich vermisse ihn auch. Und du? Was ist bei dir schiefgegangen?«

»Nichts. Nur eine kleine Verschiebung. Mark kommt erst morgen statt heute. Als Kölner haben ihn die drei Schneeflocken außer Gefecht gesetzt.«

»Nicht dein Ernst?«

»Du kennst den Kölner an sich nicht. Und es ist ja auch wirklich gefährlich, bei dem Wetter die lange Strecke zu fahren, vor allem wenn man schon vom ganzen Tag so übermüdet ist!«, bemühte sich Josefine, ihren Freund zu verteidigen, obwohl es im Grunde eine lahme Ausrede war.

Statt einer Antwort zog er seine linke Augenbraue hoch, und Josefine fiel nichts wirklich Gutes zu Marks Ehrenrettung ein. Er hätte wenigstens stärker bedauern können, dass sie den Heiligabend getrennt verbrachten.

»Johannes?«

Er sah sie erwartungsvoll an, dabei folgte sie nur ihrem Bedürfnis nach Wärme. Sie hatte keine Lust mehr auf den eiskalten Rückweg, schon der Gedanke daran ließ sie frösteln.

»Ja?«

»Könntest du mich mit nach Hause nehmen?«

»Oh, jetzt gehst du mir nicht mehr aus dem Weg, sondern kommst auch noch mit zu mir?«

»Ich meinte, ach, weißt du, ich habe einfach keine Energie mehr, jetzt nach Hause zu laufen. Ich habe zu viel Glühwein im Blut und das Auto stehen lassen ...« Sie zögerte. War es nicht mehr als unhöflich, ihm die Reste des Festmahls anzubieten, das sie mit Mark geplant hatte? Ihn die zweite Wahl sein zu lassen? Und zwar so was von offensichtlich? Andererseits ... »Ich biete dir für den Taxiservice auch ein Essen bei mir an – es sei denn, Gans und Klöße stehen schon bei dir auf dem Tisch.«

»Ich hätte dich auch auf Händen nach Hause getragen, selbst wenn du mir zum Dank nur einen Weihnachtskeks angeboten hättest.« Er wandte sich zum Gehen, und Josefine folgte ihm. Zum Glück konnte er in der Dunkelheit die Röte auf ihren Wangen nicht erkennen. »Keine Sorge, Josefine, das war nur ein Scherz. In Wahrheit würde ich alles für ein vernünftiges Essen tun. Ich hatte heute wirklich vor, mir eine Tiefkühlpizza aufzutauen.«

Das wiederum konnte Josefine sich von einem Mann, der selbst seinen Tee und Honig fabrizierte, beim besten Willen nicht vorstellen.

Und dann wurde es ein so wunderschöner Heiligabend, wie sie ihn lange nicht mehr erlebt hatte. Johannes schürte das Feuer, während Josefine das Essen auf den Tisch stellte, den sie ursprünglich für Mark und sich gedeckt hatte. Josefine und Johannes benahmen sich so, als säße Mark mit am Tisch. Und als hätte es den Kuss nie gegeben. Das Feuer des Kamins prasselte, der Weihnachtszweig leuchtete, sie unterhielten sich und lachten gemeinsam. Ja, es war, als wären alle Probleme draußen in der Kälte zurückgeblieben. Und da konnten sie für diesen Abend auch getrost bleiben. Dass Mark dreimal anrief, bekam Josefine nicht mit, da ihr Handy seit der Kirche immer noch auf stumm geschaltet war.

»Wie ich sehe, hast du die Zeit gestern bestens herumbekommen.« Mark schaute sich in dem Wohnzimmer um. Der Kamin strahlte noch Wärme vom Feuer der letzten Nacht aus, noch immer standen die Teller auf dem Tisch, benutzt allerdings, genau wie die zwei Weingläser. Johannes hatte gestern tatsächlich ein Glas Wein mit ihr getrunken. Josefine war so überrascht gewesen, dass sie es unkommentiert gelassen hatte. Wenn sie an seine Alkoholaversion gedacht hätte, hätte sie den Wein erst gar nicht auf den Tisch gestellt. Die Teelichter auf dem Tisch waren runtergebrannt.

»Ja, ich habe gestern Abend mit Johannes gegessen. Wir waren beide nicht geplant an Heiligabend allein«, sagte Josefine einen Hauch schärfer als beabsichtigt und schaute Mark direkt in die Augen. Er hatte sie tatsächlich geweckt, nachdem sie gestern Abend in einen so tiefen Schlaf gefallen war, dass sie selbst von der Türklingel erst nach fünf Minuten wach geworden war. Josefine steckte noch im Schlafanzug, ihre Haare waren völlig zerzaust.

»Ist ja schon gut. Ich vertraue dir und war gestern schließlich auch mit Freunden unterwegs.« Er zog seine Jacke aus und warf sie über den Lesesessel, in dem Josefine immer so gerne saß. »Du siehst übrigens süß aus, so verschlafen. Wäre bestimmt nett, jeden Morgen neben dir aufzuwachen.« Mark kam auf sie zu und umarmte sie. »Frohe Weihnachten, mein Schatz!«

Als Josefine später sein Geschenk in den Händen hielt, begann ihr Herz zu rasen. Wollte er ausgerechnet jetzt ihre Liebe besiegeln, da sie so auf dem Prüfstand stand? Das kleine schwarze Kästchen mit der goldenen Schleife darum stammte eindeutig vom Juwelier in ihrem Veedel, dessen Schaufenster voller Verlobungs- und Eheringe war. Zeichen der Verbindlichkeit, die Mark bisher immer zu weit gegangen waren. Ihr nicht. Sie hatte sich immer gewünscht, den nächsten Schritt zu tun, aber jetzt? Jetzt hatte sie Angst, dass sie allein durch die Frage ins Straucheln geraten würde.

»Josefine, ich bin in letzter Zeit so viel zum Nachdenken gekommen, dass mir einiges klar geworden ist.« Mark saß neben ihr und schaute sie so zärtlich an wie lange nicht mehr. Seine Worte waren verdächtig. Sehr verdächtig. Und sie verwirrten sie. Ein Teil von ihr freute sich, ein Teil hatte Angst. Es nützte nichts. Sie brauchte Gewissheit und löste die Schleife. Öffnete den

Deckel. Und ließ erleichtert die Schultern sinken. »Die sind wunderschön!«

Zwei Ohrringe mit in Silber eingefassten Rubinen lagen auf schwarzem Samt gebettet.

»So wie du! Und sie sind dir angemessen. Wahrhaft königlich sehen sie aus. Und du bist eine Königin. Ich bereue, dass ich dich in letzter Zeit viel zu wenig wie eine behandelt habe.«

Josefine nahm die funkelnden Schmuckstücke in die Hand. Jetzt war keine Zeit der Entscheidungen. Jetzt war ein Tag, sich zu freuen und zu feiern! Doch ganz unbeschwert konnte diese Freude nicht sein. Sie hatte Mark ein antiquarisches Buch geschenkt, eine Originalausgabe von Heinrich Bölls *Ansichten eines Clowns*, das 1963 erschienen war. Sie hatte den Roman eines seiner Lieblingsschriftsteller mit Liebe ausgesucht, aber der ursprüngliche Besitzer wusste wohl nichts von seinem Wert. Vermutlich hatte er einfach den Dachbodeninhalt seiner Eltern bei eBay eingestellt und sich gewundert, dass jemand tatsächlich ein Buch begehrte, das ansonsten höchstwahrscheinlich in der Altpapiertonne gelandet wäre.

Aber dieser Juwelier war einer der angesagtesten Läden im Veedel. Gut, er war nicht Tiffanys, aber für diese Ohrringe hätte man bestimmt ein deckenhohes Bücherregal bestücken können. Mark hatte doch genauso wenig Geld übrig wie sie. Und wenn, dann ... was? Hätte er es mit ihr absprechen müssen? Nein, das war doch albern. Wer weiß, wie lange er sich das Geld schon zusammengespart hatte. Sie war einfach kleinlich und undankbar, wenn sie jetzt auf dem Preis herumritt.

»Danke, sie sind echt wunderschön!«

Dieses Weihnachten, das erst so freudlos angefangen hatte, wurde vielleicht doch noch zu einem ihrer schönsten Feste. Der Abend mit Johannes, zwei freie Tage mit Mark, viel Zeit, einfach mal nichts zu tun. Das größte Geschenk war jedoch der Moment, an dem sie am ersten Arbeitstag den Buchladen aufschloss und ganz allein inmitten all der Bücher stand. Es war mehr als ein Job, es war eine Leidenschaft. Und es war ihr nicht egal, was sie verkaufte. Es war ihr nicht egal, was sie in dieser Welt machte. Sie konnte natürlich einfach nur Bücher verkaufen oder ihre Arbeit mit Liebe machen. Mit Liebe und tröstenden Wünschen für jeden, der ihren Laden betrat. Im Grunde war es egal, ob sie es hier oder in Köln tat. Aber hier bei ihrer Tante war sie wieder daran erinnert worden, warum sie einst Buchhändlerin geworden war. Ihre Buchhandlung sollte immer eine Buchhandlung der guten Wünsche und Gedanken sein, unabhängig davon, wo sie sich befand. Tiefer Frieden umhüllte sie, und es war ihr, als schwebe Tante Hildes Geist um sie.

Vielleicht war das der Sinn und Zweck ihres Erbes gewesen? Dass Josefine aus der Tretmühle herausgerissen wurde, aus den Sorgen und Lasten ihres eigenen Geschäfts, in dem die Bilanzen wichtiger geworden waren als die Bücher? Dieser Zweck wäre jetzt erfüllt! Wenigstens für einige Monate …

Und mit diesem friedvollen Gefühl verbrachte Josefine die nächsten Monate in dem Buchladen. Vielleicht konnte sie am Ende sogar beide Buchläden halten? Das Geschäft lief in der Rhön immer besser, und in Köln nahmen zumindest die Schulden nicht zu. Die Schulden, die sie am Ende ihrer Zeit hier mit einem Schlag tilgen konnte. Während in Köln die Tulpen schon wieder welkten, standen sie in der Rhön in voller Blüte. Hier roch es manchmal noch nach Schnee, während in Köln die ersten Leute schon mit ihrem Kaffee wieder in der Sonne saßen, wenn auch mit einer Decke um die Körpermitte gewickelt.

Josefine setzte sich mit aller Kraft für den Buchladen ihrer Tante ein, wobei sie sich einredete, dass sie das letztendlich nur machte, um am Ende einen besseren Eigentümer für ihn zu finden. Jeden Morgen steckte sie die Rubinohrringe an, die sich manchmal in ihren Haaren verfingen. Es war zum Ritual geworden, wie der Griff zur Wimperntusche. Sie erinnerten sie daran, was sie in Köln hatte. Besonders schwer schienen sie an ihren Ohrläppchen zu hängen, wenn sie auf Johannes traf. Nein, sie ging ihm nicht aus dem Weg, sondern brachte ihm sogar Kaffee, wenn er in der Garage neben dem Buchladen arbeitete. Sie begleitete Leo und ihn auf manche Wanderung, einmal sogar zur Rodelbahn auf der Wasserkuppe, die nach dem monatelangen Winterwetter endlich wieder geöffnet hatte. Auf einen Schlitten mit Johannes setzte sie sich jedoch nicht. Das wäre ihr zu viel Nähe gewesen.

Leo erzählte ihr davon, dass er das Buch über die gefährlichsten Tiere der Welt längst gelesen hätte. Und dass er im Berliner Zoo gleich ein paar dieser Tiere gesehen hätte: Nilpferde, Tiger und Würgeschlangen. Aber selbst solche exotischen Tiere wären trotzdem kein Grund für ihn, ganz dort hinzuziehen. An seiner Meinung änderte auch die Tatsache nichts, dass seine Mutter mehr Zeit für ihn und er jetzt ein größeres Kinderzimmer in Berlin hatte. Josefine vermied es, Johannes anzusehen, während Leo auch noch von den Krokodilen erzählte. Sie versuchte, sich nicht zu fragen, wie es für ihn wäre, wenn sein Sohn endgültig zur Mutter ziehen würde. Sie wollte einfach nur ihre Ruhe, ihren Frieden. Keine Verstrickung mehr. Nichts, was sie dazu bringen würde, ihre Mission abzubrechen.

Und eines Morgens hüpfte ihr Herz, als sich vor dem Haus ein Blütenteppich ausbreitete. Die grünen Blüten der Tulpenzwiebeln, die sie damals im Schuppen gefunden hatten, färbten sich rosa. Dazwischen blühten die ersten Vergissmeinnicht. Bald wäre dieses halbe Jahr endlich rum! Auf ihrem selbst gemachten Kalender waren schon fast alle Tage durchgestrichen. Sie sehnte sich nach ihrem Zuhause, und gleichzeitig würde sie die Buchhandlung vermissen. Aber das, was Tante Hildes Buchladen ausgemacht hatte, konnte sie auch in ihrer Kölner Buchhandlung fortführen. Tante Hildes Haus würde sie ebenso vermissen. Was sollte sie damit tun? Sie konnte es als Ferienhaus vermieten und hin und wieder hier Urlaub zu machen. Mark meinte, sie solle es verkaufen, aber davon wollte Josefine nichts mehr wissen. Es reichte ihr, dass sie die Buchhandlung wahrscheinlich in fremde Hände übergeben musste. Sie hoffte ja immer noch, dass Eva sie übernehmen würde, aber die schüttelte stets den Kopf, wenn Josefine den Gedanken laut aussprach.

Die Gedanken an die Zukunft rückten immer dann in den Hintergrund, wenn sie in der Buchhandlung arbeitete. Wenn sie nicht nur den Menschen gute Wünsche hinterherschickte, sondern auch jedes Buch liebevoll auf einen Platz legte, an dem sein zukünftiger Besitzer darauf aufmerksam werden würde. Wenn ihre Begeisterung für ein Buch auf einen unentschlossenen Kunden übersprang, wenn sie wusste, dass die Frau, die gerade noch gebeugt hereinkam, schon kurze Zeit später in dem erworbenen Roman Trost finden und ein Stück aufrechter gehen würde. Wenn sie sich vorstellte, wie ein Autor über seinem Schreibtisch gesessen und den langen, teils mühseligen Weg auf sich genommen hatte, bis jemand nach vielen, vielen Arbeitsschritten sein Buch tatsächlich kaufte – in ihrer Buchhandlung.

Marks Buch hatte sie bisher immer noch nicht gelesen, weil er es ihr lieber erst in gedruckter Form geben wollte. Wenn sie jetzt noch Schwächen finden würde, obwohl es bereits zur Begutachtung vorlag, würde ihn das nur noch nervöser machen. Josefine wunderte sich manchmal, warum er als Buchhändler nicht sachlicher an die Sache heranging. Aber im Grunde konnte sie ihm auch nur die Daumen drücken, dass es bald veröffentlicht wurde. Und als das Telefon an diesem Tag in der Buchhandlung Gronau klingelte, sollte sie erfahren, dass es bis zu diesem Moment nicht mehr lange hin wäre.

»Josefine, ich habe ein Angebot für meinen Roman!«, rief er so laut in den Hörer, dass eine Kundin bei den Kinderbüchern neugierig zu Josefine hinübersah. Auch Eva hielt inne. Josefine lächelte beide an, streckte den Daumen nach oben und verschwand in der Teeküche.

»Sag schon! Welcher ist es?«

Sie wusste, dass drei Verlage das Manuskript zur Prüfung angenommen hatten und schon eine Absage gekommen war, aber das hieß ja erst einmal nichts. Bei der Nennung des großen Publikumsverlags musste sie sich setzen. Mark war damals so glücklich gewesen, als sein erstes Buch in einem kleinen Verlag erschien, da musste er doch jetzt ausflippen!

»Mark, das ist der Hammer! Herzlichen Glückwunsch!«

»Und meine Lektorin möchte mich bald kennenlernen! Sie kommt nächste Woche nach Köln. Ich würde mich freuen, wenn du dabei bist. Immerhin geht es auch um unsere Zukunft. Ich habe den Termin extra auf einen Freitag gelegt, dann kannst du gleich das ganze Wochenende da bleiben.«

Josefine wurde es ganz warm ums Herz. »Na, klar, ich komme!« Die Frage nach dem Vorschuss stellte Josefine ganz bewusst nicht. Sie wollte diesen besonderen Moment nicht schon wieder durch das Thema Geld verderben. Sie atmete einmal tief durch und verabschiedete sich, bevor sie wieder in den Laden lief und in zwei neugierige Gesichter blickte.

»Mein Freund hat seinen Roman verkauft!«

Eva fiel ihr um den Hals, die Kundin kam auf Josefine zu und reichte ihr die Hand: »Herzlichen Glückwunsch.«

Dann suchte sie – fast peinlich berührt, als habe sie in einem intimen Moment gestört – weiter nach einem passenden Buch.

»Ist das denn eine gute oder schlechte Nachricht für unseren Buchladen?« Eva bemühte sich, die Sorge in ihrem Gesicht zu verstecken, aber ganz gelang es ihr nicht.

»Es ist vor allem erst einmal eine gute Nachricht für Mark. Und für uns beide.«

»Ich freue mich für euch. Wirklich. Vielleicht wird es ja ein Bestseller, und ihr könnt es euch leisten, beide Buchhandlungen zu halten.«

»Das wäre schön.« Aber Josefine wusste, wie unwahrscheinlich das war. Jedenfalls zu unwahrscheinlich, um darauf zu bauen. Ein wirklicher Bestseller war den allerwenigsten Autoren vergönnt, und selbst damit wurde man nicht zwangsläufig reich.

»Und egal, was im Sommer aus der Buchhandlung wird, ich finde, wir sollten ein paar Lesungen in dem neuen Anbau organisieren. Das Provisorium mit den

Kindern war schon super, aber jetzt haben wir wirklich einen wundervollen Veranstaltungsraum!«

Das stimmte. Johannes hatte aus der ehemaligen Garage einen großen, hellen und gleichzeitig behaglichen Raum geschaffen. Er hatte die Wand zum Innenhof durch ein bodentiefes Fenster ersetzt und den nackten Betonboden mit breiten Eichendielen ausgelegt. Die Bänke von der Kinderlesung standen immer noch dort, und einen Teil des Raumes nutzte Josefine als zusätzliche Verkaufsfläche, wo sie auch Johannes' Honig und ein paar weitere Spezialitäten aus der Rhön wie Heuschinken oder kleine Flaschen Apfelsherry aus der Saftkelterei in Seiferts anbot. Und das Beste war, dass sie jetzt auch einen barrierefreien Zugang über das Garagentor hatte.

Aber noch wirkte der Raum unvollständig wie ein Yogaraum, in dem jemand zufällig ein Bücherregal hatte stehen lassen. Vielleicht könnten sie den Raum nicht nur für eigene Lesungen benutzen, sondern auch noch für andere Veranstaltungen untervermieten? Mit etwas Kreativität würden sich noch mehr Einnahmequellen als der Bücherverkauf ergeben.

Versonnen sah Josefine aus dem Fenster auf die Pizzeria, die im ehemaligen Elektroladen untergebracht war. Alles hatte seine Zeit, aber die Zeit der unabhängigen Buchhandlungen durfte einfach nie vorbei sein. Oder klammerte sie sich aus Nostalgie und Sentimentalität an etwas, das irgendwann nur noch Seltenheitswert hatte wie Schallplattenläden oder gar Videotheken?

Als ein älteres Pärchen Hand in Hand den Laden betrat, konzentrierte Josefine sich wieder auf die Gegenwart.

»Es ist so schön, dass Sie den Buchladen Ihrer Großtante übernommen haben!« Die Frau mit dem blonden Pagenschnitt und den freundlichen blauen Augen zog ihren Begleiter mit sich.

Sollte Josefine verraten, dass es wahrscheinlich nur eine Übernahme auf Zeit war? Evas Blick forderte sie fast dazu heraus. Aber noch war ja nichts endgültig entschieden.

»Sie sehen ihr sogar ähnlich! Sie könnten eine jüngere Ausgabe Ihrer Großtante sein«, fuhr sie fort, noch bevor Josefine antworten konnte. »Welche Bücher können Sie uns denn für den Urlaub empfehlen? Wir machen eine Kreuzfahrt, und den ganzen Tag nur aufs Meer zu schauen, wird irgendwann zu langweilig.«

Büchertipps waren unverfänglich, und so stattete Josefine die beiden mit einem Stapel Bücher aus, für den sie einen zusätzlichen Trolley brauchen würden.

An einem wunderschönen Maitag wie heute konnte Josefine sich sogar vorstellen, dauerhaft auf dem Land zu leben. Von Tante Hildes Terrasse aus blickte sie auf unendliches Grün in allen Facetten, das sich den Platz nur mit dem wolkenlosen Himmel teilte. Die Schafe, die normalerweise nur behäbig über die Weiden liefen, tobten heute über die Wiese, als freuten sie sich genauso darüber, dass der lange kalte Winter endlich vorbei war.

Hin und wieder wurde die Stille durch das Muhen der Kühe hinter ihrem Haus unterbrochen. Und einmal lenkte ein Segelflieger ihren Blick ab.

Es war das erste Mal, dass Josefine sich dazu durchgerungen hatte, etwas von Tante Hildes Kleidung zu tragen. Aber die dicke, bunte Wolljacke, die immer noch nach Schaf roch, war einfach perfekt für das Frühlingswetter, bei dem es im Sitzen doch noch schnell kühl wurde.

Auf ihren Laptop konnte Josefine sich kaum konzentrieren, weil zwei Schafböcke immer wieder Anlauf nahmen, um mit gesenktem Kopf aufeinander zuzustürmen. Selbst aus der Ferne erzeugten ihre Dickschädel einen dumpfen Knall.

Wenn es um ein Schafweibchen ging, schienen sich die Damen nicht sonderlich für die beiden Kontrahenten zu interessieren. Oder ging es nur darum, welche der geschwungenen Hörner die härteren waren?

Josefine musste daran denken, dass Mark kaum Eifersucht über den flüchtigen Kuss mit Johannes gezeigt hatte, während er bei ihrer Begegnung im Buchladen ganz klar den cooleren Typen markieren und Johannes abwerten musste. Nur Eifersucht machte ein solches Verhalten verzeihlich, dachte Josefine.

Aber nicht nur die Schafe waren heute so energiegeladen. Auch die Bienen stürzten sich auf all die offenen Blüten. Besonders begehrt waren die späten, offenen und gefüllten Tulpen, die Kamelien- und Fliederblüten, die ihren Blütenstaub geradezu auf einem Tablett servierten.

Die Bienen würden, wenn sie mit dicken Blütenpollenhosen zu ihrem Stock zurückkehrten, ihren Kolleginnen durch einen Tanz eine Karte in die Luft zeichnen, anhand derer die anderen ohne Umwege zur nächstbesten Futterstelle fliegen konnten. Dabei schafften sie es tatsächlich, die Sonne als Kompass im Blick zu halten und ihren Artgenossen sogar den veränderten Sonnenstand durch ihre Flugbewegungen mitzuteilen. Josefine fand es schon schwer, wenn sie jemanden nach dem Weg fragte und sich drei Abzweigungen merken musste. Wie konnte in so einem winzigen Köpfchen so ein intelligentes Navigationssystem stecken?

Einen Teil des Bienenfutters hatte Josefine letztes Jahr gepflanzt, aber die meisten Pflanzen waren noch von Tante Hilde gesetzt worden. Sie ehrten ihre verstorbene Tante, indem sie so üppig blühten, dass Josefine wirklich mit sich rang, dieses Paradies doch nicht mehr zu verlassen.

Sie sah nach links zum Hof von Johannes, der sich so düster ausmachte. Die Tannen hinter dem Haus warfen Schatten auf das Dach. Das dunkle Holz strahlte eine Schwere aus, als würde das Haus jeden Moment in das Tal abrutschten. Ob Johannes deshalb immer so wirkte, als würde seine Energie davon aufgefressen, an etwas festzuhalten, was mit aller Kraft wegwollte? Ob seine Ex Leo nun ganz zu sich nehmen würde? Oder sah Josefine den Jungen immer seltener, weil es ihn stärker vor die Playstation als in den Garten zog?

Im Grunde brachte Josefine es nicht übers Herz, Tante

Hildes Haus zu verkaufen, wenn sie die Buchhandlung abgeben würde. Aber sie musste alle Optionen durchspielen. Und so stöberte sie auf einem Immobilienportal nach Häusern in der Gegend, um ein Gefühl dafür zu bekommen, was sie für das Haus verlangen konnte. Und auch wenn sie sich eigentlich sicher war, die Buchhandlung auf keinen Fall an HeavenOnEarth zu verkaufen, konnte es nicht schaden, den Immobilienmarkt immer wieder im Auge zu behalten. Auch einem Buchhändler oder einer Buchhändlerin auf ihrer Wellenlänge würde sie die Buchhandlung nicht unter Wert verkaufen wollen. Sie hatte nur noch einen Monat, den sie hier durchhalten musste. Wenn sie vorher abbrach, könnte sie die Verantwortung für alles einfach Johannes in die Schuhe schieben.

Sie scrollte durch Bilder von verfallenen Fachwerk-, modernen Einfamilien- und verlassenen Bauernhäusern. Sie blinzelte, um zu sehen, ob sie die Zahl richtig entziffert hatte: fünfzigtausend Euro für ein baufälliges Fachwerkhaus mit dreihundert Quadratmetern Wohnfläche? Für diesen Preis bekam man in Köln nicht mal eine Zweizimmerwohnung!

Eine Biene flog auf ihre Teetasse, landete auf dem Holztisch und krabbelte auf Josefines Hand zu, die auf der Tastatur lag.

»Du bist wohl genauso verwirrt wie ich, mein Tierchen?« Josefine hielt die Finger still. »Flieg mal lieber zurück zu deinen Kolleginnen. Oder zu Johannes. Dann grüße ihn lieb von mir.«

Sie gestand sich kaum ein, dass sie sich nach seiner Gegenwart sehnte. Rein freundschaftlich natürlich, aber dennoch wusste sie ganz genau, dass sie ihm nicht zu nah kommen durfte, sonst gerieten all ihre Pläne ins Wanken. Und sie kannte sich selbst gut genug, um zu wissen, dass sie gern die Rolle des Retters einnahm. Wahrscheinlich hatte es rein gar nichts mit Verliebtheit zu tun, sondern einfach damit, dass sie ihm helfen wollte. Aber sie konnte ihm nur mit Geld helfen, Geld, das Mark und sie selbst dringend brauchten.

Sie scrollte weiter. Bei jedem der angebotenen Häuser fragte Josefine sich, ob ein geplatzter Lebenstraum oder ein wunderbarer Neuanfang dahinter stand. Zwangsversteigerungen von relativ neuen Einfamilienhäusern hinterließen einen besonderen Stich bei ihr. Vielleicht war Marks Angst vor einer Familiengründung ja berechtigt? Als sie ein dunkel vertäfeltes Haus entdeckte, das zum Verkauf stand, begann ihr Herz wie wild zu klopfen. Hier glichen sich doch viele Häuser, das hatte überhaupt nichts zu sagen!

Aber je öfter sie den Blick zwischen Bildschirm und dem Haus ihres Nachbarn hin und her wandern ließ, desto klarer wurde es.

Johannes bot sein Haus zum Verkauf an! Stand es so schlimm um ihn? Warum hatte er nichts gesagt?

Jetzt musste sie all ihre Bedenken hinter sich lassen und mit ihm sprechen. Vielleicht würde seine Entscheidung anders ausfallen, wenn sie ihm ihre Hilfe anbot! Sie ließ sie den Laptop auf dem Tisch stehen – hier klaute sowieso niemand – und lief hinüber, als gelte es, die Umzugswagen aufzuhalten.

Sobald sie von der schmalen, geteerten Straße auf sein Grundstück bog, flitzten die neugierigen Hühner wieder um die Ecke und gackerten. Josefine war nicht nach Gegackere zumute, und dass die Hühner wahrscheinlich im Kochtopf landen würden, wenn Johannes das Haus verkaufte, gehörte noch zu ihren geringsten Befürchtungen. Auch hier war ein dumpfes Schlagen zu hören, das nicht minder aggressiv klang als der Kampf zwischen den Schafsböcken. Der klapprige Landrover stand neben dem Haus, also würde er wohl zu Hause sein, aber dennoch öffnete niemand die Tür. Josefine wollte sich gerade umdrehen, doch dann entschloss sie sich, hinter dem Haus nachzusehen.

Normalerweise würde sie so etwas niemals ungefragt tun, aber da ihr auf einmal bewusst wurde, wie sehr er ihr fehlen würde, musste sie selbst eine Grenze überschreiten. Als sie um die Ecke bog, traf sie ein fingergroßes Stück Holz an der Stirn.

»Autsch!« Sie wich einen Schritt zurück, um nicht auch noch die Axt ins Gesicht zu bekommen.

»Leo, habe ich dir nicht schon tausendmal gesagt, dass du nicht in meine Nähe kommen sollst, wenn ich Holz hacke?«

Johannes, der ein weißes, enges T-Shirt, Jeans und Turnschuhe trug, drehte sich um, ließ die Axt fallen und strich sich die verschwitzten Haare aus dem Gesicht.

»Oh, Josefine.« Der vormals angespannte Mund verzog sich zu einem Lächeln. Verdächtig für einen, der mal eben seine geliebte Heimat verlassen wollte. Oder war sie gar nicht so geliebt?

Josefine konnte kaum hinsehen, so gut sah Johannes in diesem einfachen Aufzug im Sonnenlicht aus. Sie hingegen kam sich in der warmen, aber unförmigen Wolljacke mit Schafsaroma selbst vor wie ein Schaf.

»Entschuldige, aber ich muss mit dir reden!«

Er griff wieder zu der Axt. »Das ist jetzt leider ganz schlecht.«

»Es dauert nur kurz.«

»Nein, ich habe auch nur kurz keine Zeit. Lässt du mich bitte weiterarbeiten?«

Musste er für den potenziellen Käufer noch den ganzen Stapel Holz hacken? Als wenn das jetzt wichtig wäre? Oder wollte er sie einfach nicht unter vier Augen sprechen? Sie war einem wirklichen Gespräch schließlich auch schon lange aus dem Weg gegangen. Sie blieb stehen, obwohl ihr wieder ein Stück Holz an die Stirn flog.

Sollte sie ihm sagen, dass sie den Verkauf verhindern könnte?

»Verharrst du eigentlich immer in einer Situation, bis sie dich umbringt?« Johannes drehte sich wieder zu ihr.

»Ich baue darauf, dass du schon aufpasst.«

»Darauf würde ich mich bei keinem Mann verlassen.«

Durch das verschwitzte T-Shirt erkannte sie ganz leicht sein dunkles Brusthaar. Allerdings ließ der dünne

Stoff erahnen, dass es nur so viel war, wie es Josefine attraktiv fand. Sie verschränkte die Arme vor der Brust.

»Schade! Dann eben nicht.« Wahrscheinlich würde sie seinen Umzug eh nicht mehr erleben, und im Grunde ging sie sein Vorhaben auch nichts an. Sie atmete die frische Frühlingsluft tief ein, drehte sich um und stolperte fast über eins der Hühner, das ihr vor die Füße lief.

»Ich würde gerne mit dir reden, aber nicht zwischen Tür und Angel. Sonst haust du mir immer nach fünf Sätzen ab, wenn ich mit dir alleine bin!«

Als sie sich wieder zu Johannes umdrehte, sah sie in seinen Augen, dass er sie zum Teil durchschaute. Sie fragte sich nur, welchen Teil.

»Okay. Wann hättest du Zeit?« Josefine antwortete betont gelassen, obwohl sie schon jetzt am liebsten davongerannt wäre.

»Heute Abend. Leo übernachtet bei einem Freund.« Als Josefine zusammenzuckte, fügte er hinzu: »Keine Sorge, ich wollte dich nicht fragen, ob du bei mir übernachtest.«

Josefine war froh, dass Johannes eine Wanderung mit Picknick vorgeschlagen hatte. Ein Restaurantbesuch hätte sie zu sehr an ein Date erinnert, ein Treffen bei ihm oder ihr wäre ihr ebenfalls zu intim gewesen.

Außerdem musste sie möglichst jeden Tag in dieser wunderschönen Gegend nutzen, um so viel Zeit wie möglich draußen zu verbringen. Wer wusste, wie oft sie das noch genießen konnte.

»Ich kann nicht glauben, dass du das Rote Moor nicht kennst!« Johannes schlug die Autotür zu und schulterte seinen Rucksack.

»Kann sein, dass ich als Kind schon mal hier war, aber die letzten Jahre habe ich mich viel zu sehr in geschlossenen Räumen aufgehalten.«

Als sie von dem Parkplatz Schornhecke auf den Waldweg einbogen, kamen ihnen einige Wanderer entgegen. Kein Wunder, schließlich wollten die wenigsten riskieren, bei Einbruch der Dunkelheit noch im Moor zu wandern.

»Bist du sicher, dass wir zurück sind, bevor die Sonne untergeht?«

»Und wenn nicht, dann lernen wir vielleicht ein paar von den Moorjungfrauen kennen.«

»Solange sie in friedlicher Absicht kommen! Was erzählt man sich denn über die?«

Noch liefen sie nur durch einen dichten Wald, aber das Wort Moor weckte bei Josefine Bilder von gruseligen Landschaften, in denen die Geister der Versunkenen nach den Lebenden griffen. Als Kind hatte sie sich wirklich geängstigt, aber auch jetzt hatte sie wenig Lust dazu, sich im Dunkeln zu verlaufen. Dabei war das bei einem Rundweg, der durch das Moor über einen Holzsteg führte, kaum zu befürchten. Links und rechts breitete sich die sumpfige Landschaft aus. Dass sie nicht betreten werden durfte, sollte wohl eher die Natur als den Menschen vor dem Untergang bewahren.

»Die Sage von den Moorjungfrauen erzählt davon,

dass die hübschen Wesen jedes Jahr zu der Kirmes in Oberelsbach kamen, dort mit den jungen Männern tanzten und dass der, der einen ihrer Sträuße auffing, im nächsten Jahr heiraten würde.«

Knorrige Birkenäste ragten in den Weg und hätten im Nebel durchaus für Geisterhände gehalten werden können. Dichtes Buschwerk von Heidelbeersträuchern breitete sich genauso aus wie Moos.

»Und jedes Jahr gab eine weiße Taube den Mädchen ein Zeichen, sobald es Zeit war heimzukehren. Doch in einem Jahr ignorierten sie es und kehrten erst nach Einbruch der Dunkelheit zurück. Zur Strafe wurden sie von der Erde verschlungen, und ihr Blut verwandelte die Erde in das Rote Moor.« Er zögerte einen Moment. »Und weshalb wolltest du mich so dringend sprechen?« Johannes drehte sich zu ihr um. Der Steg war so schmal, dass es hinderlich war, nebeneinander zu laufen.

Josefine blieb stehen. »Weil du dein Haus verkaufen möchtest!«

Johannes lief weiter. »Ja und? Darf ich doch, oder?«

Josefine holte ihn ein und erkämpfte sich den Platz an seiner Seite. »Natürlich darfst du das. Aber ich war ehrlich gesagt erschrocken. Ich dachte, du liebst dieses Haus so sehr? Und was soll aus deinen Tieren werden?« Und wenn Josefine ehrlich zu sich war, fragte sie sich auch, was aus ihr werden sollte. Selbst wenn sie Tante Hildes Haus nur als Ferienhaus nutzte, würde sie Johannes vermissen.

»Ich weiß es noch nicht. Aber du kannst dir sicher sein, dass nicht alle Hühner im Suppentopf landen werden.«

»Und was wird aus dir?« Josefine hielt sich an dem Holzgeländer fest, das den Wanderern an manchen Stellen Halt bot.

»Das weiß ich ebenso wenig. Ich habe nur erkannt, dass es so nicht weitergehen kann.« Johannes blieb erneut stehen.

»Und da ist davonlaufen die beste Lösung?«

»Josefine, meinst du, das ist wirklich dein Problem? Du kommst doch schon immer nur dann in mein Leben geschneit, wenn es dir passt! Früher, wenn du Ferien hattest. Jetzt wegen deiner Tante. Hast du überhaupt ein einziges Mal darüber nachgedacht, was das für mich bedeutet hat? Du warst von Anfang an mehr für mich als das Mädchen vom Nachbarhaus, das ich nur in den Ferien sehe. Ich habe das ganze Jahr über an dich gedacht.«

Nun musste Josefine sich festhalten, um nicht das Gleichgewicht zu verlieren. Sie waren mitten im Moor, wegrennen konnte sie nicht.

»Wir waren doch noch Kinder! Ich, mir ... war das peinlich mit dem Kuss damals, ich habe mich danach kaum in deine Nähe getraut. Erst recht nicht, als ich mich nicht persönlich bei dir gemeldet hatte, nach dem Unfall deiner Mutter. Dafür schäme ich mich jetzt noch.«

Josefine umklammerte das Geländer mit der rechten Hand. Es fühlte sich feucht und kühl an. Sie redete sich ein, dass ihre Gefühle auch wieder abkühlen würden. Sie hatte es in der letzten Zeit doch wunderbar hinbekommen, Johannes nur rein freundschaftlich zu begegnen. Gut, dass er vielleicht wieder ganz aus ihrem Leben verschwinden würde, hatte sie wohl etwas durcheinandergebracht.

»Josefine, ich überlege schon lange, hier alles hinter mir zu lassen, schon vor deiner Rückkehr. Und ich muss es durchziehen, auch wenn ich jetzt Zweifel habe.«

Josefine war es, als würde das Moor sie verschlingen, wenn sie nur einen falschen Schritt machen würde. Aber welcher Schritt war der falsche? Wenn sie ihrem Herzen folgen würde, würde sie ihm sagen, dass er seinen Zweifeln nachgeben und hierbleiben sollte. Bei ihr.

Als er vor ihr stand und seine Hand ganz sachte auf ihre legte, erschauerte sie am ganzen Körper.

»Vielleicht schaffen wir es ja auch, Kontakt zu halten, wenn wir beide hier weg sind.« Er nahm seine Hand von ihrer. Sie durfte sie nicht festhalten. Durfte seine Zweifel nicht schüren.

»Ja, das wäre schön.«

Und dann nahm er sie in den Arm. So warm und fest und liebevoll, dass sie hätte weinen mögen. So als hätte diese Umarmung die Kraft, all die Last von ihren Schultern zu nehmen. All die Verstrickungen zu lösen. Erst hatte sie ihren Kopf an seine Schulter gelehnt, doch dann sah sie ihn an. Sie würde ihn nicht küssen. Auf gar keinen Fall. Auch nicht, obwohl sein Gesicht nur wenige Zentimeter von ihr entfernt war. Auch nicht, obwohl sie selbst in der Dämmerung erkannte, dass sie ihn wunderschön fand.

»Ich möchte das Haus auch deshalb verkaufen, um alle unklaren Verhältnisse hinter mir zu lassen.« Sie lösten sich voneinander.

»Verständlich.«

Vorsichtig, ja als wäre alles zwischen ihnen zerbrechlich, wanderten sie weiter Seite an Seite über den Steg. Und doch steckte Josefine ihre Hände in die Hosentaschen, um Johannes Hände nicht zufällig zu berühren. Sie zwang sich dazu, sich all die Bilder aus ihrer ersten Zeit mit Mark ins Gedächtnis zu rufen, während sie schweigend nebeneinander herliefen. Sie wusste ganz genau, dass ihre Erinnerung nicht objektiv war. So war es doch immer, dass die Gefühle sich nur aus Erinnerungen speisten, die ihnen gerade in den Kram passten. Und dennoch. Auch für Mark war in ihrem Herzen ein warmes Gefühl. Ehe sie etwas Verkehrtes tat, würde sie gar nichts machen.

Mit dieser Einstellung konnte sie das Picknick in dem Aussichtsturm am Ende des Weges sogar genießen. Von hier aus konnte Josefine weit über das Rote Moor blicken, während sie den Blick in ihr Herz tunlichst vermied.

Normalerweise liebte Josefine es, etwa nach einem Urlaub oder auch nur einem auswärtigen Wochenende, wieder Kölner Boden zu betreten. Hier war es viel wärmer als in der Rhön, und die Plätze waren heute überfüllt mit Menschen. Sie genossen es, bei Sonnenschein die ersten Kugeln Eis im Freien zu verspeisen.

Aber heute war Josefine alles zu voll und zu laut. Dass der Buchladen heute so voll war, störte sie dagegen nicht im Geringsten. Sie hatte Angst, mit Mark zu reden. Was sollte sie ihm auch sagen? *Hey, ich bin deine Freundin, aber ein Jugendfreund hat mich etwas aus dem Konzept gebracht.*

Hoffentlich standen heute nicht zu viele Kunden vor der verschlossenen Tür der Buchhandlung Gronau, während sie in Köln die Leute zu dritt bedienten. Josefine hatte zwar einen Zettel für Bestellungen an die Tür geklebt, und mit etwas Glück würden etwaige Aufträge am Montag oder Dienstag abholbereit in der Buchhandlung liegen, dennoch fühlte sie sich, als lasse sie den Laden und ihre Kunden im Stich.

Gestern Abend waren Mark und sie viel zu müde gewesen, um über etwas Wichtigeres als die Einkaufsliste für das Abendessen zu sprechen. Unter der Woche war auch Mark nicht dazu gekommen, mehr als Müsli, Milch und Kaffee einzukaufen. Mittags aß er im Dönerladen gegenüber. Josefine beobachtete, wie er selbst Frau Schmitz, die er als anstrengendste Kundin überhaupt bezeichnete, so strahlend begrüßte, dass sie sich dagegen völlig unmotiviert vorkam. Kunden für ein Buch zu begeistern war ihre Leidenschaft, aber heute war sie froh, wenn sie einfach nur Bestellungen von Leuten entgegennehmen musste, die wussten, was sie wollten.

Beim Anblick der Tausende Bücher um sie herum im

Laden fragte sie sich, ob jeder Autor und jede Autorin so glücklich wie Mark gewesen war, als sich für das letzte Manuskript ein großer Verlag gefunden hatte. Die Vorstellung, dass zu jedem Buch ein hüpfendes Autorenherz gehörte, ließ Josefine lächeln, obwohl ihr eher zum Heulen zumute war.

Auch Sonja schäkerte mit den Kunden, trug immer wieder Bücher zur Kasse oder schlug sie in Geschenkpapier ein.

»Kann ich Ihnen helfen?«, fragte Josefine zwei junge Frauen, die vor dem Tisch in der Buchhandlung standen, auf dem lauter Romane mit sommerlichen Covern lagen, egal ob es Strandkörbe, Frauen von hinten mit wehenden Haaren vor Leuchttürmen, pastellfarbene Blüten oder gedeckte Tische unter freiem Himmel waren – all diese Bücher versprachen selbst noch auf dem Balkon Urlaubsgefühle. Und sie waren ohne Zweifel von Sonja zusammengestellt worden, davon zeugte allein der harmonische Farbverlauf, der sich durch die Platzierung der einzelnen Titel ergab. Josefine musste etwas tun, um sich nicht nutzlos im eigenen Laden zu fühlen.

»Nein, danke, wir gucken uns nur um«, antwortete eine der Frauen. Sie trug ein Nasenpiercing und reagierte auf eine Art, als hätte Josefine ihr ein Zeitungsabo aufs Auge drücken wollen.

Josefine bedankte sich und wünschte noch viel Spaß beim Stöbern. Sie betrachtete die Auslage im Schaufenster, die ohne sie bestückt worden war. Echter Sand mit echten Muscheln. Und darauf lagen ein Sonnenhut, Flipflops und diverse Bücher mit Strandmotiven. Selbst die Deko stand teilweise zum Verkauf und war mit Preisen ausgezeichnet. Dieselben Flipflops gab es im Drogeriemarkt für drei Euro weniger, aber die Preisbindung galt schließlich nur für Bücher und Zeitschriften.

Sie fühlte sich, als gehöre sie genauso wenig hierher wie die Strandlatschen, für die sich vor zwanzig Jahren noch jeder Buchhändler geschämt hätte. Aber alle mussten ums Überleben kämpfen. Und auch der Feierabend versprach erst mal keine Erholung, weil sich die Lektorin und eine Angestellte aus der Marketingabteilung des Verlages angekündigt hatten, um in der Buchhandlung Fotos von Mark zu machen und ein Interview aufzuzeichnen.

»Sehe ich gut genug aus?«, raunte ihr Mark zu, nachdem sie den Laden geschlossen hatten; auch Sonja hatte schon Feierabend gemacht.

Mark sah fantastisch aus. Wenn er so auf dem Foto in der Klappenbroschur des Buches rüberkam, würden sich alle Leserinnen in ihn verlieben.

»Ja, das tust du.«

»Ist irgendwas?«

Sie konnte ihn unmöglich vor dem Interviewtermin mit ihren Sorgen aus der Fassung bringen. »Es war einfach alles sehr viel in der letzten Zeit.«

»Ja, das stimmt. Aber es hat sich doch gelohnt!«

»Ich hoffe es.«

»Du bist so komisch in letzter Zeit.« Mark rückte seinen schwarzen Rolli zurecht und betrachtete sein Spiegelbild in der Fensterscheibe. Er hatte tatsächlich fünf verschiedene schwarze Rollis im Schrank, je nach Wetter aus Wolle oder Baumwolle. Zumindest über seine Garderobe musste er sich nie lange Gedanken machen.

»Du hast mich in der letzten Zeit kaum gesehen.«

Vielleicht würde sich alles wieder einrenken, wenn sie mehr Zeit miteinander verbringen würden.

»Dazu reichen manchmal fünf Minuten«, grinste er sie an und öffnete die Tür, als dort die Verlagslektorin sowie die Angestellte aus dem Marketing standen.

»Wie schön, Sie endlich persönlich kennen zu lernen!«, begrüßte die Lektorin Lena Dorn Mark und reichte ihm die Hand. Sie war eine stattliche, dunkelhaarige Frau.

»Eine perfekte Kulisse!«, ergänzte Ruth Becker, die trotz ihrer grazilen Gestalt sehr resolut wirkte, nach der Begrüßung.

»Meine Partnerin Josefine Gronau«, stellte Mark sie vor.

»Möchtest du bei dem Interview lieber allein sein?«, fragte Josefine nach dem üblichen Small Talk. Sie fand die Vorstellung, vor der Fotokamera unter Beobachtung zu stehen, nicht so prickelnd.

»Ach, was! Je mehr Publikum, je besser. Dann kann ich schon mal für später üben!« Mark hatte eine Ecke für die Fotos vorbereitet: Kein Buch im Hintergrund war dem Zufall überlassen. Der Anblick der Flipflops und Strandcover war der Laufkundschaft vorbehalten.

»Gute Einstellung! Ein erfolgreicher Autor muss auftreten können!« Ruth Becker, die auch die verschiedenen Social-Media-Kanäle für den Verlag bestückte, scannte tatsächlich die Kulisse hinter dem Sessel vor dem Tischchen, auf dem ausgedruckt das Manuskript lag.

Josefine verkniff sich zu fragen, was mit Elena Ferrante war, von der die Leute anfangs noch nicht mal den echten Namen wussten, geschweige denn ein Gesicht vor Augen hatten.

»Für Facebook und Instagram kann ich auch ein paar Videoschnipsel und O-Töne gut gebrauchen. Ich nehme gleich alles auf, okay? Aber erst mal sind die Fotos dran.«

Mark machte das so gut, dass sie schnell einige perfekte Porträtaufnahmen, aber auch Schnappschüsse im Kasten hatten.

Josefine hatte sich sicherheitshalber besonders schick gemacht, falls sie mit auf eins der Fotos sollte, aber das war nicht gewünscht. Nicht mal auf den Fotos, auf denen Mark als Buchhändler in »seinem« Buchladen posierte. Aber das war auch in Ordnung, die wenigsten Autoren zogen ihre Partner oder Familie mit ins Rampenlicht. War ja auch nicht immer angenehm dort.

Josefine schlief fast im Stehen ein, während sie dem Interview lauschte. Sie hätte sich am liebsten für drei Wochen zum Schlafen zurückgezogen, so erschöpft war sie von allem, was die letzten Monate passiert war.

»Wie ich zum Schreiben gekommen bin? Ach, eigentlich war das mein Traum, seit ich das erste Mal

Kafka gelesen habe. Mit dreizehn. Aber ich bin glücklich darüber, dass ich die Veröffentlichung meiner Werke noch zu meinen Lebzeiten erleben darf.«

Dafür hatte Kafka auch nach seinem Tod noch Millionen Menschen inspiriert, schoss es Josefine durch den Kopf, die sich gleich für den Gedanken schämte. Sie hatte doch selbst immer so sehr gehofft, dass Mark eines Tages großen Erfolg haben würde. Warum konnte sie sich nicht vorbehaltlos mit ihm freuen?

Ruth Becker nahm einen Schluck von dem Wasser, das Josefine bereitgestellt hatte, und räusperte sich, bevor sie zur nächsten Frage kam.

»Ihr aktueller Roman wird bei uns im Verlag ein Spitzentitel, dazu ist eine Lesereise geplant, und weitere Titel sind im Gespräch. Außerdem sind Sie leidenschaftlicher Buchhändler. Wie möchten Sie beides in Zukunft unter einen Hut bekommen?«

Bei dieser Frage wurde Josefine hellwach. Mark lächelte sie kurz an, und ihr wurde warm ums Herz, als sie sich vorstellte, wie Mark von ihrer gemeinsamen Zukunft schwärmte. Immerhin war es ihr gemeinsamer Lebenstraum, einen Buchladen zu führen. Sie sah Mark in die Augen, während er antwortete und ihrem Blick standhielt.

»Ich liebe unsere Buchhandlung, aber das Schreiben liebe ich noch ein kleines bisschen mehr. Nachdem private Umstände dazu geführt haben, dass ich das letzte halbe Jahr unseren Laden allein führen musste, kann ich mir gut vorstellen, mich auch mal ein halbes Jahr zurückzuziehen und meiner Partnerin die Führung komplett zu überlassen.«

Josefine hoffte, dass die beiden Frauen ihre geschockte Miene nicht sehen konnten. Egal, ob Mark das Gesagte ernst meinte, sie wollte ihm nicht den Auftritt verderben.

»Verstehen Sie sich als modernen Mann, der kein Problem damit hat, die Führung abzugeben, statt sie nur zu teilen?«, hakte Ruth Becker nach.

»Na klar. Am besten sprechen Sie selbst mit meiner Freundin, sie kann das bestätigen.«

Tatsächlich richtete Ruth Becker ihr Mikro jetzt auf Josefine, die zunächst nur ein kümmerliches »Äh« herausbrachte.

Ruth Becker schenkte ihr ein nachsichtiges Lächeln. »Ich kenne das. Ich fühle mich auch immer überrumpelt, wenn mir mal einer die Fragen stellt. Ich bleibe auch lieber im Hintergrund. Wir schneiden eh nur ein paar O-Töne zusammen, also konzentrieren wir uns wieder auf den Star dieser Veranstaltung.«

Mark schüttelte unmerklich den Kopf, als Josefine ihm in die Augen sah; als bäte er sie, bloß nichts kaputt zu machen.

»In Ihrem Buch geht es auch um die Liebe. Haben Sie selbst so ein fragiles Bild von dem größten aller Gefühle?«

Mark wuschelte sich durch die Haare und blickte der Pressefrau tief in die Augen. »Die romantische Liebe ist so zerbrechlich und flüchtig wie eine Seifenblase, und doch sind wir stets auf der Suche nach ihr. Selbst wenn wir sie gefunden haben. Sie ist eine Illusion. Aber ihr nachzujagen erfüllt uns und gibt mir die Inspiration, Bücher zu schreiben.«

Die Tasse in Josefines Hand fiel herunter und zerbrach, obwohl sie auf Teppichboden landete, der immerhin den Aufprall dämpfte. Josefine blickte auf die Scherben. Sie wusste, dass Mark es nicht wörtlich meinte. Er übertrieb. Das gehörte zum Marketing.

Unbeachtet von den anderen hob Josefine die Scherben auf und trug sie in der bloßen Hand zum Mülleimer.

»Und wie war ich, mein Schatz?«

Mark, auf dessen Klappentext zu seinem Roman mit Sicherheit stehen würde, dass die Welt selten so einen empfindsamen Autor gesehen habe und die Liebe bis zur Schmerzhaftigkeit entkleide, erwies sich in der Realität als wenig einfühlsam. Und Josefine war zu einer Erkenntnis gekommen. Sie hatte sich beim Aufsammeln der Scherben geschnitten und etwas geblutet. Es war nur ein Tropfen Blut, aber dennoch. Es war ein Zeichen.

»Ehrlich gesagt habe ich mich darüber geärgert, dass du die Liebe für eine Illusion hältst. Was haben wir dann die ganzen Jahre miteinander gemacht?«

Sie waren auf dem Rückweg von dem Essen mit der Lektorin und ihrer Kollegin. Mark löste seinen Arm aus dem von Josefine.

»Jetzt sei doch nicht so kleinlich. Du weißt genau, welche Art von Liebe eine Illusion ist.«

»Ehrlich gesagt ist es auch nicht das Thema Liebe, was mich so wütend gemacht hat. Wir hatten für die Zukunft gemeinsame Pläne, und da sagst du mal eben vor einer fremden Frau, dass du mir den Laden überlassen willst? Ohne das mit mir abzusprechen?«

»Komm, Josy. Das ist mir so spontan rausgerutscht. Es fühlte sich in dem Moment einfach richtig an. Und ganz ehrlich, nachdem ich die letzte Zeit alles allein gestemmt habe, wäre eine Auszeit für das nächste Buch doch mehr als verdient.«

»Was meinst du denn, was ich in der Rhön gemacht habe? Einen Wellnessurlaub? Das habe ich doch auch alles für unsere Zukunft getan!« Sie blieb vor ihm stehen, ausgerechnet vor einer anderen Buchhandlung.

Mark steckte seine Hände in die Hosentaschen und wippte vor und zurück.

»Und dafür bin ich dir auch sehr dankbar, Josilein. Jetzt läuft es so gut, dass wir wirklich mal zusammen in den Urlaub fahren können. Wir sind einfach beide mit den Nerven durch. Vielleicht nach der Abgabe des nächsten Buches? Der Verlag möchte so schnell es geht Nachschub.«

Er strich ihr über die Wange und lächelte sie so an, dass sie fast weich wurde. Doch sie nahm seine Hand und hielt sie fest.

»Mark. Ich möchte so nicht mehr weitermachen. Alles andere ist immer wichtiger als unsere Beziehung. Ich weiß nicht, ob wir eine Zukunft haben.«

Eine Gruppe junger Frauen in Glitzerkostümen und

einem Bauchladen mit Schnapsfläschchen kam ihnen entgegen. Der Junggesellinnenabschied war offensichtlich schon zu blau, um zu kapieren, dass sie störten, als sie ausgerechnet Josefine einen Feigling hinhielten. Josefine schüttelte den Kopf. Wenigstens so ein albernes Ritual blieb ihr erspart, wenn Mark und sie keine gemeinsame Zukunft hätten, dachte sie bitter. Mark dagegen ignorierte die kichernden Mädchen, als wären sie nur Josefines persönliche Halluzination.

»Ach komm, Josy, das meinst du doch nicht ernst!« Er sah eher ärgerlich als schockiert aus.

»Doch.«

»Ich glaube, du bist einfach eifersüchtig auf mein Buch. Lass uns wieder mehr Zeit miteinander verbringen, spätestens wenn du wieder in Köln bist, renkt sich alles wieder ein.«

»Das glaube ich kaum.«

»Du kannst doch nicht so kurz vor dem Ziel alles hinschmeißen! Josy, wir sind auch noch Geschäftspartner!«

»Ja, daran erinnerst du mich jede Minute! Ganz ehrlich, ich habe es dir nie ganz verziehen, dass du unsere Trennung in Kauf genommen hast. Nur für das Geld!«

»Meine Güte, es hat dich niemand gezwungen! Und wenn, dann eher deine bescheuerte Tante und nicht ich. War das alles meine Idee? Nein, ich habe dich nur dabei unterstützt, ihren letzten Willen zu erfüllen! Und jetzt bin ich der Böse? Josy, das ist doch nicht unser Niveau!« Mark zog seine Unterlippe ein und kaute darauf, als würde ihn das davor bewahren, noch schlimmere Dinge auszuspucken.

»Ich hasse es, wenn du mich Josy nennst.« Sie verschränkte die Arme vor der Brust ihres petrolblauen Etuikleids, das sie nie wieder würde tragen können, ohne an diesen Streit zu denken.

»Und warum hast du mir das nicht von Anfang an gesagt?« Er verschränkte ebenfalls seine Arme vor der Brust.

»Weil ... weil ich dich nicht verletzen wollte. Ich dachte, du meinst es nett.« Und irgendwie hatte sie sich dann doch daran gewöhnt.

»Sonst noch was?«

Er sah verletzt aus. Josefine hätte am liebsten nach seiner Hand gegriffen und ihm beteuert, dass sie es schaffen könnten. Wenn sie nur beide bereit wären! Aber das waren sie wohl beide nicht mehr.

»Ja, ich habe mir immer gewünscht, dass wir auch privat etwas zusammen aufbauen. Das habe ich dir oft gesagt.« Das hatte sie tatsächlich, auch wenn sie ihren Wunsch immer viel zu vage formuliert hatte.

»Vielleicht können wir das Kinderthema ja besprechen, wenn alles andere in trockenen Tüchern ist, aber glaube mir, das würde unser Leben nur komplizierter machen.«

»Mark, es wird nie alles in trockenen Tüchern sein. Nie wird es das! Das Leben ist immer im Fluss! Nicht einmal mit ihrem Tod hat meine Tante es geschafft, alles zum Abschluss zu bringen. Das Leben ist kein Buch, an dem wir immer wieder aus einem Sicherheitsabstand heraus feilen können!«

»Was willst du überhaupt von mir?«

»Ich würde mir wünschen, dass wir Freunde bleiben. Vielleicht sogar Partner in der Buchhandlung. Ich möchte es so machen, dass wir im Guten auseinandergehen.«

Es fühlte sich an, als hätte sie sich aus dem Fenster im zweiten Stock gestürzt, ohne zu wissen, ob unten ein Luftkissen oder Beton auf sie wartete.

»Josy, die Situation überfordert dich. Du kannst jetzt nicht einfach alles über den Haufen werfen. Du würdest es bereuen. Lass uns solche wichtigen Entscheidungen in Ruhe treffen.«

War da etwas Wahres dran? Aber selbst wenn, was gab ihm das Recht, ihre Zweifel so abzutun? Und wenn sie ehrlich zu sich war, hatte sie sich selten so klar und mutig gefühlt wie jetzt. Nicht zu springen, wäre keine Option gewesen, aber erleichtert fühlte sie sich nicht. Vor allem, weil Mark nicht wirklich zu begreifen schien, dass sie sich endgültig entschieden hatte.

»Ich werde die Buchhandlung weiterführen. In der Rhön.«

Er nahm sie kurz in den Arm, allerdings eher so, als hätte sie ihm gerade erzählt, unheilbar krank zu sein. »Ich glaube, du musst es wohl einfach ausprobieren«, flüsterte er in ihr Haar, löste die Umarmung und schaute sie von oben bis unten an. »Aber egal, wie du dich am Ende wirklich entscheidest, lass mich nicht mit der ganzen Verantwortung hier allein hängen.«

Diese Bitte konnten sie in Ruhe mit ihrer Steuerberaterin verhandeln. Mark ging es immer nur um den Laden oder seine Bücher. Über das Aus ihrer Beziehung würde er hinwegkommen, tröstete sie sich.

Wie es ihr damit ging, traute sie sich nicht zu fragen.

»Tja, Tante Hilde, ich glaube, du hast von Anfang an diesen Plan für mich gehabt«, sagte sie mit dem Blick auf Tante Hildes Grabstein. Josefine war noch in der Nacht zurückgefahren, nachdem sie sich mit Mark ausgesprochen hatte. Sie hatte den Eindruck gewonnen, er glaube immer noch, sie würde es nicht ernst meinen. Gleich morgens war sie zum Blumenhändler im Ort gefahren und hatte weiße und gelbe Löwenmäulchen, Lavendelbüsche sowie eine rote Rose erstanden, von denen sie die beiden Erstgenannten auf Tante Hildes Grab pflanzte. Heute war Sonntag, und Eva würde sie mit der guten Nachricht am Montagmorgen überraschen.

Sie zerrieb eine Lavendeldolde zwischen den Fingern und sog den Duft ein.

»Du wolltest doch nur, dass ich den Buchladen weiterführe und Johannes und ich an unsere alte Freundschaft wieder anknüpfen. Und ja, du hast recht gehabt!«

Josefine betrachtete das Grab, das jetzt fast fröhlich wirkte. Selbst wenn Tante Hilde es nicht mehr sehen konnte, würde es vielleicht den Blick eines Friedhofbesuchers einfangen und ihn ein paar Sekunden von der eigenen Trauer ablenken. Die Bienen fühlten sich von den neuen Blüten anscheinend sofort angelockt. Josefine bückte sich und hielt ihren Finger hin wie früher, als sie Marienkäfer darauf krabbeln ließ. Die Biene ließ sich nicht beeindrucken, wohl aber ein Schmetterling, der sich federleicht auf ihren Finger setzte. Dann breitete er seine zitronengelben Flügel aus und flatterte davon. Josefine musste auch endlich das tun, wonach sie sich schon die ganze Zeit sehnte. Sie musste zu Johannes und hatte doch gleichzeitig Angst vor der ersten Begegnung – *nachdem* sie sich von Mark getrennt hatte. Aber das war albern. Sie waren doch auf dem besten Wege, wieder richtige Freunde zu sein.

Sie würde ihm ihre Hilfe anbieten. Er musste nicht verkaufen. Aber das sollte jetzt nicht an erster Stelle stehen, nicht schon wieder sollte es nur um das Geschäft und die praktischen Belange gehen. Das hatte Mark und ihre Beziehung schließlich auch kaputt gemacht.

Josefine war etwas klar geworden: Sie hatte die Arbeit in der Buchhandlung ihrer Tante liebgewonnen, auch die Rhön und das Häuschen ihrer Tante waren ihr immer mehr ans Herz gewachsen, aber Johannes war der ausschlaggebende Grund für ihre Entscheidung. Für Johannes würde sie sogar ihre geliebte Stadt hinter sich lassen, wenn auch vielleicht nicht für immer. Obwohl sie Angst vor der eigenen Courage hatte, packte sie die Gartenwerkzeuge in ihren Jutebeutel und lief zu ihrem Auto. Die rote Rose für Johannes lag auf dem Beifahrersitz. Sie hatte lange überlegt, ob es klug wäre, auch Leo etwas mitzubringen, und hatte sich dann für ein Buch entschieden.

Bist du zu Hause?, hatte sie Johannes per SMS gefragt.
Ja.
Darf ich vorbeikommen?
Ja.

Ein kurzes Ja war ihr lieber als ein aufwendig verpacktes Vielleicht.

Beim Parken vor Johannes' Hof zersprang ihr Herz fast. Sie stach sich an einer Dorne, als sie die rote Rose und das Buch vom Sitz nahm. Sie bekam den Stachel nicht sofort heraus und beschloss, sich später darum zu kümmern, jetzt wollte sie nur noch zu Johannes.

Sie klingelte und hörte Schritte. Kinderschritte. Leo öffnete die Tür. Er sah sie erstaunt an. Nicht unerfreut, aber so erstaunt, dass Johannes ihn bestimmt nicht auf ihren Besuch vorbereitet hatte.

»Hallo, Leo, schön dich zu sehen!«

Er nickte und lächelte zaghaft. Meine Güte, da blickten sie Johannes' Augen an! Sie würde ihm das Buch später geben.

»Ist dein Vater da?«

Er nickte wieder. Und da hörte Josefine auch schon Schritte. Am liebsten wäre sie direkt ins Haus gelaufen, aber sie wollte auch Leo nicht mit einer zu stürmischen Begrüßung verunsichern. Und da sah sie Johannes! Aber sein Anblick ließ sie innerlich aufhorchen. Er sah schrecklich aus. Was war passiert? Hatte er das Sorgerecht verloren? War der Gerichtsvollzieher schon da gewesen? Hatte er eine andere schlimme Nachricht bekommen? Egal, was es war, sie würde ihm zur Seite stehen.

»Johannes!« Sie konnte nicht anders, als ihn zu umarmen, doch er schob sie schnell von sich.

»Leo, lässt du uns bitte allein?«, waren die ersten Worte, die sie von ihm hörte. Leo sah ihr in die Augen, als täte es ihm leid. Dabei konnte der Junge am wenigsten dafür, egal, was los war.

Als Leo seine Zimmertür laut hinter sich zugezogen hatte, brach Josefine das Schweigen.

»Johannes, was ist los?«

»Ich bin so, so …«

Josefine spürte, dass sie Abstand halten musste. Nicht mal in die Augen wollte sie ihm schauen, um ihm nicht zu nahezutreten. »Ich bin bei dir, egal was es ist.«

»Das habe ich mir auch gewünscht.« Seine Stimme klang bitter.

»Und ich bin es! Ich bin jetzt da! Für immer. Wenn du möchtest.«

Sein Blick wurde weicher. Aber als sie auf ihn zukam, verhärtete er sich wieder.

»Nein, ich habe dir vertraut. Und du hast mich, du hast mich … Ich kann dir nicht mehr vertrauen.«

Josefine umklammerte den Stil der Rose. »Johannes, ich habe keine Ahnung, wovon du redest.«

»Du hast mich die ganze Zeit hintergangen.«

»Ich weiß nicht, was du meinst!«, kam es ihr über die Lippen, ehe sich langsam eine Ahnung ausbreitete.

»Ausgerechnet meine Ex hat davon erfahren, dass es hier eine Frau gibt, die mit meinen Gefühlen spielt und glaubt, meine Zukunft in der Hand zu haben.«

»Es tut mir leid. Ich hätte das mit niemandem außer dir besprechen sollen.«

Sie hatte es Eva erzählt und Bea. Gut, Mark wusste auch davon. Bea hatte keine Verbindung zu Johannes. Mark würde niemals so gemein sein, sie zu verraten – selbst jetzt nicht. Ob Eva es unbedacht ausgeplaudert hatte?

»Dafür ist es jetzt wohl zu spät.«

Im Flur standen bereits Umzugskisten, als könnte Johannes es kaum erwarten, von hier zu verschwinden.

Und Josefine war bereit gewesen, ihr altes Leben hinter sich zu lassen, um hier mit ihm ein neues anzufangen.

»Johannes, ich habe nur erzählt, dass mein Erbe an dich geht, wenn ich es nicht durchhalte. Und weißt du was? Ich war immer wieder kurz davor, es dir freiwillig zu überlassen, weil ich dir helfen wollte!«

»Ich brauche keine Hilfe. Und ich hätte das Geld von deiner Tante sowieso nicht angenommen.«

Auch wenn Josefine immer noch sicher war, dass Johannes' Wut auf Tante Hilde ungerecht war, wollte sie in diesem Moment nicht darüber diskutieren. »Aber von mir. Von mir könntest du ruhig Hilfe annehmen.«

Einen Moment sah Johannes so aus, als überlege er, doch dann wurde seine Miene wieder unversöhnlich. Kein Wunder, dass er sich im Leben so schwertat, wenn er an allem so zu knabbern hatte, was ihm jemand antat, ob absichtlich oder nicht. Josefine war selten nachtragend.

»Josefine, du kannst nicht die ganze Welt retten. Und mich schon mal gar nicht.«

»Aber du könntest wenigstens mit mir reden. Dann würde ich dir alles erklären.« Im Sinne der Philosophie ihres Buchladens hätte sie Johannes jetzt einfach einen Schwall guter Wünsche, allen voran Einsicht, geschickt, wenn sie dazu in der Lage gewesen wäre. Jetzt aber war es schon eine Leistung, seine Vorwürfe nicht zu persönlich zu nehmen.

»Im Moment gibt es für mich nichts zu reden. Ich erwarte gleich jemanden, der sich das Haus anschaut.«

»Du meinst es also wirklich ernst?«

»Tja, ich muss mich wohl selbst zwingen, endlich einen Schlussstrich unter die Vergangenheit zu ziehen. Ich habe keine Lust mehr, ein Spielball des Schicksals zu sein. Und noch weniger dazu, dass andere mit mir spielen.«

Die letzten Worte vermischten sich mit dem Lärm eines Motors. »Gut, dann lass ich dich in Ruhe deinen Schlussstrich ziehen!« Josefine drehte sich um und sah einen Jeep, der mit quietschenden Reifen zum Stehen kam. Der Fahrer stieg aus. Sie sah dem Mann im Holzfällerhemd und Jagdstiefeln kurz ins Gesicht, der den Hof mit einem Enthusiasmus ansah, der ihr wehtat. Wahrscheinlich plante er in Gedanken schon sein neues Leben auf dem Land.

Sie drehte sich nicht mehr zu den beiden Männern um, die einander begrüßten. Wie weh musste es Johannes erst tun, seinen Hof zu verkaufen, selbst wenn es schmerzhafte Erinnerungen gab. Wie gerne hätte sie ihm zur Seite gestanden, aber wenn er nicht wollte, konnte sie nichts dagegen tun. Die Rose wegzuwerfen, hatte sie nicht übers Herz gebracht. Stattdessen legte Josefine sie auf den Deckel der Mülltonne vor dem Haus. Sollte Johannes doch selbst sehen, was er damit anstellte.

So gerne Josefine immer allein durch ihre Heimatstadt oder auch andere Großstädte gelaufen war, die Natur hatte sie selten allein durchstreift.

Und ausgerechnet jetzt präsentierte sich die Rhön in einer Schönheit, die Josefine fast als grausam empfand. Das karge Grün war einer Farbenpracht gewichen, die beinahe an die Provence erinnerte. Ein Lila, das sich mit einem Hauch Blutrot vermengt hatte, säumte ihren Weg durch die Hohe Rhön. Und als wäre die Pracht aus dem Meer an Weidenröschen heute ganz für sie allein reserviert, kreuzte niemand ihren Weg. Jedenfalls kein Mensch. Ein Reh sah sie mit seinen großen braunen Augen an und verschwand dann im Dickicht. Eine Echse vor ihren Füßen hätte sie beinahe übersehen. Schilder verbaten den Wanderern, die Wege in dem Biosphärenreservat zu verlassen. Schilder für die Tiere aufzustellen, dass sie sich auch auf den Wegen vor Wanderstiefeln hüten mussten, wäre natürlich lächerlich. Genauso wie Warnschilder im Leben, dass jeder sich vor der Liebe in Acht nehmen sollte, wollte er nicht verletzt werden.

Der wolkenlose Himmel war hier so nah, dass es sich anfühlte, als müsse man nur auf Zehenspitzen stehen, um ihn zu berühren. Und doch fühlte sich Josefine dem Himmel so fern wie selten. Das Wandern sollte ihre

Gedanken und Gefühle ordnen, doch die waren immer noch verworren und trübe.

Sie sah auf ihr Handy, als würde eine Nachricht von Johannes irgendetwas ändern. Aber selbst wenn er sie erreichen wollte, hier oben gab es keinen Empfang. Der Wanderweg durch die Wiese endete vor einem Waldstück. Drei Wege taten sich vor Josefine auf, von denen alle drei in ein Dorf oder zu einer Hütte führten. Aber welchen Weg sollte sie in ihrem Leben wählen? Noch nie hatten sich die nächsten Schritte in die Zukunft so kompliziert angefühlt. Sie hatte ihre Ziele schon immer klar vor Augen gehabt, aber sich auf dem Weg dahin eben auch mal treiben lassen in dem Optimismus, dass das Schicksal schon die passenden Gelegenheiten bieten würde, statt verbissen zu kämpfen. Und das hatte es auch immer getan. Sollte sie sich jetzt auch einfach zurücklehnen und darauf hoffen, dass sich schon alles irgendwie ergeben würde? Und hatte ihre Art, auf das Leben zu reagieren, nicht genau dazu geführt, dass ihre Tante es selbst aus dem Jenseits noch schaffte, ihr Leben umzukrempeln? Statt sich für einen Trail zu entscheiden, verließ Josefine den Wanderweg und setzte sich vor einer majestätischen Buche in das Moos. Sie nahm ihren Rucksack ab und lehnte sich an den breiten Stamm, schloss die Augen und sog die erdige Waldluft ein. Wie lange stand dieser Baum schon hier? Auf jeden Fall lange, bevor sie überhaupt gezeugt worden war. Sie spürte die harte Rinde im Rücken. Welchen Wettern hatte dieser Baum schon getrotzt? Vielleicht würde etwas von seiner Stärke in sie übergehen? Doch dann tropften erste Tränen, die sie zurückgehalten hatte, auf den Waldboden. Vielleicht fanden sie den Weg zur nächsten Quelle, wenn sie im Boden versickerten. Mit verquollenen Augen schaute Josefine nach oben in die Baumkrone. Tausende Blätter tanzten im Wind. Tausende Blätter würden im Herbst wieder Rotgold werden und schließlich mit all den anderen Blättern herunterfallen, die sich nach und nach wieder in Erde verwandelten und die Pflanzen ringsherum nährten. Ein Wunder, wie fast alles in der Natur. Und alles war irgendwie verbunden in diesem Wechselspiel. Funktionierte, wenn keiner dazwischenfunkte, auf ganz natürlichem Wege. Es gab nichts zu entscheiden. Und warum ist es bei uns Menschen nicht so, dass es für uns einen angestammten Platz gab, den wir ausfüllen müssen, statt ihn das halbe Leben zu suchen?, fragte sich Josefine im Stillen und wischte sich die Augen mit dem Ärmel trocken.

Ein Sonnenstrahl fiel durch die Baumkrone auf ihr Gesicht und kitzelte ihre Wangen. Vielleicht war es ja gut so, dass ihr Platz nicht von vornherein festgelegt war. Dass sie wählen konnte. Und das würde sie! Josefine erhob sich und streckte sich. Egal, für welchen Weg sie sich entscheiden würde, sie würde ihr Leben jetzt selbst in die Hand nehmen.

»Herzlichen Glückwunsch! Ich hätte nicht gedacht, dass Sie es durchhalten!« Frau Hammerschmidt reichte Josefine zum zweiten Mal an diesem Vormittag die Hand.

Statt Kaffee brachte ihre Sekretärin zwei Gläser Sekt herein.

»Danke«, war alles, was Josefine dazu einfiel. Sie fühlte sich weniger wie eine Gewinnerin, sondern eher wie jemand, der erst die erste Etappe eines Langstreckenrennens geschafft hatte. Sie war nun Eigentümerin von Tante Hildes Wohnhaus, dem Buchladen und einer hübschen Summe Geld. Und aus der hübschen Summe könnte eine ganz passable Summe werden, wenn sie alles oder zumindest den Buchladen verkaufen würde.

Doch sie vermisste Johannes. Obwohl sie Nachbarn waren, hätte er nicht weiter weg sein können. Und lange würde er wohl nicht mehr dort wohnen, dafür stand der fremde Jeep zu oft vor seiner Tür.

»Ihre Tante hat Ihnen außerdem noch zwei Briefe hinterlassen.«

»Zwei? Ehrlich gesagt habe ich mittlerweile genug von ihren Bedingungen. Ein eindeutiges Statement wäre mir lieber.« Josefine nippte aus Höflichkeit an dem Sekt. Auch wenn dies ein feierlicher Moment war, war ihr noch nicht nach feiern zumute.

Frau Hammerschmidt holte zwei Briefe aus ihrer Ledermappe heraus. »Es gibt auch keine Bedingungen mehr.« Sie stand auf und lief zu ihrem Schreibtisch am Fenster. Dort steckte sie den einen Brief in den Schredder und drückte einen Knopf. Ein lautes Surren ertönte. »Ich sollte Ihnen je nach dem Verlauf einen aushändigen und den anderen vernichten. Das habe ich hiermit getan.« Sie lächelte fast schelmisch. »Ihre Tante gehörte wirklich zu meinen Klienten, die ich mein Leben lang nicht vergessen werde. Wie so manches gute Buch, das ich in ihrem Laden gekauft habe.«

Josefine saß an Tante Hildes Schreibtisch und drehte den Umschlag in ihren Händen hin und her. In der Handschrift ihrer Tante stand dort:

Für Josefine – falls Du den Laden die ganze Zeit geführt hast.

Sie hatte ihn in der Kanzlei nicht geöffnet und betrachtete ihn nun, als würde der Umschlag noch mehr als ihren Namen und die paar Worte verraten. Wie oft hatte sie ihre Tante hier sitzen sehen und sie dabei beobachtet, wie sie in eines ihrer Notizbücher schrieb. Und nun folgte sie selbst in manchen Verhaltensweisen ihrer Tante. In dem Becher auf dem Schreibtisch steckte noch so ein altmodischer Brieföffner, mit dem Josefine einen sauberen Schlitz in den Umschlag schneiden konnte. Nicht so wie zu Hause in Köln, als sie die Post immer mit der Hand aufgerissen hatte.

Sie faltete das Papier auseinander und begann zu lesen.

Liebe Josefine,

Du warst immer einer der wichtigsten Menschen in meinem Leben, selbst dann, wenn wir uns nicht so oft gesehen haben. Du warst das Kind, das ich nie hatte,

Du warst die Zukunft, an die ich glaubte, egal, wie sich die Welt um uns entwickelte. Du hast mir so viel Freude gegeben, das kannst Du Dir überhaupt nicht vorstellen! Dafür danke ich Dir!

Und ich hoffe, dass Du mir verzeihst, dass ich mich jetzt in Dein Leben eingemischt habe. Auf der anderen Seite hattest Du immer die Wahl, wie Du reagierst. Du hättest auch von Anfang an sagen können: »Meine Tante spinnt! Ich schicke ihren Laden dahin, wo der Pfeffer wächst, und kümmere mich um meine eigenen Angelegenheiten.«

Aber das hast Du nicht getan. Du hast meinen Laden weitergeführt. Und auch wenn Du es im ersten Moment vielleicht nur für das Erbe getan hast, denke ich, dass Du in Wirklichkeit viel tiefer liegende Gründe hattest. Jetzt gehört alles Dir! Mach damit, was Du möchtest! Ich freue mich, wenn es Dir gut geht, ganz egal, was mit dem Laden passiert! Egal, was Du machen wirst, mache es mit der Leidenschaft, die ich in Deiner Kindheit und Jugend in Deinen Augen hab glitzern sehen. Und die – so hatte es wenigstens für mich den Anschein – in den letzten Jahren erloschen war. Wir alle haben Durststrecken, aber höre nie auf, das zu lieben, was Du tust. Sonst höre auf zu tun, was Du nicht mehr liebst.

Und jetzt komme ich zu dem Punkt, der Dir an meinem Erbe bestimmt das meiste Kopfzerbrechen bereitet hat. Johannes. Vor langer Zeit habe ich seinen Vater geliebt, aber diese Liebe ist zerbrochen. Der

Grund dafür ist nicht so wichtig. Es war die richtige Entscheidung, die Beziehung zu beenden, aber es hat mir das Herz gebrochen, dass er sein ganzes Leben Kompromisse eingegangen und dabei zugrunde gegangen ist. Und doch hat er Anteil an etwas Wunderbarem gehabt: seinem Sohn Johannes. Den es nie gegeben hätte, wäre ich mit ihm zusammengeblieben. Und doch habe ich mich Johannes gegenüber oft schuldig gefühlt. Und ja, ich wollte ihm etwas zurückgeben. Wenn er mein Erbe nicht bekommen sollte, dann sollte er ein viel wunderbareres Geschenk bekommen: Deine Nähe. Ja, ich weiß, dass ich kein Recht dazu habe, über Dich zu verfügen, daher klammere ich mich an den Gedanken, dass Du letztendlich alles selbst entschieden hast. Ich habe euch beobachtet, und obwohl ihr noch Kinder oder später Teenager wart, habe ich in euren Augen eine Liebe füreinander erblickt, die ich nie wieder in Deinen oder seinen Augen gesehen habe, wenn ihr von euren jeweiligen Partnern gesprochen habt.

Meine liebe Josefine, nun möchte ich aber für immer schweigen und Dir einfach von Herzen alles, alles Gute wünschen. Wenn es einen Himmel gibt, was ich zeitlebens geglaubt habe, werde ich von dort ein Auge auf Dich haben. Und irgendwann sehen wir uns vielleicht wieder. Genieße bis dahin Dein Leben und mache das Beste daraus,

Deine Tante Hilde

Hatte Josefine einmal die Lesung eines Autors besucht, hörte sie seine Erzählstimme bei jedem weiteren Buch, das sie von ihm las. Sie hoffte, dass Tante Hildes Stimme auch beim zehnten Lesen des Briefes in ihrem Kopf nicht verblassen würde. Noch fühlte es sich an, als stünde sie tatsächlich im Raum.

»Du hast ja so recht, Tante Hilde! Johannes bedeutet mir etwas, aber er kapiert überhaupt nichts! Hätte ich doch einfach meinen Mund gehalten und niemandem von Deinem Testament erzählt!«

Ein Teil von Josefine glaubte daran, dass Tante Hilde sie hören würde. Aber egal, ob oder welche Antworten sie in Zukunft geben würde, im Grunde musste Josefine sich die Antworten selbst zurechtlegen.

Wir bleiben hier!

»Das ist doch mal ein Statement neben den ganzen Wir-schließen-Schildern!« Eva strich sich die Haare hinter das Ohr, die durch die Arbeiten heute Morgen verschwitzt an der Stirn klebten. Statt Bücher hatten sie einen Tisch in den Anbau geschleppt, der nicht von Johannes erbaut war, sondern aus einem Antiquitätenladen stammte. Dennoch passte er wunderbar zu Johannes' gezimmerten Bänken. Josefine schaute ihre so wunderbare Mitarbeiterin an. Sollte sie sie überhaupt damit konfrontieren, dass sie die Einzige sein konnte, die ihr Geheimnis ausgeplaudert haben konnte? Und auf welchen Umwegen war es zu Johannes gelangt? Jetzt war jedenfalls nicht der richtige Zeitpunkt dafür. Eine Antwort würde ohnehin nichts ändern. Deshalb bekräftigte sie lieber ihre gemeinsame Zukunft.

»Ja, und genau das habe ich auch vor. Ich bleibe hier und führe die Buchhandlung weiter!« Arbeit war immer noch die beste Ablenkung von Liebeskummer, vor allem eine Arbeit, die man liebte. Josefine hatte Johannes in den letzten Tagen immer wieder für ein paar Minuten ausblenden können, etwa während sie das Schild aus

Pappe mit Blautönen aus Plakatfarbe bemalt hatte oder Ideen für ein Lesefestival sammelte.

Vor dem Schaufenster hatten sie einen Blumenkübel mit lila Stiefmütterchen und hellblauen Vergissmeinnicht auf einen alten Gartenstuhl gestellt. An der Lehne hing ein weiteres Schild: *Jetzt auch mit Lesecafé. Heute gibt es Getränke umsonst.* Die Tür ließen sie geöffnet, als sie den Laden wieder betraten. Vielleicht fanden so die Sonne und die Menschen leichter zu ihnen.

»Und du bist dir immer noch sicher, dass du zu Hause alles aufgeben willst?« Die Skepsis in Evas Stimme passte so gar nicht zu ihrem resoluten Optimismus.

»Ich habe mich dazu entschieden und ziehe das jetzt durch.« Josefine verteilte auf dem großen Tisch, der an einen Arbeitstisch in einer alten Bibliothek erinnerte, kleine Vasen mit Vergissmeinnicht und Violas – passend zu der Bepflanzung vor dem Laden.

»Und Mark lässt dich einfach so gehen? Ich meine, ihr wart ja nicht nur ein Paar, sondern führt ja auch einen Laden gemeinsam.«

Offiziell war sie immer noch Teilhaberin des Kölner Buchladens, und um die Auflösung würde sie sich jetzt auch kümmern müssen.

»Ich glaube, um die Geschäftsbeziehung tut es ihm mehr leid als um die Liebesbeziehung. Trotzdem scheint die Trennung fast so kompliziert zu werden wie eine Scheidung.«

»Oh, das tut mir leid.« Eva ließ ihren Blick über den Tisch in der Mitte gleiten, dessen Buchtitel alle etwas mit dem Wandern zu tun hatten. Von hier aus war es gar nicht nötig, in der Urlaubszeit in die Ferne zu schweifen.

»Tja, dabei hat er mir jahrelang immer gesagt, dass so was wie eine Ehe oder Kinder viel zu viel Bindung und Bürokratie wäre. Jetzt haben wir die Bürokratie trotzdem!«

Als Gesellschaft des bürgerlichen Rechts würde er sie ausbezahlen müssen. Da der Kredit noch nicht abbezahlt war, würde die Summe nicht allzu hoch sein, und am liebsten würde Josefine ganz darauf verzichten. Ihr war ein klarer Schlussstrich am wichtigsten.

Die bestückten Bücherregale um sie herum, aber auch Evas liebevoller Blick waren wie eine Umarmung. Hier in der Buchhandlung kam der Schmerz nicht so nah an Josefine heran, als würde er sich eher bei all den traurigen Szenen in den Büchern aufhalten und damit sagen, dass jede Geschichte eben auch Tiefpunkte brauchte. An Geschichten, die mit einem Desaster traurig endeten, wollte Josefine nicht denken.

»Hättest du deine Entscheidung anders getroffen, wenn es Johannes nicht gäbe?« Mittlerweile durfte Eva so direkt fragen. Josefine hatte in ihr eine echte Freundin gefunden.

»Vielleicht nicht, aber selbst wenn Johannes und ich nicht mal Freunde bleiben oder wieder werden, war die Entscheidung richtig!«, sprach sie mehr zu sich selbst als zu Eva.

Durch die offene Tür traten ein junges Pärchen, er mit Dreitagebart und sie mit Babybauch, und eine junge

Frau, die, nach ihrem bunten, abgenutzten Rucksack zu urteilen, von der weiterführenden Schule aus dem nächstgelegenen Ort kam.

»Ich freue mich riesig, dass Sie bleiben«, sagte der Mann und schüttelte Josefine und Eva die Hand, als wären sie alte Bekannte.

»Ich hoffe, Bürgermeister Heck hat das auch schon registriert«, ergänzte die Schwangere. »Seine Idee ist ja nicht grundsätzlich schlecht, aber unseren Ortskern kaputt machen? Nein, danke. Mehr Wellness als ein gutes Buch bei einer Tasse Tee an der frischen Luft kann es eh nicht geben!«

»Och, hin und wieder eine Massage und Sauna ist auch nicht zu verachten«, raunte Eva Josefine zu, als das Paar in der Ecke mit den Elternratgebern verschwand.

»Mmh«, sagte Josefine nur, die unter Wellness gerade vor allem eine Nacht durchschlafen verstand. Obwohl sie nachts weder Lärm noch irgendein Mensch störte, tat sie kein Auge mehr zu. Sosehr sie mit ihrer Entscheidung im Reinen war, in der Rhön zu bleiben, sie wusste nicht, wie sie damit umgehen sollte, dass sie Johannes so vermisste. Er hatte ihr bei der letzten Begegnung klargemacht, dass er keinen Kontakt mehr mit ihr wünschte.

Die Schülerin hatte ihren Rucksack von den Schultern genommen und schaute sich schüchtern um.

»Kann ich Ihnen helfen?«

Ein Hauch Rot erschien auf ihren Wangen. »Darf ich mich in das Café setzen, um an meinen Unterlagen zu arbeiten, auch wenn ich kein Buch kaufe?«

»Natürlich! Und was möchten Sie trinken?«

Josefine betrachtete das Mädchen, das selbst wohl noch gar nicht kapiert hatte, dass sie eine Schönheit war. Ihre ausgeprägten Rundungen versteckte sie unter einem sackartigen schwarzen Longshirt über der Jeans, und die paar Hautunreinheiten waren dick mit Abdeckstift überpinselt. Dabei fielen die drei Pickel auf der Stirn bei den tollen Augen überhaupt nicht ins Gewicht. Sie wünschte ihr von Herzen ein ganz neues Selbstbewusstsein. Wie Tante Hilde es immer getan hat, durchzuckte der Gedanke Josefine, und ihr wurde ganz warm ums Herz.

»Könnte ich vielleicht einen Tee haben?«

»Gerne. Wir haben Rooibusch, Früchte oder schwarzen Tee«, schränkte Josefine die Auswahl ein, um sie nicht noch mehr zu verunsichern. Wenn sie öfter kommen würde, könnte sie sich schon an die fünfzehn Sorten herantasten, die in der Teeküche auf heißes Wasser warteten.

Gegen Mittag hatten sie schon zwanzig Bücher verkauft und zehn Tassen Tee oder Kaffee umsonst ausgegeben. Und die allermeisten behandelten ihre Tasse wie ein kostbares Drachenei, sodass die Sorge, die Bücher würden durch Tee- oder Kaffeeflecken buchstäblich als Mängelexemplar abgestempelt, sich in Luft auflöste.

»Und selbst wenn, dann wird sich unsere Großzügigkeit trotzdem auszahlen!«, war Josefine überzeugt.

Mittags kam eine Gruppe Schulkinder am Fenster vorbei, die miteinander lachten, sich aber auch zankten und schubsten. Josefine konnte bei dem schmalen Bürgersteig kaum hinsehen. Gut, dass hier weniger Autos fuhren als in der Stadt. Ein Junge lief hinterher, ohne sich an den Balgereien zu beteiligen. Leo. Er war anscheinend wütend, so wie er auf den Boden starrte. Auch wenn es nicht Johannes' Sohn gewesen wäre, hätte sein Anblick Josefine das Herz zerrissen. Plötzlich hielt er inne, studierte die Schilder und trat ein.

»Hallo, Leo, schön dich zu sehen!«

»Hallo, Josefine.« Er blieb unschlüssig stehen.

»Kann ich dir helfen? Möchtest du vielleicht einen Tee oder Kakao in unserem Lesecafé? Heute gibt es alles geschenkt.«

Der Junge schüttelte den Kopf. Er wollte wohl genauso wenig geschenkt bekommen wie sein Vater, dachte Josefine.

»Das Buch, das du mir ausgesucht hast, war echt gut.« Er kämpfte mit den Worten, als wollte er Josefine kein zu großes Kompliment machen.

»Das freut mich! Brauchst du Nachschub?«

»Ja, aber erst brauche ich deine Hilfe für etwas anderes.« Er schaute sich um, und Eva verschwand mit einem Augenzwinkern.

»Verrätst du mir auch, wobei du meine Hilfe brauchst?« Josefines Herz begann zu rasen. Es konnte doch nur etwas mit Johannes zu tun haben.

»Ich will hier nicht weg.«

»Ich weiß. Ich finde es auch sehr traurig, dass ihr aus eurem Haus auszieht, aber dein Vater macht das bestimmt nur, weil es nicht anders geht.« Josefine hielt sich zurück, weil sie nicht wusste, was Leo über die Geldsorgen und Familienhintergründe wusste.

»Aber ich will nicht nach Berlin!«

»Berlin? Wer spricht denn von Berlin? Ich dachte, ihr sucht nach einer Wohnung hier in der Nähe?« Mit einem Umzug in die Hauptstadt wäre die letzte Chance vertan, sich wieder näherzukommen. »Aber Leo, vielleicht ist es auch wunderbar dort. Dann kannst du deine Mutter jeden Tag sehen.« Und angesichts der möglichen Familienzusammenführung durfte sie sich nicht darüber beschweren, wenn Johannes aus ihrem Leben verschwände. Er wollte sie ja ohnehin nicht mehr sehen, da spielten Hunderte Kilometer auch keine Rolle mehr.

»Der bin ich doch eh egal!«

»Leo, das glaube ich nicht. Sie wollte, dass es dir gut geht. Und bei deinem Vater geht es dir doch gut!«

»Ja, aber ich möchte hierbleiben. Hier wohnt mein bester Freund.«

Josefine atmete erleichtert aus. Er war also nicht immer so einsam, wie gerade mitten unter seinen Mitschülern.

»Hast du das deinem Vater gesagt?«

»Ja, aber er möchte hier weg.«

»Und was soll ich dagegen tun?«

»Ihn wieder in dich verliebt machen.«

Leos hübsche und gleichzeitig grimmige Augen hätten jedes Herz zum Schmelzen gebracht, aber Josefine war ganz anders zumute. Er war also nicht mehr in sie verliebt, aber verliebt in sie gewesen, und zwar so augenscheinlich, dass sein Sohn es mitbekommen hatte. Und er flüchtete nicht nur vor seinen Schulden und den Schatten der Vergangenheit, sondern auch vor ihr.

»Man kann keinen einfach verliebt machen.« Selbst wenn man es könnte, wäre es nicht richtig. Liebe musste aus einem freien Herzen kommen, dachte Josefine.

»Aber du könntest mit ihm reden. Seit ihr nicht mehr miteinander redet, redet er auch viel weniger mit mir.«

Leos Stimme klang so verletzlich. Der Gedanke daran, wie Mark sich über ihn lustig gemacht hatte, zerriss ihr zusätzlich das Herz. Am liebsten hätte sie den kleinen Jungen in den Arm genommen, ließ es aber, weil sie nicht wusste, ob er das mochte.

»Ich versuche es. Ich versuche, mit ihm zu reden, okay? Aber ich kann nicht versprechen, dass es was nützt.« Vor allem konnte sie nicht versprechen, überhaupt Gehör zu finden.

Leo nickte, nahm den Tornister von seinem Rücken und öffnete ihn. »Außerdem möchte ich gern ein Buch bestellen!«

»Sehr gerne!«

»Das hier habe ich in der Schulbücherei ausgeliehen, und hinten steht drin, dass es eine Fortsetzung gibt.« Er hielt ihr ein gebundenes Buch hin, das an den Ecken schon ganz abgenutzt war: *Tsatziki, Tsatziki* von Moni Brännström.

»Mhm, das steht aber schon ein paar Jahre in der Bücherei. Das habe ich auch gelesen, als ich ein Kind war. Und fand es toll!« Die Geschichte über den Jungen, der seinen Vater sucht, mit dem seine Mutter während eines Griechenlandurlaubs eine folgenschwere Nacht verbracht hatte, hatte sie damals verschlungen.

»Ich schaue mal, ob es das noch gibt.« Josefine tippte den Titel in die Suchmaschine ein. »Sieht schlecht aus«, murmelte sie.

»Aber das ist doch so ein cooles Buch! Und in der Bücherei steht so viel alter Quatsch wie *Max und Moritz*. Das ist doch mehr als hundert Jahre alt!«, entrüstete sich Leo.

»Das stimmt«, Josefine sparte sich die Mühe, den Klassiker zu verteidigen, »aber irgendwann müssen die Verlage leider aussortieren. Jedes Jahr erscheinen Zigtausende neue Bücher. Stell dir vor, die würden bis in alle Ewigkeit verkauft! Dann würde ja ein Turm bis zum Mond entstehen.« Dennoch tat es auch Josefine weh, wenn eins ihrer Lieblingsbücher aus dem Programm genommen wurde.

»Und was passiert mit den ganzen übrigen Büchern?«

»Manche werden einfach billiger verkauft. Und der Rest wird zu Altpapier, aus dem zumindest wieder neue Bücher gemacht werden.«

»So wie aus dem Kompost wieder neue Pflanzen wachsen?«

»Genau!«

»Meinst du, die Geschichte von dem alten Buch steckt noch ein bisschen in dem neuen drin?« Es war, als hätte jemand bei Leo eine Taste gedrückt. Endlich war er aufgewacht und stand der Welt der Bücher aufgeschlossener gegenüber. Und Josefine konnte den Stolz und die Freude darüber, dass vielleicht ihr Buchladen dazu beigetragen hatte, nicht unterdrücken.

»Das glaube ich eher nicht. Sonst kämen wir ganz schön durcheinander, wenn im Krimi immer noch die Liebesgeschichte herumgeistert.« Josefine lachte. »Aber irgendwie schwirren noch alle Geschichten auf der Welt und legen sich wie Glitzer oder Staub auf jede neue Geschichte.«

So wie die Geschichten unserer Vorfahren. Sie können beflügeln oder lähmen. Und manchmal haften sie wie schwerer Morast an den Schuhen. So wie bei Johannes.

»Und ich habe das Gefühl, der Junge aus dem Buch lebt wirklich. Vielleicht muss ich mir einfach selbst ausdenken, wie es mit ihm weitergeht.« Leo steckte das Buch wieder ein.

»Nein, also, das kannst du natürlich auch tun, aber ich werde das Buch besorgen! Zum Glück gibt es fast alles noch gebraucht zu kaufen!«

»Danke.« Leo strahlte. »Und meinst du, du könntest es bei uns zu Hause vorbeibringen? Dann kannst du gleich mit meinem Vater sprechen.«

»Das mache ich!«

Leo holte ein Plastiksparschwein aus seinem Ranzen.

So wie er es hielt, war es ein Kilo schwer. »Soll ich jetzt schon bezahlen?«

Erst wollte Josefine ihm einfach sagen, dass das Buch ein Geschenk sei, doch als sie die Fortsetzung gebraucht für einen Euro fünfzig entdeckte, unterschlug sie einfach die Portokosten und ließ sich das Geld in Zehn-Cent-Münzen geben.

»Kleingeld ist immer gut! Das brauche ich zum Wechseln«, betonte Josefine. Aber viel mehr als über das Wechselgeld freute sie sich über etwas anderes, was Leo ihr gegeben hatte: über die Hoffnung, dass es mit Johannes doch noch nicht vorbei war, bevor es wirklich angefangen hatte.

Wie konnte es in so einer malerischen Gegend so etwas Hässliches wie Grenztürme geben, an denen Menschen ihr Leben lassen mussten, weil sie frei sein wollten? Grau, zerfallen und trist stand sich einer der Grenztürme der ehemaligen DDR dem Betonturm Point Alpha gegenüber. Der Turm diente ab 1985 bis zum Fall des Eisernen Vorhangs als Beobachtungsstützpunkt der NATO. Jetzt war das ganze Gelände eine Gedenkstätte, welche an eine Diktatur erinnerte, die ein relativ friedliches Ende gefunden hatte.

Ein zähnebleckender, angeketteter Hund wirkte wie ein gruseliges Relikt aus einem Horrorfilm. Erst auf den zweiten Blick erkannte Josefine, dass das bullige Tier nicht aus Fleisch und Blut war.

Und ausgerechnet hier hatte ihr Handy Empfang.

»Wie kannst du nur so dumm sein?« Marks Stimme schien wie eine Kette, die sie daran hindern wollte, ihre Grenze zu überschreiten.

»Mark, ich habe dir gesagt, dass ich nicht vorhabe, dich über den Tisch zu ziehen. Lass uns die Auflösung in Ruhe regeln, und dann gehört der Laden dir.« Josefine würde Mark entgegenkommen – was nicht zuletzt auch an ihren Schuldgefühlen gegenüber dem Laden, aber auch gegenüber Mark lag.

»Bürgermeister Heck hat uns so ein gutes Angebot gemacht. Wie kannst du das nur ausschlagen, um an so einem sentimentalen Traum festzuhalten?« Mark saß in einem vollen Café, wie sie schnell herausgehört hatte. Aber anscheinend interessierte es dort niemanden, was am Nachbartisch ins Telefon geschrien wurde. Die anderen schrien ebenfalls durcheinander.

»*Uns?* Mir hat er das Angebot gemacht!«

»Na, er hat mich hier besucht. Er hatte vor ein paar Tagen einen Termin in Köln und hat die Gelegenheit genutzt, mit mir noch mal über die Angelegenheit zu sprechen. Halb Heufeld glaubt, dass der Buchladen sowieso pleite macht. Da hilft es auch nichts, Kaffee zu verschenken. Überleg doch mal, was wir alles bewegen könnten mit dem Geld! In der Immobilie wäre es doch nur gebunden.«

Hatte dieser Heck keine Ohren am Kopf? Wie oft hatte sie ihm gesagt, dass sie an seinem Angebot nicht interessiert war! Und was fiel ihm ein, hinter ihrem Rücken mit Mark zu verhandeln? Und was kapierte Mark daran nicht, dass er dieses lächerliche Spiel auch noch mitmachte?

Josefine hatte keine Lust, ihrem Ex-Freund zum dritten Mal zu erklären, dass es ihr Geld war. Und dass sie mehr war als nur sein Humankapital. Es wurde Zeit, auch unter die Geschäftsbeziehung endlich einen sauberen Schlussstrich zu ziehen.

»Mark, ich habe mich entschieden und möchte nicht mehr darüber diskutieren.«

Sie blieb vor der Schautafel stehen, die bedrückende Geschichten von den Freiheitskämpfern erzählte. Die ihr Leben geopfert hatten, um für ihre Ideale einzustehen.

»Natürlich möchtest du das nicht. Sonst müsstest du dich vielleicht noch der Frage stellen, ob dein Plan, am Ende der Welt zu bleiben, nicht völlig bescheuert ist. Meinst du nicht, du wirst bald überfordert sein? So ganz allein?«, streute Mark auf perfide Weise Salz in ihre Wunden.

»Mark, es ist wirklich am besten, wenn jeder von uns seinen Laden allein weiterführt.« War er immer schon so herablassend zu ihr gewesen? Und wenn ja, warum war ihr das nicht aufgefallen? Hatte sie sich selbst immer zu wenig zugetraut?

Das Schweigen wurde genauso beklemmend wie die Atmosphäre an dem Grenzposten, über die auch die wundervolle Landschaft nicht hinwegtäuschen konnte. Josefine musste das Gespräch in eine bessere Richtung lenken. Es gab immer zwei Wege. Selbst am Ende eines gemeinsamen Weges.

»Mark?«

»Ja?«

»Ich freue mich für dich, dass dein nächstes Buch so groß rauskommt. Vielleicht brauche ich es gar nicht auf irgendeiner Bestsellerwand zu platzieren. Vielleicht kommt es ganz von allein dorthin. Und zwar in allen Buchläden.«

Das Schweigen jetzt fühlte sich eher überrascht als bedrückt an.

»Josefine, danke. Danke, dass du immer an mich geglaubt hast. Und das, obwohl du das Buch nicht mal kennst.«

»Ach, komm. Das sollte doch selbstverständlich sein, oder?«

So sehr ihr klar geworden war, dass an Marks Seite keine Zukunft für sie möglich war, so wünschte sie ihm doch das Beste.

»Und ich weiß, dass es nur ein Tropfen auf den heißen Stein ist, aber ich lege dich gerne auf unseren Tisch mit den Neuheiten.«

»Danke, die Geste freut mich. Wirklich. Wobei, wie du selbst sagst, es ist ein Tropfen auf den heißen Stein, und ich fürchte, eine Buchhandlung macht kaum einen Unterschied. Mein Buch muss sich am Ende selbst durchsetzen.«

Natürlich machte auch eine kleine Buchhandlung in der Rhön einen Unterschied. Vielleicht nicht gleich für die Bestsellerliste, aber ganz sicher für viele Menschen, die hier ein und aus kehrten. Und sie machte für sie selbst einen großen Unterschied. In der Buchhandlung Gronau hatte sie ihr Herz, ihre Leidenschaft und ihre Berufung wiedergefunden.

Tagsüber arbeitete Josefine im Buchladen und konzentrierte sich immer mehr auf die Tradition, jedem der Menschen, die nach einem Buch suchten, noch mehr mitzugeben. Ein Strahlen, ihr Wohlwollen, einen guten Wunsch! Das war bei Menschen, die sie meist nur vom Sehen kannte, so viel einfacher als bei Menschen, denen sie nicht selbstlos alles Gute wünschen konnte. Johannes zum Beispiel. Sie hatte ihm so sehr gewünscht, dass er zur Einsicht kommen würde und nicht nur seine Tür, sondern auch sein Herz wieder für sie öffnen würde.

Stattdessen machte Leo auf, als sie mit dem gebrauchten Folgeband *Tsatziki, Tsatziki, Tzatziki, Tintenfische und erste Küsse* vor der Tür stand und klingelte. Und zwar erst nach dem fünften Mal.

»Oh, hallo, Leo, soll ich ein anderes Mal wiederkommen? Damit dein Vater aufmacht?«

Der Junge steckte wieder in seinem zu kurz gewordenen Schlafanzug und griff nach dem Buch. »Nee, ich will wissen, wie es weitergeht. Danke, dass du es besorgt hast.«

Josefine brauchte keine Hellseherin zu sein, um zu wissen, dass Vater und Sohn gerade diskutiert hatten, wer die Tür aufmacht.

»Na, dann viel Spaß beim Lesen«, sie drehte sich um, um zu ihrem Haus zu laufen.

»Halt, warte!«

»Ja?«

»In zwei Wochen müssen wir ausziehen. Der neue Besitzer kommt.«

»Oh, das tut mir leid. Habt ihr schon was Neues gefunden?«

Leo schüttelte den Kopf. »Wenn wir nichts finden, dürfen wir dann bei dir wohnen?«

»Natürlich dürft ihr das! Mein Haus ist eh viel zu groß für einen allein.« Josefine fragte sich, ob Tante Hilde ursprünglich geplant hatte, allein in dem Haus zu leben. Vielleicht hätte sie sich auch Kinder gewünscht?

»Leo, lässt du mich bitte zu deinem Vater? Ich muss mit ihm darüber reden!« Sollte er sie doch selbst wegschicken! Wie konnte er nur so stur sein? Wenn er sich selbst für was auch immer bestrafte, war das seine Entscheidung. Aber warum ließ er gleich seinen Sohn mitleiden?

»Klar. Komm mit.«

Josefine folgte Leo durch das Haus und durch die Hintertür in den Garten.

Es kam Josefine so vor, als hätte er den Imkerkittel mit dem breiten Netzschutz nur übergezogen, um sie auch für den Fall auf Abstand zu halten, wenn sie sich an der Tür nicht abspeisen ließ. Und er sah nicht nur aus wie der Mann auf dem Mond, es fühlte sich auch so an, als wäre er genauso weit entfernt, obwohl die Bienenstöcke keine zehn Meter vom Haus entfernt standen.

»Geht hier lieber weg. Die Bienen könnten stechen.«
Johannes hielt mit bloßen Händen einen Wabenrahmen in der Hand. Ein paar Bienen krabbelten über seine Hände.

»Es gibt Dinge, vor denen ich mehr Angst habe!« Sie versuchte zu ignorieren, dass sie keine Strumpfhose unter ihrem Kleid trug, und hoffte, dass sich keine Biene darunter verirrte.

»Ach, ja? Wovor denn?«

»Zum Beispiel davor, dass du einfach abhaust!«

»Es ist das Beste so.« Johannes drehte sich wieder zu dem Bienenstock. Leo sah Josefine kurz an und trollte sich ins Haus. Er hatte die Hoffnung also noch nicht aufgegeben, dass sein Vater mit Josefine sprach.

»Nein, ist es nicht! Dein Sohn hat mich gerade gefragt, ob ihr bei mir wohnen könnt, wenn ihr nichts findet. Hast du überhaupt eine Ahnung, wie es für ihn ist, sein Zuhause zu verlassen?«

Johannes konzentrierte sich darauf, in dem Wabenrahmen etwas zu finden. Es sah aus, als zerstöre er etwas, und seiner Erklärung zufolge tat er genau das.

»Manchmal muss man Opfer bringen, damit es am Ende besser wird. Genauso, wie ich jetzt diese Schwarmzellen zerstören muss, damit die alte Königin nicht von einer neuen vertrieben wird.«

»Das ist doch grausam.«

»Ist es nicht. Es ist einfach notwendig.«

»Was machst du eigentlich mit deinen Bienen, wenn du wegziehst?«

»Ein anderer Imker übernimmt sie. Jeder freut sich über neue starke Bienenvölker. Den Bienen ist es egal, wo sie leben, solange es dort genug Nahrung gibt.«

Josefine wusste, dass Imker manchmal tageweise ihre Bienen in Wäldern platzierten, etwa um Fichtennadelhonig zu produzieren, aber sie war sich sicher, dass Bienen eher sesshafte Tiere waren.

»Könntest du mich jetzt in Ruhe weiterarbeiten lassen?« Er kam dennoch auf sie zu, nachdem er den Rahmen wieder in die Zarge gestellt hatte.

»Könntest du aufhören, mir immer aus dem Weg zu gehen? Ich habe dir nichts Schlimmes getan!«

Sie sahen sich an. Durch das Netz vor Johannes' Gesicht. Selbst durch die feinen Maschen erkannte Josefine den Schmerz in seinen Augen. Alles hätte so einfach sein können! Hatte er einfach Angst, sich auf sie einzulassen? Angst, wieder enttäuscht zu werden?

»Doch, das hast du. Du hast mich verraten. Mit mir gespielt. Für dich werde ich doch nie etwas anderes sein als der Nachbarjunge, mit dem man sich in den Ferien amüsieren kann.«

Ja, vielleicht hätte ich mir selbst, aber auch dir eingestehen sollen, dass du mehr für mich warst als ein Urlaubsspielkamerad. Vielleicht hätte ich einfach den Mund halten sollen, statt mit fremden Leuten meine Sorgen zu teilen. Vielleicht hätte ich dich damals nicht küssen sollen, weil es dann unbeschwerter weitergegangen wäre. Aber wie soll ich dir all das sagen, wenn du es nicht hören willst?, dachte Josefine. Eine Biene krabbelte auf Johannes' Hutkrempe, eine andere steuerte Josefines Beine an. Es kitzelte auf ihrer nackten Haut.

»Du hast einfach keine Ahnung.« Josefine entfernte die Biene mit einer Sanftheit, die nicht zu ihrer Stimmung passte. Hätte es im Garten eine Tür zum Zuknallen gegeben, so hätte sie sich jetzt mit einem lauten Abgang davongemacht. Aber so konnte sie nur auf ihren Riemchensandalen über das Gras um das Haus herum laufen. Klar, sie hätte auch durch die offene Terrassentür durch das Haus gehen können, aber das kam ihr jetzt wie Hausfriedensbruch vor.

»Du weißt ja, wo ich wohne«, rief sie ihm noch zu und schwor sich, dass sie ihm das letzte Mal hinterhergelaufen war.

Wenn sie nicht im Buchladen arbeitete, arbeitete Josefine in ihrem Haus. Sosehr sie Tante Hilde trotz ihrer etwas eigenwilligen Art, ihr Nachleben zu organisieren, verehrte, so wollte sie dieses Haus nun wirklich zu ihrem machen. Die antiken Möbel waren alle nach ihrem Geschmack, und sie war froh, dass sie ihre eigenen Möbel in Köln lassen konnte. Aber die weißen Wände, die im Laufe der Jahre einen gräulichen Farbton angenommen hatten, waren ihr zu trist. Das Wohnzimmer strich sie in einem hellen Grün, wobei sie trotz der niedrigen Deckenhöhe einen weißen Rahmen unter der Decke stehen ließ. Und heute war ihr Schlafzimmer dran, das ehemalige Gästezimmer, das sie in ein Fuchsiarot tauchte, womit das alte Bauernbett perfekt in Szene gesetzt wurde. Warum wollte Johannes nicht mit ihr sprechen? Wie lange würde es dauern, den Schmerz darüber zu vergessen? Mit Worten würde sie nicht weiterkommen. Da brauchte es schon ein Wunder, dachte sie grimmig, als sie noch einmal den Pinsel in den Farbeimer tauchte.

Auch das Schlafzimmer von Tante Hilde, in das sie sich anfangs kaum hereingetraut hatte, hatte Josefine in den letzten Wochen aufgeräumt und renoviert. Josefine wollte dieses Zimmer wieder mit Leben füllen, konnte sich selbst aber nur tagsüber darin aufhalten. Sie hatte sich dazu entschlossen, das Zimmer zu vermieten. Nicht langfristig, sondern an Feriengäste.

Im Schrank waren so herrliche Vintagekleider. Auch auf die Gefahr hin, dass alteingesessene Kunden sie für einen jüngeren Geist von Tante Hilde hielten, behielt sie einen Teil der Kleider zurück. Josefine liebte Kleider ohnehin, die alten aber noch so viel mehr.

An der einen Seite stand ein antiker Schminktisch mit Marmorplatte und Spiegel, darauf ein Kästchen mit Tante Hildes Schmuck. Auch diesen traute sich Josefine nach und nach anzuziehen. Sie wusste, dass sich ihre Tante darüber gefreut hätte.

Johannes hatte unrecht. Sie würde hierbleiben. Vielleicht ja sogar für immer!

»Du siehst so traurig aus. Bist du sicher, dass du es nicht bereust, hierzubleiben?«

Eva und Josefine gönnten sich eine Kaffeepause mit einem Stück Apfelkuchen von der Konditorei um die

Ecke. Und gegenüber schien ein Haufen Jugendlicher nach der Schule völlig ausgehungert zu sein, den Bergen an Pommes auf den Tischen vor dem Laden nach zu urteilen. Einen kurzen Moment fragte sich Josefine, ob das schüchterne Mädchen unter den Teenagern war, das sie vor Kurzem besucht hatte, aber das konnte sie durch das Schaufenster des Buchladens nicht genau erkennen. Eva sah sie mit einer Warmherzigkeit an, dass Josefine etwas Trost spürte. Tante Hilde hätte sich keine bessere Mitarbeiterin als Eva aussuchen können. Sie war einer der Menschen, in deren Gegenwart alles leichter wurde. Josefine hatte sie, bis auf wenige Ausnahmen, nie über jemanden schlecht reden hören. Ihre Freundlichkeit war nicht aufgesetzt, im Gegenteil, Eva strahlte nach einem guten Kundengespräch auch dann noch, wenn er oder sie längst um die nächste Straßenecke verschwunden war.

»Und wenn ich dir ganz offen einen eigenen Wunsch verraten darf: Ich wünsche mir so sehr, dass dieser Laden bestehen bleibt und ich noch viel länger hier arbeiten kann. Du weißt gar nicht, was es für mich bedeutet hat, hier anzufangen. Deine Tante hat mir damals das Gefühl gegeben, doch ein Mensch mit Talenten zu sein.«

»Du bist die beste Buchhändlerin, die ich mir vorstellen kann.«

Und das stimmte auch. Eva war wie die erste Frühlingssonne nach einem düsteren Winter, wie der erste Kaffee nach einer unruhigen Nacht. Selbst dann noch, wenn sie getratscht haben sollte. Und das half Josefine, jetzt durchzuhalten. Die Zeiten, in denen sie allein im

Laden stand, waren schwieriger. Da wurde ihr bewusst, wie einsam sie sich manchmal auch in ihrem neuen Zuhause fühlte.

»Also was ist los, meine Liebe?«

»Johannes ist los. Er möchte nicht mal mit mir reden.«

»Ach du Mist!« Eva stach die Gabel in den Apfelkuchen, als trüge er die Schuld an dem Liebeskummer.

Josefine musste schmunzeln, weil sie sonst niemanden kannte, der in so einer Situation Mist statt Scheiße sagte. Als wäre Josefine ebenfalls ihr Kind, das keine Schimpfwörter lernen sollte.

»Johannes ist ein Idiot!«, hörte Josefine Eva nun doch einmal über einen anderen Menschen schimpfen, wobei in dem Schimpfwort immer noch etwas Fürsorge mitschwang. So als könnte sie ihn mit einer Standpauke zur Vernunft bringen.

»Anscheinend sind das alle Männer in meinem Leben. Vielleicht sollte ich es machen wie Tante Hilde. Für immer Single bleiben.«

»Meinst du, sie war glücklich?«

»Du hast sie doch in der letzten Zeit viel besser gekannt. Sag du mir, ob sie glücklich war!«

Eva fuhr mit den Fingern am Tassenrand entlang, als müsste sie Spuren von Lippenstift wegwischen. »Ich denke, sie war glücklich. Aber vor allem, weil sie ihr Ding gemacht hat.«

»Tja, mein Ding mache ich auch. Anscheinend bekomme ich den Hals nicht voll.«

»Meinst du, das Leben hält nicht viel mehr als eine Sache für uns bereit?«

»Doch. Und bis vor einem halben Jahr dachte ich, ich hätte die perfekte Vereinigung von Arbeit und Liebe.« Josefine seufzte.

Die Tür öffnete sich. Das Mädchen, das hier erst neulich seine Hausaufgaben gemacht hatte, kam herein. Sie verströmte einen intensiven Frittengeruch, also war sie gerade tatsächlich bei der Gruppe Schüler dabei gewesen. »Hallo, ist das Café heute auch wieder offen?«

»Und ob! Was möchtest du? Kaffee oder Tee?«

»Tee. Haben Sie auch Melissentee?«

Josefine zuckte zusammen. Sie hatten fünfzehn Teesorten. Aber keinen Melissentee! Kein gekaufter Melissentee würde so gut schmecken wie der selbst geerntete von Johannes. Und wenn er noch mit ihr reden würde, dann könnte sie ihn fragen, ob er nicht Lust hätte, ihr Tee für den Laden zu verkaufen.

»Nein, Melisse haben wir nicht. Fenchel oder Kamille? Oder Pfefferminz?«

»Pfefferminz! Mit Honig, wenn Sie haben.«

Das Wort Honig versetzte Josefine ebenfalls einen ganz feinen Stich. Natürlich hatte sie noch Honig, sogar den von Johannes.

Während das Mädchen noch in den Regalen stöberte, setzte Josefine Wasser auf und holte Tee und Tasse aus dem Schrank. Während der Wasserkocher anfing zu brodeln, huschte sie noch mal ins Ladenlokal.

»Eva, lass uns etwas ganz Besonderes machen. Ein

Fest. Ein Lesefest. Oder gleich ein Festival. Ein paar richtig gute Autoren und Autorinnen. Gutes Essen. Trinken. Das Buch und unseren Laden feiern«, schlug Josefine vor und dachte dabei, dass sie etwas brauchte, um sich abzulenken.

Etwas, das mich vielleicht sogar Johannes vergessen lässt. Bald ist er weg. Aus den Augen, aus dem Sinn. Irgendwie werde ich über ihn hinwegkommen.

Aber da gab es wohl jemanden, der eine Abfuhr nicht so leicht akzeptierte. Der Bürgermeister, der den Buchladen als Einziger immer so betrat, als handle es sich um einen Abstieg, obwohl es drei Stufen hochging.

»Guten Tag! Ich bewundere Ihren Mut, für ein so unsicheres Geschäft so große Risiken einzugehen.« Der fein gestutzte Bart konnte das hämische Grinsen nicht verbergen.

»Guten Morgen, Herr Heck, wie heißt es so schön? Das Glück ist mit den Wagemutigen.« Josefine hätte sich am liebsten schützend vor die Bücher gestellt, die in Hecks Augen nur Zeitverschwendung waren.

»Ich habe im Laufe meiner Karriere gesehen, wie sich manch Wagemutiger als Leichtsinniger entpuppt hat.«

»Kann ich Ihnen weiterhelfen?« Josefine hatte genug von seinem blasierten Auftreten und seiner neunmalklugen Ausdrucksweise. Die Art, wie Heck sich hier umschaute, hatte etwas Anzügliches. So, als wolle er all die tollen Geschichten nackt ausziehen und nur auf die Verkaufszahlen starren. Das Mädchen schien ihr Unbehagen zu teilen und schaute Heck ebenfalls skeptisch an.

»Andrang herrscht ja nicht gerade.«

»Suchen Sie etwas Bestimmtes?« Vielleicht den aktuellen Knigge?, hätte Josefine am liebsten gefragt, doch einer ihrer Leitsätze war Höflichkeit. Für jeden, der in ihren Laden kam. Das Telefon klingelte, und Eva nahm Bestellungen entgegen, worauf Heck immerhin seine Stimme senkte. Das Mädchen tippte auf ihrem Smartphone herum. Sie hatte den Tee ganz vergessen!

»Wenn es nur um den Preis geht, etwas Spielraum haben wir noch. Ihr Partner hat mir signalisiert, dass er über das Geschäft sehr glücklich wäre.«

»Da es sich hier um meinen Laden handelt, müssen Sie schon mit mir allein verhandeln.«

»Das versuche ich ja die ganze Zeit.«

»Ja, und ich sage Ihnen die ganze Zeit, dass ich nicht verkaufen möchte!«

»Ich würde mir an Ihrer Stelle gut überlegen, ob Ihre Sturheit nicht dazu führt, dass sich halb Heufeld am Ende gegen Sie stellt. Immerhin nehmen Sie vielen die Chance, sich beruflich weiterzuentwickeln. Und Sie rauben unserem Ort die Möglichkeit des wirtschaftlichen Aufschwungs.«

Als hätte jemand einen guten Wunsch losgeschickt, öffnete sich auf einmal die Ladentür, und die Gruppe Jugendlicher betrat den Laden. Der Geruch nach Pommes, aber auch nach der einen oder anderen gerauchten Zigarette wurde stärker. Und die Lautstärke verdoppelte sich, als alle auf Eva und sie einredeten, während sie noch nach der passenden Antwort für Heck suchte.

»Hallo, haben Sie die *Tribute von Panem*? Gerne alle drei Bände?«

»Und etwas darüber, wie man ein *Bullet Journal* macht?«

»Und können Sie mir was für meine Oma empfehlen, die total auf romantische Geschichten steht?«

»Ich würde mich einfach selbst umschauen«, sagte schließlich einer der Jungen und steuerte die Spannungsliteratur an. Heck und Josefine starrten den Teenagern argwöhnisch beziehungsweise verwundert hinterher, worüber sie ihre Diskussion ganz vergaßen.

Eva bediente die zwei Mädchen und zwei Jungs, und noch bevor Heck weiter predigen konnte, dem Ort drohe der soziale Abstieg für den Fall, dass Josefine sich weiter querstelle, lag ein Stapel Bücher neben der Kasse. Anschließend setzten sich die Jugendlichen mit dem Mädchen, das immer noch auf seinen Tee wartete, ins Lesecafé.

»Herr Heck, ich muss mich nun wieder um meinen Laden kümmern. Ich denke, Sie werden auch auf einer der umliegenden Baulandflächen einen wunderbaren Wellnessstempel aufbauen. Und sehr gerne bin ich dort auch Kundin.«

»Ich fürchte, das werden Sie irgendwann bereuen!«

»Was? Bei Ihnen in der Sauna zu brutzeln?«

»Sie werden schon noch zur Vernunft kommen. Auf Wiedersehen.« Er verabschiedete sich mit einem Lächeln, das alle Vorderzähne freilegte.

»So, was darf ich euch bringen? Und der Pfefferminztee kommt natürlich auch noch.« Josefine betrat das Lesecafé, in dem die Neuankömmlinge mit dem schüchternen Mädchen plauderten.

»Einen grünen Tee, bitte.«

»Eine Bionade Johannisbeere-Rosmarin.«

Josefine war stolz darauf, dass sie hier sogar Bionadesorten anbot, die es nicht mal in Köln in jedem Kiosk gab. Schließlich wurde die Bionade in der Rhön gebraut.

»Einen Milchkaffee.« Es musste endlich ein richtiger Kaffeeautomat her, bisher brühten Eva und Josefine alles mit der Hand auf. Selbst den Milchschaum rührte Josefine per Hand an. Solange die Kundschaft überschaubar blieb, war das kein Problem, aber auf Dauer war das zu umständlich.

»Einen ganz normalen Kaffee«, schloss einer der Jungs.

»Ihr seid genau zur richtigen Zeit gekommen!«, strahlte Josefine die Gruppe an, die den großen Tisch fast vollmachte.

»Ich habe gerade gehört, wie Sie mit Herrn Heck geredet haben. Von wegen, kein Andrang und so. Ich kenne den Mann. Zum Glück waren ein paar meiner Freunde gerade beim Imbiss gegenüber und haben zum Glück auch direkt meine Nachricht gecheckt, dass ich hier Verstärkung brauchen kann. Soll ja schließlich mein neuer Lieblingsort bleiben. Auf Wellness steh ich nicht so.« Auf einmal wirkte das Mädchen gar nicht mehr so schüchtern.

»Und ich wollte mir sowieso schon lange mal wieder

was zu lesen kaufen, war aber immer zu faul dazu«, fügte einer der Jungs grinsend hinzu.

Josefine sah auf das Mädchen, das wie bei ihrer ersten Begegnung wieder seinen Schreibblock ausgepackt hatte. Es rührte sie, dass der Buchladen selbst die Hausaufgaben anscheinend zu einem Vergnügen machte. Und es freute sie, dass sie die letzten Male nicht allein hier gesessen hatte, weil sie keine Freunde hatte.

»Vielleicht sollte ich eine Happy Hour nach der Schule einführen, damit ihr hier alle in Ruhe eure Hausaufgaben machen könnt.«

»Hausaufgaben? Ich schreibe an meinem ersten Roman. Und das kann ich nirgendwo so gut wie in einer Buchhandlung. Ich bin früher schon immer hier gewesen, aber jetzt mit dem Café ist es echt der beste Ort der Welt! Ich heiße übrigens Laura Müller. Ich hoffe, mein Buch steht in ein paar Jahren auch hier.«

Nach und nach kamen noch mehr Schüler in den Buchladen, aber was noch ungewöhnlicher war: Keiner verließ den Laden ohne ein Buch. Diese Laura war wirklich eine Überraschung. Josefine wusste ja nicht, was sie in dem WhatsApp-Broadcast geschrieben hatte – aber es musste wohl so etwas gewesen sein wie: *Kauf heute ein Buch und pimp dein Karma.*

Der Erfolg am heutigen Tag vermochte es sogar, Josefine von ihrem Kummer abzulenken. Als Eva sich verabschiedete, um die Kinder von der Kita abzuholen, hatte Josefine nicht einmal mehr die Zeit, überhaupt noch einen Gedanken zu fassen. Am Ende des Tages hatte sie das erste Mal im Leben außerhalb des Weihnachtsgeschäftes einhundertfünfzig Bücher verkauft!

Bei den meisten konnte sie drei oder vier Euro Gewinn verbuchen, vor Steuern natürlich, sodass sie heute nach Abzug der Kosten für Eva noch ein ordentliches Plus überhatte. Auf Dauer wäre es schön, immer zu zweit im Laden zu arbeiten, schließlich sollte kein Kunde lange auf ein Beratungsgespräch warten müssen. Und wenn sie dank Unterstützung in ruhigeren Momenten schon die Buchhaltung machte und die Vorschauen studierte, hatte sie auch mal so etwas wie Feierabend. Obwohl es ihr heute nichts ausmachte, bis zum Umfallen zu schuften. Allein an Johannes' Haus vorbeizufahren löste Herzklopfen bei ihr aus, vor allem, seit der neue Eigentümer ständig mit seinem Jeep davorstand.

Um den Kummer nicht überhand gewinnen zu lassen, versuchte Josefine alles, was in ihrer Macht stand, so schön wie möglich zu gestalten. Die Buchhaltung erledigte sie deshalb gerade an dem Holztisch vor ihrem Haus, der einen grandiosen Blick auf den Berghang bot. Und wenn sie ihren Kopf ganz weit nach links drehte, sogar einen kleinen auf Johannes' Haus. Vor ihr stand neben dem Laptop eine Karaffe mit Wasser, in der frische Minze und Himbeeren schwammen. Es war Juni und schon so warm, dass sie ein Sommerkleid im Stil der Fünfzigerjahre tragen konnte, dessen Blütenaufdruck mit dem Blütenmeer in den Beeten rings um ihr Haus konkurrierte. Die Bienen unterschieden natürlich genau, was echt und was aufgedruckt war. Hier war es so leise, dass Josefine selbst das Summen einer einzelnen Biene in ihrer Nähe hören konnte. Ein Zitronenfalter stattete ihrer Karaffe einen Besuch ab, bevor er sich in dem blauen Himmel verlor.

Und selbst die Zahlen in der Exceltabelle gaben Anlass zur Hoffnung. Solange sie ihr Polster hatte, konnte sie ihren Buchladen erst einmal halten. Aber über kurz oder lang musste sie ihn natürlich in die Gewinnzone führen.

Das Geräusch eines Motors ließ sie aufschauen. Ein Postauto fuhr vor ihrem Haus vor. Bestellt hatte sie nichts, schon aus Prinzip nicht. Doch dann erinnerte sie sich daran, dass der Postbote hier sowohl Briefe als auch Pakete mit dem Transporter auslieferte.

»Guten Tag, schön Sie anzutreffen. Ich habe Post für Sie. Heute habe ich sogar für Sie beide Post, da lohnt sich der Weg wenigstens.«

Josefine stand auf und ging dem freundlichen Herrn in blaugelber Uniform entgegen, um einen großen Umschlag und mehrere Standardbriefe entgegenzunehmen, die der Postbote sonst selbst in den Briefkasten an der Tür geworfen hätte.

»Danke, und einen schönen Tag noch.«

»Ihnen auch!«

»Sie sind doch die neue Besitzerin von dem Buchladen, oder?«

»Ja, das bin ich.«

»Finde ich super, dass Sie ihn weiterführen. Es haben echt zu viele Läden in unserem Ort pleite gemacht.«

»Ja, ich hoffe, ich kann ihn halten.«

»Das hoffe ich auch. Ich meine, ich kaufe echt nur ein- oder zweimal im Jahr ein Buch, aber ich komme bald mal eins kaufen. Versprochen!« Es klang so, als würde er Josefine damit die größere Gnade erweisen, statt sich auch selbst etwas Gutes zu tun.

»Sie sind immer herzlich willkommen. Und Sie können meine Post auch gerne im Laden abgeben, dann brauchen Sie hier nicht den Berg hoch. Für die zwei Häuser.«

»Werde ich mir merken«, verabschiedete er sich und fuhr davon.

Zuerst machte sie den großen Brief auf, dessen Inhalt ihr ein Lächeln aufs Gesicht zauberte. Es waren mehrere Tüten bienenfreundlicher Blumensamen darin. Dabei lag eine Postkarte:

Vielleicht kannst du damit nicht nur die Bienen, sondern auch ihn anlocken ...
Bis bald,
Deine Katharina

Es hatte gutgetan, sich bei ihr auszuheulen, auch wenn es nur am Telefon gewesen war. Die Standardbriefe öffnete sie danach. Alles Rechnungen. Alle überschaubar. Es ging bergauf. Zum Glück, denn sie hatte diese Geldsorgen so was von satt! Bei sich! Bei Mark! Und auch bei

Johannes! Hätte er nicht solche Existenzsorgen, dann hätte er auch nicht so kopflos sein Haus verkauft, ohne zu wissen, wohin mit sich und seinem Anhang, der aus einem Sohn und Tausenden tierischen Lebewesen bestand. Und als würden sich ihre finsteren Gedanken auf einmal manifestieren, tauchte vor dem Blau des Himmels eine schwarze Wolke auf.

Was war das denn? Ungläubig starrte Josefine auf die dunkle Wand, die auf sie zukam. Vor ihr war alles voll schwarzer Punkte, und ein Surren erfüllte die Luft. Erst nach und nach realisierte Josefine, dass es ein Bienenschwarm war. Fasziniert von diesem Naturschauspiel vergaß sie alle Sorgen, gestochen zu werden. Die schwarze Wolke verdichtete sich, wirbelte durcheinander wie ein Minitornado. Wurde immer lauter und gewaltiger, je näher sie kam. Sollte sie wegrennen? Einen Moment glaubte sie fast, die Bienen würden über sie herfallen, doch nur wenige verirrten sich in ihre Nähe. Auf einmal verdichtete der Schwarm sich noch stärker und flog auf einen Haselnussbaum zu, der neben ihrem Haus stand. Als gäbe es dort einen Schatz aus den erlesensten Blütenpollen, schwärmten die Insekten gemeinsam auf einen Ast weit oben in der Baumkrone zu. Auf einmal war keine Biene mehr zu sehen. War das eine Halluzination gewesen? Nein, das monotone Surren zeugte davon, dass sie sich dort oben eingenistet hatten. Josefine ging unter den Baum und hob ihren Blick zur Baumkrone, wo der ganze Bienenschwarm sich in der Form eines übergroßen Footballs versammelt hatte.

Was sollte sie tun? Würden sie genauso wieder verschwinden, wie sie gekommen waren? Sollte sie sich bei Johannes melden? Nein, erst mal nicht. Er hatte sie zu oft abgeblockt, und vielleicht würde das Bienenvolk nach seinem Ausflug ohnehin brav wieder zurückfliegen.

Sie setzte sich wieder vor ihren Laptop und googelte, ob die Suchmaschine etwas über abgängige Bienenschwärme fand. Und tatsächlich – dieses Phänomen war gar nicht so ungewöhnlich. Und es gab sogar eine Hotline, um einen Imker zu beauftragen, den Schwarm wieder einzufangen. Josefine tippte die Nummer und schilderte den Fall.

»Sorgen müssen Sie sich keine machen«, antwortete eine behäbige Stimme, »die werden Ihnen nichts tun.«

»Das dachte ich mir schon. Aber finden sie den Weg zurück?«

»Die wollen nicht mehr zurück. Die suchen sich jetzt einen neuen Stock. Wissen Sie denn, woher die Bienen kommen?«

Josefine schwieg einen Moment und lauschte dem Surren. »Angenommen, ich wüsste es nicht. Was sollten wir tun?«

»Dann schicken wir Ihnen jemanden vorbei, der den Schwarm einfängt.«

Wenn Josefine daran dachte, was sie eine versehentlich zugezogene Tür am Wochenende einmal gekostet hatte, musste sie gewappnet sein.

»Was möchten Sie dafür haben?«

»Den Bienenschwarm. Wir freuen uns immer über ein neues Bienenvolk.«

War das nicht Diebstahl? Sie konnte doch nicht einfach Johannes' Bienen verschenken. Andererseits war das ja fast Hausfriedensbruch. Und so gerne sie die Bienen grundsätzlich mochte, sie wollte sie nicht unkontrolliert beherbergen. Zumal sie vielleicht eingehen würden, sobald es wieder kalt werden würde.

»Das heißt also, jemand von Ihnen kommt vorbei, fängt die Bienen wieder ein und nimmt sie mit?«

»Genau. Auf welcher Höhe hat sich der Schwarm denn versammelt?«

»Fünf Meter hoch bestimmt! Ich fürchte, da brauchen wir einen Leiterwagen.« Sie sah in das dichte Blätterwerk, an dem überall schon hellgrün verpackte Haselnüsse hingen.

»Josefine! Halt, warte!«

Sie drehte sich um und ließ die Hand mit dem Handy sinken.

Johannes stand vor ihr. An seinem T-Shirt klebten noch Holzspäne, seine dunklen Haare waren voller Sägemehl.

»Einen Leiterwagen, sagen Sie? Puh, das wird aber doch ein ganz schön großer Aufwand«, kam es aus dem Handy.

»Josefine, bitte hör mir erst zu!« Johannes sah aus, als wollte er ihr das Handy am liebsten aus der Hand nehmen, doch er verschränkte nur seine Arme vor der Brust.

»Warte!« Sie gab Johannes ein Zeichen. »Vielen Dank für Ihre Hilfe, aber ich glaube, mein Problem löst sich gerade von selbst«, erklärte Josefine in das Handy, verabschiedete sich und beendete das Gespräch.

»Josefine, Leo hat mich gerade aus der Werkstatt geholt und gesagt, dass die Bienen in deine Richtung ausgeschwärmt sind.«

»Korrekt. Warum sollte er auch lügen?« Nun verschränkte auch Josefine die Hände vor ihrer Brust. Ihr Herz klopfte wie wahnsinnig, als sie Johannes gegenüberstand.

»Nun, weil er sich wünscht, dass wir ... uns wieder ... vertragen.«

»Und was spricht dagegen?«

Erst jetzt reagierte Johannes auf das Surren und sah nach oben. »Da sind sie also. Mist!«

»Wieso? Du wolltest sie doch eh abgeben und zurücklassen. So wie alles hier!« Sie konnte seine Nähe kaum ertragen, weil sie sich selbst dann noch gut anfühlte, als sie wütend aufeinander waren.

»Ich muss das einfach tun!«

»Nein, man hat immer eine Wahl!«

»Das ist doch naiv.«

»Ist es nicht. Und anscheinend haben sich deine Bienen für meinen Garten entschieden.«

»Und diese Entscheidung könnte sie das Leben kosten, wenn ich sie nicht wieder einfange.«

»Die Bienen kamen Abermillionen Jahre ohne den Menschen zurecht. Also werden diese es auch tun.«

»Josefine, es sind keine Wildbienen! Du wirst morgen vielleicht einen Haufen toter Bienen hier liegen haben!« Sie schauten beide auf den Boden, wo tatsächlich bereits einige Insektenkörper herumlagen.

»Ich hätte die Schwarmzellen der potenziellen Königinnen sorgfältiger zerstören sollen!«, sprach er jetzt mehr zu sich selbst.

»Jetzt versucht die alte Königin hier einen Neuanfang und hat mehr als die Hälfte des Volkes hinter sich.«

»Tja, herzlichen Glückwunsch an die Königin, kann ich da nur sagen. Ist doch immer noch besser, als wenn sie die neue tötet?«

Sein Anblick brachte sie noch viel stärker durcheinander als der Bienenschwarm. Ein Teil von ihr wünschte sich, er würde wieder verschwinden, damit sie nicht von vorne anfangen musste, sich von ihm zu entwöhnen. Der andere Teil wollte ihn am liebsten festhalten.

»Können wir die Diskussionen jetzt mal außen vor lassen, und kann ich mir bitte meine Bienen wieder holen?«, fragte er etwas weicher. »Ich fürchte, ich muss den Ast absägen und herunterlassen. Anders komme ich nicht dran. Lass mich eben ein paar Werkzeuge holen, dann bin ich in einer halben Stunde wieder weg.«

In einer halben Stunde wäre er wieder weg. Aber ihre Gefühle für ihn würden es auch in drei Jahren nicht sein. Es war wie ein Blitz, der Josefine traf und ihr Superkräfte verlieh. Oder Mut. Mut, um zu kämpfen. Sie befand sich an einer Stelle ihrer ganz persönlichen Story, in der sie zum Schwert greifen musste.

»Nein.«

»Wieso nein?«

»Weil das mein Grundstück und mein Baum sind. Du sägst hier überhaupt nichts ab. Nicht bevor du mir endlich mal zuhörst!«

»Du wirst mich nicht mehr umstimmen. Ich muss hier weg. Alles erinnert mich daran, dass ich mir Jahre etwas vorgemacht habe. In jeder Beziehung.«

»Auch in unserer?«

»In unserer ganz besonders.«

»Johannes, warum sagst du so etwas?«

»Weil es wahr ist. Ich war doch nur ein Puzzleteil im Spiel deiner Tante. Und ich bin nicht für das Glück gemacht. Weder im Spiel noch in der Liebe.«

Er schaute sie so unendlich traurig an, dass sie ihn am liebsten in den Arm genommen hätte, obwohl sie ihn gleichzeitig am liebsten geohrfeigt hätte.

»Jeder ist für das Glück gemacht!«

»Nein, ich nicht!«

Im Schatten der Baumkrone fröstelte es Josefine leicht. Eine Gänsehaut breitete sich auf ihrem Körper aus. »Gut, vielleicht bleibt das Glück nicht bei dir, weil du es mit den Füßen trittst.« Sie hielt sich an einem Ast fest, als suche sie Halt. »Und weißt du was, Johannes? Ich bin auch deinetwegen hiergeblieben!«

»Ist das dein Ernst?« Es war ihm nicht anzusehen, ob ihn die Botschaft freute oder erschreckte.

»Ja, das ist mein Ernst. Und weißt du was? Ich werde versuchen, auch ohne dich hier glücklich zu werden.

Weil ich es will! Obwohl ich lieber mit dir hier glücklich wäre! Mit dir!«

So nackt hatte Josefine sich ihr ganzes Leben noch nicht gefühlt. So nackt und schutzlos. Und doch mutig. Sollte er doch Angst haben, sie hatte keine. Das Leben war zu kurz für Kompromisse.

Sollte er sie doch ansehen wie eine Verrückte!

»Und jetzt hol deine verdammten Bienen, bevor sie es sich noch mal überlegen und ganz abhauen!« Tränen schossen in ihre Augen, sodass sie Johannes nur verschwommen sah, als er auf sie zukam. Sie lehnte sich an den Baum, was nicht so einfach war, da er nicht aus einem einzigen Stamm, sondern aus vielen dünnen bestand, die sich wie ein Kabelbündel aneinanderdrängten. Im Grunde war die Haselnuss kein Baum, sondern ein Strauch. Das Holz in ihrem Rücken war hart, die Arme, die sich um sie schlossen, waren fest und weich zugleich.

»Ich wünschte, ich könnte dir glauben. Ich wünsche es mir so sehr«, flüsterte er in ihr Ohr, und seine Worte verschwammen mit dem Summen des Bienenschwarms.

»Dann tu es einfach! Entscheide dich dafür, mir zu glauben.« Josefine konnte nicht sagen, wessen Mund den des anderen zuerst suchte. Wessen Lippen die des anderen zuerst berührten. Sie spürte nur, wie sie sich küssten. Wie ihr ganzer Körper sich nach ihm sehnte, wie sie spürte, dass auch er sie begehrte.

Er löste sich von ihr und sah sie an. »Ich will dir glauben.«

»Endlich!« Das Frösteln war längst einer Wärme gewichen, die trotz der Sandalen bis in die Zehen reichte. Konnten sie sich nicht einfach weiterküssen und das Reden auf danach verschieben? Ihr Herz quoll über. Sie legte ihre Hand an seine Wange, sah ihm in die Augen.

Doch statt sie wieder zu küssen, flüsterte er: »Josefine. Ich ...«

»Papa?« Josefine hätte gerne gehört, was Johannes zu sagen hatte, doch als er Leos Stimme hörte, hielt er inne.

»Ich glaube, ich brauche einen Moment.«

»Ich gehe zuerst.« Josefine strich sich ihr Kleid glatt und lief in die Richtung, aus der Leos Stimme kam. Er sollte sich schließlich keine Sorgen machen.

»Leo, ich bin hier«, sie lief auf ihn zu und schämte sich ein kleines bisschen, als sie sein besorgtes Gesicht sah.

»Hast du meinen Papa gesehen? Auf einmal sind die Bienen abgehauen, und ich habe ihm gesagt, dass sie in deine Richtung geflogen sind. Hast du sie gesehen? Wenn so viele auf einmal stechen, kann es gefährlich werden.« In Leos Stimme schwang Panik mit.

»Leo, keine Sorge, deinem Vater geht es gut. Und er hat dank dir die Bienen wiedergefunden. Komm, wir gehen zu ihm, dann holen wir Werkzeug aus dem Schuppen, er muss einen Ast absägen, so hoch hängen sie.« Und wie selbstverständlich griff Leo nach Josefines Hand.

Josefine und Leo standen weit genug von dem Haselnussbaum entfernt, sodass der Ast auch nicht versehentlich auf ihren Kopf krachen konnte. Trotzdem machten sie beide noch einen Schritt zurück, als der Ast sich bewegte.

»Hey, ihr könnt mir schon vertrauen!«, rief Johannes von der Leiter herunter. Wie er sich mit dem Imkeranzug überhaupt in dem Dickicht bewegen konnte, war Josefine ein Rätsel. Und auch wenn sein Gesicht verhüllt war, konnte sie spüren, dass er strahlte.

»Und wenn sie ihn doch stechen?«

»Dann wird er auch das überleben. Mach dir keine Sorgen, dein Vater kennt sich doch aus.«

»Und ihr habt euch wieder vertragen?«

»Ja, das kann man so sagen.« Allein der Gedanke an ihren Kuss unter dem Baum ließ Josefine erschauern.

»Dann könnte ich ja bei dir einziehen.«

»Egal, was eure Pläne sind, ihr könnt natürlich immer vorbeikommen«, antwortete Josefine.

»Wenn wir nächste Woche wirklich umziehen, wird das schlecht.«

»Ich kann euch ja helfen, dann geht es schneller«, antwortete Josefine in der Hoffnung, dass die neue Wohnung doch um die Ecke sein würde.

»Ich will gar nicht, dass es schneller geht. Ich will nicht nach Berlin.«

Ich will auch nicht, dass ihr nach Berlin geht, aber darf ich so egoistisch sein, das anzumerken?, fragte sich Josefine. Ihr rutschte das Herz in die Hose, und zwar genau in dem

Moment, in dem sich der Ast senkte. Der Ast samt Bienenvolk prallte so plötzlich auf dem Boden auf, sodass nicht alle Bienen den Aufprall überleben würden.

Leo und sie wichen noch ein Stück weiter zurück, als die Bienen auf dem Boden gelandet waren, und Johannes kletterte von der Leiter.

»Wie bekommst du sie jetzt wieder in den Stock?«

»Darf ich einen neuen Stock hier aufstellen? Wenn ich die Königin finde und in den Stock setze, folgen ihr die meisten automatisch. Ich hoffe, sie nehmen ihr neues Zuhause an.«

»Gerne, von mir aus kannst du alle hier auf dem Grundstück aufstellen.«

»Danke, ein, zwei sehr gerne, den Rest wird ein anderer Imker übernehmen.«

Es ist also wahr, dachte Josefine. Er will hier alle Zelte abbrechen. Aber wie passt das mit dem zusammen, was gerade unter dem Baum passiert war? Oder änderte das nichts an seinen Plänen? In Leos Gegenwart war es keine gute Idee, das auszudiskutieren.

Als sie sich geküsst hatten, hatte Josefine es einen Moment geschafft, alles andere um sich herum zu vergessen. Und in dem Moment, in dem der Gedanke an die Zukunft doch aufblitzte, wusste sie, dass sie mehr davon wollte. Viel mehr! Nicht nur seine Lippen spüren. Und seine Lippen nicht nur an ihrem Mund spüren. Und nicht einmal, sondern immer wieder. Ein ganzes Leben lang. Sie würde nie genug von ihm bekommen. Aber

Leos Auftreten und die Tatsache, dass er ein Leben plante, in dem sie vielleicht nur eine Nebenrolle spielte, hatte sie auf den Boden der Tatsachen zurückgeholt.

»Du siehst so nachdenklich aus?«

Josefine saß mit Johannes vor ihrem Haus, die Sonne verabschiedete sich gerade mit einem so wunderbaren Rot, dass Josefine am liebsten ihren Blick abgewandt hätte, weil es ihr zu viel an Schönheit war. Zunächst war es Leos Gegenwart gewesen, die sie daran hinderte, ihrem Verlangen zu folgen. Sie hatten nach der Bieneneinfangaktion gemeinsam zu Abend gegessen wie eine kleine Familie. Doch es fühlte sich immer noch wie ein geliehenes Glück an. Jetzt waren sie endlich allein, und doch konnten sie noch nicht an den Moment unter dem Haselnussbaum anknüpfen. Johannes strich ihr so liebevoll über die Hand, dass der Gedanke schmerzte, er würde es bald nicht mehr tun können.

»Ich werde dich einfach unendlich vermissen.«

»Wir können uns doch oft besuchen. Mit dem Zug von Fulda aus sind es doch keine vier Stunden. Wir wechseln uns einfach ab. Und es muss ja nicht für immer sein. Wer weiß, vielleicht kommst du in ein paar Jahren nach?«

Johannes wirkte aufgekratzt. So wie jemand, der nach Jahren der Gefangenschaft das erste Mal in die Freiheit entlassen wird. Sie durfte ihm seine Pläne nicht ausreden.

»Josefine, ich brauche einfach einen Neuanfang. Ich habe mein ganzes Leben hier gelebt. Mein ganzes Leben haben mich die Schatten der Vergangenheit belastet. Ich möchte endlich frei sein. Ein alter Schulfreund hat ein Loft mit Atelier, da kann ich mit Leo unterkommen, bis wir was Eigenes gefunden haben. Ich möchte meine Möbel endlich professionell präsentieren. Und wenn Sandra und ich uns Leos Betreuung teilen, bedeutet das für mich auch eine ganz andere Freiheit.«

Josefine nickte. Sie konnte sich wohl kaum anmaßen, mit der leiblichen Mutter zu konkurrieren. Vielleicht war es das Klügste, erst einmal abzuwarten, statt den möglichen Beginn ihrer Beziehung direkt mit Diskussionen kaputt zu machen.

»Das verstehe ich natürlich. Lass uns einfach die Zeit genießen, die wir haben«, pflichtete sie ihm bei und fühlte doch ganz anders. Ob ihre Beziehung mit Mark gehalten hätte, wenn sie nicht weggezogen wäre? Nein, das hätte sie nicht. Durch die Herausforderung war nur viel schneller klar geworden, dass sie nicht dieselben Ziele im Leben hatten.

Auch als die Sonne untergegangen war, blieben sie sitzen. Sie kannte Johannes schon fast ihr ganzes Leben lang. Lag es vielleicht daran, dass es sich anfühlte, als sei sein Arm der sicherste und wärmste Ort auf der ganzen Welt? Auch wenn vieles zwischen ihnen noch in der Schwebe war?

Die Nacht war so klar und die Sterne der Erde hier so viel näher als in den Häuserschluchten der Stadt. Ein Teelicht flackerte auf dem Tisch. Johannes' Handy lag daneben, falls Leo anrief, der betont hatte, dass er gerne ein paar Stunden für sich hätte. Schließlich habe er noch ein spannendes Buch zu lesen. Josefine hatte niemanden, der sie dringend erreichen musste oder für den sie immer erreichbar sein wollte. Egal, wer anrief, es hatte bis morgen Zeit. Ihr Handy lag in der Schublade des Nachtschränkchens.

»Ist von innen kaum wiederzuerkennen!« Johannes folgte Josefine ins Haus, nachdem es draußen kühl wurde. Innerlich brannte Josefine geradezu, allerdings auch vor Zerrissenheit.

»So viel hat sich gar nicht verändert, ich habe nur etwas entrümpelt und die Wände gestrichen.« Was sollte es? Sie hatte lange genug auf diesen Tag gewartet, um sich jetzt von Grübeleien davon abhalten zu lassen, seine Nähe einfach zu genießen. Sie umschlang seine Taille und zog ihn an sich. Einen Moment zog er sie noch näher an sich heran, doch statt sie erneut zu küssen, rückte er ein Stückchen von ihr ab, um ihr besser in die Augen sehen zu können, während er mit ihr sprach.

»Ich wette, davor hatte deine Tante Jahrzehnte nichts verändert. So war es bei meinen Eltern auch. So ist es doch bei den meisten. Sie bleiben in irgendeiner Phase stecken.«

Das kannte Josefine von ihren Eltern auch. Sie lebten immer noch in der Einrichtung, mit der sie sich jung gefühlt hatten. Und es hing immer noch Josefines Foto mit der Schultüte an der Küchenwand. Aber hier drinnen war alles nun in Josefines Sinne eingerichtet. Bis auf die Wandfarbe war zwar nicht viel Neues hinzugekommen, aber sie hatte nur noch die Möbel behalten, die sie wirklich wunderschön fand.

»Wer weiß, wie wir später einmal werden.« Sie wollte Johannes' Satz als gewagte Liebeserklärung deuten, und seinem Blick nach zu urteilen war das nicht mal abwegig. Es schwang der Wunsch mit, gemeinsam dieses später zu erleben.

Vergiss später!, dachte Josefine in diesem Augenblick, und Johannes dachte wohl etwas Ähnliches. Jetzt war er es, der sie fester umschloss, als wolle er sie nie wieder loslassen, obwohl seine Koffer längst gepackt waren; der ihre Locken beiseiteschob, erst ihren Hals küsste, was Josefine schon erschauern ließ, und dann ihre Lippen suchte. Erst sanft, dann fordernd. Er brauchte gar nichts zu fordern, in diesem Moment hätte sie ihm alles gegeben. Die Gänsehaut breitete sich nicht nur auf ihren nackten Armen und Beinen, sondern auch auf jedem weiteren Quadratzentimeter Haut ihres Körpers aus. Sie sehnte sich nach ihm, als hätte sich ihr Begehren all die Jahre aufgestaut. Sie schob ihre Hand unter sein T-Shirt, zog ihn fest an sich und spürte, dass es ihm ähnlich ging. Alles andere auf der Welt war für diesen Moment höflich zur Seite gerückt. Als rieten ihnen alle Sorgen und Probleme, erst mal neue Kraft miteinander zu tanken, dann konnten sie sie morgen besser lösen – bis das Telefon klingelte. Nicht ein Handy, sondern das Festnetztelefon. Das an der Schnur, das immer noch im Flur stand. Warum die Leute früher den Platz zum Telefonieren immer an den ungemütlichsten Ort verbannt hatten, war Josefine schon immer ein Rätsel gewesen. Aber wer jetzt um diese Zeit noch anrufen konnte, wunderte sie noch mehr. Aber wer auch immer es war, wollte wahrscheinlich nicht sie sprechen. Sie musste endlich das Telefon abmelden. Der Anrufbeantworter sprang an. Josefine hielt inne, und Johannes löste sich ein Stück von ihr.

»Vielleicht sind wir ja doch wie die Königskinder, die nie zueinander finden, weil immer einer sie stört.« Johannes' Lächeln sah aus, als würde er jedes Wasser durchqueren, um zu seiner Geliebten zu gelangen. Aber was sollte sie jetzt noch voneinander trennen? Sie war bereit zu springen. Alles andere würde sich danach ergeben.

»Guten Tag, hier ist der automatische Anrufbeantworter von Hilde Gronau. Bitte hinterlassen Sie eine Nachricht, und ich rufe zurück. Einen schönen Tag und alles Gute.«

Eine Welle der Wärme durchflutete Josefines Körper. Es war eine Wärme ohne Begehren, aber dennoch voller Liebe. Sie suchte Johannes' Blick. Doch was sie in seinen Augen sah, ließ sie erschrecken.

»Lass ihn. Er wird sich beruhigen.« Tante Hilde saß Josefine gegenüber. Auf dem Tisch in der Küche lag ein kariertes Tischtuch, eine Kerze brannte, drei Gedecke von dem guten weißen Geschirr standen auf dem Tisch.

Josefine wischte sich die Tränen mit der Damastserviette aus den Augen. Unberührt stand der Kuchen in der Mitte.

Johannes' Lieblingskuchen, Johannisbeer, den seine Mutter ihm immer gemacht hatte, weil er doch Johannes hieß. Und die Beeren immer zu seinem Geburtstag reif waren.

»Lass uns einfach beide ein Stück genießen und den Rest einfrieren.« Tante Hilde verteilte zwei Stücke auf zwei Teller und klatschte jeweils noch einen Löffel Sahne drauf.

Josefine hatte den halben Tag in der Küche gestanden, nachdem sie jede einzelne Beere mit Liebe gepflückt hatte. Sie waren sauer und saftig, aber in dem Kuchen würden sie saftig und süß schmecken, weil sie so viel Zucker darübergestreut hatte.

Und jetzt war dieser Kuchen verlorene Liebesmüh. Ja, der Kuchen tat Josefine leid. Und allein um den Kuchen zu trösten, stach sie die Gabel hinein. Und er schmeckte köstlich.

»Ich wollte ihm wirklich eine Freude machen.«

»Ich weiß, Josefine. Aber vielleicht ist er einfach noch nicht so weit. Vielleicht kann er einfach noch nichts ertragen, was ihn an seine Mutter erinnert.«

Josefine wollte ihre Tante nicht verletzen, also nickte sie nur.

Sie hatte gerade bei Johannes geklingelt. Beim Öffnen der Tür hatte er sich gefreut.

»Hallo, Johannes. Wir haben Sommerferien. Ich bin also wieder mal hier.«

»Cool«, antwortete er nur und stand lässig im Türrahmen. Er sah gut aus. Bestimmt wollten sich jede Menge Mädchen mit ihm treffen, die spannender waren als sie selbst. Sie fragte trotzdem.

»Ich wollte dich einladen. Jetzt.«

»Jetzt?«

Früher hatte er immer Zeit für sie gehabt. Vielleicht war es mittlerweile anders, seit er mit seinem Vater allein lebte. Tante Hilde meinte, er müsste zu Hause ziemlich viel mit anpacken.

»Ja.«

»Und zu was?«

»Zu uns nach Hause. Ich habe einen Kuchen gebacken. Nachträglich zu deinem Geburtstag.« Es war Josefine, als müsste sie ihren köstlichen Kuchen wie einen Ladenhüter anbieten.

»Ich möchte nicht zu euch nach Hause.« Er verschränkte die Arme vor der Brust.

»Warum nicht? Du bist doch normal immer zu mir gekommen.«

»Es liegt nicht an dir.«

»An wem denn?« Sie verschränkte ebenfalls die Arme vor der Brust, beziehungsweise vor dem, was mal ein Busen zu werden versprach. Johannes sah schon viel erwachsener aus als sie, und an der frischen Schnittwunde über seiner Oberlippe erkannte sie, dass er noch üben musste, wie ein Erwachsener auszusehen.

»Du kannst deiner Tante ausrichten, dass ich sie hasse!«

»Du spinnst! Sie hat dir nichts getan!«

»Trotzdem. Sie hält sich doch für was Besseres. Vor allem für was Besseres als meine Mutter.«

Josefine biss sich auf die Lippe. Johannes' Mutter war tot. Vielleicht war er deshalb sauer auf Tante Hilde, einfach, weil sie noch lebte. »Johannes, das stimmt doch gar nicht!«

»Du hast auch nicht von allem im Leben eine Ahnung.«

»Aber du auch nicht!«, konterte Josefine, die sich hilflos wie selten fühlte. Ob das die Hormone waren, die mit Johannes durchgingen? Ihre Eltern behaupteten das immer über Jungs in dem Alter. Bevor Johannes die Tür zuknallen konnte, drehte sie sich um und lief zurück zu Tante Hildes Haus.

Und da saß sie nun zwischen Tränen, dem köstlichen Geschmack und ihrem Geheimnis, dass Johannes ihre geliebte Tante hasste.

Genau diesen Groll sah Josefine auch jetzt in Johannes' Augen, auch wenn er dieses Mal erwachsen genug war, um unfreundliche Bemerkungen runterzuschlucken. Dennoch standen die Vorwürfe genauso im Raum wie der Geist Tante Hildes. So kam es Josefine zumindest vor.

»Ich glaube, es wird langsam spät. Leo hat morgen früh Schule und ich einen wichtigen Kunden, der noch einen Tisch bestellen möchte, bevor wir umziehen.«

»Kein Problem, ich muss ja selbst früh raus.«

Aus dem Anrufbeantworter erklang das Besetztzeichen. Wer immer angerufen hatte, er hatte aufgelegt. Es fröstelte sie. Auf einmal erschien ihr ihr kleines Haus gar nicht mehr so heimelig. War es Johannes' Beklemmung, bei der sich ihre Seele infiziert hatte? Oder war es nur ihre eigene Erinnerung an den demütigenden Moment, in dem Johannes sie an der Tür abgelehnt hatte? Vielleicht war ihm durch die Unterbrechung wirklich nur eingefallen, dass er langsam nach Hause musste.

»Sehen wir uns morgen?« Sein Blick wurde eine Spur weicher.

Vielleicht interpretiere ich wirklich zu viel in ihn rein, redete Josefine sich ein. »Gerne! Lass uns jede freie Minute nutzen, solange wir es noch können.« Sie umarmte ihn und hätte ihn am liebsten nicht mehr losgelassen, tat es aber dennoch.

»Komm schon, ich bin nicht aus der Welt. Und wir können ganz viel telefonieren.«

Nun nahm er sie wieder in seine Arme, und doch spürte Josefine ganz genau diese unüberbrückbare Wand zwischen ihnen. Er hatte Tante Hilde nicht verziehen. Er gab ihr immer noch die Schuld am Unglück seiner Eltern, ja sogar an ihrem Tod. Solange der Groll nicht aus seinem Herzen verschwunden war, würde er sich niemals ganz auf sie einlassen können. Sie sah ihm hinterher, wie er ihr Haus verließ, ohne sich noch einmal umzudrehen.

»Tante Hilde, du glaubst doch, dass alle unsere Gedanken Wirklichkeit werden, oder?«

Josefine liebte die Momente, in denen die Buchhandlung ihnen beiden allein gehörte. Kurz nach Ladenschluss zum Beispiel, wenn Tante Hilde die Einnahmen zählte und ihre handschriftliche Liste mit den Bestellungen durchging.

Die meisten Bestellungen liefen über das Telefon, und Josefine lauschte so manches Mal, wie Tante Hilde die ISBN-Nummer wiederholte, etwas, das später kaum noch jemand machen sollte.

»Nicht jeder Gedanke. Das wäre ja schrecklich. Und verwirrend. Aber das, was am stärksten gedacht wird, wird irgendwann Wirklichkeit. Zumindest in irgendeiner Form.« Sie machte ein Häkchen an den nächsten Titel auf ihrem Zettel.

»Aber was ist dann mit Schriftstellern? Wenn sie ein Buch schreiben, dann denken sie die ganze Zeit an ihre Geschichte. Und all die Leute, die die Geschichten lesen, denken das Ganze noch mal. Denk mal an Stephen King!« Josefine traute sich kaum, ihrer Tante zu gestehen, dass sie Carrie oder Der Friedhof der Kuscheltiere verschlungen hatte.

»Tja, das ist ein interessanter Gedanke. Allerdings sind die meisten Geschichten natürlich Metaphern. Vielleicht holt Stephen King den Horror ja aus dem Leben der Leute und verpackt ihn in eine Geschichte?«

»Du meinst so was wie eine Katharsis?«, gab Josefine stolz zurück, dass sie ihr Wissen aus dem Deutschunterricht einmal außerhalb der Schule anbringen konnte.

»Ja, genau! Vielleicht müssen die Leser manche Katastrophe nicht selbst erleben, weil die Figuren es in den Büchern für sie tun.«

»Das heißt, eine schreckliche Geschichte hat eine gute Wirkung, wenn sie den Leser warnt. So wie Wir Kinder vom Bahnhof Zoo.«

»Ja, das würde ich sagen, allerdings sollte man es nicht damit übertreiben, sich in Problemen und düsteren Gedanken zu wälzen, die gar nichts mit dem eigenen Leben zu tun haben.«

»Aber wenn man dadurch versteht, warum es anderen Menschen schlecht geht? Und ihnen dadurch helfen kann?«

»*Dann ist es wieder gut. Josefine, ich glaube, du wärst die beste Buchhändlerin der Welt!*«

»*Nur Rechnen ist nicht so mein Ding*«, entgegnete Josefine und betrachtete den Tisch mit den Jugendbüchern, den sie heute selbst arrangieren durfte.

»*Dafür gibt es Taschenrechner und Computer. Viel wichtiger ist doch, dass du Bücher und Menschen liebst.*«

»*Liebst du jeden, der hier reinkommt?*«

Diese Vorstellung kam Josefine schon mehr als merkwürdig vor, auch wenn sie natürlich nicht nur die romantische Liebe im Kopf hatte. Erichs Fromms Die Kunst des Liebens, *das sie in Philosophie besprochen hatten, hatte sie darauf gebracht, dass Lieben etwas war, für das man sich entscheiden konnte. Und so sah es Tante Hilde offenbar auch.*

»*Ich mag vielleicht nicht jeden gleich, ich bin auch nicht mit jedem einer Meinung, aber ich versuche, wirklich jedem, der hier reinkommt, mit Wohlwollen zu begegnen. Das öffnet mein Herz für die Menschen. Und sie spüren es. Und es hilft mir dabei, ihnen genau das richtige Buch zu empfehlen.*«

Ob sie diesem Anspruch, jedem mit Wohlwollen zu begegnen, jemals gerecht werden konnte?, fragte sich Josefine. Ein Kunde hatte um Beratung gebeten, aber dann nur aus dem Kulturteil der *Zeit* doziert und am Ende nicht mal ein Buch gekauft.

»Sie müssen mir recht geben, mit dem Literaturmarkt geht es bergab«, er hatte selbstgefällig den Kopf geschüttelt. »Nichts für ungut, ich bewundere Leute wie Sie, die trotzdem weitermachen, obwohl es kaum noch gute Bücher zu kaufen gibt.«

Schreiben Sie doch selbst ein besseres Buch, lag es Josefine auf der Zunge. »Es gab und gibt immer wunderbare Bücher«, entgegnete sie immerhin.

»Na, das müssen Sie ja denken, junges Fräulein, sonst könnten Sie Ihren Job ja gar nicht vertreten.«

Liebe ist eine Frage der Haltung und hat die Macht, Menschen zu verändern, betete Josefine Tante Hildes Mantra im Kopf herunter. Im Herzen kam es nicht an. Sie hätte diesen Mann am liebsten rausgeworfen. Nicht weil er nicht ihrer Meinung war, sondern weil es offensichtlich war, dass er nur stänkern wollte.

Wenn Lieben eine Haltung ist, dann ist Verzeihen das erst recht, dachte Josefine, als der Herr die Tür hinter sich schloss. *Warum kann Johannes Tante Hilde nicht einfach verzeihen? Warum kann er seinen Groll nicht begraben? Warum bauscht er die Vergangenheit so auf?* Meine Güte, wenn Tante Hilde seinen Vater nicht verlassen hätte, dann hätte es Johannes nie gegeben! Gut, Tante Hilde für die eigene Existenz zu danken, war natürlich übertrieben, aber Johannes konnte doch wenigstens anerkennen, dass sie sich nie begegnet wären, wenn es seine Tante und ihren Buchladen nicht gegeben hätte!

»Alles in Ordnung?« Eva kam mit einem Stapel Bücher herein, der gerade geliefert worden war. Sie hatte bei den eingeschweißten Hardcover-Titeln die Folie entfernt, damit die Kunden direkt darin blättern konnten.

»Ja, alles in Ordnung.«

»Sieht man dir aber nicht an.«

»Es scheint, als sollte ich hier nie zur Ruhe kommen. Johannes und ich haben uns gerade angenähert, und dann will er schon wieder abhauen!«

»Jetzt warte doch mal ab. Wie ich Johannes als eingefleischten Rhöner kenne, wird er es keine Woche in Berlin aushalten. Spätestens wenn er in der vollen U-Bahn dreimal angeschnauzt wurde, weil er irgendwem im Weg stand, kommt er zurück.«

»Ich glaube kaum. Und ich will es ihm auch nicht ausreden, weil Leo in Berlin seine Mutter in der Nähe hat.«

»Aber wenn ihr euch liebt, dann wird eure Beziehung auch das überstehen!« Eva tätschelte Josefines Arm.

Sie konnte doch überhaupt nicht mitreden. Sie hatte ihre Jugendliebe geheiratet, und so, wie sie über ihren Mann redete, war ihre Beziehung von Anfang an schön und unkompliziert verlaufen.

»Ach Eva, ich habe keine Lust mehr auf Kompromisse. Das hatte ich lange genug mit Mark.«

»Jetzt sag mir nicht, du möchtest auch nach Berlin? Oder wieder zurück nach Köln.«

»Nein, ich konzentriere mich jetzt auf unseren Laden!«

Die nächste Kundin, eine ältere Dame, machte es Josefine leicht. Sie war so liebenswürdig, auch wenn Josefine bei der Beratung jedes zweite Wort wiederholen musste, weil sie schwerhörig war. Diese Frau musste man einfach mögen, die Güte selbst strahlte aus ihren

Augen. Es war leicht, ihr alle guten Wünsche hinterherzuschicken. Schwerer war es, sich zu überlegen, was diese Dame brauchte, die so mit sich selbst im Reinen zu sein schien. Ganz im Gegensatz zu Josefine, die ihr aufkeimendes Glück mit Johannes kaum genießen konnte. Zum einen, weil sie die Distanz nicht wahrhaben wollte, die zukünftig zwischen ihnen lag, zum anderen fühlte sie sich meilenweit von ihm entfernt, weil er einen der wichtigsten Menschen in ihrem Leben nicht akzeptierte.

Josefine hatte feststellen müssen, dass sie nie wirklich die Chefin ihres Kölner Buchladens gewesen war. Gut, sie hatte ihn mit Mark zusammen geführt, und natürlich war es in Ordnung, auf dem Weg zum gemeinsamen Nenner Kompromisse einzugehen. Aber viel zu oft hatte sie aus Rücksicht auf den angeblichen Kundenwillen, auf Marks Geschmack, auf den Kontostand oder manchmal aus Bequemlichkeit Dinge aufgegeben oder durchgewunken, die sie hier viel freier handhabte.

Und fast alle Entscheidungen hatten sich als gut erwiesen. Das Lesecafé lockte viele in den Buchladen, die sonst beim Bäcker gegenüber ihre Pause eingelegt hätten. Lauras Aufruf hatte dazu geführt, dass auch weiterhin nach Schulschluss meist jeder Platz besetzt war. Ihre Idee, ein Buchabo anzubieten, das günstiger ausfiel als der Monatsbeitrag für Netflix, war gut angekommen: Jeder Abokunde erhielt monatlich ein Päckchen mit einem Roman nach eigenen Vorlieben sowie einigen Leseproben. Dazu legte sie eine schöne Postkarte, versehen mit einem guten Wunsch passend zum Buch: *Allzeit gute Nerven* etwa für den Thrillerliebhaber, *stets ein gutes Gespür* für Krimifans und *unendlich viel Sehnsucht* für die Leser von romantischen Geschichten.

Wobei ein gutes Gespür und gute Nerven in der Liebe wohl mindestens genauso wichtig waren wie die Liebe selbst, dachte Josefine.

Das Telefon der Buchhandlung klingelte. »Buchhandlung Gronau?«

»Ach Josefine, das hört sich aus deinem Mund falsch an. Du solltest hier sein und den Namen unserer Buchhandlung nennen.«

»Mark, alles in Ordnung?« Normalerweise rief er niemals auf dem Festnetz an, auf dem Handy allerdings auch kaum noch.

»Nein, du fehlst mir.«

Josefine schwieg einen Moment. Mark fehlte ihr nicht. Nicht wirklich. Schon lange bevor ihre Beziehung beendet war, hatte sie sich daran gewöhnt, dass er nicht mehr Teil ihres Alltags war. Und sein Verhalten hatte ihr ganz klar gezeigt, dass er sein Leben auch nie nach ihr ausgerichtet hatte.

»Mark, es tut mir leid, aber mir ist die Entscheidung auch nicht leichtgefallen.«

»Ich weiß, aber es ist nie zu spät, eine Entscheidung rückgängig zu machen.«

»Es wäre ein Fehler.«

»Vielleicht ist es ein Fehler, dass wir zu schnell aufgegeben haben.«

Josefine konnte sich nicht wirklich daran erinnern, dass sie um die Beziehung gekämpft hatten, vor allem nicht Mark.

»Was macht eigentlich Frau Schmitz? Immer noch Kundin?«, wechselte sie das Thema.

»Immer noch. Sie vermisst dich auch. Und bestellt ihre Bücher immer noch auf den letzten Drücker. Sie lässt dir immer schöne Grüße ausrichten.«

Einen Moment bedauerte Josefine, nicht mehr in ihrem alten Viertel zu arbeiten. »Immer? Davon ist noch kein Gruß angekommen.«

»Sorry, aber so unwichtige Sachen merke ich mir nicht. Ich habe den Kopf gerade auch ziemlich voll.«

»Mir wäre es wichtig gewesen. Grüße sie bitte das nächste Mal von mir.«

»Mach ich. Aber viele nächste Male wird es wohl nicht geben. Sie zieht mit ihrer Familie auch weiter raus. Sie meinte zwar, dass sie mindestens einmal im Monat in die Stadt kommen würde und auch weiterhin alles bei uns bestellen möchte, aber du weißt ja, wie das ist. Aus den Augen, aus dem Sinn.«

Die Tür des Buchladens öffnete sich, und Laura kam mit zwei Freundinnen herein.

»Ich glaube nicht, dass es immer so sein muss.«

Der Gedanke schmerzte sie in doppelter Hinsicht. Einmal, weil die Redensart sich für sie und Mark bewahrheitet hatte, und zweitens, weil Johannes bald auch aus den Augen wäre. Andererseits hatten sie sich Jahre nicht wiedergesehen und waren sich doch so nahe wie nie zuvor gekommen. Und Tante Hilde war so sehr aus den Augen, wie man nur sein konnte, und dennoch war sie ständig in ihrem Sinn.

»Mark, wie auch immer, ich muss mich jetzt um den Buchladen kümmern. Grüße Sonja von mir. Ich bin froh, dass sie jetzt so viel für dich arbeitet.«

Josefine wollte mehr als nur in Tante Hildes Fußstapfen treten. Sie wollte die Tradition wahren und neue Wege einschlagen. Und dennoch fühlte es sich an Tante Hildes altem Schreibtisch oft immer noch so an, als sei sie nur ein Gast.

Da in dem kleinen Zimmer fast jeder Zentimeter an der Wand hinter Bücherregalen versteckt war, hatte sie keinen Gedanken daran verschwendet, das Zimmer neu zu streichen. Und nachdem sie Buch für Buch und Ordner für Ordner aussortiert und auf den Dachboden gepackt hatte, was sie nicht mehr brauchte, hielten die Regale jetzt noch freie Flächen bereit, für alle Bücher und Ordner, die sie selbst hier reinstellen würde. Eile damit hatte sie keine. Sie musste schmunzeln bei dem Gedanken an einen Kunden in Köln, der einfach mal fünf Regalmeter repräsentative Bildbände bestellt hatte. Bevor sie sich an die Arbeit machte, nahm sie den Briefbeschwerer von Tante Hilde in die Hand, den sie beim Aussortieren gefunden und für schön befunden hatte. Die unten abgeflachte Glaskugel hielt ein Weidenröschen im Inneren konserviert. Schwer und schmeichelhaft lag sie in Josefines Hand. Schmeichelhafter vor allem als die Buchführung, die sie jetzt noch vor sich hatte. Sie warf die Kugel von einer Hand in die andere, fast so, als wolle sie mit ihr jonglieren. Und plopp – fiel sie ihr aus der Hand. Sie bückte sich, doch der Briefbeschwerer war unter den Schreibtisch gerollt. Auf allen vieren kroch sie schließlich unter den Schreibtisch und tastete nach dem gläsernen Erinnerungsstück. Der Staub kitzelte sie in der Nase und brachte sie zum Niesen.

»Autsch!« Sie stieß sich den Kopf an der Tischplatte und atmete noch mehr Staub ein. Sie tastete sich weiter hinter der Schreibtischwand vor, doch statt der Kugel bekam sie ein Buch zu fassen. Ein ziemlich dickes mit Leineneinband, das auf der Fußleiste hinter dem Schreibtisch hing. Sie schob es so weit nach oben, bis sie es zu sich schubsen konnte. Wie sie beim Tasten geahnt hatte, der Einband war aus Leinen. In einem olivfarbenen Ton, zu dem der goldfarbene Ton der Blätterkanten wunderbar passte. Mit seiner dreiseitigen Goldschnittverzierung hatte es etwas von einem alten Gesangbuch. Einen Titel gab es nicht. Josefine setzte sich im Schneidersitz auf den Boden und schlug das Buch vorsichtig auf.

Noch ehe sie registrierte, dass es sich um Tante Hildes Handschrift handelte, las sie den ersten Satz.

Ich finde, genau die richtige Mitarbeiterin für meinen Buchladen.

Darüber stand auch ein Datum. Eines, das nicht so lange

her war, wie der altmodische Einband vermuten ließ. Darunter stand:

Eva findet sich gut ein und ist sehr glücklich, in meinem Buchladen zu arbeiten.

Josefine blätterte ganz nach vorne. Auf der ersten Seite stand: *Mein Buch der guten Wünsche.* Was folgte, waren weniger Wünsche als Affirmationen. All diese Wünsche waren so verfasst, als wären sie längst eingetreten. Josefine überraschte es nicht, dass ihre Tante schon vor Jahrzehnten mit solchen Methoden gearbeitet hatte. Sie waren ja schließlich keine aktuelle Erfindung, auch wenn diese Techniken endlich immer mehr aus der Esoterik-Schmuddelecke geholt wurden. Und Josefine glaubte – im Sinne der Ausrichtung des Unterbewusstseins – schon immer an die Kraft der selbsterfüllenden Prophezeiung. Aber schon auf den ersten Seiten, die Hilde vor mehr als zwanzig Jahren beschrieben hatte, handelte es sich fast nur um Wünsche für andere Menschen. Welche Wirkung hatten Wünsche für andere? Waren sie wie Gebete? Warum wurden manche erhört und manche nicht?

Aber noch mehr fragte sich Josefine, ob sie diese Wünsche überhaupt lesen durfte? Ihr Herz pochte bis zum Hals, als sie mit den Fingern über Tante Hildes Schrift strich. Tante Hilde hatte nie an Zufälle geglaubt. Also durfte sie es doch in ihrem Interesse deuten, dass dieses Buch ihr ausgerechnet jetzt in die Hände fiel, als sie dringend Antworten brauchte.

Bei den allermeisten Wünschen würde Josefine nie erfahren, ob sie je in Erfüllung gegangen waren, doch dann entdeckte sie ihren Namen.

Josefine wächst in Frieden und in Sicherheit auf.

Sie musste schlucken. Dieser Wunsch war am 12. September 2001 eingetragen worden. Welche Sorgen sich Tante Hilde um sie gemacht hatte! Und wie unbekümmert sie im Gegensatz zu dem Großteil der Welt letztendlich groß geworden war!

Die meisten Namen sagten ihr nichts, außer ihrem eigenen, Evas oder eben Johannes' Name. Oder der seiner Eltern.

Johannes ist ein glücklicher Mann geworden.

Johannes hat sich mit der Vergangenheit versöhnt. Er hat verstanden, dass ich mich nie zwischen seine Eltern gedrängt habe.

Johannes hat endlich die Liebe gefunden und bleibt dennoch Leos Mutter freundschaftlich verbunden.

Hinter diesen Wünschen war noch Platz. Das Buch war nicht streng nach Daten, sondern eher nach Personen sortiert. Was hatte Tante Hilde alles über ihn gewusst? Oder waren ihre Wünsche einfach intuitiv richtig oder eben vage genug formuliert? Und warum nahm er so viel Raum ein? Warum fühlte sich Tante Hilde so verantwortlich für ihn? Hatte sie sich wirklich ihr Leben lang mit Schuldgefühlen gegenüber seinen Eltern belastet, oder waren sie erst mit dem Tod seiner Eltern eingetreten? Hatte es vielleicht gar hässliche Szenen zwischen Johannes' Vater und ihr gegeben? Warum hatte sie über all diese Dinge nicht mehr mit ihr reden können?

Josefine führt mit Erfolg und Leidenschaft ihren eigenen Buchladen – wenn es ihr Wunsch ist.

Josefine ist in der Liebe endlich wirklich glücklich geworden.

Hier hatte sich Tante Hilde vordergründig um Neutralität bemüht, doch Josefine konnte ganz genau zwischen den Zeilen lesen:

Hoffentlich hat sie endlich kapiert, dass Mark weder in der Liebe noch im Geschäft der richtige Partner ist!

Dennoch rührte sie es, dass sie nicht unverblümte Schimpftiraden auf Mark losgelassen hatte. Und ja, auch wenn sie recht gehabt hatte – es schmerzte Josefine, dass Tante Hilde Mark anscheinend schon immer für den Falschen gehalten hatte – und das, nachdem sie sich nur ein einziges Mal in Köln bei einem runden Geburtstag ihrer Eltern getroffen hatten. *Wenn das mit der*

Macht der Gedanken wirklich stimmt, dann hat meine liebe Tante vielleicht sogar einen Anteil daran, dass unsere Beziehung zerbrochen ist. Mit ihrer Aktion um das Erbe hat sie uns auf jeden Fall den Sargnagel für unsere Beziehung verpasst!

Andererseits hatte Josefine sich letztendlich für jeden Schritt selbst entschieden oder den Schritt als gegeben hingenommen. Es war also Zeit, für alles die Verantwortung zu übernehmen.

Josefine streckte sich aus dem Schneidersitz und griff sich den Stift, der über der Schreibtischplatte hervorlugte. Ihr Ableben hatte Tante Hilde trotz aller Vorbereitungen anscheinend nicht vorhergesehen, hinter Josefine war auch noch jede Menge weißes Papier vorhanden. Josefine erschauerte, als sie den Stift zum Papier führte.

Josefine geht ihren eigenen Weg – selbst wenn das zufällig in manchen Bereichen der Weg ihrer bewundernswerten Tante Hilde ist.

Josefine musste lachen und klammerte ihren Namen ein, um ein *Ich* darüber zu schreiben und das t in »geht« durchzustreichen und durch ein e zu ersetzen.

Dann blätterte sie wieder zu Johannes und setzte den Stift erneut an.

Johannes wird wirklich glücklich.

Und am liebsten mit mir. Doch das wagte sie nur zu denken und nicht aufzuschreiben.

Er kann Tante Hilde verzeihen.

Am liebsten hätte Josefine Johannes dieses Buch gezeigt, um ihm zu beweisen, dass seine Verdächtigungen falsch waren. Und sein Groll. Aber sie wusste, dass das nicht fair wäre. Dieses Buch musste ein Geheimnis zwischen ihrer Tante und Josefine bleiben. Und wenn er Tante Hilde nicht verzeihen wollte, würden diese Sätze ihn auch nicht von seinen Vorwürfen abbringen.

Und wenn wirklich was an der Macht der guten Wünsche dran war, dann würde sich der gute Wunsch durchsetzen. Aber in diesem Fall konnte Josefine nichts anderes tun als loslassen. Und so einfach sich das anhörte, manchmal war Loslassen das Schwerste von allem.

»Was muss ich mit den Bienen machen, solange du weg bist?« Der Schwarm, der erst vor Kurzem nach der großen Freiheit gesucht hatte, hatte sich erstaunlich schnell heimisch in dem neuen Stock hinter Josefines Haus gefühlt. Bei dem sonnigen Wetter tummelten sich die Bienen in dem Garten, in dem schon zu Tante Hildes Zeiten viele bienenfreundliche Blüten mit ihren Pollen gelockt hatten.

»Eigentlich nichts, außer ihnen eine Schale mit Wasser aufzustellen, wenn es länger nicht geregnet hat. Aber die Korken nicht vergessen, damit sie nicht ertrinken.«

Eigentlich hätte Josefine viel lieber über ihre Zukunft gesprochen, verkniff sich aber in Leos Gegenwart Beziehungsgespräche. Loslassen, sagte sie sich immer wieder.

»Okay, das merke ich mir.«

Josefine trug zum ersten Mal ebenfalls einen Imkeranzug, auch Leo hatte seinen in Kindergröße übergestreift. Von außen sahen sie aus wie eine glückliche Familie, die auch noch ein gemeinsames Hobby hatte. Aber jetzt war Josefine eher mulmig zumute, als sie den Deckel des Bienenstocks abhob und ein Schwarm um sie herumsurrte. Leo durfte mit der Imkerpfeife Rauchschwaden verteilen, was die Bienen dazu bringen sollte, sich zurückzuziehen. Aber ein Teil der Bienen ignorierte den Rauch. Josefine fragte sich, ob die Bienen ihr Herz pochen hörten, als sie vorsichtig das flache Plastikgefäß herauszog und es auf den Tisch neben dem Stock abstellte. Leo hielt es an den Seiten fest, und Josefine kippte das Zuckerwasser herein, das sie vorher mit zwei Litern Wasser und zwei Kilo Zucker angerührt hatten. Johannes überließ den Bienen jedoch immer mehr Honig, als üblich war. Schließlich konnte der Zucker den heilsamen Saft niemals gleichwertig ersetzen.

»Ich bin froh, wenn ich das alleine machen kann, falls du doch mal nicht nach Hause kommst.« Josefine stellte die Wabe wieder herein und ließ die Bienen gewähren, die auf ihrem Handschuh herumkrabbelten. Trotz der schützenden Schicht waren sie in so großer Zahl und so nah dennoch Respekt einflößend.

»Wenn es dir zu viel wird, kannst du jederzeit meinen Imkerfreund anrufen. Der holt den Stock auch ab, wenn es Probleme gibt.«

»Das hebe ich mir für den Notfall auf.«

Ganz sanft schubste sie die Bienen am Deckelrand herunter, um keine zu zerquetschen. Vorsichtig setzte sie den Deckel auf und drückte ihn, als sie keinen Widerstand spürte, etwas herunter. Schweißtropfen standen ihr auf der Stirn. Solange sie nur den Deckel abheben musste, ging es, aber die ganze Zarge wog bald an die zwanzig Kilogramm. Die Waben waren schon halb voll mit Honig.

Und selbst wenn sie hundert Kilo schleppen musste, um noch eine Verbindung zu Johannes zu haben, es bliebe doch nutzlos. Am nächsten Morgen würde der Umzugswagen kommen.

Johannes nahm Josefines Imkeranzug entgegen, als sie sich vom Stock entfernt hatten. Die Berührung brannte mehr, als es ein Stich hätte tun können. Leo spielte vor Josefines Haus mit der Katze, die hierbleiben würde. Ganz gegen ihre Gewohnheit kuschelte Bobby sich in seinen Schoß und schnurrte.

»Du weißt, dass ich den Abend heute noch sehr gerne mit dir verbracht hätte, aber ich schaffe es einfach nicht.« Johannes strich ihr über den Rücken. Diese Berührung ließ sie noch mehr erschauern, als es ein Kuss in diesem Moment könnte.

»Ich könnte euch helfen.«

»Nein, da müssen wir schon allein durch.«

Leo sah zu ihnen herüber. Er tat, als konzentriere er sich auf die Katze, aber Josefine bemerkte den Blick. Als ob er Angst hatte vor dem, was er zu hören bekam, gleichzeitig aber kein Wort verpassen wollte.

»Ihr seid hier immer herzlich willkommen. Das Gästezimmer steht für euch auch immer bereit.«

»Nur das Gästezimmer?« Johannes bemühte sich um ein Grinsen, was eher traurig aussah.

Als Josefine den Blick von ihm abwandte und in den Himmel schaute, flog ein Rotmilan auf der Suche nach Beute weit über ihnen durch die Luft. Der seltene Raubvogel war ein einsamer Jäger. »Das hängt davon ab, ob du mehr als ein Gast in meinem Leben sein möchtest«, preschte Josefine vor.

»Ich will hier nicht weg!«, heulte Leo und versuchte, die Katze festzuhalten, die keine Lust mehr hatte, gestreichelt zu werden.

»Leo, bitte! Ich möchte das nicht mehr diskutieren.« Johannes wandte sich direkt wieder an Josefine. »Meinst du, du könntest uns das erste Mal besuchen? Ich glaube, für Leo wäre das einfacher.«

»Und wie ist es für dich?«

»Darum geht es jetzt nicht.«

Josefine nickte nur, weil sie kapierte, dass es nun am allerwenigsten darum ging, wie es für sie beide sein würde. Sie hatte den harten Winter in der Rhön überstanden und blickte jetzt auf Felder, die von bunten Blumenwiesen gesäumt waren, überall dort, wo keine Kühe oder Schafe grasten. Der Wald fügte sich wie ein schützender Wall ein. Es war ein Paradies. Aber ohne Johannes würde ihr das Wichtigste fehlen. Nein, so durfte sie nicht denken. Ihre Tante war hier auch allein glücklich gewesen. Und sie würde nicht allein sein. Sie würden sich nur seltener sehen. Es ging eben nicht allein um Johannes oder sie selbst.

Wie viel lieber hätte sie den Kuchen und die Käse- und Schinkenbrötchen, die sich jetzt in Tante Hildes Picknicktasche befanden, mit Johannes und Leo auf einer Wanderung über den Matthesberg oder zur Ulterquelle gegessen. Stattdessen hielt sie auf Johannes' Haus zu, das gleich leer stehen würde.

Zwei Männer verfrachteten den selbst gezimmerten Küchentisch in den LKW, während Johannes drei aufeinandergestapelte Stühle zur Hebebühne trug. Vor dem Haus stand ein Container mit Sperrmüll. Leo kauerte unbemerkt auf dem Schrott. Er zog einen rostigen Kinderklappstuhl heraus und kletterte damit aus dem Container. Als er Josefine kommen sah, wurde er rot.

»Wenn du möchtest, kannst du den bei mir in den Schuppen stellen. Dann kannst du immer darauf sitzen, wenn du zu Besuch kommst.«

Er nickte. »Danke. In Berlin haben wir nicht mal einen Balkon. Und Papa schmeißt ihn sonst weg.«

Die zwei Männer wischten sich den Schweiß von der Stirn, und auch Johannes hielt inne, als er sie sah.

»Schön, dich noch zu sehen.« Er zog seine Arbeitshandschuhe aus und umarmte sie kurz.

»Ich habe euch was mitgebracht.« Sie öffnete den Picknickkorb. Sie selbst hatte keinen Hunger, freute sich aber, dass fast alles in fünf Minuten weggegessen war.

Wie konnte Johannes nur so gut gelaunt sein? Er freute sich also mehr auf den Neubeginn, als dass er sie vermissen würde.

»Danke, Josefine. Der Kuchen schmeckt köstlich! Du bist ein Schatz!«

Schatz. Das Wort erinnerte sie daran, dass Mark sie immer so genannt hatte, und auch aus Johannes' Mund klang es eher beliebig.

»Gerne.« Vielleicht hätte sie Kieselsteine mit in den Kuchen backen sollen, damit er so schwer im Magen lag, dass Johannes nicht wegkonnte. »Tut es dir gar nicht weh, dein Haus für immer zu verlassen?« Selbst Josefine schmerzte der Anblick des Umzugswagens und des Hauses, das ohne Johannes und Leo noch trostloser aussah. Die Fenster waren nackt, die Tür stand weit offen.

»Nein. Es fühlt sich an wie ein Befreiungsschlag!«

Auf Josefine wirkte Johannes verdächtig euphorisch. So als verdränge er mit aller Macht, dass er einen Teil seiner Sorgen im Umzugswagen mitnehmen würde.

Josefine hatte heute Eva den Samstagsdienst in der Buchhandlung überlassen, um die letzten Minuten in Johannes' Nähe zu sein. Sie wünschte sich sehnlichst, dass er sich im letzten Moment umentscheiden würde. Aber hier war jeder gute Wunsch machtlos. Als der Umzugswagen losfuhr, harrte Josefine immer noch neben Leo und Johannes aus. Und als die beiden hinterherfuhren, winkte sie ihnen nach. Der Anblick des offenen Kofferraums mit den Hühnern, die in einer Hundebox eingepfercht waren und gackerten, sorgte dafür, dass Josefine sich nicht länger zusammenreißen konnte. Johannes brachte sie zu einem Bekannten, bevor es weiter nach Berlin ging. Sie sah rechts eine kleine Hand aus dem Fenster winken. Links eine größere. Sie winkte noch einmal zurück, griff sich den Picknickkoffer und den Klappstuhl und heulte auch noch, als sie in ihrem neuen Zuhause war.

Das Wochenende war grauenvoll gewesen. Ohne Johannes kam ihr die Gegend nicht mehr so idyllisch vor.

»Ich bin Ihr neuer Nachbar«, begrüßte sie schon am nächsten Tag der neue Eigentümer von Johannes' Haus, der sich mit seinem Terrier vorstellte.

Josefine nickte. Er wirkte nicht unsympathisch, aber sie brauchte keinen neuen Nachbarn.

»Herzlich willkommen«, erwiderte sie matt. Der arme Mann konnte ja nichts dafür, sagte sie sich.

»Danke. Und stören Sie sich bitte nicht daran, wenn Arco bellt. Sie können so wenigstens sicher sein, dass kein Einbrecher der Welt an meinem Haus vorbeikommt.«

»Kein Problem. Und wenn Sie irgendwas brauchen, sagen Sie Bescheid.« Josefine wollte den Mann nicht dafür bestrafen, dass er Johannes' Haus übernommen hatte. Immerhin war Johannes so seine Schulden losgeworden.

»Vielleicht mal ein bisschen Gesellschaft. Ist ja doch einsam hier ...« Er zwinkerte ihr zu. Josefine erschauerte, allerdings weniger angenehm. Vielleicht sollte sie doch alles verkaufen und wieder wegziehen. Die Vorstellung, der Nachbar könnte in dieser Einöde aufdringlich werden, ließ das Landleben auf einmal wieder sehr unattraktiv erscheinen. Wahrscheinlich musste er ihren erschrockenen Blick registriert haben. Er verabschiedete sich schnell und zog seinen kleinen Kläffer mit sich.

Josefine zerknüllte den Kalender, an dem längst alle Tage durchgestrichen waren. Nun hatte sie es geschafft, den Laden hier in der Rhön weiterzuführen, und fühlte sich dennoch elend. Aber das würde vorbeigehen! Sie hatte den Laden, sie hatte Eva, und bald würde sie Johannes besuchen. Und sie würde Besuch von Bea bekommen. Überall blühte und duftete es. Die Wanderwege schienen direkt ins Paradies zu führen. Der Buchladen war vor allem dank des Cafés fast immer gut besucht. Wenn sie alles mit Beas wohlwollenden Augen sehen würde, dann würde sie dieses Wohlwollen selbst auch wieder spüren.

»Ich freue mich so sehr auf deinen Besuch! Du wirst es hier lieben! Bringe auf jeden Fall Wanderschuhe mit.«

»Mache ich, wobei ich mir dich in Wandersachen kaum vorstellen kann.«

Allein Beas Stimme tröstete sie schon. Josefine lief mit dem Handy am Ohr vom Arbeitszimmer ins Bad, worauf ihre Stimme gleich widerhallte. Sie betrachtete sich im Spiegel. Das senfgelbe Kleid mit dem breiten Gürtel passte gut zu ihren roten Haaren.

»Konnte ich bis letztes Jahr auch nicht. Wie läuft es mit den Hochzeitsvorbereitungen?«

»Ich wünschte, du hättest beim Kauf des Brautkleids dabei sein können.«

»Wäre ich gerne. Aber du hättest es nicht besser aussuchen können. Ich schaue mir die Fotos täglich an.«

Als Josefine sich zum Spiegel beugte, erschrak sie. Ein paar graue Haare blitzten zwischen den roten auf. Und auf einmal konnte sie sehen, wie ähnlich sie ihrer Großtante sehen würde, wenn sie einmal ganz ergraut wäre. Ob sie sich hier nach und nach in ihre Tante verwandeln würde? Nach und nach ihre Fußstapfen ausfüllen genauso wie Johannes, der vor allem auf seine Vergangenheit reagiert hatte? Und jetzt hatte er sein Leben endlich selbst in die Hand genommen – mit dem Ergebnis, dass er weggezogen war.

»Danke. Alles in Ordnung? Du klingst so unruhig?«

»Ach Bea, wenn ich das selbst wüsste.«

Wie konnte sie so undankbar sein, wenn sie doch im Grunde alles hatte? Alles, was vollkommen gereicht hatte, damit Tante Hilde die glücklichste Frau der Welt war?

Als sie wenig später den Buchladen aufschloss, kehrten ihre Grübeleien dennoch immer wieder zurück. Zum Glück lag das Wunschbuch ihrer Tante zu Hause in der Schublade, sonst hätte Josefine es am liebsten ebenfalls zerrissen. Was nutzten all diese guten Wünsche? Sie gingen ja doch nicht in Erfüllung, ganz im Gegenteil. Am liebsten hätte Josefine sogar aufgehört, den Kunden gute Wünsche hinterherzuschicken. Und ja, manches Mal vergaß sie es sogar. Und manchmal fiel es ihr sogar schwer, sich mit jemand anderem zu freuen. Mit Mark zum Beispiel. Nachdem Mark den ordentlichen Vorschuss für sein Buch kassiert hatte, wurde er zum Beweis für das Gesetz der Anziehung. Ausgerechnet für seinen neuen Roman, für den er unbedingt in Rom recherchieren musste, hatte er ein fettes Stipendium der Robert-Bosch-Stiftung gewonnen, von dem er gleich einen ganzen Monat in der berühmten Stadt hätte residieren und die Arbeit als Buchhändler in dieser Zeit komplett outsourcen können (wer hatte, dem wurde noch mehr gegeben). Sonja arbeitete jetzt Vollzeit in der Kölner Buchhandlung. Die Teilzeitstelle von Eva konnte Josefine mittlerweile entspannt finanzieren, aber als die Heizung streikte und das Finanzamt Fulda Steuern aus dem letzten Geschäftsjahr nachforderte, kam sie kurzzeitig ins Schwitzen.

Und als einmal einige CDs gestohlen wurden, die sie nur auf Kommission bestellt hatte, fiel es ihr sogar schwer, dem Dieb nichts Schlechtes zu wünschen.

Um sich abzulenken, trat sie auf den Bürgersteig vor ihrem Buchladen. Gegenüber standen die Menschen für Pizza, Pommes und Kaffee vor der Pizzeria Schlange. Josefine war es unbegreiflich, warum jemand drei Euro für einen Kaffee to go ausgab, aber für ein Zehn-Euro-

Buch zu geizig war. Gut, den Kaffee konnte man sich nicht illegal umsonst abzapfen, aber sie brühte sich doch lieber selbst einen Fairtrade-Kaffee auf, der keine fünfzig Cent kostete, als so ein überteuertes Gebräu zu kaufen.

Der Mülleimer vor dem Imbiss quoll über. Zwei Teenager schmissen ihre Kippen daneben, bevor sie den Imbiss betraten. Was wohl der ehemalige Besitzer des Ladenlokals machte? Dem Elektroladen hatte der Zeitgeist noch viel mehr zugesetzt, und Josefine wusste nicht, ob der Elektrohändler längst in Rente war oder das Geschäft irgendwann aufgeben musste. Das große Ladenlokal daneben stand leer. Josefine zupfte ein paar welke Blüten von den Löwenmäulchen ab, die sie erst vor ein paar Tagen im Blumenkübel vor dem Laden neu eingepflanzt hatte. Sie liebte die Kombination von Zartgelb und Lavendel, auch wenn nicht mal der Duft sie von ihrem Kummer ablenken konnte.

»Hey, Josefine, was ist los?« Eva kam mit einer Einkaufstüte und einem Blumenstrauß auf sie zu.

»Nichts«, wiegelte Josefine ab und hielt ihrer Mitarbeiterin die Tür auf.

»Genau, das sehe ich.« Eva verschwand direkt in der Teeküche, um Tee, Kekse, Milch und Kaffee auszupacken und die roten und violetten Gladiolen in eine Vase zu stecken. Sie hatte es sich angewöhnt, immer wieder Blumen aus ihrem Garten mitzubringen und sie auf dem Tisch im Lesecafé abzustellen.

»Die sehen wunderschön aus.«

»Lenk nicht ab. Vermisst du ihn immer noch so?«

»Ich werde darüber wegkommen. Es ist besser so. Für alle.«

»Ich würde nicht so schnell aufgeben.«

»Ich kann ihn kaum zwingen zurückzukommen.« Als Josefine sich auf den Tisch setzte, kniff ihr Gürtel über dem Kleid. Sie hatte zwar kaum Hunger, seit Johannes weg war, kompensierte sein Fehlen aber damit, dass sie sich fast nur von Keksen ernährte. Und sie kam sich viel zu schick neben Eva vor, die wie immer in Jeans und hübscher Bluse arbeitete.

»Nein, an seinen hübschen Haaren kannst du ihn kaum herschleifen. Aber hast du ihm wirklich klargemacht, was er dir bedeutet? Dass du das restliche Leben mit ihm verbringen möchtest? Dass er der Vater deiner Kinder werden soll?«

Josefine konnte nicht anders, als zu lächeln. Selbst wenn sie das alles wollte, würde sie es nie und nimmer ihm gegenüber zugeben.

»Etwas in die Richtung habe ich ihm schon gesagt. Und den Rest hätte er schon selbst kapieren müssen«, entgegnete sie und sprang auf, weil die Türglocke bimmelte.

»Na, klar, das ist auch allgemein bekannt, dass Männer Gedanken und Gefühle lesen können.«

»Meinem Ex habe ich meine Wünsche sogar gesagt, und es hat nichts genützt.«

»Und genau deshalb seid ihr auch nicht mehr zusammen!« Eva kam Josefine zuvor und lief auf die Kundin zu, die sie von der Kindergruppe her kannte.

Allein um auf andere Gedanken zu kommen, ließ Josefine sich dazu überreden, wieder mit Eva zum Frauenstammtisch zu gehen.

»Ich finde es super, dass du das mit dem Laden so durchziehst«, sagte eine der Frauen, während sie mit Apfelbier oder Schorle anstießen.

»Ja, und ich danke euch, dass ihr alle treue Kundinnen seid«, gab Josefine zurück. Tatsächlich bekam sie jede Menge Unterstützung von den Frauen im Ort, die ihre Kinder nun Geschenkekörbe befüllen ließen und sich auch selbst mehr Bücher gönnten. Josefine liebte es, den Kindern dabei zuzuschauen, wie sie mit dem Bastkorb in der Hand in den Regalen stöberten und ein Buch nach dem anderen in den Korb legten. Was davon tatsächlich von den Gästen ausgesucht wurde, blieb natürlich eine Überraschung. Und manche der Frauen gönnte sich sogar selbst so einen Geschenkekorb, um nach Herzenslust Bücher reinzupacken.

»Obwohl ich auch nichts gegen den Wellnesstempel hätte.« Evas Nachbarin Corinna spitzte die Lippen, woraufhin sich die Haut um die Mundpartie kräuselte.

Sollte das eine Spitze gegen ihre Entscheidung sein?, fragte sich Josefine. Erst gestern hatten sie die Eigentümer der Geschäftszeile nebenan angerufen, ob sie nicht doch verkaufen wolle. Sie wollte nicht. Aber jetzt fiel es ihr schwer, ihre Meinung klipp und klar zu sagen.

»Corinna, es gibt genug Wellness in der Gegend. HeavenOnEarth ist eine große Kette. Ich habe mal etwas recherchiert. Die breiten sich aus wie ein Virus, wie diese Läden, die Muskeln dank Stromschlag versprechen«, sprang Eva für Josefine in die Bresche, bevor sie überhaupt etwas erwidern konnte. Josefine hatte nicht gewusst, dass Eva versuchte, etwas über HeavenOnEarth herauszufinden.

»Es ist wissenschaftlich erwiesen, dass die elektrischen Impulse das Muskelwachstum stimulieren«, entgegnete Corinna und nahm einen Schluck von ihrem Wasser.

»Ich glaube, das funktioniert so gut, weil bei dem Preis kein Geld mehr für Essen übrig ist«, entgegnete Eva.

Josefine klinkte sich aus dem Gespräch aus. Hier in dem Ort gab es nur wenig Möglichkeiten auszugehen. Immer traf man dieselben Leute. Und der Einzige, den sie treffen wollte, war fortgegangen. Ob sie es ihm gleichtun sollte? Sie ließ das Geplauder um sich herum geschehen und wollte nur noch ins Bett.

Bea sah so glücklich aus, wie eine zukünftige Braut aussehen sollte. Und Josefine war glücklich, ihre Freundin endlich wiederzusehen. Sie hatten die halbe Nacht geredet, und trotz eines leichten Katers und zu wenig Schlaf fühlte sich Josefine viel besser, als sie morgens die Fenster in der Küche aufriss, um die Morgensonne hereinzulassen.

»Du hast recht, es ist so wunderschön hier.« Bea umklammerte ihre Kaffeetasse.

»Das stimmt. Leider komme ich aber kaum dazu, die Landschaft zu genießen, da ich fast immer im Laden stehe. Wenn es irgendwann mal richtig gut läuft, würde ich mir gerne ein, zwei Tage freinehmen. Aber warte erst mal ab, bis du den Buchladen siehst. Er ist wirklich zauberhaft!«, lenkte Josefine das Gespräch wieder in positivere Bahnen.

»Ich kann es kaum erwarten, so wie du mir immer vorgeschwärmt hast!«

Bevor sie losfuhren, gossen sie noch gemeinsam die Blumen vor dem Haus. Es duftete so herrlich nach Rosen und Lavendel. Die Bienen summten, Vögel zwitscherten, die Katze sonnte sich auf der Bank, kurz – ein Tag, der den hartgesottensten Städter aufs Land locken würde. Josefine fuhr extra langsam, damit Bea die Landschaft und den kleinen Ort bewundern konnte, und parkte wie immer um die Ecke, um den Blick auf das Schaufenster nicht zu verstellen und vor allem Kunden einen Parkplatz direkt vor der Tür zu reservieren. Sie waren extra früh losgefahren, damit Bea sich in Ruhe umschauen konnte.

Doch als sie vor dem Buchladen standen, schlug Josefine die Hand vor den Mund. Ihre Hand zitterte. Das durfte nicht wahr sein! Sie bückte sich, um einen abgebrochenen Löwenmäulchenstengel aufzuheben. Und den Lavendel. Vielleicht würden die Pflanzen zu retten sein. Vielleicht war es doch der Wind, der den Blumenkübel umgestoßen hatte, redete sie sich ein, als sie die Erde und übrigen Pflanzen auf dem Boden verteilt sah. Aber der Blick auf das Schaufenster ließ jede Hoffnung fahren, dass das ein Zufall war.

»Ach du Scheiße! Wer macht denn so was?«, rief die sonst so sanftmütige Bea aus und stemmte die Hände in die Hüften.

Naive Tagträumerin stand in roter Schrift über dem Glas. Das Spray hatte auch die Hauswand erwischt. Josefine befeuchtete wie ferngesteuert ihren Finger mit Spucke und wischte über das Rot, doch die Farbe war längst getrocknet und fühlte sich rau an. Die Scheibe in der Tür hatte einen Sprung. Sie musste nachschauen, ob der Laden auch gegen Vandalismus versichert war. Ein neuer Anstrich sowie die Reinigung des Glases würden einiges kosten. Wer konnte so niederträchtig sein?

»Ich habe keine Ahnung!« Und doch tauchte langsam eine Ahnung in Josefine auf. Aber würde Heck so etwas in Auftrag geben, um an das Haus und das Grundstück zu kommen? Glaubte er allen Ernstes, er würde sie dadurch vergraulen?

»Lass uns die Polizei rufen.« Bea hatte alle übrigen Pflanzen eingesammelt und kratzte die Blumenerde mit den Händen zusammen. Josefine fühlte sich, als hätte der Täter sie persönlich mit Graffiti beschmiert. Sie wollte den Menschen doch nur Gutes mit ihrem Buchladen!

»Wer war das?«, waren Evas ersten Worte, als sie den Buchladen erreichte. Gegenüber sammelten sich auch schon einige Passanten und starrten herüber. Der Imbissbesitzer, der seinen Laden ebenfalls gerade aufschließen wollte, kam auf ihre Straßenseite.

»Kann ich Ihnen helfen? Ich hätte noch Spiritus. Damit bekommen Sie wenigstens die Fenster sauber. Hilft beim Fett für die Fritteuse auch immer besser als alles andere.«

Josefine schüttelte den Kopf. »Nein, danke, ich habe eine bessere Idee.«

Natürlich ließ sie die Spuren von der Polizei sichern. Allerdings nicht, um sie danach zu entfernen – sondern um sie ungestört in Szene zu setzen.

Sie rief die Redaktion der *Fuldaer Zeitung* an, die eine Journalistin vorbeischickte. Die Frau war begeistert, die leibhaftige Tagträumerin vor ihrem Laden fotografieren zu können, und notierte sich noch ein paar Stichpunkte. Unterdessen waren Eva und Bea losgezogen, neue Blumenerde, einen weiteren Kübel und noch mehr Pflanzen zu kaufen.

»Pflanzen wir eben doppelt so viel, statt auf Blumen zu verzichten!«, hatte Josefine betont. Später kam auch noch Laura vorbei, die Josefine ebenfalls vor dem Graffiti und den neuen Blumen ablichtete.

Manch einer hätte jetzt gesagt, ihr sanfter Widerstand wäre genauso interessant wie der berüchtigte Sack Reis in China. Doch noch am selben Tag ging der Instagrampost mit den Hashtags #naivetagtraeumerin und #unabhaengigerbuchhandel in ganz Deutschland viral, sodass ihr unzählige Bücherliebhaber Zuspruch schickten. Am nächsten Tag erschien in mehreren Lokalzeitungen ein Artikel über den standhaften Buchladen.

Dabei hatte sie an keiner Stelle dazu aufgefordert, ihren Laden zu unterstützen, doch das brauchte sie auch nicht. Denn wie durch ein Wunder kamen die Menschen in Scharen vorbei. Und sie kauften Bücher! Sie kauften und bestellten so viel, dass auch Bea mithelfen musste, um all die Aufträge aufzunehmen. Teilweise trudelten die Bestellungen aus ganz Deutschland ein, einfach aus Solidarität. Was auch immer der Übeltäter mit seinem Vandalismus bezweckt hatte, am Ende hatte er sich keinen Gefallen damit getan.

Als Josefine nach Geschäftsschluss die welken Gladiolen in der Vase im Lesecafé austauschte, dachte sie, dass es sich manchmal lohnte zu kämpfen. Schwertlilien hießen diese majestätischen Blumen auch. Nur in der Liebe verbot sich Josefine, in den Kampf zu ziehen, schließlich musste die Liebe in völliger Freiheit gedeihen.

»Ich glaube, du bist hier genau am richtigen Platz!« Bea umarmte ihre Freundin zum Abschied. »Und ich werde bald wiederkommen. Versprochen!«

»Das nächste Mal komme ich zu dir! Zur Hochzeit!«

Das war etwas, was Josefine so an Büchern liebte: in einer Sekunde überall zu sein – warum konnte es nicht auch im echten Leben so sein, dass alle Orte direkt nebeneinanderlagen? Dann würde sie ihre Freundin viel öfter sehen, und sie wäre vor allem schon längst einmal nach Berlin gefahren. Auf einmal konnte sie Mark fast verstehen, dass er sie so selten besucht hatte. Neben der Arbeit fehlte ihr auch die Kraft, am Wochenende viel zu unternehmen. Und das, obwohl sie Johannes so vermisste. Wenn sie miteinander telefonierten, versicherten sie sich gegenseitig, dass es ihnen gut gehe. Johannes wohnte mit Leo erst einmal in einem Loft eines alten Freundes am Prenzlauer Berg. Sie mussten sich ein Zimmer teilen, bis sie eine eigene passende Wohnung gefunden hatten. Und Leo verbrachte viel Zeit bei seiner Mutter, die sich laut Johannes auch um die Termine in der neuen Schule kümmerte, was sonst eben immer Johannes' Angelegenheit gewesen war.

»So viel Zeit, mich um meine Arbeit zu kümmern, hatte ich selten. Im Atelier meines Freundes gibt es Platz genug, und er hat mir schon ein paar Aufträge vermittelt«, hatte Johannes erst gestern am Telefon gesagt.

»Das hört sich gut an«, obwohl es sich für Josefine einfach nur schrecklich anhörte.

»Und bei dir?«

»Auch alles gut. Der Buchladen läuft immer besser. Ich habe so viel zu tun, dass ich kaum zum Nachdenken komme.«

»Das freut mich.«

»Und wie geht es Leo?«

»Na ja, er wird sich schon an sein neues Umfeld gewöhnen. Im Grunde hat er hier viel mehr Möglichkeiten als bei uns zu Hause.«

Danach hatten sie beide eine Weile geschwiegen, weil Johannes zu Hause gesagt hatte, und das Gespräch schon bald beendet.

»Eva, wenn du nicht aufstocken möchtest, muss ich noch jemanden einstellen.« Josefine und Eva wischten am Ende eines langen Tages die Buchhandlung durch. In Köln hatten sie selbst in den schlechtesten Zeiten jemanden dafür bezahlt, dass er einmal die Woche durchputzte, aber da Tante Hilde noch aus einer Generation kam, in der fremde Putzhilfe tabu war, hatten sie diese Tradition auch erst einmal übernommen. »Was heißt denn mehr?« Eva wischte mit dem Lappen einmal über die Bücherregale.

»Na, einen ganzen Montag oder Samstag zum Beispiel. Ich muss auch mal zwei Tage am Stück wegfahren können.« Wenn sie nicht bald Johannes besuchen konnte, würde sie wahnsinnig werden.

»Ich versuche es. Aber was hältst du von Laura? Sie hat mir letztens erzählt, dass sie keine Lust mehr auf Nachhilfe hat. Sie ist zwar keine gelernte Buchhändlerin, aber sie hat das gleiche Feuer für Bücher wie wir. Zumindest als Aushilfe könnte es funktionieren.«

»Gute Idee!«

Bevor sie den Gedanken weiter besprechen konnten, klopfte es an der Tür. Als Eva ihren Mann mit den Zwillingen erkannte, schloss sie die Tür wieder auf. Josefine beobachtete, wie die beiden Jungs ihre Mutter umarmten. Evas Mann küsste sie.

»Hallo, mein Schatz, wir waren noch eine Runde spazieren. Ich dachte, es ist gut, wenn die beiden nachher müde sind ...«

»Gute Idee!« Eva drehte sich zu Josefine und sah sie gleichzeitig fragend und strahlend an.

»Ich finde es toll, wie du das mit dem Laden durchziehst, und das bei dem krassen Testament, das deine Tante sich da ausgedacht hat«, richtete sich nun Evas Mann, den Josefine bisher nur vom Sehen kannte, an sie. Er sagte es in aller Unschuld und fing nicht einmal Evas irritierenden Blick auf. Und wahrscheinlich hatte er »in aller Unschuld« mit jemand anderem darüber geredet. Vielleicht mit seinen Eltern, die wiederum noch Kontakt zu den Eltern von Johannes' Exfreundin hatten?

»Ja, eine krasse Sache.« Was sollte sie sich darüber ärgern, dass Eva sich ihrem Mann anvertraut hatte?

»Den Rest mache ich allein! Du hast mir heute echt schon mehr als genug geholfen! Danke. Für alles.«

»Dir auch. Danke für alles.«

Auch wenn Josefine Eva von Herzen alles Glück wünschte, wurde ihr in diesem Moment wieder einmal bewusst, was sie vermisste, und zwar nicht mit irgendjemandem, sondern mit Johannes. Auf dem Gehsteig vor ihrem Laden stand eine Buche, und als sie das erste Blatt entdeckte, dessen Spitze sich schon orange färbte, wurde ihr klar, dass ein einsamer, langer Winter auf sie wartete. Viel einsamer als der letzte – daran änderten auch die Feriengäste nichts, die nun öfter in dem Gästezimmer schliefen.

»Leo ist verschwunden!«

Josefine hatte sich so gefreut, als sie Johannes' Nummer auf dem Display erkannte. Ausgerechnet jetzt stand sie allein in dem Laden, der auch noch voll war. Jeder Platz im Lesecafé war besetzt, drei Kunden stöberten an den Büchertischen. Laura, ihre treueste Stammkundin, suchte unter den Notizbüchern ein neues aus und warf Josefine einen fragenden Blick zu. Als Josefine auf ihr Handy zeigte und dann zur Tür, nickte die junge Frau, und Josefine verließ den Laden.

»Hast du schon versucht, ihn anzurufen? Bist du schon alle Wege abgegangen?«

»Alles. Sein Handy ist ausgeschaltet. Keiner hat eine Ahnung, wo er nach der Schule hin ist. Er kennt sich doch überhaupt nicht aus in dieser riesigen Stadt!«

Ihr Verstand sagte ihr, dass in einer Großstadt an jeder Ecke jemand stand, bei dem man sich Hilfe holen konnte.

»Und seine Mutter hat auch keine Idee?«

»Nein, sie weiß auch nichts. Die Polizei sucht auch auf Hochtouren. Meine einzige Hoffnung ist, dass er freiwillig abgehauen ist.«

»Johannes, er wird wiederkommen. Ihm wird nichts passiert sein!«, tröstete sie ihn und schickte innerlich ein Stoßgebet los, dass dem auch so war.

»Ich hoffe es. Kannst du mir helfen?«

»Sag mir, was ich machen soll!«

Der Imbissverkäufer von gegenüber schaute neugierig zu ihr hinüber. Josefine drehte sich um.

»Josefine, wenn er abgehauen ist, wird er bei uns zu Hause wieder auftauchen!«

Die beiden hatten kein Zuhause mehr hier. Aber

natürlich verstand Josefine. »Bis wohin könnte er mit dem Zug kommen?«

»Vielleicht bis Gersfeld? Dort gibt es zumindest einen Bahnhof. Und den kennt er. Aber sicherer wäre Fulda. Da müsste er auf jeden Fall umsteigen.«

»Ich werde die nächsten Züge abpassen.«

Als Josefine ihren Laden wieder betrat, stand Laura hinter der Kasse. Darauf lagen einige Scheine und Kleingeld.

»Ich habe mir aufgeschrieben, welche Bücher es waren. Mit der Kasse kenne ich mich leider nicht aus. Die Leute hatten es eilig, sonst hätte ich natürlich auf dich gewartet.«

»Danke. Könntest du auch noch bis Ladenschluss übernehmen? Ich weiß nicht, wann ich zurück bin ...«

Ohne weiter nachzufragen, nickte Laura. Josefine brauchte fast zehn Minuten, um die passende Zugverbindung herauszusuchen. Gelassen war etwas anderes. Immer wieder vertippte sie sich, weil ihre Finger so zitterten. Gegen Mittag war Leo das letzte Mal gesehen worden. Der erste Zug von Berlin nach Fulda würde um 17 Uhr ankommen. Am besten fuhr sie gleich dorthin.

Aber war das nicht auch Sache der Polizei? Aber wer weiß, wie Leo reagieren würde, wenn ihn am Bahnhof Polizisten empfingen? Vielleicht wieder wegrennen? Und war Leo mit seinen zehn Jahren überhaupt in der Lage, so eine Fahrt allein anzutreten? Sie hatte keine

Ahnung, was Kinder in dem Alter schafften. Die Polizei hatte schon alle Zugbegleiter informiert, doch bisher hatte keiner von ihnen einen allein reisenden Jungen gesichtet. Sie schnappte sich ihre Tasche und reichte Laura den Schlüssel.

»In dem Lesecafé, das sind doch deine Freunde oder?«
Laura nickte.

»Wenn ich euch jetzt nicht rausschmeißen soll, könntet ihr gleich einfach die Tür hinter euch schließen? Und falls Kunden kommen, könntest du sie bedienen? Ich muss in einer halben Stunde am Bahnhof sein.« Josefine war völlig durcheinander, Tausende Schreckensszenarien fielen ihr ein, nur keine, in denen sie Laura nicht vertrauen konnte. Auf die Idee, einfach zu schließen, kam sie nicht. Sie drückte Laura noch ihre Handynummer in die Hand, zeigte ihr, wie die Verriegelung an der Tür funktionierte, und machte sich auf den Weg.

Der Bahnhof in Fulda war immerhin so überschaubar, dass sie nicht lange nach dem Gleis suchen musste. Tatsächlich warteten dort auch schon zwei Polizisten. Sie platzierte sich so, dass sie das ganze Gleis überblicken konnte. In fünf Minuten würde der Zug aus Berlin einfahren. Warum mussten auf einmal so viele Leute die Sicht versperren? Was war, wenn ihm doch etwas passiert war? Und wenn er wirklich weggelaufen war, meinte er allen Ernstes, dass er seinen Vater mit so einer Aktion von einer Rückkehr überzeugen konnte?

Der Zug fuhr ein. Pendler, Touristen, eine Schülergruppe, Eltern mit Kinderwagen stiegen aus. Nur kein kleiner Junge. Ob sie die Polizisten ansprechen sollte?

Ihr Handy klingelte, bevor sie darauf eine Antwort hatte. Johannes.

»Und, war er im Zug?«

»Leider nicht.«

»Es ist alles meine Schuld.«

»Nein, ist es nicht. Manchmal ist das Leben einfach ungerecht.«

»Ein Scheißvater ist kein Schicksal!«

»Das bist du nicht. Durchatmen. Ich werde den nächsten Zug auch abpassen. Die Polizei sucht überall. Er wird nicht weit kommen.«

»Außer wenn er nicht freiwillig gegangen ist.«

Einen Moment schwiegen beide, obwohl Josefine am liebsten laut Leos Namen gerufen hätte. Sie musste seine Freunde hier vor Ort informieren. Die Eltern mussten sich melden, wenn er bei einem von ihnen auftauchte.

»Wissen die Eltern seines besten Freundes Bescheid?«

»Natürlich. Josefine, ich muss aufhören. Jemand versucht, mich zu erreichen. Vielleicht gibt es Neuigkeiten.«

Josefine setzte sich auf eine der Bänke auf dem Gleis und starrte auf die Anzeige. Sie musste an den 11. September im Jahr 2001 denken. Manchmal passierten auch die unwahrscheinlichsten Unglücke. Vielleicht war es wirklich naiv, nicht immer mit dem Schlimmsten zu rechnen. So war man wenigstens gewappnet und konnte dem Schicksal mit Fassung entgegentreten. Hätte sie vor Tante Hildes Operation mit dem Schlimmsten gerechnet, hätte sie sich wenigstens richtig verabschiedet.

Um die Zeit bis zum nächsten Zug zu überbrücken, war sie in die Bahnhofsbuchhandlung gelaufen. Doch sie konnte sich auf nichts konzentrieren. Weder auf die Titel noch auf das Arrangement der Zeitschriften, die mit immer unwahrscheinlicheren Versprechungen oder spektakulären Headlines lockten. *Für immer schlank* hieß es da, *Das schleichende Gift* verseucht uns dort, während *Die betrogene Generation* in die Röhre blickte ... Ein leichenblasser Mann mit eingefallenen Augen schwankte herein.

»Verkaufen Sie auch einzelne Zigaretten?«, fragte er den Mann hinter der Kasse. Obwohl Josefine die neue Ausgabe der *Flow* in die Hand nahm, um sich irgendwas Freundliches und Optimistisches anzuschauen, konnte sie nicht anders, als dem Gespräch zuzuhören.

»Hau ab, Schnorren ist hier nicht erlaubt!«

»Ich wollte nicht schnorren. Ich wollte nur eine Kippe kaufen!«

Der Verkäufer zuckte nur mit den Achseln und blätterte weiter in seiner Zeitung. Wahrscheinlich war das besser, als in die wütenden Augen des Mannes zu blicken.

Sie hörte den Mann noch fluchen und den Laden verlassen, dann legte sie die Zeitschrift weg und kaufte eine völlig überteuerte Cola. Sie musste wach bleiben. Ihr Handy piepste. Eine SMS von Johannes.

Noch nichts Neues gehört. Ich setze mich gleich ins Auto und fahre zu dir. Seine Mutter hält hier die Stellung.

Bevor die Botschaft ihr Gehirn wirklich erreichte, machte ihr Herz einen Freudensprung. Johannes kommt. Aber eine halbe Sekunde später wusste sie wieder, dass es keinen Grund zur Freude gab. Sie mussten Leo finden. Doch auch in den beiden nächsten Zügen aus Berlin saß er nicht. Und niemand seiner alten Freunde meldete sich. Was war, wenn er es per Anhalter versucht hatte?

Es war sinnlos, noch länger hier zu warten. Sie fuhr noch einmal zum Buchladen, der offiziell seit einer Stunde geschlossen hatte. In der Stille dort fühlte sie sich etwas getröstet. Alles sah hier friedlich aus. Die Tassen standen gespült in der Teeküche. Auf der Kasse lagen Geld und ein handgeschriebener Zettel mit Bestellungen; die Anzahl war überschaubar, und Laura schien die Lage im Griff gehabt zu haben.

Josefine setzte sich in ihren alten Samtsessel. Wie gerne wäre sie jetzt ein Kind gewesen, ihre Tante wäre noch hier und könnte sie trösten. Ihr versichern, dass am Ende alles gut werden würde. Nur ein kleines Licht hinter der Kasse leuchtete. Ansonsten war es hier so dunkel, dass sie keinen Titel erkennen konnte. Und so still, dass sie jedes Umblättern gehört hätte. Sie atmete. Und das war schon schwer. Wie musste es erst Leos Eltern gehen?

Wieder piepste ihr Handy. Wieder war es Johannes:
Ich habe solche Angst.

Die hatte Josefine auch. Und auf einmal kam ihr etwas in den Sinn, das sie in einem Podcast beim Aufräumen in Tante Hildes Haus gehört hatte. Und was damals dazu geführt hatte, dass sie weinen musste, während sie die Tassen in den Schrank räumte. Unzählige Menschen, die wussten, dass es kein Entkommen aus dem Flammeninferno im World Trade Center gab, hatten eine letzte SMS geschrieben. Unzählige Menschen dort draußen bekamen eine letzte Nachricht von einem nahen Menschen, die fast ausnahmslos *Ich liebe dich* getextet hatten. Mark hätte behauptet, es handle sich um eine Legende. Tante Hilde hätte behauptet, dass es sich genauso verhalten hatte. Josefine selbst wusste nicht, was sie glauben sollte. Aber sie wusste, was sie Johannes schreiben musste:

Was auch immer passiert, ich bin bei dir. Ich liebe dich.

Und dann löschte sie das letzte Licht in ihrem Buchladen und schloss die Tür ab. Sie hoffte, dass Leo wohlauf wäre, wenn sie den Laden das nächste Mal öffnen würde. Es war bereits dunkel. Und kalt. Selbst im Sommer kühlte es hier drastisch ab, sobald die Sonne untergegangen war. Leo würde frieren, wenn er draußen herumirrte.

Danke. Das bedeutet mir sehr viel.

Jedes Mal, wenn ihr Handy piepste, hatte Josefine Angst, eine schlimme Nachricht würde sie erreichen. Gleichzeitig hoffte sie auf die erlösende Antwort.

Was immer auch passieren würde, sie würde für Johannes da sein. Und auch wenn sie von den Schicksalen der meisten ihrer Kunden nie etwas erfahren würde, wollte sie dafür sorgen, dass dieser Ort ein Ort bleiben würde, an dem jeder Mensch, egal, was er erlebt hatte, egal, woher er kam, was er brauchte, glaubte, wollte oder träumte, etwas Geborgenheit und Freiheit finden würde. Und wenn es nur für einen Moment oder nur im Geiste war. Der Buchladen als Tor zu anderen Welten, der stets Frieden, gute Wünsche und Gedanken oder zumindest einen guten Kaffee bereithielt. Wer hier hereinkam, sollte alles vor der Tür lassen können, was ihn bedrückte. Sie konnte nicht jeden retten. Vielleicht nicht einmal sich selbst. Aber sie konnte jedem Menschen alles Gute wünschen. Und eine Insel inmitten des Trubels schaffen. Eine Insel zum Innehalten und Krafttanken.

Das letzte Stück der Zufahrtsstraße zu ihrem Haus fuhr sie besonders langsam. Nicht dass Leo hier irgendwo umherirrte, wobei es schon sehr unwahrscheinlich war, dass er es bis hierhin geschafft haben könnte. Aber niemand lief hier herum, nicht mal die reflektierenden Augen der Katze waren in der Dunkelheit zu sehen. In Johannes' altem Haus brannte auch kein Licht. Sie parkte das Auto und wusste schon an der Tür, dass sie heute Morgen etwas Wichtiges vergessen hatte. Und tatsächlich hörte sie durch die Tür ein Miauen. Bobby war ein Freigänger und benutzte zwar gerne mal das Sofa zum Kuscheln, niemals aber ein Katzenklo im Haus.

Sobald ein Türspalt offen war, schoss die Katze heraus. Im Flur stank es erbärmlich. Josefine versuchte, nur durch den Mund zu atmen, und holte sich sofort etwas zum Putzen. Als sie mit dem dreckigen Küchenpapier zur Mülltonne vor dem Haus lief, hörte sie aus dem Gartenschuppen ein Rumpeln. Aber warum sollte die Katze von einem Haus ins nächste flitzen? Sie musste unbedingt das Fenster in der Schuppentür erneuern, damit sich weder Vögel noch Katzen da rein verirrten.

Josefine drückte die Türklinke herunter und tastete nach dem Lichtschalter neben der Tür.

Sie machte einen Satz rückwärts. Dort war Leo. Er saß auf dem Klappstuhl, den sie gemeinsam aus dem Müllcontainer gerettet hatten. Vor ihm stand ein Rucksack, in der einen Hand hielt er einen angebissenen Apfel und in der anderen eine Colaflasche. Trotzdem waren seine Augen halb zu.

»Leo! Gott sei Dank!«
»Kann ich bei dir bleiben?«

»Wie hast du es eigentlich bis hierhin geschafft?«

Josefine stellte Leo einen Kakao hin und setzte sich ihm gegenüber. Johannes würde gleich hier sein.

»Vom Busbahnhof in Tann aus mit einem Taxi. Ich habe behauptet, ich besuche meine Oma, als der Taxifahrer komisch gefragt hat.«

Josefine musste fast schmunzeln über seine Gerissenheit. Keine schlechte Idee, einen Umweg zu nehmen, um nicht entdeckt zu werden.

»Leo, kannst du dir eigentlich ansatzweise vorstellen, was für Sorgen deine Eltern sich gemacht haben?«

»Anders hören sie mir ja nicht zu. Ich habe tausendmal gesagt, dass ich hierbleibe.«

»Ist es so schlimm in Berlin?«

»Ja! Die Schule ist der Horror. In der Wohnung sind wir eingesperrt, und der neue Mann von meiner Mutter mag mich überhaupt nicht.«

Josefine strich ihm über die dunklen Haare, die er von seinem Vater wohl genauso geerbt hatte wie die Sturheit.

»Möchtest du dem neuen Leben nicht eine Chance geben? Guck mal, mir ist das erst auch schwergefallen, hier neu anzufangen, und jetzt möchte ich gar nicht mehr weg.«

Leo sah sie so durchdringend an, und Josefine begriff schnell. Leo wusste genau, dass das nur die halbe Wahrheit war.

»Und Papa geht es auch nicht gut.«

Josefine stand auf und lief zum Waschbecken, um sich ein Glas Wasser aufzufüllen. Ihr ging es ohne Johannes auch nicht gut. Sollte sie ihn so unter Druck setzen, wie sein Sohn es tat? Nein! Und da fiel ihr erst wieder ein, was sie ihm geschrieben hatte. Sie hatte es genau so gemeint, und doch hatte sie auf einmal Angst, ihn gleich zu sehen.

»Glaubst du, Papa sieht endlich ein, dass wir wieder hierhin müssen? Du hast doch gesagt, dass wir bei dir wohnen können? Unser Haus ist ja weg.«

Sie stützte sich an der Küchenzeile ab. Ihr wurde schwindlig. Der Tag war einfach zu viel gewesen.

»Ich weiß es nicht, Leo. Ich weiß es einfach nicht!«
Sie musste aufpassen, den Jungen nicht anzuschreien. Am liebsten hätte sie es genauso gemacht wie Leo, aber das wäre alles andere als erwachsen.

Als Josefine wenig später ein Auto vorfahren hörte, lief sie zur Tür. Leo blieb sitzen und senkte den Kopf. *Hoffentlich ist Johannes nicht allzu sauer*, dachte Josefine, als sie die Tür öffnete. Leos Vater sah schrecklich aus. Er war blass, und die Augen zierten dunkle Schatten, als hätte er schon die Nächte vor Leos Verschwinden nicht geschlafen. Er umarmte sie kurz, aber fest, als suche er bei ihr Halt.

»Leo ist in der Küche. Ich lasse euch beide mal lieber allein.«

Johannes drückte kurz ihre Hand, als hätte er für ein Dankeschön keine Kraft mehr übrig.

»Ich richte euch das Gästezimmer her«, rief Josefine Johannes hinterher und erkannte noch, wie Vater und Sohn sich in die Arme fielen.

Es musste gleich schon Mitternacht sein. Josefine lag auf ihrem Bett. Sie müsste sich dringend ausziehen und schlafen, wollte aber noch mit Johannes sprechen. Oder war er zusammen mit Leo bereits eingeschlafen? Konnte sie nicht einfach bis morgen früh warten? Nein, dachte sie sich, knipste die Nachttischlampe an und erhob sich. Sie hatte lange genug gewartet. Bevor sie die Tür erreichte, hörte sie ein Klopfen.

»Ja?«

»Darf ich reinkommen?«

»Natürlich.«

Johannes war ebenfalls noch angezogen, nur seine Füße waren nackt. Josefine trug immer noch ihr weinrotes Jerseykleid, das auch als schickes Nachthemd hätte durchgehen können. Sie setzte sich mit angewinkelten Knien auf das breite Bett und lehnte sich mit einem Kissen im Rücken an die Bettwand.

»Setz dich, wenn du magst.«

Fast vorsichtig setzte sich Johannes neben sie und umschlang seine angewinkelten Knie. Josefine rollte ihre Decke zusammen und stopfte sie hinter ihrer beider Rücken.

»Ich denke, wir hatten es schlimm genug die letzte Zeit, dann soll es wenigstens jetzt bequem sein.«

»Danke.«

Johannes drehte sich zu ihr. Bei dem schummerigen Licht sahen die Augenringe schon nicht mehr so tief aus.

»Danke für alles. Vor allem, dass du dich um Leo gekümmert hast.«

Sie legte ihre Hand auf seine. Josefine sehnte sich so nach seiner Nähe. Es war viel mehr als reines Begehren. Sie wollte mit ihm zusammen sein. Wirklich zusammen sein. Wenn es etwas genutzt hätte, hätte sie die Türen abgesperrt und seinen Autoschlüssel versteckt. Aber das war natürlich albern. Trotzdem wurde ihr klamm ums Herz, als sie daran dachte, dass er bald wieder weg sein würde. Er zog seine Hand unter ihrer weg und fuhr sich durch die ohnehin schon verstrubbelten Haare.

»Ich kann mich doch nicht von einem kleinen Jungen erpressen lassen.« Johannes sah sie an.

»Warum nicht?«

»Weil mich das zu einem noch inkonsequenteren, noch schlechteren Vater macht, als ich eh schon bin.«

»Das bist du nicht. Und ganz ehrlich, Leos Mut hätte ich auch gerne. In dem Alter so ganz allein so einen Weg anzutreten.«

Ja, wenn sie mutig wäre, würde sie ihm sagen, was er ihr wirklich bedeutete. Sie hatte ihm ihre Liebe in der SMS gestanden, aber das war in einer Extremsituation gewesen. Das zählte wohl nicht. Zumindest hatte er sie nicht darauf angesprochen.

»Doch, ich bin der schlimmste Vater der Welt. Ein paar Tage bevor Leo abgehauen ist, hat er ein Gespräch von mir und seiner Mutter belauscht. Wir haben uns total gestritten. Sie würde gerne das Sorgerecht zurück, auf das sie damals verzichtet hatte. Ich habe ihr gesagt, dass ich noch nicht so weit bin, weil ich Angst um Leo habe. Ich habe nichts gegen ihren neuen Mann, aber er ist halt nicht Leos Vater, er liebt ihn nicht. Auf jeden Fall hat meine Ex mir dann an den Kopf geworfen, dass ich mich doch damals genauso wenig über die Schwangerschaft gefreut hätte und doch eh zu viele eigene Probleme hätte, um mich um Leo zu kümmern. Bevor ich die richtige Antwort parat hatte, haben wir Leo im Türrahmen gesehen.«

»Das ist wirklich schlimm!«

Sie schwiegen beide. Das war keine Antwort, die Johannes tröstete, dachte Josefine und tastete nach seiner Hand. Er ließ seinen Kopf an ihre Schulter sinken. Niemand sagte ein Wort. Aber Josefine spürte, wie Johannes' Atem bebte. Er weinte, so stumm, als wollte er nicht, dass sie es merkte. Sie drückte seine Hand und löschte das Licht mit der anderen. Es war eine Geste, als decke sie ihn in der Kälte zu, ohne ein Wort darüber zu verlieren, dass er vor Kälte zitterte.

»Leo hasst mich, so wie ich meinen Vater gehasst habe«, flüsterte er, als er sich gefangen hatte.

»Ach was, er hasst dich nicht. Er ist sauer, aber darüber wird er hinwegkommen! Und du solltest das langsam auch mal!«

Bei allem Mitgefühl spürte Josefine auch Wut. Wie viel Leid hatte der Groll nun schon in der dritten Generation über Johannes' Familie gebracht. Gut, es war vieles nicht richtig gewesen, aber die Vorwürfe hatten doch nur für noch mehr Kummer gesorgt, hatten sogar Misstrauen gegen sie und Tante Hilde hervorgerufen. Im Grunde waren sie beide nicht so anders als Leo, der mit seiner Aktion völlig übertrieben hatte. Aber Leo war ein Kind. Und sie waren beide erwachsen! Sie mussten beide Verantwortung für sich selbst und ihre Gefühle übernehmen. Ja, auch sie wollte nicht mehr damit warten.

»Josefine, als wenn das so einfach wäre.«

»Nein, es ist nicht einfach. Aber es ist unsere Entscheidung. Und wenn wir uns dazu entschlossen haben, dann wird sich der Rest finden.«

Von draußen drang der Ruf eines Uhus zu ihnen. Es wurde Zeit zu schlafen, wenn sie morgen in der Lage sein wollte, überhaupt zu arbeiten. Auf einmal verstand Josefine wirklich, was Tante Hilde damals gemeint hatte. *Es ist unsere Entscheidung, wie wir die Welt sehen. Ob wir uns auf die helle oder die dunkle Seite schlagen. Wir sind nicht naiv, wenn wir das Gute sehen wollen. Es ist eine Entscheidung, die viel mehr Kraft erfordert, als zu jammern.*

»Es ist leicht, so zu denken, wenn man nicht so schlimm verletzt wurde.« Johannes hob seinen Kopf und wandte ihr sein Gesicht zu.

Josefine konnte ihn nicht wirklich sehen. Sie tastete nach seiner Wange. »Ich weiß.«

In diesen schlichten Worten lag so viel Liebe, dass es gerade gleichgültig war, was am nächsten Tag sein würde. Er nahm ihre Hand in seine und küsste sie sanft. Und dann legten sie sich einfach nebeneinander, eng umschlungen. Für den Moment war das alles, was sich Josefine wünschen konnte.

Josefine tastete nach ihrem Handy, um nach der Uhrzeit zu sehen. Die angezeigte Zeit wirkte stärker als eine Wagenladung Espresso. Sie musste in einer halben Stunde den Buchladen aufschließen. Angezogen war sie schon, oder besser gesagt immer noch. Sie drehte sich ganz vorsichtig um, um Johannes nicht aufzuwecken. Er hatte sich zur anderen Seite gedreht, und in seinen Armen lag ebenfalls tief schlafend Leo. Josefine deckte die beiden sachte zu. Sie hatte überhaupt nicht mitbekommen, wie der Junge nachts ins Zimmer gekommen war. Johannes trug auch noch seine Jeans und sein T-Shirt. Sie waren gestern einfach eingeschlafen. Obwohl die Zeit drängte und sie sich natürlich noch umziehen musste, sog Josefine für ein paar Sekunden das Bild der beiden in sich auf. So konnte es sein, wenn Johannes zurückkommen würde. So konnte es sein, wenn sie eine Familie werden würden. Josefine lächelte wehmütig. Wobei ihr in diesem Fall das brüderliche Nebeneinanderliegen zu wenig wäre.

Sie fürchtete den Moment der Abreise. Dann riss Josefine sich aus den Gedanken sowie einen Zettel aus ihrem Kalender, der auf dem Nachttisch lag, und hinterließ eine Nachricht.

Fühlt euch wie zu Hause. Ich muss jetzt arbeiten, wir sehen uns hoffentlich später.

Wenn dann nicht nur ein Zettel auf dem Nachttisch lag, dass er sich für die Gastfreundschaft bedankte und schon nach Hause gefahren wäre.

So erleichtert und glücklich Josefine darüber war, dass es Leo gut ging, so verkatert fühlte sie sich heute Morgen, als sie den Buchladen aufschloss. Weil das Wetter so schön war, stellte sie sogar ein paar Bücher vor dem Laden auf der Fensterbank aus. Die Hortensien in dem

Kübel, die noch von ihrer Tante stammten, blühten in einem zarten Blau und harmonierten wunderbar mit den Pflanzen, die sie neu gepflanzt hatte, und von dem Bäcker wehte der Duft von frischen Hefeteilchen herüber, der sich zum Glück noch nicht mit dem Geruch von Fritten vermischte, der mittags immer vom Imbiss herüberwehte. Die Haare hatte sie hastig hochgesteckt, nicht mal die Wimpern hatte sie heute Morgen getuscht. Den ersten Kaffee trank sie hier im Laden. Ihr Frühstück bestand aus einem Apfel und zwei Keksen, die Eva gestern für sie mitgebracht hatte. Heute hatte sie frei. Wie gerne hätte Josefine nun mit ihr geplaudert, um sich abzulenken. Bevor sie Bea anrufen konnte, betraten die ersten Kunden den Laden. Gut, dass sie trotz der kurzen Nacht pünktlich geöffnet hatte.

»Wir machen gerade Urlaub in der Rhön«, sagte einer der beiden Herren, die mit Wanderstöcken und Brötchentüte in der Hand hereinkamen, »haben Sie vielleicht etwas da, mit dem wir die schönen Erinnerungen mit nach Hause nehmen können?«

Josefine führte die beiden zu dem Regal mit der Regionalliteratur und zog einen wunderschönen Bildband über die Rhön aus dem Regal. »Möchten Sie den einmal durchblättern? Das war das Lieblingsbuch meiner Vorgängerin, und sie kannte wirklich alle Bücher über die Rhön.«

»Schau mal, hier waren wir gestern«, sagte der eine Mann zu seinem Freund, als er ein Foto eines steinernen Adlers auf einem aufgetürmten Felsen an der Wasserkuppe zeigte. Das Fliegerdenkmal prangte auf jeder zweiten Postkarte von der Wasserkuppe, allerdings erschien es selten so majestätisch wie auf diesem Foto.

Ja, Erinnerungen festhalten war etwas, was Bücher auch taten. Und all den Menschen, die in ihren Buchladen kamen, wollte sie schöne Erinnerungen mitgeben. Woher die beiden wohl kamen? Ob es dort so viel weniger anheimelnd als hier war, sodass sie das ganze Jahr von der herrlichen Umgebung zehren wollten? Oder war die Gegend hier einfach nur anders?

»Alles in Ordnung bei Ihnen?«, fragte nun der ältere der beiden Herren fürsorglich.

»Ja, alles in Ordnung, die Nacht war nur etwas kurz.« Was Johannes wohl gerade machte? Sie hätte sich am liebsten gesetzt und die Augen für fünf Minuten geschlossen.

Der jüngere der beiden Männer legte noch weitere Bücher dazu. »Und die nehmen wir auch noch. Können wir alles bezahlen und nach der Wanderung abholen?«

Josefine nickte. »Natürlich. Gerne auch morgen, wenn Sie heute länger weg sind.«

Sie rechnete ab und legte die Bücher beiseite. Eins fiel ihr herunter, so fahrig war sie. Ja so unkonzentriert, dass sie sogar den guten Wunsch vergaß.

Wieder bimmelte die Türglocke. Diesmal musste sie sich wirklich setzen. Es war Johannes mit Leo an der einen Hand. In der anderen hielt er einen Strauß. Rosafarbene Rosen und Vergissmeinnicht. Sie hatte es geahnt. Er wollte sich verabschieden. Jetzt schon. Zum Glück hatten die beiden Kunden nicht gesehen, wie sie sich in den Samtsessel fallen ließ, in dem sie früher in andere Welten eingetaucht war. Aber jetzt gab es kein Entkommen vor der Realität.

»Hallo, Josefine. Wir wollten uns bei dir bedanken.«

Johannes sah viel besser aus als gestern Abend und war augenscheinlich erholt genug, um sich wieder für einige Stunden ins Auto zu setzen. Sie würde ihnen eine gute Fahrt wünschen. Und einen guten Neuanfang in Berlin. Einen zweiten guten Anfang.

»Gern geschehen. So haben wir uns wenigstens wieder einmal gesehen.«

»Darf ich mir noch ein Buch aussuchen?« Leo sah seinen Vater an und verschwand dann in der Kinderbuchecke, als dieser nickte.

Unschlüssig standen sie voreinander. Auf einmal war es, als raunten ihr all die Stimmen in den Büchern zu, dass sie mutig sein sollte. Dass sie ihre Geschichte endlich selbst zu Ende schreiben sollte. Dass sie sich an kein Genre halten musste, in dem der entscheidende Schritt immer vom Mann ausgehen musste.

Johannes hielt ihr den Strauß mit den pastellfarbenen Rosen und blassblauen Vergissmeinnicht hin. Rote Rosen hätten ihr mehr Mut verliehen. Und vergessen würde sie ihn sowieso nicht.

»Ich hoffe, sie gefallen dir. Ich war gerade sowieso beim Blumenladen, weil ...«

Kein Wunder, dass dieser Mann noch Single war,

dachte sie. Warum sagte er nicht einfach, dass er ihr eine Freude machen wollte?

»... weil«, er kratzte sich am Kopf, »weil ich gerade ein paar Blumen für den Friedhof geholt habe. Für das Grab meiner Eltern. Und für das deiner Tante.«

Er hatte also beherzigt, worüber sie gesprochen hatten. Und ihre Tante gleich mit in seinen Entschluss zu verzeihen eingeschlossen. Es dauerte einen Moment, bis diese Botschaft wirklich in ihrem Herzen ankam.

»Danke, das sind die schönsten Blumen, die ich je bekommen habe.«

Sie legte den Strauß auf dem Tisch ab und umarmte Johannes. Wenn sie sich jetzt nicht traute, dann würde sie es nie tun. Sie löste sich aus seinem Arm und sah für einen Moment zu ihm hoch.

»Ich möchte mit dir zusammen sein. Wirklich zusammen. Nicht nur in der Urlaubszeit. Nicht nur alle paar Wochen.« Sie musste schnell reden, bevor der Mut sie verließ. Ihr Herz drohte ihr schon aus der Brust zu springen, so schnell schlug es. Sie schaute nach Leo, er stöberte in den Büchern. In Johannes' Augen zu schauen traute sie sich nicht, als sie die folgenden Worte aussprach.

»Und übrigens. Das, was ich in der SMS geschrieben habe, das war nicht nur so dahergesagt, um dich zu trösten. Ich meine das auch jetzt noch.«

Sie biss sich auf die Lippe. Unromantischer ging es doch kaum, oder? Aber immerhin hatte sie sich getraut. Hatte ihren Wunsch laut ausgesprochen.

Lachte er sie aus, oder strahlte er sie an?

»Und ich habe mich kaum getraut, mir das überhaupt zu wünschen.« Er nahm sie wieder in den Arm und hielt sie so fest, wie sie noch niemand festgehalten hatte. In diesem Moment wäre sie an jedem Ort der Welt glücklich gewesen, aber in diesem Moment wurde ihre Buchhandlung für sie nicht nur ein Ort, anderen Gutes zu wünschen, sondern auch sich selbst ihren größten Herzenswunsch zu erfüllen.

»Josefine, ich liebe dich. Und ich möchte auch mit dir zusammen sein. An dem Ort, an dem du es dir wünschst.«

Wo das genau sein würde, mussten sie später klären, da die Türglocke wieder bimmelte und mehrere Kunden gleichzeitig den Laden stürmten, als wären Bücher noch wichtiger als das tägliche Brot.

Drei Jahre war Josefine nun schon die Besitzerin der Buchhandlung Gronau, und dieses Jubiläum wurde heute gefeiert. Der Spätherbst zeigte sich ungewöhnlich mild und so golden, wie es nur ging, sodass sie auch in dem Innenhof die zur Feier des Tages gehaltenen Lesungen halten konnten. Sie hatten sich Stühle aus dem Imbiss leihen müssen, weil alle Bänke besetzt waren. Laura und ihre Freunde schenkten Getränke aus und verteilten Kuchen. Die Saftkelterei hatte einen eigenen Stand mit allen möglichen Apfelprodukten und einer mobilen Saftpresse aufgebaut, der Bäcker nebenan hatte eine Torte in Buchform gespendet. Überhaupt war der einzige freie Tisch schnell übersät mit Glückwunschkarten,

Blumen, selbst gebackenen Keksen und Wein, so viele Kunden hatten ihr gratuliert und Geschenke gemacht. Als würden all die guten Wünsche einen Weg zurückfinden. Ihre Eltern hatten einen riesigen Strauß Blumen mitgebracht und erzählten jedem voller Stolz, dass Josefine ihre Tochter war. Bea, Katharina (ausnahmsweise ohne ihre mittlerweile zwei kleinen Kinder) und Anna waren ebenfalls angereist. Ganz Heufeld war sowieso da. Nicht einmal Heck ließ es sich nehmen vorbeizuschauen – wobei es Josefine kein bisschen ärgerte, als er ihr mit einem hochnäsigen Blick erzählte, dass er in Schleheck drei Dörfer weiter eine Gemeinde gefunden hätte, die mehr Weitblick besessen hätte. Sie wäre natürlich mit ihrem Mann herzlich zum Richtfest eingeladen.

Für Josefine fühlte es sich immer mehr so an, als gehöre die Buchhandlung nun wirklich ganz ihr. Und auch wenn Tante Hildes Geist immer noch in diesem Buchladen herrschte, schien sie sich ein für alle mal verabschiedet zu haben. Als wäre ihre Mission auf dieser Erde nun endgültig beendet. Sie hatte ja auch eine würdige Nachfolgerin.

Obwohl sie normalerweise Kaffee bevorzugte, zog Josefine sich einen Moment mit einem Melissentee auf ihren Sessel zurück. Die Kinderlesung lief gerade, und sie beobachtete, wie die Gäste glücklich an den Büchertischen stöberten. Leo hörte der Kinderbuchautorin auch noch zu, obwohl er langsam zu cool für Kinderbücher wurde und sich von Josefine immer öfter »erwachsenere« Bücher empfehlen ließ. Eva rechnete an der Kasse alles ab und strahlte. Sie war so glücklich gewesen, als sie erfahren hatte, dass es mit dem Buchladen weiterging.

»Ich muss sagen, du hast dich selbst übertroffen.« Selbst Mark war gekommen, um mit ihr zu feiern.

Es lag ihr auf den Lippen, dass sie vorher einfach unter ihren Möglichkeiten geblieben war, ließ es aber. »Danke. Und es freut mich, dass es bei dir auch so gut läuft.«

Sie musste schmunzeln, als Johannes etwas angespannt zu ihnen trat. Zur Eifersucht bestand nun wirklich kein Grund. Josefine stand auf und umarmte Johannes. Er hatte ihr die ganzen letzten Tage beim Aufbau geholfen, obwohl er selbst so viel damit zu tun gehabt hatte, den Laden gegenüber zur Werkstatt und zum Showroom für seine Möbel herzurichten, wie es Neudeutsch so schön hieß.

Mark wandte sich Laura zu und verwickelte sie in ein Gespräch über die schwierige Buchbranche.

»Danke für alles, Johannes. Ich genieße die Feier, aber ich freue mich, wenn wir beide heute Abend wieder allein sind.« Allein der Gedanke an die letzte Nacht ließ ihr einen wohligen Schauer über den Rücken laufen. Mit Johannes war alles so selbstverständlich, was vorher in ihrem Leben kompliziert gewesen war. Selbst die Frage, ob sie seine Frau werden wolle, hatte sich schon fast absurd selbstverständlich angefühlt. So, als wäre sie es schon immer gewesen.

»Ich mich auch.«

Und als sie später vor Josefines Haus saßen, das zu ihrem gemeinsamen Zuhause geworden war, genossen sie in eine warme Decke gewickelt die erste ruhige Zeit des Tages. Johannes' altes Haus, das der neue Besitzer Tannengrün gestrichen hatte, war in der Dunkelheit nur zu erahnen.

»Durch dich ist meine Heimat wieder zu einem Paradies geworden«, sagte Johannes und nahm ihre Hand.

»Und durch dich habe ich gelernt, dass die Heimat nichts mit dem Ort zu tun hat.«

Vor ihnen auf dem Tisch standen ein Glas Wein und ein Glas Apfelschorle. Johannes konnte den Wein mittlerweile genießen, ohne gleich zu befürchten, er würde den tragischen Spuren seines Vaters folgen. Er hatte seinen Frieden mit ihm geschlossen und hätte auch heute noch seinen Rat gebrauchen können, wenn es um die Bienen ging – auch wenn er das Wichtigste schon zu Lebzeiten von ihm gelernt hatte.

Josefine sah anders als noch vor drei Jahren voller Vertrauen und Freude in die Zukunft. Sie verzichtete lieber auf den Wein, denn sie hatte den vagen Verdacht – und den guten Wunsch –, dass sich bald noch mehr in ihrem Leben verändern würde ...

Danksagung

Danke ...

... Michael ♥

... euch Kindern ♥ ♥ ♥ ♥ ♥

... meiner Familie, besonders meinen Eltern und meiner Schwiegermutter für so manchen Einsatz und überhaupt fürs Dasein.

... Stefanie – nicht nur für den PC.

... meinen lieben KollegInnen von Delia und aus dem Schreibraum, allen voran Ulrike Schäfer, Vera Pandolfi und Stefanie Gerstenberger.

... Anja Fröhlich und dem Kulturamt der Stadt Köln, ohne das die Institution Schreibraum Köln gar nicht möglich wäre.

… Anke und Bastian für die Bienen in unserem Garten und die fachkundige und herzliche Betreuung rund um das Imkern.

… Günther und Gaby, die uns vor mehr als fünfzehn Jahren das erste Mal mit in die wunderschöne Rhön genommen haben.

… Karina und Claus Knacker, die uns dort immer im herrlichen Heufelder Hof beherbergen, für Ihre Gastfreundschaft und neben den Antworten auf Recherchefragen vor allem für die Sätze im Rhöner Dialekt. Für alle, die Heufeld auf der Karte suchen, der Ort und alle Einwohner sind im Gegensatz zu manch anderem Rhöner Schauplatz in dem Roman komplett ausgedacht. Was es in dieser Gegend wirklich gibt, ist die sehr schöne kleine, aber feine Bücherei in Ehrenberg – hier gilt mein Dank dem gesamten Team!

… auch all denen vielen Dank, die meine Bücher unter die Leute bringen: der Rather Bücherstube, Andrea Mock und dem ganzen Team der KÖB Erlöserkirchstr., Katharina Schleicher und Dr. Berit Böhm, Hana Jantz, Monika Fuchs, Monika Schulte und Monika Schulze (dein spontaner Einsatz ist so weit über den Bloggerjob hinausgegangen – danke Dir!) und natürlich ganz besonders allen LeserInnen – Eure Rückmeldungen freuen mich sehr!

… Angelika Jüttner und Susanne Wagner von der Rather Bücherstube möchte ich diesmal doppelt danken – und zwar auch für die interessanten Einblicke hinter die Kulissen. Das gilt auch für Simone Mayrhofer und Michael Henkel von Bücher Pustet in Passau. Danke für das Hintergrundwissen und manche Anekdoten. Und danke, dass Sie Leser und Bücher zusammenbringen – manchmal eine lebensverändernde Mission.

… Apropos Recherche: Danke, liebe Kerstin, für die juristische Beratung – zum Glück sind solche abenteuerlichen Testamente nicht nur in Hollywoodfilmen erlaubt, sondern auch hier.

… meinen Agenten Michaela und Klaus Gröner herzlichen Dank für die sehr gute und vertrauensvolle Zusammenarbeit!

… dem gesamten Blanvalet-Team, ganz besonders René Stein und Anna-Lisa Hollerbach, für die wunderbare und teils auch sehr amüsante Zusammenarbeit!

Ich wünsche Euch und Ihnen und allen Lesern alles Gute!

Die Luft duftet nach Popcorn, das Licht geht aus, der Film beginnt – Vorhang auf für einen wunderbaren Roman über Glück, zweite Chancen und ganz viel Kino!

320 Seiten. ISBN 978-3-7341-0494-7

Martha führt ein kleines, aber renommiertes Programmkino – in dem sich allerlei Intellektuelle, Filmkritiker und Cineasten tummeln. Wie die meisten ihrer Gäste glaubt sie nicht an Happy Ends. Die gibt es im echten Leben schließlich auch nicht. Als ihre Mitarbeiterin und beste Freundin Susanna schwanger wird und der Liebe wegen wegzieht, gibt sie dem jungen Filmstudenten Erik eine Chance. Doch schon bald treibt er sie mit seinem Optimismus in den Wahnsinn. Er arbeitet nicht nur hinter den Kulissen an seinem Gute-Laune-Debüt, sondern möchte Martha auch noch davon überzeugen, dass das große Glück auch jenseits der Leinwand möglich ist …

Lesen Sie mehr unter: **www.blanvalet.de**